KB116167

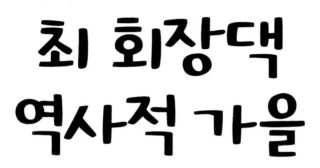

최 회장댁
역사적 가을

이연주 장편소설

청어

최 회장댁 역사적 가을

이연주 장편소설

발 행 처 · 도서출판 청어
발 행 인 · 이영철
영   업 · 이동호
기   획 · 이용희
편   집 · 방세화
디 자 인 · 이해니 | 이수빈
제작이사 · 공병한
인   쇄 · 두리터

등   록 · 1999년 5월 3일
(제1999-00063호)

1판 1쇄 인쇄 · 2019년 7월 10일
1판 1쇄 발행 · 2019년 7월 20일

주소 · 서울특별시 서초구 남부순환로 364길 8-15 동일빌딩 2층
대표전화 · 02-586-0477
팩시밀리 · 0303-0942-0478

홈페이지 · www.chungeobook.com
e-mail · ppi20@hanmail.net
ISBN · 979-11-5860-673-2(03810)

이 책의 저작권은 저자와 도서출판 청어에 있습니다.
무단 전재 및 복제를 금합니다.

이 도서의 국립중앙도서관 출판시도서목록(CIP)은 서지정보유통지원시스템 홈페이지
(http://seoji.nl.go.kr)와 국가자료공동목록시스템(http://www.nl.go.kr/kolisnet)
에서 이용하실 수 있습니다.(CIP제어번호: CIP2019026358)

최 회장댁 역사적 가을

이연주 장편소설

작가의 말

어쩌다 쓰게 됐다. 쓴 게 아니라 그냥 써졌다는 표현이 더 정확한지 모르겠다. 흔히 자식 농사만큼 마음대로 안 되는 게 없다는데, 내 경우에는 소설이 그렇다. 정작 쓰고 싶은 것은 써지지 않고, 써도 그만 안 써도 그만인 것만 자꾸 써졌다. 소설도 사람처럼 운명이란 게 있는 모양이다.

초고는 달포 만에 써졌다. 다 쓰고는 기약 없이 묵혀두었다. 이상하게 쓰고 싶은 소설이 잘 써지지 않았다. 그럴 때마다 묵혀둔 이 원고를 꺼내 읽고 또 읽었다. 그러나 마음은 늘 콩밭에 가 있었다. 자꾸 읽다 보니 단점과 부족한 부분이 이엄이엄 눈에 들어왔다. 알고서야 그냥 지나칠 수 없어 수정하고 보충하고 다듬었다. 그렇게 반복하는 사이 2년 여의 세월이 흘렀고, 여기까지 왔다.

막상 출판을 앞두고 다시 원고를 꺼내 읽으니 미안한 마음이 앞섰다. 이 소설과 이 소설에 등장하는 인물들에게. 마치 사랑받지 못하는 부모에게서 태어난 자식처럼. 그러나 사랑받는 부모에게서 태어났다고 다 효도하고 훌륭한 인물이 되는 것도 아니고, 반대로 사랑받지 못하는 부모에게서 태어났다고 다 불효하고 비천한 인물이 되는 것은 아니다. 나는 이 말로써 애써 위안을 삼고자 한다.

　돌이켜 보면 이 소설과 마주하는 동안 문득문득 이런 생각을 했던 것 같다. 역사란 누군가의 집요함이 일구어낸 진실의 힘에 의해 굴러가고, 그 힘은 순수성이 뒷받침되었을 때 보석처럼 빛나며, 진정한 역사의 승리는 어느 한쪽의 일방적인 완승이 아니라 다 같이 화합하고 포용하는 상생에 있지 않을까, 그런 생각.

　소설 작법과 문법 환경이 이전과는 많이 달라진 요즘, 내가 왜 이러고 있나 싶다가도 나와 타인의 삶을 반추해 보는 재미가 어딘데, 그런 기분으로 나날을 보내고 있다. 인간을 두려워하면서도 인가에 둥지를 틀 수밖에 없는 제비처럼.

　부족한 소설이 세상 밖으로 나올 수 있도록 기회를 주신 이영철 청어 출판사 사장님께 진심으로 감사드린다.

2019년 7월
이연주

차례

프롤로그

실향민이자 대한빌딩 소유주인 최대한은 해마다 음력 생일을 쇠는데, 어느덧 고희를 맞게 된 그해 그의 생일은 마침 시월 마지막 주 토요일이었다. 사 남매는 뜻 깊은 생신을 맞은 아버지를 위해 그날 저녁 조촐하지만 의미 있는 생신상을 차려 드리기로 했다.

처음 그들은 회장(남들은 그렇게 부른다)의 체통을 생각해 호텔의 연회장을 빌려 고희연을 베풀 계획을 세웠다. 지역 유지와 친지 오십 명 정도를 초대하고 흥을 돋우기 위해 민요가수까지 초청하기로 의기투합하고 그 뜻을 전하자, 모친 도축자가 펄쩍 뛰었다. 희수(喜壽)면 모를까 요즘의 고희는 예전 쉰댓 맞잡이고 경기도 좋지 않은데 쓸데없이 돈을 쓸 필요가 없다는 이유에서였다. 곁에 있던 최대한도 그렇게까지 요란을 떨 필요가 없다며 역성을 들었다. 결국 사 남매는 부모의 뜻에 따라 계획을 가족모임으로 급변경했다.

면전에서는 체통이 있고 남의 눈도 있는데 자식 된 도리로 어찌 그럴 수 있느냐, 경비는 십시일반으로 충당하면 큰 부담이 안 된다, 돈 벌어 이럴 때 쓰지 언제 쓰느냐, 다 저희들 생각해 그런 줄 알지만 저희들 입장도 생각해 달라, 간청했지만 실제 속내는 달랐다. 그러기에 못내 섭섭한 표정으로 물러나 저희들끼리 따로 만났을 때는 태도가 백팔십도로 바뀌었다.

대한빌딩 옥상에는 최 회장댁(다들 그렇게 부른다)의 전용 쉼터가 있다. 저희들끼리는 효우정(孝友亭)이라 부르는 거기에는 최 회장댁 가족들이 다 모여 앉아도 될 만큼 널찍한 널마루가 깔려 있다. 사 남매는 오일스테인으로 마감한 널마루 끝에 나란히 걸터앉아 공격적으로 번쩍이는 시가지의 저녁 풍경을 바라보며 허심탄회하게 뒷담화를 주고받았다.

"야야, 잘됐다. 속으로야 아버지가 좀 섭섭해 하실지 모르지만 아주 잘된 일이야. 솔직히 체통이 밥 먹여주고, 남의 눈이 옷 입혀주고, 도리가 잠 재워 주냐. 그런 것들은 가난이 뭔지도 모르는, 조선시대 배부른 양반들이나 쓸데없이 지껄여대는 개수작들이야. 넷째야, 너는 한 귀로 듣고 한 귀로 흘려라. 솔직히 그 돈이면 형철이집에 수십 번은 들락거리겠다야. 안 그러냐? 당일 경비도 십시일반이다."라고 제일 먼저 운을 뗀 사람은 첫째, 최갑부.

"그럼요, 큰오빠. 두말하면 잔소리 아닌가요. 앞으로도 이 가풍을 쭉 지켜나가야 해요. 얼마나 좋아요. 최씨 집안의 아름다운 전통, 십시일반. 솔직히 그래요. 도 여사님의 돈 사랑은 새삼스러울 것도 없지만, 사실 요즘 우리 형편에 좀 과소비스럽긴 하죠. 결과적으로 아주 잘되었어요."라고 즉각 맞장구친 사람은 넷째, 최정혜.

"십시일반? 당근이지. 난 오늘만큼 모친이 존경스러워 보인 적은 없어. 지금까지 우리가 도축자 여사님을 과소평가한 거야. 겉으로 보기엔 병든 암탉처럼 꺼벙해도 세상 돌아가는 사정과 자식들의 형편을 꿰뚫어보는 놀라운 혜안은 캬, 역시 에이아이급이야. 오늘 보니 최대한 회장 시대도 서서히 저물어 가는 느낌이야."라고 도축자를 재평가한 사람은 둘째, 최을부.

"나도 작은형님 말에 전적으로 동감이야. 캥거루 같은 모성애로 생활고에 허덕이는 자식들 앞에서 단칼에 보여준 놀라운 용감무쌍은 최씨 집안의 청사에 두고두고 회자되고 기록될 거야. 오늘따라 휘영청 달이 밝고 귀뚜라미 슬피 우니 모친 생각에 목이 메고 입안이 칼칼해지는군요. 다정도 병인가요, 큰형님?"이라고 뜬금없이 감격해 한 사람은 셋째, 최병부.

"보아하니 오늘도 참새는 역시 방앗간을 그냥 못 지나가겠군요. 오라버님들은 좀 더 효심과 우애를 나누고 오세요. 착한 누이동생은 교재 연구라는 중대한 볼일이 있어 이만 실례합니다. 그날, 때때옷 입고 천진난만한 노래자(老萊子)의 마음으로 뵙시다."라고 한마디 더 깐족이고 잠자리처럼 사뿐히 궁둥이를 일으킨 이는 짐작하다시피 최대한의 고명딸 최정혜였다.

그 후에도 그들은 몇 차례 더 회합을 가졌다. 최갑부가 소집했고, 효우정에서였다. 주목적은 당일 행사를 위한 논의였지만, 최정혜를 뺀 삼 형제가 장형철의 횟집으로 진출하기 위한 멍석 깔기의 성격도 없지 않았다. 삼 형제는 자타가 인정하는 효자요, 우애 있는 형제요, 술 마니아들이니까. 사 남매(특히 삼 형제)는 회합을 가질 때마다 통과의례처럼 효를 들먹이고 마치 제 부모의 마음속으로 잠수했다가 나온 것처럼 떠벌였지만, 정작 당일의 돌발 상황을 예상한 사람은 없었다.

……역사란 그런 것이다. 대개 새로운 역사는 전혀 예상하지 못한, 아주 낯설고도 사소한 것에서부터 출발한다. 별것도 아닌 시비, 단순한 해프닝, 작은 실수, 무심코 던진 말 한마디 등등. 처음엔 그게 시뻐 도도한 역사의 흐름을 바꿀 수 있을까 싶지만, 일정한 시간이 지나면

누구나 깨닫게 된다. 그것은 우연의 가면을 쓴 필연이요, 새로운 역사 속으로 진입하는 예정된 신호임을. 최 회장댁도 그러했는데, 비단 최 회장댁의 경우만은 아닐 것이다.

"영감!!!"

선뜻 믿어지지 않겠지만, 최 회장댁의 역사적 가을은 그 알량한 고함으로부터 시작됐다. 아무도 예상하지 못했을 뿐만 아니라 여태 한 번도 들어본 적이 없는, 아주 낯설고도 경이로운 도축자의 포효. 손자 소녀들이 준비한 이벤트도 끝나고 화기애애한 분위기 속에서 진수성찬의 음식들을 막 들기 시작할 무렵. 정확히는 2016년 음력 9월 29일 18시 34분이었다.

첫째 날

1

최정혜는 오후 자율학습 감독을 마치자마자 총알같이 교무실을 나섰다. 귀갓길에 그녀는 시내 백화점에 들러 아이보리색 톤의 순면 와이셔츠와 홍시색 바탕에 펭귄과 아이스버그가 산뜻한 페레가모 실크 넥타이를 샀다. 생신 축하 선물은 물품 대신 집당 백만 원씩 추렴한 현금으로 드리기로 약속되어 있었지만, 그래도 빈손으로 가기가 뭣했다.

최정혜가 허겁지겁 엘리베이터를 타고 올라갔을 때, 문 앞에는 정장 차림의 장형철과 조정희가 꼭 이혼하러 가는 사람의 표정과 자세로 서 있었다. 최갑부와 동갑인 장형철과 두 살 아래인 조정희는 재작년에 길 건너 전통시장 초입에 횟집을 개업해 영업하고 있었다. 최정혜가 반갑게 인사하자 장형철이 빙긋 웃으며 말했다.

"볼일 보고 이제 오는구나. 오랜만이다."

"퇴근하고 곧장 오는 길이에요. 건강하시죠?"

최정혜는 하마터면 '혹시, 무슨 일 있는 건 아니시죠?'라고 잇대어 물을 뻔했다.

"토요일에도 출근하니?"

멀찍이 떨어져 서 있던 조정희가 자린고비 웃음을 지으며 물었다.

"수능이 얼마 안 남았거든요. 왜, 가시게요?"

최정혜는 올해 처음 고3 담임을 맡았다. 그녀는 시내 공립고 6년차 정규교사다.

"우리 장사가 그렇잖니. 외삼촌께 축하인사 드리고 나오는 길이야."

"아, 그러세요."

"어서 들어가 봐. 시간 나거든 가끔 들르고. 얼굴 잊어버리겠다야. 간다."

장형철은 손을 번쩍 들어 작별인사하고는 마누라야 오든 말든 내 알 바 아니라는 듯 뒤도 안 돌아보고 엘리베이터 속으로 켄터키 할아버지 같은 몸을 실었다.

최정혜는 곧장 현관 옆 작은방으로 갔다. 최대한은 작년 연말에 그 방으로 거처를 옮겼다. 하늘색 운동복 차림의 최대한은 방 가운데 책상다리한 앉음새로 팔짱을 끼고 앉아 멀뚱히 텔레비전에 눈을 박고 있었다. 그 모습이 여느 때와 달리 설면했다. 자그맣게 켜둔 32인치 HD 텔레비전에서는 뉴스가 한창이었다. 화면 하단에는 국정 개입 사건으로 검찰 수사를 앞둔 최순실의 유럽 행적이 드러났으며 민정수석 등 청와대 수석비서관 열 명 전원이 사표를 제출했다는 뉴스가 자막으로 흘러가고 있었다.

"아빠, 생신 축하드려요. 더도 말고 지금처럼 건강하세요."

최정혜가 학창 시절의 버릇대로 목을 끌어안으며 어리광을 부렸지만, 최대한은 돌아보지도 않은 채 "왔냐?" 무덤덤하게 대꾸할 뿐 예전처럼 반기는 기색이 아니었다. 최정혜는 그만 무안해 가지고온 선물 꾸러미를 살짝 내려놓고 방을 나왔다.

거실에는 최씨 삼 형제와 남상운이 다과상을 앞에 놓고 겨울나무 같은 표정으로 둘러앉았고, 아이들은 구석구석에 끼리끼리 모여 봄꽃처럼 웃고 있었다. 주방에는 세 며느리들이 음식을 준비하느라 분주했다. 안방에는 도축자, 최숙희, 장인환이 둘러앉아 굼뜨게 고스톱을 치고 있었다. 그 옆에는 최병부와 강지혜의 막내아들 두 살배기 석준이 노란 모듈형 유아의자에 앉아 이백 살쯤 먹은 신선 같은 표정으로 창밖의 세상을 구경하며 손가락으로 제 나이를 꼽아보고 있었다.

최정혜는 안방으로 들어갔다. 들어서며 장인환과 최숙희에게 깍듯이 인사를 올렸지만, 부부는 최정혜보다 도축자가 덜퍽지게 설사한 오동을 더 반겼다. 두 분 다 오후에 목욕탕과 미장원·이용소를 다녀왔는지 주름진 이마가 형광 불빛에 반짝이는 모노륨 장판처럼 반질거렸다. 한복보다 양장을 선호하는 최숙희는 터키석 빛깔의 바지 정장에 사프란색 실크 머플러를 둘렀고, 사철 신사복만을 고집하는 초등학교 교장 출신의 장인환은 갈색 스트라이프 양복 차림에 흰색 와이셔츠를 받쳐 입고 깔끔한 빗살무늬 네이비/레드 넥타이를 매고 있었다. 최숙희는 부분 가발에 염색까지 하고 입술에는 평소보다 짙게 분홍 립스틱을 발랐다. 그렇게 치장하니 도축자보다 네 살 많은 최숙희가 되레 네 살 젊어 보였다.

페플럼 원피스 차림에 롱 카디건을 걸친 최정혜는 무릎을 꿇고 도축자 곁에 붙어 앉았다. 눈앞에서 고 찬스를 놓친 도축자의 장탄식이 한동안 이어졌다.

"엄마, 아빠가 왜 저래? 원래 저런 분이 아니시잖아."

매개를 보아 최정혜가 물었다.

"낸들 능구렁이 속을 어찌 알겠냐. 며칠 전부터 사흘 굶은 시아비 낯짝 꼴을 해가지고 졸아 붙는다."

"아빠 건강검진 결과는 나왔어? 얼마 전에 받았다고 그랬잖아."

"평생 병원 한 번 안 가던 고집불통이 무슨 바람이 불었는지…….

몰라, 나왔는지 안 나왔는지. 말을 해야 알든가 말든가 하지. 보나마나 백여시한테……."

도축자가 치던 화투를 계속 치며 구두덜거렸다. 뒤늦게 딸에게 할 소리가 아니라는 걸 깨달은 도축자가 하던 말을 멈추자 최숙희가 되받았다.

"올케는 말을 해도 꼭…… 지금 동생 나이가 몇인데……. 그것도 큰 병이구먼."

설사로 바짝 독이 오른 도축자도 지지 않고 맞섰다.

"형님은 깊이 몰라서 그래요. 그 버릇 어디 개 준답디까? 귀때기 새 파란 여자만 보면…… 그 더러운 버르장머리는 형님도 잘 알면서 그래 요. 세월이 유수같이 흘렀어도 그놈의 버르장머리는 늙을 줄을 모르 니 그게 큰 병이지요. 아니 할 말로 일평생 칼 잡은 뚝배기 손으로 스 텐 그릇같이 매끈한 사진기를 잡는다는 게 가당키나 한 일이요? 사진 의 사 자도 모르는 주제에 하이고 무슨 얼어 죽을 놈의 사진. 남세스 러운 줄도 모르고 그걸 예술 사진이라고 법석을 떠는 꼴이란……."

"올케 말이 구구절절 옳고 맞네. 세월이 유수같이 흘렀어도 그놈의 투기하는 버르장머리는 늙을 줄을 모르니 병도 예사 병이 아니지. 입 이 삐뚤어져도 말은 바로 하라고 세상 남정네들 치고 여자 싫어하는 사람 있던감? 우리 형철이 아비 같은 사람, 천지강산에 씨 할래도 없 다. 올케야, 제발 우물 안 개구리로 처박혀 재산타령만 하지 말고 눈 을 좀 크게 뜨고 살아라. 늙어가며 취미 삼아 동호회를 만들어 여가 생활을 즐기는 걸 가지고 그걸 못 참아 저래 속을 끓이니 제 명대로 살기는 틀렸구먼."

"하이고 초립은 똥색이고 가재는 개울 편이라 그러더니만, 옛말이 하나도 그른 것 없구먼. 꼴에 동기간이라고."

"이 무식한 올케야. 초록은 동색이고 가재는 게 편이다. 유식한 체 하려거든 제대로 알고나 해라."

"싸우는 꼬락서니하고는……. 그만 치우고 어서 화투나 쳐라."

참다못한 장인환이 졸라맨 넥타이를 늦추며 벌컥 역정을 냈다.

최정혜는 두 노인에게 공연히 싸움을 붙인 것 같아 슬그머니 자리에서 일어났다. 신기한 것은 두 노인이었다. 만나기만 하면 저렇듯 티격태격 싸움질인데 주야장천 붙어 다닌다. 마치 싸우기 위해 만나고 만나기 위해 싸움하는 것 같았다. 저러다 자신들을 헐뜯는 적수를 만나면 언제 그랬냐 싶게 찰떡 공조를 과시하니 오월동주도 그런 오월동주가 없다. 최정혜는 두 노인의 행태를 진작부터 알고 있기에 특별히 마음의 가책을 느끼지 않았다.

"남실아, 너도 여기 앉아 봐라."

최정혜가 안방에서 나오자 최갑부가 불렀다. 스리피스 차콜 그레이 슈트 차림에 여간해서 하지 않는 넥타이까지 매고 말쑥하게 이발한 최갑부의 신수가 훤했다. 최갑부뿐 아니라 최을부와 최병부도 얼굴에 광내고 번지르르하게 차려 입으니 얼굴값 하는 탤런트 못지않았다. 이제보니 남상운이 제일 빠졌다. 북어마냥 비쩍 마른 것이 한눈에 들어왔다. 저 인간은 똑같이 밥 처먹고 맨날 저 모양으로 비리비리한지 몰라. 최정혜는 까닭 없이 샘나 최병부를 슬쩍 밀치며 엉덩이를 들이밀었다. 최병부 대신 남상운이 궁둥이를 뭉그적거려 자리를 열어 주었다. 최정혜는 어색한 분위기를 메우기 위해 누렇게 변색된 사과 조각 하나를 스테인리스 포크로 찍었다. 경계하듯 주위를 한 바퀴 일별한 최을부가 후두암 환자 같은 목소리로 물었다.

"아까 아버지 뵙고 나오는 것 같던데, 별 말씀 없으셔서?"

"무슨 말씀요?"

최정혜가 시치미 떼고 되물었다.

"기분이 좀 다운되어 있지 않던?"

이번에는 최병부가 물었다.

"좀 그런 건 같던데, 왜 그래?"

최정혜는 두 살 터울인 최병부와는 어릴 적 버릇이 되어 말을 트고 지낸다.

"우리도 지금 그게 궁금하구나. 도통 말씀이 없으시니……."

최갑부가 파르라니 윤이 날 정도로 면도한 아래턱을 손끝으로 쓸며 뇌까렸다.

"아무래도 건강검진에서 예사롭지 않은 특이점이 발견된 것 같아. 여러 가능성을 놓고 검토해 봤지만, 이유라곤 그것밖에 없다는 결론이었어."

남상운이 지금까지의 논의 결과를 보고하듯 나직이 말했다. 최을부와 최병부도 남상운의 말에 동조하는 눈빛으로 고개를 끄덕거렸다. 최정혜는 일순 가슴속으로 서늘한 바람이 스쳤지만, 궁따듯 사과 조각을 아삭아삭 씹었다.

"오늘만큼은 다들 언행에 조심하자고. 아버지 스스로 말씀하시기 전까지 함부로 입을 놀리지 않도록……."

최갑부가 가만히 한숨을 뿌리며 당조짐했다.

2

강지혜가 물 묻은 손을 붉은 앞치마에 문지르며 주방을 나오다가 최정혜와 눈이 마주치자 잠시 보자는 눈짓을 보냈다. 최정혜는 오빠들 눈치를 보다가 조용히 일어나 화장실로 갔다. 강지혜는 세면대의 수도꼭지를 한껏 틀어놓고 양변기에 걸터앉아 오줌을 찔끔거리고 있었다. 최정혜가 막무가내로 문을 밀자 기겁한 강지혜가 누던 오줌을 화들짝 멈추고 죽는소리를 냈다.

"손모가지는 어따 두고…… 기척 좀 해라."

"하늘같은 시누이한테 말하는 본새 좀 보소."

"예법대로 할까요, 아가씨?"

강지혜가 비꼬듯 이죽거렸다. 둘은 여고 때부터 단짝이었다. 그 불여우가 친구를 만난답시고 집을 번질나게 들락거리더니 착하디착한 최병부를 꼬드긴 모양이었다. 그 사실을 감쪽같이 몰랐다가 약혼할 무렵에야 알게 된 최정혜는 그 충격으로 심한 위장병을 앓았다. 최정혜는 거울 속으로 입안의 스리를 점검하며 새침하게 말했다.

"보자고 한 이유가 뭔데? 또 애 가졌어?"

졸지에 친구에서 올케언니로 변신한 강지혜는 결혼을 제일 늦게 했으면서도 두 해 걸러 하나씩 줄기차게 애를 뽑아 작년에 이미 결혼 십이 년 대선배인 정은숙을 따라잡았다. 아들만 징그럽게 셋이었다.

"넌 애밖에 모르니. 누가 낳고 싶어서 났니. 자꾸 들어앉는 걸 어떡해. 내쫓을 수도 없는 일이고……."

"내가 네 심보를 모를 줄 알고. 우리 아빠 사랑을 독차지해 이 집 재산을 말아먹으려고 개수작을 부리는 거 아냐. 우리 아빠는 애 많이 낳는 자식을 최고의 효자로 치잖아. 그 정보를 입수하고 무지막지하게 일을 저지르고 있는 거잖아."

"누가 수학 잔머리 아니랄까 봐, 잔머리 굴리는 데는 우리 아가씨 당할 자가 없다니깐. 야, 최정혜. 솔직히 부러우면 부럽다고 해라. 그러면 그 비법을 확실히 알려줄 테니까."

강지혜가 자존심을 사정없이 짓뭉갰다. 최정혜는 강지혜보다 일 년 먼저 결혼했으면서도 아직 딸 하나밖에 없다. 안 낳은 게 아니라 못 낳았다. 지고는 못 참는 성미인 최정혜는 남상운을 달달 볶아 산부인과 병원에도 끌고 다니고 민간 비법이라는 것도 써 보았지만 여전히 깜깜소식이었다. 최정혜는 끓어오르는 속을 꾹꾹 누르고 빈정거리는 투로 물었다.

"막내올케, 나를 보자고 한 이유가 뭐야? 이제 보니 애는 아닌 것 같고."

"이십 주째야. 그 땜에 널 보자고 한 것은 아니지만."

"야, 강지혜. 너 진짜 미쳤구나. 우리 오빠를 말려 죽일 작정이니. 도대체 뒷감당을 어떻게 하려고……"

"그런 염려는 하지 않아도 돼. 병부 오빠는 아버님 어머님께서 제발 그만 좀 낳으라고 싹싹 빌 때까지 낳아 보자고 했어. 맥시멈이 얼마가 될지 우리도 몰라."

강지혜는 약 올리듯 너스레를 떨며 세면대의 물에 뽀득뽀득 손을 씻었다. 모조 토파즈 반지와 연꽃 문양의 네일아트가 엉뚱스러운 손가락이 아담 사이즈에 비해 유난히 길었다. 저래야 애가 잘 들어서는 건가? 최정혜는 별의별 생각이 다 들었다. 최정혜는 솔직히 강지혜가 부러웠다. 손을 씻으며 보란 듯이 살랑살랑 흔들어대는 골반과 엉덩이가 자기 것보다 빈약했으면 했지 유별나거나 튼실해 보이지도 않는데 강지혜의 자궁이 도대체 어떻게 생겨 먹었기에 싹을 잘 틔우는지 신기했다. 속는 셈치고 살살 구슬려 비법을 전수 받아 봐? 최정혜가 잠시 황당한 생각을 하고 있는데 강지혜의 말이 귀를 쿡 쑤셨다.

"실은 널 보자고 한 건……. 조금 전에 어머님께서 고모님께 하는 소리를 엿들었는데, 이따 생신상머리에서 아버님께서 중대 발표를 하실 예정이래. 혹시 아버님과 죽이 잘 맞으시는 우리 아가씨께서 구체적인 정보를 알고 계시나 해서……."

"중대 발표?"

"그래. 분명히 중대 발표라고 하셨어. 중, 대, 발, 표."

강지혜는 강조하기 위해 다시 한 번 스타카토로 방점을 찍었다.

"난 금시초문인데."

"진짜 꽝이야?"

"그렇다니까."

"난 여태 네가 비선 실세인 줄 알고 친한 덕 좀 보쟀더니 영 아닌가 보네."

강지혜는 무시하듯 입을 삐죽하며 행거의 자주색 타월을 당겨 손을 닦았다. 최정혜가 엉덩이를 까고 양변기에 앉으며 좀 더 자세히 물어보려는데 문 밖에서 최병부의 짜증 섞인 목소리가 쏟아졌다.

"대체 안에서 무슨 작당을 하고 있는 거야. 어서 좀 나와."

"여기서 한 말은 다 비밀."

서둘러 옷매무새를 점검하고 나올 때 강지혜가 속살거렸다. 드라큘라처럼 뒷덜미를 물어뜯을 듯이 바투 붙이고 뿌리는 강지혜의 입김에는 헬리오트로프 같은 향이 묻어 있었다. 어쩌면 병부 오빠가 불여우의 저 가짜 초콜릿 향에 속아 구워삶긴지도 모른다고 최정혜는 생각했다.

3

최정혜는 속이 탔다. 애써 밝은 표정으로 음식들을 거실로 나르고 있었지만, 머릿속은 내처 '중대 발표'란 단어에 매달려 있었다. 강지혜의 말이 사실이라면 십중팔구 후계자 문제일 가능성이 높았다. 그 불여우가 자신의 든든한 동아줄을 활용하지 않았을 리 없다. 생신을 핑계로 은밀히 최대한에게 접근해 선물 공세를 펴며 은근슬쩍 네 번째 임신 사실을 알렸을 것이다. 그것이 철저히 계산된 수작인 줄 모르고 강지혜의 가짜 효심에 감복한 나머지 최대한은 은밀히 약속했는지 몰랐다. 아니면 네 번째 임신을 볼모로 협박했는지도 모를 일이었다. 자신의 요구를 들어주지 않으면 뱃속의 손자는 보장할 수 없다고. 강지혜는 그러고도 남을 종자였다.

이유야 어떻든 만일 아버지가 가족들이 다 모인 자리에서 강지혜를 자신의 후계자로 덜컥 발표해 버린다면…… 상상만으로도 끔찍했다. 무슨 수를 쓰더라도 그것만은 막아야 했다. 최대한의 전폭적인 지원을 등에 업은 강지혜가 거들먹거리며 유세하는 꼴은 죽어도 못 봐주는 꼴불견이었다.

최정혜는 입술이 솔가리처럼 탔다. 음식 쟁반을 나르며 슬쩍 보니 강지혜는 밥을 푸는 정은숙의 곁에 붙어 밥 풀 그릇들을 하얀 행주로 닦아 주며 제비처럼 조잘대고 있었다. 강지혜는 지금 속으로 쾌재를 부르고 있을 것이다. 조금 전에 자신을 화장실로 불러내 슬그머니 '중대 발표'를 흘린 것도 새로운 정보를 얻기 위해서라기보다, 돌다리도 두드려 보는 심정으로 돌아가는 상황을 넌지시 떠보기 위한 고도의 전략일 수도 있었다. 그 생각이 미치자 최정혜는 속이 뒤틀렸다. 필시 강지혜는 화장실을 나오며 너는 아니구나, 가위표를 쳤을 것이다.

최정혜는 광어와 도다리 회 접시를 나르다 말고 배를 움켜쥐고 냉장고에 머리를 기댔다.

"당신, 왜 그래?"

놀란 남상운이 재바르게 다가와 최정혜의 어깨를 감쌌다.

"점심때 짜장면을 먹었더니…… 그게 잘못됐나 봐."

최정혜는 오만 상을 찌푸리며 간신히 대답했다.

"작은올케, 집에 매실청 좀 남아 있어요? 배 아픈 데는 그게 제일이던데."

"아직 좀 있을 거예요. 가져올까요?"

미역국을 푸다 말고 다가온 허경화가 걱정스러운 표정으로 바라보았다. 최정혜는 마른 입술을 빨며 산통을 느끼는 임신부처럼 눈을 감고 일정한 간격으로 이맛살을 찌푸렸다. 최정혜가 까라지는 목소리로 말했다.

"비밀번호가 몇 번이에요? 제가 갈게요. 냉장고에 있죠?"

"아니에요. 금방 제가 가지고 올게요."

"그럼, 부축 좀 해 주실래요? 번거롭게 가져오고 하는 것보다 그게 나아요."

"괜찮겠어요, 아가씨?"

최정혜는 말없이 고개를 끄덕이며 현관 쪽으로 조심스럽게 걸음을 뗐다. 허경화가 재빨리 부축했다. 남상운이 앞장서 현관문을 열었다. 최정혜는 가지색 플랫슈즈를 꿰며 사색이 된 남상운에게 너무 걱정하지 말라는 눈짓을 보냈다. 그러나 남상운은 엘리베이터 속의 최정혜가 보이지 않을 때까지 근심 어린 낯빛으로 바보처럼 서 있었다.

최을부와 허경화의 집은 바로 위층이었다.

최정혜는 엘리베이터가 멈추자마자 언제 그랬느냐는 듯이 허리를 펴고 허경화의 손을 왁살스레 잡아끌었다. 놀란 허경화가 흑염소처럼 끌려오며 아가씨, 아가씨만 연발했다.

"올케언니, 큰일 났어요."

최정혜는 현관으로 들어서며 다급하게 말했다.

"아가씨, 대체 무슨 일이에요?"

"혹시 소문 들었어요? 오늘 아빠가 중대 발표하신대요."

"뜬금없이 그게 무슨 소리예요?"

"정확한 정보예요. 아무래도 불여우한테 뒤통수를 얻어맞은 것 같아요."

"좀 자세히 말씀해 보세요. 배는 괜찮은 거예요?"

"이런 상황에 배 아플 시간이 어디 있게요. 아까 불여우가 나를 부르더니 살짝 귀띔해 줬어요. 아무래도 불여우가 아빠로부터 모종의 언질을 받아낸 것 같아요."

"그럴 리가요."

"확실하다니까요. 그리고 불여우가 또 임신했대요. 이십 주째래요."

"어머, 기가 막혀."

허경화도 어이없어 했다.

"지금 곰곰이 생각해 보니 모두 이것과 연관돼 있었어요. 아까 오자마자 아빠 뵈러 갔었거든요. 왠지 모습이 예전 같지 않더라고요. 얼굴에 수심이 가득하고 힘도 쭉 빠져 있고…… 나는 내심 건강검진 결과가 잘못 나왔나 걱정했죠. 오빠들도 다 그리 생각하고 있고요. 근데그 궁금증이 이제야 풀리네요. 맞아요. 틀림없이 불여우의 짓이에요. 뱃속 생명을 볼모 잡아 아빠를 협박했을 거예요. 자신의 요구를 들어주지 않으면 뱃속의 손자는 절대로 무사하지 못할 거라고 노골적으로 겁박했을 가능성이 아주 농후해요. 그래서 아빠가 그런 거라고요."

"설마요."

"불여우는 그러고도 남을 년이에요. 그러니까 중대 발표는 무슨 수를 쓰더라도 막아야 해요. 아빠의 진심이 아니니까요. 올케언니, 아셨죠?"

"아가씨 말이 사실이라면 그렇긴 하지만, 이제 와서 무슨 수로 막아요?"

"방법을 찾아봐야죠. 그러니까 올케언니가 좀 도와주세요. 그런 낌새가 보이면 내가 또 배를 움켜쥐고 데굴데굴 구를게요. 그때 올케언니가 실감나게 연기해 주세요. 극약처방으로 국면을 바꾸는 거예요. 설마 딸이 아파 죽는다고 데굴데굴 구르는데 무리하게 고! 하겠어요?

그렇게 일단 발등의 불부터 꺼놓고 방법을 찾아봐야죠."

"전 뭐가 뭔지 모르겠어요. 불안하기도 하고……."

"올케언니, 큰맘 먹어요. 대한빌딩의 미래가 걸려 있는 문제예요. 아셨죠?"

"전 아가씨만 믿을게요."

"고마워요, 언니."

잠시 뒤 최정혜는 나갈 때처럼 허경화의 부축을 받으며 현관으로 들어섰다.

4

최대한의 일흔 번째 생신상은 세 개의 마호가니 교자상을 잇대어놓은 거실에 차려졌다. 가운데 상에는 연두색과 황갈색 한복 차림의 최대한과 도축자, 맞은편에는 장인환과 최숙희가 앉았다. 최대한의 우측 상에는 최갑부와 정은숙, 맞은편에는 최병부와 강지혜가 앉았고 좌측 상에는 최을부와 허경화, 맞은편에는 최정혜와 남상운이 앉았다. 아이들은 제 부모들이 앉아 있는 빈 공간에 적당히 차지하고 앉았다. 아들 부자인 최병부와 강지혜는 양쪽에 하나씩 앉히고도 모자라 하나를 부부 사이에 끼워 앉혀야 했다. 그 광경이 마트료시카 인형처럼 가관이었다. 여기에다 내년에 또 하나가 추가된다니, 최정혜는 생각만 해도 헛웃음이 나왔다. 최갑부와 정은숙은 아들 둘 딸 하나, 최을부와 허경화는 딸 둘을 두었다. 아이들은 고3인 최갑부와 정은숙의 맏이 승기 말고는 다 참석했다.

상 위에는 케이크 대신 팥고물이 투실한 시루떡이 편틀 위에 백세 장수를 상징하는 십 단으로 쟁여 있고 그 위에 일곱 개의 왕초가 꽂혀 있었다. 그리고 상 위에는 조림, 튀김, 볶음, 부침 종류와 장형철과 조정희가 가져온 광어, 도다리, 농어 회가 밥, 미역국, 법주와 함께 푸짐하게 진설되어 있었다.

최갑부의 권유에 따라 최대한과 도축자가 시루떡 위의 촛불을 불어 끄자 준비하고 있던 아이들의 폭죽이 펑펑 허공을 갈랐다. 뒤이어 최갑부와 정은숙의 둘째아들 승호의 소프라노 색소폰 연주, 최을부와 허경화의 맏딸 예림의 바이올린 연주, 최정혜와 남상운의 외딸 은비의 플루트 연주, 최병부와 강지혜의 맏이 한준의 태권도 품새 시범이 있었고, 특별 출연으로 지난번 개교기념 교내 백일장에서 장원을 차지한 최갑부와 정은숙의 딸 승희의 장원시 낭송이 이어졌다.

한 차례의 이벤트가 끝난 뒤 최갑부가 남매를 대표해 최대한에게 생신 축하 봉투를 드렸고, 이어 최갑부부터 순서대로 최대한과 도축자에게 덕담을 곁들인 축하주를 올렸다. 최대한은 사양 않고 주는 대로 받아 마셨다. 원래 최씨 집안 남자들은 대주가 체질이었다. 그 중에서도 최대한이 으뜸이었다. 남자에 이어 여자들이 축하주를 올리려 하자 도축자가 손을 내저었다.

"집당 한 잔이면 됐다. 네 시아비가 열 잔, 백 잔을 줘봐라 마다 소릴 하는가. 오늘은 특별히 중대 발표도 해야 하니 정신줄을 놓으면 안 된다."

"중대 발표라니요?"

최갑부가 눈을 둥그렇게 뜨고 물었다.

"이따 보면 안다. 너희들은 굿이나 보고 떡이나 먹어라."

"그래. 술은 그만 됐다. 밥 먹자."

최대한이 숟가락을 들며 심드렁하게 대꾸했다.

"아버님, 어머님! 잠깐 드릴 말씀이 있는데요."

최대한의 신호로 막 수저를 집으려는 사품이었다. 강지혜가 배시시
웃으며 보브컷한 옆머리를 귓등으로 쓸어 넘겼다. 수저를 들다 말고
모든 시선들이 강지혜의 얼굴로 쏠렸다. 강지혜가 낭창하게 말했다.

"오늘같이 기쁜 날, 아버님 어머님께 큰 선물을 드리려고 참고 있었
어요. 실은 저 넷째를 가졌어요. 뱃속의 손자가 지금의 아버님처럼 건
강한 모습으로 고희를 맞을 때까지 아버님 어머님, 부디 오래오래 건
강하세요."

아니꼬운 강지혜의 말이 떨어지자 좌중은 잠시 충격과 놀라움으로
침묵에 휩싸였다. 그 순간 최병부는 얼굴이 고추잠자리가 되었고, 강
지혜는 자신이 말실수를 했나 싶어 고추냉이 삼킨 낯짝을 하고 애매하
게 웃었다. 우리 지혜가 또 손주를 가졌다네요. 도축자의 귀띔을 듣고
서야 사태를 파악한 최대한이 비로소 너털웃음을 지으며 반색하는 목
소리로 말했다.

"뭣이? 지혜가 또 손주를 가졌다고. 이런 경사가 있나. 지혜야, 이리
와서 술 한 잔 따라 보거라. 네 술 한 잔 받아먹고 싶구나. 장하다. 네
가 우리 집 복덩이고 진짜 효부다."

최대한과 도축자는 입에 익어 강지혜에게는 늘 이름을 불렀다.

"요즘 세상에 셋도 쉽지 않은데 장하구나. 앞으로 몸조리 잘 하고

건강한 애기를 출산하거라. 고맙다."

"친정 막내질부 볼 때 함박눈이 펑펑 쏟아져 복을 덩굴째 이고 오는 구나 싶더니만 옛말이 하나도 그런 것 없네. 되는 집은 자갈밭을 사나 도 금싸라기 땅이 된다더니만……."

최대한의 말을 받아 도축자와 최숙희의 덕담이 이어지자 그제야 그 것이 경사라는 사실을 깨달았다는 듯이 여기저기에서 축하의 말이 쏟 아졌다. 졸지에 스타가 된 강지혜는 다소곳이 일어나 최대한과 도축자, 장인환과 최숙희의 잔에 술을 따르며 눈꼴사납도록 또 알랑방귀를 뀌 었다. 최대한은 술을 받는 내내 입이 귀에 걸렸고, 도축자와 최숙희는 볼수록 사랑스럽고 신기하다는 듯 교대로 강지혜의 손과 등을 어루만 졌다.

"영감, 생각지도 않은 희소식을 우리 지혜가 선물하니 곧 우리 장손 승기도 좋은 소식을 선물할 모양이요. 쇠뿔도 단김에 빼라고 희소식이 식기 전에 약조한 걸 그만 발표하시구려."

강지혜가 따라준 술을 최대한이 비우자 도축자가 점잖게 재우쳤다. 최정혜는 '발표'란 말에 귀가 번쩍 열렸다. 슬쩍 보니 허경화는 고개를 수그리고 젓가락질을 하고 있었다. 최정혜는 상 밑으로 발을 넣어 허 경화의 발바닥을 간질였다. 상 밑의 발이 그녀의 것이 아니었던지 최 을부가 눈을 둥그렇게 뜨고 바라보았다. 최정혜는 얼른 미안한 눈짓을 보내곤 허경화의 발을 찾아 허공을 맴돌았다.

"이제 보니 승기가 안 보이는구면."

최대한이 도축자의 말을 무시한 채 주위를 휘둘러보았다.

"예. 오늘은 자율학습 마치는 대로 곧장 오라고 일렀습니다만, 아까 어미한테 전화하는 걸 보니 학원에서 중요한 특강이 있어서⋯⋯."

"죄송해요, 아버님. 오늘 중요한 수학 특강이 있나 봐요. 빠지면 안 된다고 해서⋯⋯."

최갑부와 정은숙이 번갈아 허리를 낮추며 해명했다.

"영감!"

"잘했다. 암, 그래야지⋯⋯."

"어머니, 오늘같이 좋은 날 뭘 자꾸 발표하라 그래요. 좋은 날에는 좋은 대로 그냥 즐기는 게 좋아요. (조르르 다가가 도축자의 잔에 술을 따르며) 얼마나 좋아요. 또 귀한 손주 보게도 생겼고. 착한 딸이 올리는 술 한 잔 잡숫고 오래오래 건강하세요."

"네 말은 고맙다만, 너는 잠자코 있어라. (술을 단숨에 들이켜고 나서) 영감!!"

"자형도 쭈욱 한잔하시지요. 오늘 같은 날 몸 생각한다고 아니 마시면 이 처남이 되게 섭섭합니다. 까짓것 자형이나 나나 앞으로 살면 얼마나 더 살겠소. 마십시다. 안 그렇소, 누님?"

"그렇고말고. 동생, 그동안 수고 많았네. 지팡이 하나 꽂을 땅 없던 우리 최씨 집안을 이렇게 우뚝 세워놨으니⋯⋯ 다 동생 공이네."

"과찬의 말씀을⋯⋯. 다 누님께서 머리를 잘 틀어 주신 덕분이지요."

"내 술 한 잔 받고 오래오래 수하시어 최씨 집안의 광영을 굳건히 지키시게. 미력하나마 이 사람이 힘닿는 데까지 보태겠네."

"고맙습니다. 암, 그래야지요. 누님 내외분도 오래오래 수하세요."

"이놈의 영감탱이가⋯⋯."

"다들 고맙구나. 모두들 이쪽 눈치 보지 말고 한 잔들 해라. 모자라면 더 시켜 먹고. 이제 보니 우리 최씨 집도 옥상 정원처럼 제법 어울리는구나, 허허."

"영감!!!"

그때였다. 도축자가 숟가락을 딱 소리 나게 내려놓으며 고함을 질렀다. 그 소리가 얼마나 컸던지 마치 건물 전체가 굉음을 내며 무너져 내리는 것 같았다. 어마지두에 놀란 눈들이 허공에서 한동안 어지럽게 뒤섞였다. 기함한 아이들은 더러는 소리 내어 울음보를 터뜨렸고, 더러는 본능적으로 제 부모의 품속으로 얼굴을 묻으며 자지러졌다.

"이게 뭔 소리여. 지진인가?"

최대한이 최숙희의 잔에 술을 따르다 말고 귀를 쫑긋했다.

"보자보자 하니……. 영감, 참말로 자꾸 엉뚱한 소리하며 미꾸라지 모양 요리조리 피할 참이요?"

얼굴이 붉게 부풀어 오른 도축자가 금세 최대한의 멱살을 틀어쥘 듯이 눈씨를 곤두세우고 대들었다. 그제야 사태를 파악한 최대한이 치던 술을 계속 치며 점잖게 일렀다.

"아범아, 네 어미 안방으로 모셔라. 술이 좀 과한 것 같다."

최갑부가 일어섰다.

"나라, 이놈아."

최갑부가 어르며 팔을 끌어당기자 도축자는 최갑부의 팔을 사납게 뿌리치며 악다구니를 썼다.

"어머님, 흥분하지 마시고 차근차근 말씀해 보세요. 아버님께서 무얼 발표하기로 하셨는데요?"

그때 얌전히 수저질하던 강지혜가 머리를 들고 참견했다. 최정혜는 바짝 신경이 곤두섰다. 한 차례 맞은쪽 허경화와 눈빛을 교환했다.

"그러니까 바로 지난 연말에 네 시아비가 나한테 분명히 약조했니라. 칠순 생신날 우리 식구들이 다 모인 자리에서 오늘 이후부터 이 건물의 소유권을 나한테 넘기겠다고 공식적으로 발표하기로……."

"예?"

도축자의 말에 모두가 놀라 동시에 소리쳤다.

도축자가 말한 건물이란 최대한 소유의 대한빌딩을 말한다. 지하 일층, 지상 팔층의 주상복합형으로 건립된 대지면적 871.2㎡, 연면적 4,348.04㎡의 대한빌딩은 최 회장댁의 삶의 보금자리이자 생활 터전이었다. 지하 일층에는 주차장과 기계·전기실 등 부속 용도실이 있고 지상 일층에는 최갑부와 정은숙이 영업하는 까스텔바작 골프웨어 매장과 약국, 올레 대리점, 관리사무소가 있고, 이삼층에는 최을부의 회계사 사무소와 최병부의 건축사 사무소, 강지혜가 운영하다 육아 때문에 그만둔 미술학원과 또 다른 벤처기업 사무실이 자리해 있다. 사오층은 메디컬 층으로 내과, 안과, 정형외과, 남상운의 치과병원이 있다. 육층에서 팔층까지는 층당 두 채씩 사십오 평형 규모의 아파트식 주택으로 지어져 최 회장댁 가족들이 일가를 이루며 살고 있다. 육층에는 본가와 최숙희 부부, 칠층에는 최갑부와 최을부, 팔층에는 최병부와 최정혜 부부가 살고 있다. 따라서 이 건물의 소유권을 달라고 하는 것은 최 회장댁의 가권을 달라고 하는 것이나 마찬가지였다. 모두가 놀란 것은 당연했다.

"나는 그런 약조를 한 일이 없다."

최대한이 단호하게 말했다.

"뭐라고? 이 영감탱이가 사내답지 못하게 한 입에 두 말하고 자빠졌네. 자식들 보기에 부끄럽지도 않소."

"아범아, 뭐하느냐. 헛소리하는 네 어밀 얼른 안방으로 모시지 않고……."

최대한의 목소리가 좀 더 강경해졌다.

"헛소리라고? 참말로 각서 봉투를 가져와 볼까?"

도축자가 분연히 일어나 헐근거렸다.

"그런 게 있거든 당장 내 앞에 가져와 봐라. 아니다. 지혜야, 네가 대신 좀 가져오너라. 저러다 낙상할라."

강지혜가 석준에게 물을 먹이다 말고 쥐새끼처럼 눈을 들었다.

"지혜야, 내 말 알아들었느냐?"

"예, 아버님."

강지혜가 일어났다. 강지혜가 도축자에게 다가가 공손하게 묻자 도축자는 다시 자리에 앉으며 장롱 안 자개함에 있노라고 자신 있게 말했다. 그러곤 열쇠는…… 하고는 귓엣말로 소곤거렸다. 아빠가 왜 불여우에게? 최정혜가 강지혜의 뒤를 따라가 보려고 몸을 일으키자 최대한이 점잖게 일렀다.

"남실아, 너는 일어선 김에 아비한테 와서 술 한 잔 따라라. 명색이 학생을 가르친다는 선생의 범절이 그 모양이냐. 네 어미 잔을 봤으면 멀리 떨어진 것도 아니고 곧장 이 애비 잔도 볼 일이지. 오늘이 누구 생일이더냐."

"죄송해요, 아버지. 아까 어머니께서 그리 말씀하셔서……."

최정혜는 금세 나쁜 짓 하려다 들킨 아이처럼 얼굴이 발개졌다. 꼼짝없이 덜미 잡혀 최대한의 잔에 술을 따르는데 법주가 담긴 사기 주전자의 뚜껑이 부끄러움으로 달그락거렸다.

한참 후 강지혜가 안방에서 나왔다. 강지혜의 손에는 하얀 봉투가 들려 있었다. 군말 없이 도축자 앞에 내려놓은 봉투는 야무지게 봉해져 있었다.

"영감, 이거 보이지요? 이래도 헛소리라고 잡아뗄 참이오?"

기세등등해진 도축자가 봉투를 흔들었다.

"그래, 내용이 뭔지 알아나 보자."

모두의 시선이 집중된 가운데 도축자가 떨리는 손으로 봉투를 뜯었다. 봉투 속에는 흰 빛깔의 편지지 한 장이 들어 있었다. 그러나 편지지에는 아무것도 씌어 있지 않은 빈 종이였다. 소스라치게 놀란 도축자가 뒤로 나자빠졌다. 나자빠진 자세로 온몸을 부들부들 떨며 중얼거렸다.

"이럴 리가 없다. 이럴 리가 없어."

"뭐하느냐. 냉큼 안방으로 모시지 않고……, 어험."

최갑부의 등에 업혀 안방으로 들어가면서도 도축자는 고개를 저으며 악을 썼다.

"뭣이 잘못됐다. 그럴 리가 없다."

5

뜻하지 않은 도축자의 돌출 행동으로 최대한의 고희연은 모양 같잖게 되고 말았다. 그만 기분을 잡쳐 버린 최대한은 어서 음식들을 먹고 각자 소관 보라고 일렀고, 최숙희는 아까 고스톱 칠 때부터 되도 않는 헛소리를 주워섬기더니 곧 뭔 일을 내지 싶더라며 노골적으로 도축자를 타박했다. 도축자는 안방에 들어가서도 악을 쓰며 섧게 울었다. 참다못한 정은숙이 들어가 위로하고 달래도 소용없었다. 도축자에게 저런 면이 있는 줄은 아무도 몰랐다.

자연 거실의 분위기는 가라앉을 대로 가라앉았다. 어른 아이 할 것 없이 마치 먹기 시합이라도 하듯 고개를 푹 수그리고 자기 앞의 음식들을 건정 비우고는 하나 둘 자리를 떴다. 바삐 밥그릇을 비운 최대한도 평복으로 갈아입고 장인환의 뒤를 따라 현관을 나갔다.

최정혜는 세 올케들이 설거지하느라 분주한데 혼자만 빠져나올 수 없어 그 근처에서 행주를 쥐고 얼쩡거렸다. 그러다 가만히 안방을 들여다보니 도축자는 방바닥에 넉장거리로 널브러져 가늘게 코를 골며 자고 있었다. 눈 밑과 뺨에는 얼룩진 눈물이 말라붙어 있었다. 최정혜는 베개를 바로 고쳐주고 샅에 끼워진 이불을 빼내 새로 덮어준 뒤 한참을 바라보고 있다가 방을 나왔다. 발등의 급한 불은 껐지만 전혀 예상하지 못한 새로운 불씨가 눈앞에서 어른거렸다.

"집 안에 첩자가 있다."

설거지와 정리를 끝내고 주방 식탁에 둘러앉아 네 여자가 커피와 음료수를 마시고 있을 때였다. 잠에서 깬 도축자가 주방으로 들어서며 대뜸 말했다. 정은숙이 얼른 일어나 자리를 권했다. 이어 허경화가 커피를 권했고, 강지혜가 믹서커피를 타기 위해 자리에서 일어났다. 도축자는 믹서커피 외는 먹지 않았다.

"엄마, 자세히 좀 말해 봐. 도대체 어찌 된 거야?"

도축자가 강지혜가 탄 커피를 마실 때 최정혜가 물었다.

"이년아, 너는 사십이 다 돼 가면서 아직까지 어미한테 야, 자냐."

도축자가 정색해 되받았다. 최정혜는 가슴이 뜨끔했다. 도축자의 가슴속에 그런 감정을 꽁하니 숨기고 있는 줄은 몰랐다. 그러나 최정혜는 천연덕스런 목소리로 되받았다.

"그것 땜에 삐친 거야?"

"너도 유력한 후보 중에 하나다."

"엄마?"

최정혜가 고리눈으로 소리쳤다.

"어머님, 좀 자세히 말씀해 보세요. 아버님께서 약조하신 각서가 정말 그 봉투 속에 들어 있었단 말씀이에요?"

정은숙이 조심스럽게 물었다.

"이 시어미가 비싼 밥 먹고 헛소리하는 것, 봤냐?"

"한 번도 못 봤어요, 어머님."

강지혜가 얄랑얄랑 꼬리치는 본색을 드러냈다.

"혹시, 각서 내용 중에 기억나시는 것 있으세요?"

이번에는 허경화가 신문하듯 캐물었다.

"있고말고. 모조리 외우라 해도 다 외운다. 각서. 대한빌딩 현 소유주 최대한은 칠십 세 이후부터 대한빌딩의 소유권을 처 도축자에게 양도한다. 이 사실을 칠십 회 생신날 전 가족이 모인 자리에서 공식적으로 발표한다. 만일 이 약조를 이행하지 않거나 위반할 시에는 가족회의에서 어떤 처벌이 결정되더라도 달게 받아들인다. 이천공십오년 십이월 십구일 대한빌딩 현 소유주 최대한. 그리고 이름 옆에 인감도장이 벌겋게 찍어 있었다. 이래도 내가 헛소리했냐?"

도축자의 거침없는 주절거림에 모두가 눈이 휘둥그레졌다.

"확실하네."

최정혜가 맞장구쳤다.

"그런데 왜 봉투 속에 빈 편지지가 들어 있었을까요?"

강지혜가 사설탐정처럼 말했다.

"그러니까 이 시어미 복장이 터져 죽었지. 나는 처음에 꿈인 줄 알았다."

도축자는 아직도 믿어지지 않는 듯 고개를 절레절레 흔들다 커피잔을 들었다.

"……."

모두 말이 없었다.

"틀림없이 집 안에 최대한과 내통하는 자가 있다."

도축자가 다시 한 번 명토를 박았다. 도축자의 달라진 말투에 모두가 긴장했다.

"그 첩자가 최대한의 사주를 받고 은밀히 안방에 들어가 봉투를 바꿔치기 한 거다. 보나마나 그 각서는 최대한의 손에 들어가 있다. 그렇지 않고서야 그렇게 뻔뻔스럽게 거짓말할 수가 없다."

"대체 그 첩자가 누굴까요, 어머님?"

강지혜가 심각한 얼굴로 물었다.

"그걸 알면 내가 가만있겠느냐. 모가지를 틀어쥐고 닭털 뽑듯 머리털을 홀랑 뽑아버렸지."

도축자가 독하게 말했다. 모두가 찔끔했다. 도축자에게 그런 독한 면이 있는 줄은 몰랐다.

"그럼요, 어머님. 첩자는 반드시 색출해 엄벌해야 해요. 그래야 기강이 서요."

강지혜가 도축자의 입맛에 맞게 풀무질했다.

"사내들이 안방을 들락거렸을 리 만무하고, 네 고모는 입만 똑똑하지 아둔해 절대로 그런 머리가 안 돌아간다. 결국 대갈빼기 떼고 지느러미와 꼬랑지 자르고 나니 너희들 넷만 남는다."

"예?"

모두가 기겁해 화들짝 자세를 고쳐 앉았다.

"사흘 말미를 주겠다. 사흘 안으로 지은 죄를 뉘우치고 내 앞에 꿇어앉아 이실직고하면 모든 걸 불문에 붙이고 비밀도 지켜주겠다. 그러나 사흘이 지나도 아무 소식이 없으면 첩자를 잡아달라고 경찰서에 정식으로 수사 의뢰하겠다. 수사해서 잡히면 그때는 하늘이 두 쪽 나도 국물도 없다. 내 말 알아들었으면 명심하고 돌아가거라."

말을 마친 도축자가 맹세의 피를 마시듯 남은 커피를 마저 마시곤 자리에서 일어났다. 일어나는 도축자의 눈에서 파란 빛이 쏟아졌다. 옥다문 입에서는 독기마저 느껴졌다. 도축자에게 이런 카리스마가 있는 줄을 아무도 몰랐다.

도축자가 안방으로 들어가자 짓눌린 분위기에 주눅 들어 찍소리 못하고 앉아 있던 여자들은 서로를 바라보며 혀를 내둘렀다. "큰일 났네." 정은숙이 중얼거렸고, "그러게요 형님." 허경화가 받았다. 갑자기 주방이 으스스 냉기가 돌았다.

"설마 절 의심하시는 건 아니겠죠?"

강지혜가 머그잔의 체리에이드를 마시다 말고 근심스런 얼굴빛으로 말했다.

"누가 의심한댔니. 하긴 우리 속담에 도둑년 제 발 저리다는 말은 있지."

최정혜가 비아냥거렸다. 최정혜는 강지혜를 약 올리려고 일부러 도둑 옆에 '년'을 붙였다.

"난 진짜 아니라니까."

"아니면 됐어, 동서. 진실은 언젠가 밝혀지게 돼 있어."

허경화가 강지혜를 위로했다. 그러나 강지혜의 검은 눈에는 먹구름이 짙게 깔려 있었다. 허경화가 강지혜의 손을 지긋이 한 번 잡았다가 놓았다.

한동안 침묵이 흘렀다. 커피를 마시는 소리만 허공에 둥둥 떠다녔다. 따뜻한 커피가 가슴속으로 스며들어 긴장감이 녹아내리자 정은숙이 어색한 침묵을 깼다.

"나는 올해로 어머님과 함께 산 지가 이십 년이 되었지만, 어머님의 목소리가 그렇게 큰 줄은 몰랐어. 아까 '영감!!!' 하고 소리 칠 때 생각나지? 나는 우리 대한빌딩이 북한이 쏜 스커드미사일에 맞아 폭삭 내려앉는 줄 알았다니까."

정은숙은 죽인 목소리로 팬터마임 하듯 도축자의 표정과 자세까지 흉내 냈다. 정은숙은 사람 흉내 내는 데는 일가견이 있었다. 영락없는 정은숙의 흉내에 최정혜가 배꼽을 잡고 킥킥대다가 열이 올라 붉어진 얼굴을 오른손으로 얄랑얄랑 부채질하며 맞장구쳤다.

"난 울 엄마와 일제강점기만큼 살았지만, 그런 목소리는 처음 들어 봤어요. 마치 백두산 호랑이가 포효하는 소리 같더라니까."

"아가씨, 나는 진도 7.0 지진이 일어난 줄 알았어요. 아버님도 그랬 잖아요. 지진인가?"

"사람마다 반응하는 귀가 다르네요. 저는 가스 배관이 한꺼번에 폭 발한 줄 알고 우리 집 가스 밸브는 잠갔나? 가슴이 철렁 내려앉았다 니까요."

허경화와 강지혜도 적극적으로 가세했다.

펄쩍, 안방 문이 열리는 소리에 덴겁해 일제히 숨을 죽였다. 곧 "이 년들이!" 호통과 함께 얼굴이 붉으락푸르락 달아오른 도축자가 주방 안으로 들어설 것 같은 분위기에 모두 긴장했다. 그러나 도축자는 화 장실로 들어갔다. 잠시 뒤 도축자의 요란한 오줌 줄기 소리가 젖은 날 의 저녁연기처럼 주방으로 넘어왔다. 주방의 여자들은 그 불편한 소리 가 멈출 때까지 저마다의 자세와 표정으로 앉아 숨만 겨우 쉬고 있었 다. 이윽고 지루한 오줌 줄기 소리도 멎고 다시 안방 문이 닫혔을 때, 뜬금없이 정은숙이 입을 막고 배꼽을 잡다가 말했다.

"가만히 생각해 보니 어머님이 역정 나 뀌는 방귀 소리도 엄청 클 것 같아."

"저도 방금 그 생각을 했어요, 형님. 제 머리로는 얼마나 클지 도저 히 상상이 안 되더라고요."

허경화도 정은숙 따라 입을 가리고 배꼽을 잡다가 말했다.

"최소한 목소리보다는 분명히 더 클 거예요. 앉아 있는 엉덩판을 보세요. 입이 붙어 있는 얼굴과는 비교도 안 되잖아요."

"언제 그 소리 한 번 들어봤으면 좋겠다."

이번에는 최정혜와 강지혜가 동조했다.

"동서들, 오늘 수고 많았다. 아가씨도요. 승기가 올 시간인데 그만 일어나야겠다."

마침내 정은숙이 오늘 일과의 마무리를 선언했다.

"큰형님은 좋겠어요. 승기가 공부를 잘해서……. 이번 최종 모의평가에서 국어와 수학 한 문항씩만 틀렸다면서요? 서울대 의대도 문제없겠다."

강지혜가 진짜 부러운 눈빛으로 말했다.

"입시는 뚜껑을 열어봐야 알아. 되면 단단히 한 턱 쏠게."

정은숙이 주방의 세이코 무소음 벽시계를 바라보며 일어났다. 강지혜가 재바르게 찻잔들을 거두어 씻었다. 정은숙을 선두로 남은 음식들을 싸 넣은 쇼핑백을 하나씩 들고 집을 나설 때 안방 문에 대고 "어머님, 저희들 가요. 편히 주무세요." 왜자겨도 아무런 기척이 없었다. 최정혜가 가만히 문을 열고 "엄마, 착한 딸 갈게. 편히 주무셔." 하며 거울에 비친 도축자를 향해 조그맣게 손을 흔들자 도축자가 왕잠자리 유충 탈피하듯 몸을 일으키며 말했다.

"남실이 너는 나 좀 보고 가거라."

최정혜는 올케들에게 먼저 가라고 손짓하고는 쇼핑백을 소파에 내려놓고 안방으로 들어갔다. 방 가운데 똬리를 틀고 앉은 도축자의 모습이 왠지 낯설고 섬뜩했다. 최정혜는 예전 같지 않은 서먹함으로 다가가 마주 앉았다.

"너도 아직 이 어미 말이 헛소리로 들리냐? 다들 눈치가……."

"아니야, 엄마."

"너냐?"

"내가 미쳤어? 나 아니야."

최정혜가 질겁해 손사래 쳤다.

"귀신이 곡할 노릇이다. 너는 짚이는 데가 없냐?"

"나는 그런 게 있는 줄도 몰랐는데 짚이고 자시고 할 게 어딨어."

"그러게 말이다. 기이한 일이다. 열쇠가 거기 있는 걸 어찌 알고……."

도축자가 혼잣말처럼 중얼거렸다. 최정혜가 아양 떨듯 말했다.

"엄마, 그냥 듣고 참고만 해. 지금 가만히 되짚어 보니 미심쩍은 구석이 있긴 있어. 불여우, 지혜 말이야."

"지혜가 왜 불여우냐. 불여우면 너지."

"나 아니야, 엄마. 잘 봐봐. 걔 진짜 불여우야. 우리 속담에 뒷구멍으로 호박씨 깐다는 말 있잖아. 걔가 그런 애라니까. 내가 그런다고 티 내지 말고 불러서 한번 족쳐 봐. 우리 집 안에서 그런 짓 할 사람, 걔밖에 없어."

"뚜렷한 근거도 없이 함부로 험담하면 못쓴다."

"내 예감은 정확해. 다들 속고 있다니까."

"시끄럽다. 법 없이도 살 착한 애를 두고……. 그리고 말버릇이 그게 뭐냐. 손위 올케더러 걔라니. 내 앞에서 한 번만 더 불여우니 걔니 했다간 다리몽댕이가 부러질 줄 알아라."

"알았어." 최정혜는 도축자의 기세에 눌려 다소곳해져 있다가 화제를 바꾸었다. "근데 엄마, 아빠한테 그런 걸 어떻게 받아낼 수 있었어? 아빠가 쉽게 써 줄 분이 아닌데."

"넌 몰라도 된다. 피곤한데 올라가서 쉬어라. 네 몸에도……."

희소식이 있어야 할 텐데, 말하려다 도축자는 입을 다물었다.

최정혜는 못 들은 척, 일어났다. 빨리 벗어나고 싶었다.

6

"여태 뭐하다 오는 거야?"

최정혜가 현관으로 들어서자 남상운이 짜증 섞인 목소리로 따졌다. 남상운은 뒷짐 진 채 오줌 마려운 수캐처럼 거실을 바장이고 있었다. 최정혜는 남상운을 지나쳐 덤덤히 주방으로 들어갔다. 가지고온 새우와 오징어 튀김을 보관용기에 담으며 지나가는 투로 물었다.

"은비가 튀김 먹고 싶대?"

은비는 새우와 오징어 튀김을 좋아했다.

"형님들이 나 보고 싶다고 난리야."

"왜?"

"어머님 일로 기분이 꿀꿀해 또 이거 하나 봐."

남상운이 '이거' 할 때 잔을 기울이는 시늉을 해 보였다. 그러고 보니 터틀넥 회색 셔츠 차림에 가죽 피코트를 입고 있었다.

"안 가면 안 돼? 오늘 무슨 날인지는 알지?"

"형님들이 명령을 때리는데 졸때기가 무슨 힘으로 거역해. 나도 안 가고 싶지만……."

남상운이 죽는 시늉을 냈다. 진심일지도 모른다. 남상운은 술을 좋아하는 편이 아니었다.

"그럼 몸만 살짝 덥히고 와. 알딸딸해서 기신기신 들어오기만 해봐라."

최정혜가 눈씨를 곤추고 협박조로 말했다.

"제발 만수산 드렁칡이 얽혀 살 듯 적당히 좀 하고 살자. 당신, 그것도 큰 병이야."

"숯이 검정 나무란다더니, 누가 할 소리를 누가 해. 제발 병부 오빠 본 좀 받아. 심지가 저렇게 개차반이니 뭐든 잘 될 턱이 있나. 아무튼 내 시키는 대로 해. 알아들었지?"

"분부대로 거행하겠사옵니다. 목욕재계하고 계시옵소서, 마님."

남상운이 비꼬듯 이죽거리고는 재바르게 현관으로 사라졌다.

최정혜는 튀김용기를 식탁 위에 놓아두고 은비의 방으로 갔다. 은비는 책상 앞에 앉아 어제부터 읽기 시작한 『아홉 살 인생』을 읽고 있었다. "은비야, 새우랑 오징어 튀김 좀 먹을래?" 최정혜가 다정하게 물었다. "안 먹어." 대답하는 은비의 얼굴빛이 웬일인지 어두웠다. "재미가 좀 덜하니?" 최정혜가 조심스럽게 말을 건네자 은비가 돌아보지도 않는 채 퉁명스럽게 대답했다. "신경질 나. 여민이가 나보다 공부도 못하는데 나보다 더 똑똑한 것 같아. 더 어른스럽기도 하고…… 뻥 같아." "그건 작가 선생님이 어른이 되어 나중에 써서 그래. 그러니까 은비가 훨씬 똑똑하고 어른스러워." 최정혜는 은비의 어깨를 다독여 주고 방을 나왔다. 여민과 동갑인 은비는 다행히 제 아빠를 닮지 않아 강단지고 승부 근성이 있었다. 최정혜는 더도 말고 은비 같은 깜냥의 아들 하나만 있으면 더 이상 바랄 것이 없겠다고 생각하며 옷장 속에서 내의를 챙겼다.

딸기향이 리얼한 피톤치드 샤워젤로 샤워하고 나오니 허경화의 부재중 전화가 들어와 있었다. 무시해 버리려다 통화 버튼을 눌렀다. 허경화가 즉시 받았다.

"아가씨, 뭐해요? 서방님도 한잔하러 나가셨죠."

목소리가 촉촉하고 달콤했다.

"오늘은 나가서는 안 되는데, 졸때기는 서럽네요."

"적당한 음주가 오히려 도움이 될지 몰라요. 우리도 마음이 뒤숭숭하고 그런데 한잔할래요? 우리 집에 밸런타인 30년산이 있어요."

허경화가 다짜고짜 유혹했다.

"마셔도 괜찮을까요?"

"적당한 음주가 도움이 된다니까요."

"은비한테 얘기하고 곧장 갈게요."

유혹과는 대적하지 말고 무조건 피하는 게 상책인데, 겁도 없이 들이대다가 최정혜는 단 한 방에 녹다운됐다.

"준비해 놓고 기다릴게요."

허경화가 유혹의 케이오승을 선언했다.

최정혜는 녹두색 오피스룩 블라우스와 빈티지 데님 팬츠를 꺼내 입고 은비의 방으로 갔다. 은비는 핑크빛 원피스 잠옷 차림으로 침대에 반듯이 누워 있었다. 그런 자세로 아농 연습곡을 배 위에 짚어보고 있었다. 다행히 은비의 얼굴이 평온했다. 최정혜는 갑자기 볼일이 생겨 잠시 둘째아버지 집에 가 있을 테니 무슨 일이 있거든 전화하라고 일렀다. 최정혜가 "굿나잇!" 손을 흔들자 은비도 마주 손을 흔들어주며 "너무 늦지 마." 했다. 볼수록 귀엽고 사랑스러웠다. 눈에 넣어도 아프지 않다는 표현은 이런 경우를 두고 하는 말 같았다.

"잔머리, 어디 가?"

튀김용기를 냉동실에 넣고 현관을 나서는데 마치 현관문의 어안렌즈 구멍으로 줄곧 감시하고 있었던 것처럼 홈웨어 차림의 강지혜가 문 밖으로 족제비 같은 얼굴을 내밀었다.

"아이, 깜짝이야. 불여우 너 진짜 무례하다. 이런 앤 줄 알았으면 우리 엄마 아빠가 널 절대로 며느리로 받아들이지 않았을걸."

최정혜가 정말 놀라서 종알거렸다.

"이젠 아예 포기했나 보네. 우리 아가씨라서 비법을 전수해 주렸더니……."

"정말 그런 게 있는 거야?"

"궁금하면 잠시 들어오든가."

"딱 오 분이다."

"들어 보면 시간 연장해 달라고 안달복달할걸."

최정혜는 강지혜의 집으로 들어서자마자 화장실로 직행했다. 그다지 마렵지도 않은 소변을 본 뒤 앉은 채로 허경화에게 카톡을 보냈다. 나오다가 불여우에게 붙잡혀 오 분 가량 지체될 것 같다고 하자 허경화는 즉시 애타게 기다리고 있겠다는 이모티콘을 날려 주었다.

"날 보자는 이유가 뭔데?"

최정혜는 팔짱을 낀 채 집 안을 둘러보며 시뜻하게 물었다. 누가 아들 부자가 아니랄까 봐 마주 보이는 벽면의 반은 아들 사진으로 도배해 놓았다. 나머지 반은 걸맞지 않게 붉은 연꽃 사진들이 붙어 있었다. 액자 속의 사진은 모두 열 장이었고, 액자 밑에는 한 구절씩 우리말로 풀어쓴 십종선법(十種善法)이 사자성어와 함께 붙어 있었다. 바닥에는 장난감 총, 변신 로봇, 자동차 프라모델, 피규어들이 거실이고 방이고 빠끔한 데 없이 뒤숭숭하게 널려 있었다. 한준은 자기 방 이층 침대에, 도준은 방바닥에, 석준은 거실 복판에 나자빠져 있었다. 놈들 옆에는 톰슨 기관단총과 RC 탱크가 나뒹굴어져 있어 마치 복병들의 기습공격을 받아 픽픽 쓰러진 것 같았다. 여기다 내년에 또 한 놈이 어딘가에 처박혀 있을 것을 상상하니 최정혜는 골치부터 아팠다. 불여우야 원래 그런 깜냥이니 괄호 밖으로 제쳐 놓는다 쳐도 병부 오빠는 참 마음도 넓었다. 이렇게 뒤숭숭하고 무질서하면 꿈자리가 시끄러워도 보통 시끄러운 게 아닐 텐데, 이게 불여우가 말한 비법? 최정혜는 잠시 엉뚱한 생각에 빠졌다.

"너 불교 믿니?"

먹빛 카우치 소파에는 아프간뜨기 원형쿠션 두 개가 나뒹굴어져 있었다. 하나를 등에 받치고 강지혜와 함께 앉았을 때 최정혜가 물었다.

"아니."

"근데 연꽃 사진이 왜 이렇게 많아?"

"아버님 작품 사진이야. 이래봬도 장당 오십만 원짜리야. 자세히 봐봐. 꽃도 무지 예쁘지만 꽃말은 더 예뻐. 오빠 말론 내가 꼭 새벽녘에 다소곳이 핀 연꽃 닮았대. 그래서 아버님께 특별히 부탁드렸나 봐. 넌 어떻게 생각해?"

강지혜의 말에 최정혜는 어깨를 들썩이며 푸우, 웃었다.

"저물녘에 박꽃을 흙탕물에 담갔다 건져낸 것 같구먼. 연꽃은 무슨……"

"잔머리 넌 그전부터 남 칭찬하는 데는 되게 인색하더라. 그게 취미니?"

"취미가 아니라 솔직한 거야. 난 마음에 없는 말은 못해."

강지혜가 입을 삐쭉 내밀었다가 이내 붙어 앉았다.

"아까 어머님께서 널 보자 그러던데, 이유가 뭐였어?"

"불여우 널 귀신같이 콕 찍어 의심하길래 네가 하던 미술학원에 철학관 간판 걸면 떼돈 벌겠다고 했어."

"야, 농담하지 말고……. 나 지금 심각하단 말이야."

강지혜는 심각하다는 걸 강조하기 위해 오른손 팔꿈치를 쿠션에 대고 턱을 괸 채 고흐의 '닥터 가셰의 초상'과 같은 표정을 지어 보였다.

"그런 줄 알면서 왜 무모한 짓을 했니. 우리 아빠께 협조하면 떡고물이라도 생길 줄 알았니?"

"진짜 나 아니란 말이야. 맞으면 손에 장을 지질게."

"누구처럼 뒷감당도 못할 말을 함부로 나불댔다가 개망신을 당하고 싶니?"

"진짜라니까."

강지혜는 말하고 두 번 가슴을 쳤다.

"너 아니면 대체 누가 그런 짓 했겠니? 우리 엄마가 차마 널 대놓고 말을 못하니까 그렇게 말한 거야. 그러니 더 노하시기 전에 이실직고하고 용서를 빌어. 사흘 안으로 이실직고하면 불문에 붙이겠다고 그랬잖아. 우리 엄마가 임신 중이고 아들 많이 낳아준 너의 공을 생각해 크게 은혜를 베푸신 거야."

"진짜 나 아니라니까. (쿠션을 붙안고 크게 심호흡했다가) 만일 진짜면 내 스스로 조용히 이 빌딩에서 나가줄게."

갑자기 강지혜의 눈이 어두워지더니 촉촉해졌다.

"불여우, 너 지금 우니?"

"문득 이모 생각이 나서 그래. 우리 이모도 내가 초등학교 때 억울한 누명을 쓰고 소박맞았거든."

조용히 일어난 강지혜는 화장실로 들어갔다. 최정혜는 그만 난감해 리모컨을 찾아 쥐었다. 청계광장에는 현재 주최측 추산 만오천 여명이 모인 가운데 대통령 퇴진을 요구하는 촛불집회가 열리고 있다는 뉴스가 흘러나오고 있었다. 최정혜는 다른 채널을 돌려보았지만 볼 만한 게 없어 다시 리모컨의 전원 버튼을 눌렀다. 소박맞은 제 이모까지 팔며 극구 부인하는 걸 보면 불여우는 아닌 것 같았다. 언뜻 내비친 눈물에서 진심이 느껴졌다. 그렇다면 대체 누굴까? 최정혜는 도무지 감이 잡히지 않았다.

한참 뒤 강지혜가 화장실에서 나왔다.

"이게 네가 말한 비법이니?"

강지혜가 다시 소파에 앉았을 때, 최정혜가 바닥을 턱짓하며 물었다.

"방법 중의 하나이긴 하지만 비법까진 아니야."

다행히 강지혜의 얼굴이 원래대로 돌아와 있었다.

"있긴 하니?"

"남자가 연이라면 여자는 얼레야. 연이 하늘 높이 날고 못 날고는 얼레하기에 달렸어. 매사가 그렇듯 연 날리기 좋은 날이라고 다 성공하는 건 아니야. 바람이 불어 급하게 둔덕에 올라 연을 띄울라치면 뜻밖에도 바람이 잦아져 못 띄울 수도 있어. 그럴 땐 바람이 불 때까지 얌전히 기다려야 해. 그 반대의 경우도 있을 수 있어. 갑자기 회오리바람이 몰아쳐 주체할 수 없을 때도 있어. 그럴 땐 냉정하고 침착해야 돼. 그러니까 바람의 방향과 세기에 맞춰 얼레를 잘 조절해야 해. 바람이 약하면 얼레의 실을 감고 그 반대면 풀고, 그러면서 연이 충분히 바람을 먹을 수 있도록 시간을 끌어야 해. 결국 연 날리기는 시간과의 싸움이야. 이완과 긴장을 반복하며 오래 시간을 끌다보면 연은 반드시 높이 날게 되어 있어. 연이 한껏 부풀어 더 이상 풀 얼레의 실이 없을 때까지 높이 날았을 때 성공 확률이 가장 높아. 그러자면 인내와 배려가 필수적이야. 너처럼 인내와 배려라곤 눈곱만큼도 없는 이기주의자에겐 그림의 떡인지 모르지만. 명심해."

"그게 다니?"

"실천해 보라니깐"

"효과가 없기만 해 봐라."

최정혜는 짐짓 이를 악물고 일어났다.

"그 심보부터 고쳐."

"간다."

"어디 가는 길이야?"

"술 한잔할래?"

"기분도 그렇고, 그러고 싶지만 보다시피……."

강지혜는 루즈핏 크리미 홈웨어 원피스로 감싼 아랫배를 쓸어 보였다.

"그러기에 누가 임신하랬니?"

"그러고 싶어서 그런 게 아니래두. 엄마·아빠 얼굴 보고 싶다고 안 가고 버티는 걸 어떡해."

"잘 자. 너무 걱정하지 말구."

최정혜는 현관으로 나섰다.

"내 욕 하지 마. 그러기만 해 봐라. 가만 안 둘 거야."

검정 웨지힐 슬리퍼를 되돌려 신는 최정혜의 궁둥이에 대고 강지혜가 말했다.

"알 게 뭐야."

"뱃속의 효자가 몰래 엿듣고 와서 다 말해 준다니까."

"효자 없는 사람 어디 서러워 살겠냐. 알았어."

최정혜는 강지혜에게 손을 흔들고는 곧장 계단을 내려밟았다.

7

허경화는 살구색 실크에 붉은 장미가 듬성듬성 찍힌 올인원 나이트 가운을 입고 모델처럼 요염하게 앉아 있었다. 술상은 귤색 조명으로 은은한 주방 식탁에 차려져 있었다. 아닌 게 아니라 30년산 밸런타인이 샤인머스캣, 체리, 스트링치즈, 믹스너트, 육포, 아이스버킷을 하인처럼 거느리고 식탁 중앙의 면사 도일리 위에 도도하게 앉아 있었다. 주방이 아니라 고급 술집 같았다.

"예림아, 수림아. 앞으로 너희들 수학 책임질 고모님 오셨어. 인사해."

앉은 채로 허경화가 소리쳤다. 중2, 초6인 예림과 수림이 제 방에서 나와 최정혜에게 인사했다. "안녕하세요." 크림색 딸기 프릴 원피스를 똑같이 차려입은 모습이 쌍둥이 자매 같았다. "그렇게 차려입고 있으니 숲속의 요정 같네." 최정혜가 웃으며 화답했다.

"스트레이트는 너무 강하고 하이볼보다 온더록스가 부드럽고 깔끔하더라구요."

자매가 제 방으로 들어가자 허경화가 밸런타인의 뚜껑을 돌리며 말했다.

"이 귀한 것, 어디서 났어요?"

최정혜는 투명한 얼음조각이 담긴 컷글라스에 갈색 위스키를 받으며 물었다.

"남동생이 미국 갔다 오면서 하나 선물했어요. 을부 씨가 보물처럼 아끼던 건데 이래도 괜찮을지 모르겠어요. 까짓것 싸움밖에 더하겠어요. 우리 건배해요."

분위기 때문인지 허경화의 배포가 엄청 커져 있었다.

"당분간 연을 안 띄울 수도 있고요. 건배!"

둘은 우아한 자세로 가볍게 잔을 부딪쳤다. 쟁그랑, 부딪치는 느낌이 좋았다.

"뜬금없이 웬 연은요?"

허경화가 글라스를 기울여 두어 모금 마시고 마카다미아를 집으며
물었다.

"조금 전 불여우한테서 연 날리기 강의를 들었거든요. 근데 곰곰이
생각해 보니 불여우는 아닌 것 같아요."

"아닐 거예요."

허경화가 웃으며 대답했다.

"저녁 먹을 때 아빠의 태도와 불여우의 행동이 좀 이상하지 않았나
요? 아빠가 불여우에게 그 봉투를 가져오라고 시킨 것도 그렇고 불여
우가 그걸 턱없이 굼뜨게 들고 나온 것도 그렇고요. 내가 느낌이 이상
해 뒤따라 가 보려고 일어서는 그 타임에 아빠가 절 부르셨거든요. 그
것도 이상하고요."

"우연의 일치일 거예요. 만일 아버님과 작은동서가 내통해 사전에
바꿔치기했다면 아버님께서 굳이 의심받을 작은동서에게 시키지 않았
을 거예요. 그러니까 아가씨의 의심이 성립되려면 즉석에서 바꿔치기
한 것이 되어야 하거든요. 아가씨의 말처럼 작은동서가 방 안에서 얼
쩡거렸다 해도 그 인터벌이란 게 사실 극히 짧은 시간이에요. 어머님
께서 봉투를 뜯으실 때까지 아무런 의심을 하지 않았다는 것은 봉투
의 외양이 자신이 보관한 거랑 똑같았다는 뜻이잖아요. 설령 작은동
서가 아버님의 마음을 귀신같이 꿰뚫고 흑심을 품었다 해도 그 짧은
시간에 신이 아닌 이상 완전범죄를 저지른다는 건 불가능해요. 극단적
으로 이런 가정을 상정해 볼 수 있어요. 아버님과 작은동서가 내통해
미리 빈 편지지가 든 봉투를 준비해 두었다가 '만일 네 시어미가 그걸
언급하면 내가 너에게 시킬 테니 네가 감쪽같이 바꿔치기해서 가져 오

너라.'라고 입을 맞추었을 수는 있어요. 이 가정이 성립되려면 아가씨의 합리적 의심을 부정해야 하거든요. 일반적으로 사람의 심리가 그래요. 자신의 의심을 감추기 위해서라도 오히려 더 민첩하게 행동하지 그렇게 턱없이 거레를 떨었을까요. 이런 정황들을 놓고 볼 때 아버님과 작은동서가 내통하거나 교감해 바꿔치기 했다는 건 어불성설이에요."

"그럼 누굴까요. 설마 큰올케가……?"

최정혜는 갑자기 오싹한 생각이 들었다.

"형님도 아닐 거예요."

"그럼……?"

"저는 상상 임신과 흡사한 거라고 생각해요. 왜, 임신에 집착하다 보면 임신하지 않았으면서도 마치 임신한 것처럼 입덧도 하고 그런다잖아요. 이번 일도 그것과 흡사하다고 생각해요. 그러니까 각서란 애초에 존재하지 않았던 거죠. 말하자면 유령 각서죠."

"각서의 내용이 너무나 구체적이었잖아요."

"역설적으로 그게 유령의 결정적 증거죠. 원래 거짓말이 참말보다 더 논리적이고 구체적이고 화려한 법이거든요. 그게 거짓말의 비극적 아이러니죠."

"올케언니의 말이 사실이라면 왜 엄마가 소유권에 집착했을까요. 쌈짓돈이나 주머닛돈이나 그게 그건데. 어차피 저승으로 떠메고 갈 것도 아니고……."

"빌딩을 지키고 싶은 모성적 욕망이겠죠."

허경화는 알코올이 온몸을 감싸자 말에 거침이 없고 척척 박사였다.

"올케언니는 추리소설 쓰면 아주 잘 쓸 것 같아요. 굽실거려 가며 이 대학 저 대학 보따리장사하지 말고 전업 작가로 나서요. 여고 시절에는 문예 활동도 하고 그랬다면서요. 을부 오빠 돈 쏠쏠히 벌겠다 무슨 걱정이에요. 생고생해서 딴 박사학위가 좀 아깝긴 하지만요. 솔직히 말해 요즘 인문학 박사, 어디 쳐 주나요."

"하긴 그래요. 한때는 작가를 꿈꾼 적도 있었어요. 여고 시절에 하라는 공부는 안하고 추리소설을 교과서 밑에 숨겨두고 몰래 읽곤 했거든요. 지금도 아서 코난 도일, 애거서 크리스티, 엘러리 퀸, 윌리엄 아이리스, 김내성, 레이먼드 챈들러, 대실 해밋, 얼 스탠리 가드너…… 그런 작가들이 향수처럼 떠오르면 술 생각이 팍팍 나죠. 이번 기회에 아가씨 말 믿고 직업을 한번 바꿔 봐?"

"늦다고 생각할 때가 가장 빠르다는 말이 있잖아요. 눈 딱 감고 저질러 버려요. 이 시누이가 팍팍 밀어줄게요."

최정혜도 알코올이 몸속으로 퍼지자 배포가 커졌다.

"그나저나 어머님께서 계속 집착하면 어쩌죠?"

"설마요. 그러다 말겠죠."

"나이 들수록 한번 집착에 빠지면 좀처럼 빠져나오기가 쉽지 않거든요."

"그건 내일 걱정하고 한잔 더 해요. 알코올이 온몸을 섬세하게 자극하니 기분이 좋네요."

최정혜가 발그레 웃으며 바닥을 드러낸 컷글라스를 내밀었다.

"술 많이 마시면 안 된다면서요?"

"어디 오늘만 날인가요. 돼지꿈 꾼 날 로또 산다고 다 당첨되던가요."

"그래요, 아가씨. 우리, 이 술 다 마셔 버려요. 그러고는 을부 씨에 겐 어머님처럼 누가 바꿔치기했다고 마구 떼쓰는 거예요. 증거가 없는 데 을부 씬들 어쩌겠어요. 이 소식을 전해들은 어머님께서 기겁해 집 착을 버릴지도 모르고요. 원래 자식 이기는 부모는 없거든요."

"굿 아이디어."

최정혜가 엄지를 세운 오른손을 힘차게 내밀었다.

8

남상운은 좌불안석이었다. 눈에 띄지 않게 술상 밑으로 숨긴 휴대 폰을 살짝살짝 열어보았으나 웬일인지 잠잠했다. 전 같으면 벌써 여러 차례 경고성 메시지를 날리고도 남았을 시간이었다. 단단히 삐쳤나? 불안감이 스멀스멀 피어오르고 있을 때, 또 걸걸한 최갑부의 목소리가 남상운의 귀에 북소리처럼 울렸다.

"형철아, 여기 한 세트 더."

한 세트란 맥주 두 병에 소주 한 병을 말한다. 최갑부는 벌써 여섯 번째 '한 세트 더'를 외쳤다. 들어올 때 주문한 육만 원짜리 모둠회(大) 는 거덜난 지 오래고 최갑부의 성화에 못 이겨 장형철이 서비스로 가 져온 멍게도 쟁반 위에 몇 조각만 다랍게 남아 있었다. 그럼에도 술자 리는 좀체 끝날 기미가 보이지 않았다. 며칠 전에 있었던 대통령의 '국 민께 드리는 말씀'을 두고 시끌시끌하던 옆자리는 그새 두 번이나 손님이 바뀌었다.

남상운은 소주와 맥주를 1:3 비율로 섞은 소맥이 반이나 남은 글라스를 만지작거리며 눈치만 살폈다.

"어이, 남 서방. 왜 자꾸 술을 아껴. 한 잔 쭉 당기라고. 왜, 왈가닥이 적당히 마시고 오래?"

최갑부가 남상운을 건너다보며 다그쳤다. 건너다보는 눈빛이 게슴츠레했다.

"아닙니다, 형님. 요즘 컨디션이 안 좋아 가지고……."

남상운은 얼른 풀어진 자세를 고쳐 앉았다.

"자네는 맨날 컨디션이 안 좋군, 그래. 요즘 약 먹는 거라도 있는가?"

최을부도 글라스를 들고 까닥거리며 남상운에게 무언의 압박을 가했다. 최을부의 꼿꼿한 자세는 금메달급이었다.

"콜레스테롤 수치가 높아 얼마 전부터 약을 복용하고 있습니다. 혈압도 좀 높은 것 같고……."

남상운은 엉겁결에 거짓말로 둘러방쳤다. 실은 그가 먹고 있는 약은 예방 차원으로 한 알에 EPA+DHA 1,200㎎이 함유된 프리미엄 오메가3뿐이었다. 아직 리피논정 같은 콜레스테롤 치료제를 먹을 나이도 아니었다. 남상운은 마지못해 몇 모금을 목구멍으로 흘려보냈다.

"자네처럼 맨날 수캐 오줌 누듯 찔끔찔끔 마시니 나쁜 콜레스테롤이 혈관에 팍팍 쌓이지. 술을 마실 때는 시원시원하게 콸콸 들어부어야 혈관 속의 찌꺼기가 여름날 소나기에 개울물이 씻기듯 씻겨 내려가는 거야. 안 그런가, 아우님들."

"지당하신 말씀입니다."

최을부, 최병부가 어깨들처럼 절도 있게 고개를 꺾었다.

흰 위생모를 쓴 땅딸막한 장형철이 술 한 세트와 잔치국수 사리를 곁들인 골뱅이무침 한 쟁반을 다시 서비스로 가져왔다. 키보다 배 둘레가 더 나갈 것 같은 장형철이 술과 무침 쟁반을 상 위에 전투적으로 내려놓으며 꼴란 모둠회 한 접시 시켜놓고는 도대체 몇 병짼냐고 너스레를 떨었다. 최갑부가 즉각 "야 이놈아, 술은 공짜냐." 역공을 펼쳤다. 최갑부는 평소에는 얌전하고 말이 없지만 술만 들어가면 돈키호테로 돌변해 뻥이 심하고 대담성을 과시했다.

"남 서방, 자네는 어쩌다가 우리 왈가닥에게 코가 꿰였나. 요즘도 왈가닥으로부터 이틀이 멀다하고 조준사격훈련을 받고 있는 것 아니야? 동작 그만, 사수 사대 앞으로, 거총, 탄알 연발 장진, 엎드려 쏴. 합격 사인이 나올 때까지 연발 사격 실시.(왁자하니 웃음) 좌우지간 왈가닥 등쌀에 고생이 많네. 그게 자네 팔자고 운명인 걸 어쩌겠나. 그래도 지금은 엄청 나아진 거야. 할 소리는 아니지만 초등학교 시절에는 대단했지. 툭하면 또래 남자애들을 두들겨 패서 내가 큰오빠 된 죄로 화해시키고 무마시키느라 아주 골머리를 앓았어. 머리 굵은 요즘 고딩들 좀 난하고 불감당인가. 소문을 듣자하니 그런 왈짜들도 왈가닥 앞에서는 고양이 앞에 쥐라더군. 역시 꿩 잡는 데는 매고 왈짜 잡는 데는 왈가닥이 왔다지!"

최갑부는 엄지를 세워 두 아우가 웃을 때까지 허공에 대고 흔들었다. 남상운도 어색하게 따라 웃었다.

"정부도 알고 보면 속이 여리고 무지 착합니다."

최병부가 두둔했다. 형제들은 없는 자리에서는 정혜를 가끔 그렇게 부른다.

"그야 이를 말인가. 누구 누이인데……. 내 얘기는 세 오빠들 틈바구니에 끼어 자라다 보니 자기도 모르게 왈가닥이 되어버렸다 이거지. 가정환경이란 게 그만큼 중요하다는 얘기야. 안 그런가, 남 서방?"

"예. 그렇습니다."

남상운은 싹싹하게 대답했다.

"아우님들, 오늘 모친의 행동이 이해되던가? 하필 기쁘고 즐거워야 할 고희 생신상머리에서 모친께서 무슨 억하심정으로 얼음물을 냅다 뿌렸는지 알다가도 모를 일이야. 엄연히 봉투가 있는 걸 보면 즉흥적으로 지어낸 것 같지는 않고. 아우님들은 어떻게 생각하는가?"

비로소 최갑부가 화제를 바꾸었다. 남상운은 바지주머니에서 휴대폰을 꺼내 다시 확인했다. 여전히 잠잠했다.

"저는 아직도 그게 이해가 안 됩니다. 대한빌딩의 공시가가 아무리 줄여 잡아도 삼십억은 넘어갈 텐데, 일단 배우자 공제 육억을 제하고 이십사억의 40% 세율로 계산기를 두드려 봐도 증여세 구억 육천에 누진공제액 일억 육천을 제하고 삼 개월 내 자진 신고해 10% 할인 혜택까지 받는다고 쳐도, 취득세 빼고 증여세만 어림셈으로 칠억이 훌쩍 넘어가는데 아버지가 정신이 어찌되지 않고서야 그런 약조를 했을 리만무하다는 거죠."

최을부가 회계사답게 구체적 수치까지 들먹이며 도축자의 비현실적 주장을 꼬집었다.

"저도 작은형님의 말에 동감입니다. 솔직히 저는 울 엄마가 빈 편지지를 각서라고 끄집어내는 걸 보고 한순간 가슴이 와장창 내려앉았다니까요. 혹시 노인성 치매 증상이 아닌가 해서……. 요즘 주변 사람들의 얘기를 들어보면 알츠하이머다, 루이체다, 그런 이상한 노인들이 좀 많아요?"

최병부가 맞장구쳤다.

"나는 그것보다는 일시적 착각 현상이 일어나지 않았나 싶거든. 가령 꿈에 아버지께서 그런 약조를 해 준 걸 현실로 착각해서…… 봉투는 애초부터 거기 있었던 거고. 문제는 엄마가 갑자기 왜 소유권에 집착했을까, 하는 점이야."

"아무튼 미스터리한 부분이 많아. 두 분 사이에 우리가 모르는 뭔가 있는 것 같기도 하고……. 오늘 아버지의 기분이 다운되어 있었던 것도 이것과 연관되어 있는지도 모르겠고. 일단, 남 서방."

"말씀하십시오."

남상운은 다시 싹싹하게 허리를 낮추었다.

"아무래도 자네가 그쪽과 연줄이 닿는 사람이 많을 테니 먼저 아버지의 건강검진 결과부터 체크 좀 해줘. 이 문제는 일단 자리를 옮겨서 진지하게 논의해 보자고."

"잘 알겠습니다."

남상운은 덤덤히 대답했지만, 최갑부의 마지막 말에 심장이 덜컹했다.

"또 초요갱 가시게요?"

최병부가 반사적으로 되받았다. 최병부의 얼굴은 아직 맨송맨송했다. 우리 언제 술 마셨어? 그런 표정이었다. 셋 중에서 최병부의 주량이 가장 셌다. 최갑부의 얼굴은 이미 주기로 검붉었다.

"우리 삼 형제는 대한민국에서 둘째가라면 서러운 효자들이 아닌가. 부모님께서 화평하지 못하신데 자식 된 도리로 어찌 편안히 잠을 잘 수 있겠는가. 한 잔 술에 효심을 타 밤새워 조홍시가(早紅柿歌)를 읊조리고 상가승무노인곡(喪家僧舞老人哭)을 노닥여도 부족한 마당에……. 안 그런가? 화의군."

최갑부가 최을부를 향해 눈을 찡긋했다. 최을부가 즉시, 미리 짜놓은 각본을 외우듯 능청을 떨었다.

"이를 말씀입니까. 효성이 지극하신 평원 형님께서 이리 진지하게 말씀하시는데 불초 아우가 어찌 효성의 길을 따르지 않을 수 있겠습니까. 안 그렇소? 계양 아우."

"하하, 두 분 형님의 효성이 대단하십니다 그려. 갑시다. 가서 초요갱 앞에서 누가 진짜 진국인지 내기 한번 해봅시다."

형제들은 금세 한통속이 됐다. 남은 술로 잔을 꽉꽉 채워 결의를 다지듯 원샷 건배하고 자리에서 일어났다. 그나마 다행인 것은 최갑부가 남상운에게 거기까지 동행 명령을 때리지 않았다는 점이었다. 물론 남상운이 눈치 빠르게 일어나 술값을 계산한 뒤 최갑부의 손에 슬그머니 신용카드를 쥐어주는 묵계가 있었다. 남상운은 택시를 잡아 그들을 태워 보내고 나서야 자유의 몸이 되었다.

시간은 벌써 아홉 시가 훌쩍 넘었다.

남상운은 횟집 앞 횡단보도의 신호등이 파란불로 바뀌자마자 줄행랑치듯 대한빌딩을 향해 냅다 뛰었다.

9

"남 서방 아닌가?"

남상운이 엘리베이터 ↑버튼을 눌러놓고 서성이고 있을 때였다. 발자국 소리가 들려 돌아보니 뒷짐 진 최대한이 엘리베이터 쪽으로 걸어오고 있었다. 남상운은 부리나케 나아가 최대한을 맞았다.

"자네는 어디 갔다 오는 길인가?"

"형님들과 바람 쐬다가 들어가는 길입니다."

"보나마나 그놈들은 자네를 따돌리고 또 한잔하러 간 게로군."

최대한은 삼 형제를 뭉쳐 부를 때는 꼭 그 속어를 사용했다.

"저는 몸이 좀 안 좋아서……."

남상운이 손바닥을 비비며 얼버무렸다.

"변명할 것 없네. 그놈들 행태를 어디 한두 번 보는가. 큰일이야. 돈 벌 궁리는 안하고 맨날 뭉쳐 다니면서 술 처먹을 생각만 하니……. 자네, 시간 좀 있는가?"

"무슨 용건이라도……."

"잠시 나하고 얘기 좀 하세."

최대한은 대답을 듣기도 전에 몸을 돌렸다. 남상운은 별 수 없이 최대한의 뒤를 따랐다. 가까스로 여우를 피했더니 꼼짝없이 호랑이를 만난 꼴이었다. 최대한은 부자다. 그의 눈에 벗어났다가는 국물도 없다. 나중에 멀건 국물이라도 얻어 걸리려면 눈 딱 감고 명령에 고분고분해야 한다. 남상운은 이제 자신 앞에 놓인 운명을 담담히 받아들이기로 했다.

황해도 해주 출신인 최대한은 이곳이 고향이나 다름없었다. 다섯 살 때 부모의 손에 이끌려 월남한 그는 이곳 시장바닥에서 반세기 동안 죽자고 정육 장사만 하며 살았다. 실향민의 대다수가 그렇듯 초창기에는 밥 한 끼 배불리 먹어 보는 것이 소원이었을 만큼 가난했다 한다. 그런 최대한이, 그의 표현을 빌리자면 삼팔따라지가 삼팔광땡으로 성공 신화를 이룩한 데는 남다른 신념이 있었기 때문이라고, 어느 날 남상운 앞에서 술회한 적이 있었다. 땅 한 뼘 없는 남한 땅에서 살아남는 길은 오직 땅을 소유하는 것뿐이라는 걸 일찌감치 직시하고 정육을 팔아 생활하고 남는 돈은 예금 대신 깡촌에 땅을 사 두었는데, 그것이 88올림픽 이후 건설 붐을 타고 땅값이 천정부지로 오르면서 자수성가의 밑천이 되었다는 것이다. 그렇게 술회한 최대한은 남상운에게 뜻밖의 얘기를 들려주었다.

"자네, 정혜 어릴 적 이름이 뭔지 아는가? 정부였네. 그 당시만 해도 내가 이렇게 자수성가할 줄은 꿈에도 생각 못했네. 그저 하루 세 끼 밥술이나 안 굶기면 더는 소원이 없겠다는 심정으로 죽기 살기로 칼질을 해댔지. 그래서 이름을 그렇게 붙였네. 내 새끼들은 가난하게 살지 말고 부자가 되어 떵떵거리며 살라는 뜻으로 팔자에 문신 새기듯 낳는 족족 부(富) 자를 돌림자로 박아 넣었네. 그래서 내 자식놈들의 이름이 갑부(甲富), 을부(乙富), 병부(丙富), 정부(丁富)가 되었다네. 짓고 보니 사내놈들은 이래나 저래나 괜찮은데 문제는 여식이야. 이름 때문인지 점점 선머슴 닮아 가는 꼴도 그렇고, 장차 놀림감이 될까 싶기도 해서 초등학교에 입학할 무렵에 개명해 주었네. 평생 부모의 은혜에 감사하며 살라고 혜(惠) 자로……."

남상운은 정혜의 초명이 '정부'였다는 걸 그날 처음 알았다. 최정혜는 지금도 그 초명을 허벅지의 붉은 점처럼 부끄럽게 생각한다.

지금은 이 바닥에서 최대한을 모르면 뜨내기란 소리를 듣는다. 그리고 최대한이 부동산 재벌이란 걸 아는 사람은 다 안다. 최대한은 대한빌딩 외에도 빌딩 뒤 수십억 대를 호가하는 사백 평 규모의 유료 주차장과 길 건너 전통시장의 점포도 여럿 소유하고 있다. 뿐만 아니라 근교에, 최대한만이 알고 있는 최대한 소유의 땅이 숱하다는 소문도 파다하다.

최대한은 주차장 건너편 해주집으로 들어갔다. 그 집은 최대한의 오랜 단골집이었다. 예전에는 최대한과 동향인 그 어미가 장사를 했는데 지금은 아들 내외가 물려받아 오 년째 영업 중이다. 최대한은 옛날 버릇대로 안주는 돼지수육, 술은 막걸리를 좋아했다.

"남 서방 보기에 면목이 없네. 자네 장모가 그렇게 돌출 행동을 할 줄은 몰랐네."

남상운이, 수육이 다 떨어져 술국과 막걸리 한 병을 주문하고 났을 때 최대한이 말했다. 남상운은 장인이 하고 싶은 말이 무엇일까를 생각하며 잠자코 듣고만 있었다. 오십대쯤 되어 보이는 반백의 사장이 두 개의 뚝배기에 나눠 담은 술국과 술병, 술잔, 곁안주들을 알루미늄쟁반에 담아 들고 왔다. 최대한이 술국을 내려놓는 사장에게 자당의 건강을 물었고, 사장이 담담한 표정으로 얼마 전에 돌아가셨다고 하자 저런! 탈기했다. 최대한은 술국에 새우젓갈과 고추 양념장을 듬뿍 넣었다. 남상운은 얼른 막걸리 병을 따 최대한의 잔에 공손히 따랐다. 술병을 넘겨받은 최대한이 남상운의 잔에 술을 따르며 끊었던 말을 이었다.

"솔직히 말해 보게. 자네는 자네 장모가 말한 그런 게 정말로 있다고 생각하는가?"

"그럴 리가 있겠습니까. 아마도 어머님께서 잠시 착각에 빠지신 게 아닌가 사료됩니다. 어느 날 밤, 어머님이 아버님께서 그런 약조를 해 주시는 꿈을 꾸셨는데 그걸 현실로 착각해서……."

남상운은 최을부의 말을 떠올리며 대답했다.

"그놈들도 그렇게 생각하던가?"

"말씀드리기 송구합니다만, 노인성 치매 증상이 아닌지 걱정하는 의견이 있긴 했습니다만, 대체적인 분위기가……."

"이번에는 그놈들이 사태를 제대로 보고 있구면, 그래. 들게."

남상운은 최대한이 술잔을 기울이는 걸 보고 나서야 조심스럽게 술잔을 들었다.

"자네도 알다시피 자네 장모 고집이 여간 아니네. 돌아가는 꼴이 이번 한 번으로 잠잠해질 것 같지가 않네. 자네가 말한 대로 그런 이유 때문이라면 시간이 지나면 자연 해결이 되겠지만……. 그래서 내가 자네를 잠시 보자고 했네."

"말씀하십시오."

남상운은 다시 최대한의 잔에 술을 따랐다.

"이 일이 바깥으로 새 나가면 얼마나 창피스러운가. 늙은 것들이 천박하게 소유권 문제로 옥신각신한다고. 그렇잖아도 요즘 사람들, 남 입방아 찧기를 좀 좋아하는가. 작년 연말에 대한빌딩이 공연히 매스컴을 타 더 잘 기억할 테고……. 안 봐도 눈에 선하네."

"그렇습니다."

남상운은 최대한의 구미에 맞게 적절히 추임새를 넣었다.

"아까 심란해서 혼자 차 한잔하면서 곰곰이 생각해 봤는데, 이 일을 원만히 해결할 사람은 남실이밖에 없네. 그놈들은 허우대만 멀쩡하고 술 처먹기만 좋아하지 하나같이 생각들이 얕네. 내가 돈을 좀 마련해서 자네를 줄 테니 자네가 남실이한테 줘서 자네 장모를 잘 달래 보라고 하게. 자네 장모는 돈이라면 영혼도 꺼내 팔아먹을 수 있다면 팔아먹을 사람이네."

"잘 알겠습니다. 돈이라면 제가 마련해 보겠습니다. 얼마쯤이면 될는지……."

"아니네. 요즘 자네 벌이도 신통찮다는 걸 들은풍월로 알고 있네. 돈 걱정은 말게. 대신……."

최대한은 말을 끊고 다시 술잔을 들었다. 술잔을 들며 잔으로 들기를 권했으므로 남상운도 얼른 술잔을 들었다.

"이번 일만 잘 해결하면 내가 그 공을 절대로 잊지 않겠다 하더라고 전하게."

"무슨 수를 쓰더라도 저희 부부가 힘을 합쳐 잘 해결하겠습니다."

남상운은 최대한이 이번 일을 의외로 심각하게 보고 있다는 걸 직감했다.

"고맙네. 정혜 그 여식이 사내로 태어났더라면 큰 걱정을 덜겠구먼."

술을 마시다 중간쯤 잔에서 입을 뗀 최대한이 혼잣말로 중얼거렸다. 이번이 최대한으로부터 점수 딸 절호의 기회라고 판단한 남상운은 내친김에 낯간지러운 아부성 감언을 늘어놓았다.

"조금 전 아버님께서 절 보자고 하셨을 때 이런 깊은 심중은 헤아리지 못하고 혹시 건강검진에서 문제가 생기셨나 싶어 간이 콩알만 해졌습니다. 이제야 한 시름 놓았습니다."

　남상운은 마치 실감나는 연기를 펼치듯 오른손으로 길게 가슴을 쓸어내렸다.

　"고맙네. 자네가 그놈들보다 백 배 효자네. 그놈들은 지 애비가 죽든 말든 안중에도 없네. 속으로는 저 영감탱이 언제 죽나, 학수고대하고 있는지도 모르지."

　"그럴 리야 있겠습니까."

　"하도 답답해서 하는 소리네. 걱정 말게. 다행히 큰 문제는 없다네. 쇠도 세월이 흐르면 녹이 스는데 사람의 몸인들 예전만 하겠는가. 염려해 주어 고맙네."

　최대한은 막걸리 한 병을 더 비우고 나서야 자리에서 일어났다.

　남상운은 최대한을 문 앞까지 바래주고 단걸음에 계단을 뛰어올랐다. 시간은 어느덧 열시가 넘었다. 남상운은 머릿속으로 핑곗거리를 정리한 뒤 현관문의 비밀번호를 눌렀다. 뜻밖에도 최정혜는 고주망태가 되어 거실에 넉장거리로 뻗어 있었다. 남상운이 놀라 다가갔을 때 최정혜는 무슨 말인지 알아들을 수 없는 소리로 횡설수설하고 있었다. 조또, 바람이 불면 뭐하고 얼레 실이 수북하면 뭘 해. 조또, 연이 연 같아야…… 풀 게 있고 감을 게 있어야 말이지. 조또, 야 불여우, 연을 연 같게 만드는 그런 비법은 없냐? 연이 연 같아야…… 조또, 연이 문제야, 연이…….

　남상운은 최정혜를 간신히 들쳐 없고 방으로 들어갔다. 남상운의 등에 업혔어도 최정혜는 내처 연 타령만 했다. 남상운의 귀에는 꼭 연이 연장으로 들려 듣기에 거북했다.

68

둘째 날

1

최대한은 새벽 다섯 시에 눈을 떴다. 최대한은 칠십 평생 동안 다섯 시 이후까지 잠자리에서 미적거려 본 적이 없었다. 전날 밤 억병으로 술을 마셔도 그것 하나만은 여부없었다. 이제는 그것이 체질화되어 새벽 다섯 시만 되면 몸이 자동으로 반응했다. 그 긴장감과 부지런함이 오늘날의 행운을 안겨주었다고 최대한은 지금도 굳게 믿고 있다.

최대한이 눈을 뜨자마자 제일 먼저 하는 일은 앉은 채로 목과 어깨를 돌리고 흔들어주는 운동이다 그런 다음 두 손가락 끝이 닿는 데까지 온몸의 구석구석을 주무르고 두드리고 지압한다. 누구에게 배운 것도 아니고 그것이 몸에 이로운지 어떤지도 모르고 그저 예전에 그의 선친이 하던 것을 곁눈으로 배워 실천할 뿐이다. 그렇게 십 분가량 온몸에 훈기를 돌린 다음에야 비로소 자리에서 일어난다. 일어나 다시 자기만의 방식으로 맨손체조를 하고 그것이 끝나면 주방으로 가 냉수 한 사발을 천천히 마신다. 감기 기운이 있는 날엔 냉수 대신 계란주를 만들어 마신다. 그러면 금세 온몸이 훈훈해지면서 무지근하던 머리가 가뿐해진다.

여기까지가 아침 산책을 나가기 전, 최대한이 로봇처럼 반복하는 준비 운동이었다. 근 반평생 동안 특별한 일이 없는 한 거른 적이 없는 이런 규칙적인 생활 습관이 건강을 지켜주었는지 지난 번 건강검진 결과를 보러 병원엘 들렀을 때, 최대한은 내과원장으로부터 뜻밖의 소리를 들었다.

"어르신, 여태 건강검진을 한 번도 안 받아 보셨다고 그러셨죠? 놀

70

랍습니다. 평소에 건강관리를 어떻게 하셨길래……. 혈압, 혈당, 간 수 치 등 모두 정상입니다. 혈액종합검사에서도 모두 정상으로 나왔고요. 이런 결과는 오십대에서도 나오기 힘든 경웁니다. 앞으로 건강검진도 정기적으로 꼭꼭 받으시고 지금처럼 건강관리를 잘 하신다면 어르신 께서는 백세 장수하시는 데는 아무런 문제가 없을 것 같습니다. 하지 만 자만은 금물입니다. 건강은 건강할 때 지키셔야 합니다. 아셨죠?"

그러면서 원장은 백세 장수하려면 위와 대장 내시경 검사가 필수적 이라며 가까운 시일 안으로 내원해 꼭 받을 것을 권유했다. 그러나 최 대한은 두 번 다시 안 속는다며 묵묵히 내과원장실을 나왔다. 최대한 은 국민건강보험공단에서 잊을 만하면 안내장을 보내 건강검진을 받 을 것을 독촉해 난생처음으로 큰맘 먹고 집에서 가장 가까운 지정병원 엘 들렀다가 간드러지는 간호사의 달콤한 꾐에 속아(그것이 최대한의 최 대 약점이다) 거금 이십만 원인가를 들여 생각지도 않은 혈액종합검사까 지 받았다.

날강도 같은 놈들……. 사람 노릇 못할 바엔 백을 살면 뭐하고 이백 을 살면 뭐할 거여. 최대한은 냉수 사발을 천천히 기울이며 속으로 구 시렁거렸다.

최대한은 산책 나갈 복장을 갖추고 안방 문 앞으로 가 뒤 번 어험, 어험 기침했다. 안방은 죽은 듯이 잠잠했다. 최대한은 더는 기척 없이 현관으로 걸음을 옮겼다.

참으로 놀라운 것은 지혜였다. 얼굴이 익은 알밤처럼 여물고 눈빛이 맑으면서 초점이 살아 있어 첫눈에도 예사내기가 아니구나 짐작은 했 지만, 이렇듯 눈치 빠르고 재간둥인 줄은 몰랐다. 아직도 믿어지지 않는 것은 지혜의 신출귀몰한 능력이었다. 눈치가 빨라 시아비의 마음을 거울 들여다보듯 볼 수야 있겠지만, 어떻게 그 짧은 시간에 감쪽같이 봉투를 바꿔치기할 수 있었는지 생각할수록 신통했다.

실상 최대한이 지혜에게 심부름시킨 것은 문제를 해결해 오라는 뜻이 아니었다. 그것은 현실적으로 불가능한 일이었다. 최대한의 의도는 도축자의 들뜬 마음이 진정될 때까지 시간을 좀 끌어 달라는 뜻이었다. 최대한은 이미 마음속으로 모종의 대비책을 마련해 두고 있었다. 지혜가 문제의 각서 봉투를 가져오면 자신은 그런 각서를 써 준 적이 없으며 이 각서는 누군가에 의해 조작된 가짜라고 대뜸 몰아 부칠 심산이었다. 그러면 식솔들은 아직은 시퍼런 칼자루를 쥐고 있는 자신의 손을 들어 줄 것이라고 확신했다. 그런데 놀랍게도 지혜가 그런 걱정거리를 마치 요술을 부리듯 일거에 해소해 버린 것이다.

도축자가 언급한 각서는 실재했다. 지난 연말 닦달에 못 이겨 최대한이 직접 작성해 주었다. 그 무렵 최대한은 사십대 중반의 독신녀에게 빠져 있었다. 박유식과 함께 묻지 마 관광을 갔다가 돌아오는 길에 들른 카페의 사장이었다. 허릿매가 쏠쏠하고 이목구비가 조각처럼 선명한 데다 사람의 마음을 녹이는 언변까지 갖추고 있었다. 첫눈에 반한 최대한은 그녀를 품고 싶은 음욕에 그날 이후 매일 출근하다시피 그 카페를 들락거렸다. 그러길 반년 만에 갖은 공을 들인 끝에 어느 한적한 모텔에서 그녀를 품었다. 그것이 도축자의 낚싯바늘에 코가 옹골차게 꿰여 버렸다. 며칠 뒤 평소와 다름없이 저녁을 먹으러 집으로 들어가니 도축자가 거실 가운데 군용담요 위에 독사처럼 똬리를 틀고 앉아 새파랗게 독을 뿜고 있었다. 영문을 몰랐던 최대한은 연방 헛기침만 뿌리며 그 주위를 얼쩡거렸다. 돌아가는 분위기가 심상찮아 최대한은 저녁 얘기는 꺼낼 엄두도 못 내고 밖으로 나가려고 현관 쪽으로 걸음을 떼려던 순간이었다.

"영감!"

도축자가 살을 발라낸 갈치 뼈다귀 같은 목소리로 최대한을 불렀다. 최대한이 섬뜩함을 느끼며 힐끗 돌아보자 도축자가 말을 이었다.

"여기 앉아 보소."

그때까지만 해도 최대한은 결기가 살아 있었다. 조금만 수틀리면 귀싸대기를 한 대 올려붙일 기세로 최대한은 당당하게 도축자 앞에 마주앉았다. 그리고 겁박했다.

"왜 뜬금없이 독을 뿜고 지랄이야. 뒈지고 싶어 아주 환장을 했구먼."

그러나 도축자는 자세 하나 흐트러짐 없이 싸늘하게 웃었다.

"오늘 나하고 담판 지읍시다. 그년하고 살지 나하고 살지……."

"또 뭔 소리를 들은 거여? 주둥아리를 잘못 놀리기만 해봐라. 아주 요절을 낼 텐께."

최대한이 버럭 화를 내며 선수 쳤지만 거기까지가 다였다. 도축자는 더는 말없이 탁자 밑에 숨겨놓은 반투명 비닐 봉투를 끄집어내어 최대한 앞으로 던졌다. 거기에는 최대한과 여 사장이 카페에서 차를 타고 출발하는 장면에서 팔짱을 끼고 낙원장으로 들어갔다가 나오는 장면까지가 적나라하게 찍힌 천연색 사진들(몇몇은 차마 보기조차 민망한 침실 몰카도 있었다)이 수십 장 들어 있었다. 보나마나 냄새를 맡은 도축자가 거금을 들여 심부름센터 직원을 매수한 것이 분명했다. 최대한은 한

순간에 무너졌다.

각서는 그 사건 무마용으로 최대한이 써준 것이었다. 소유권을 이전하려면 세금이 만만찮게 들어간다는 걸 내세워 돈을 좀 안겨주는 것으로 사건 무마를 시도했지만 도축자는 손톱도 안 들어갔다. 다른 방도가 없었다. 내용은 도축자가 불러주는 대로 받아 적었다. 그나마 소유권 이전 시기를 내년 최대한의 일흔 번째 생일 이후로 미룬 것은 박유식의 코치를 받은 최대한의 벼랑 끝 전술의 전리품이었다. 각서 작성과 동시에 최대한이 보는 앞에서 사진과 사진이 저장되어 있는 USB를 죄 파기한다는 조건이었다.

최대한이 가장 두려워했던 것은 가족들 앞에서의 사진 공개였다. 도축자는 그 약점을 집요하게 물고 늘어졌고, 평소 소행으로 보아 자신의 요구가 관철되지 않을 경우에는 그러고도 남을 악종이었기에 우선 발등의 불부터 끄고 봐야 했다. 그래도 내심 그때쯤이면 각서 자체를 잊어버리거나 분노의 감정이 사그라져 흐지부지될지도 모른다는 희망 섞인 기대감이 있었다. 그리고 강압에 의한 문서는 법적 효력이 없다는 박유식의 조언도 한몫했다. 그런 저런 이유로 도축자와 사생결단의 줄다리기에 종지부를 찍었다. 생일 당일까지 아무런 낌새가 없었기에 애초의 바람대로 되었구나, 최대한이 어느 정도 마음을 놓고 있었다. 그런데 도축자가 더 이상 손쓸 수 없도록 방심을 유도해 기습 공격을 감행한 것이다.

지혜의 전공이 빛났던 것은 마치 그 기습 공격을 예견이라도 했다는 듯이 바꿔치기 기술로 도축자의 묘수를 한순간에 꼼수로 바꾸어 버린 데 있었다. 도축자는 미처 몰랐을 것이다. 묘수 위에 신의 한수가 있다는 것을. 그 순간 도축자가 기절초풍해 뒤로 나자빠진 것은 지극히 당연한 수순이었다.

돌이켜보면 최대한의 일생 중 가장 큰 실수는 도축자와의 백년가약이었다. 그때는 무슨 마음으로 어느 면으로 보나 내킨다 싶은 구석이라고는 없는, 젖가슴과 엉덩이만 들입다 큰 말괄량이를 탐하고 싶었는지 알다가도 모를 일이었다. 도축자는 시장통 최대한의 정육점 맞은편에서 같은 정육점을 하고 있던 도 씨의 맏딸이었다. 중학교를 졸업하고 가발공장에서 일하다가 제 아비가 간경화로 자리보전하자 급하게 투입된 보결이었다. 그런데 넉살과 상술이 얼마나 좋던지 투입된 지 한 달도 안 돼 최대한의 단골손님을 야금야금 빼가기 시작했다. 약이 바짝 오른 최대한이 최소한의 상도의를 지키라고 따지러 갔다가 홧김에 쓰레기통을 걷어찬다는 것이 그만 그녀의 엉덩이를 걷어차는 바람에 대판 싸움이 붙었다. 그것이 빌미가 되어 사과와 화해를 핑계로 몇 번 따로 만나 차 마시고 술 마시다가 그만 진짜 붙어버리고 말았다.

하긴 최대한이 오늘날 이만큼 자수성가하기까지 도축자의 공이 없다고는 할 수 없었다. 최대한과 백년가약을 맺은 뒤 이번에는 도 씨의 정육점 단골손님을 살금살금 빼돌려 결혼한 지 삼 년 만에 도 씨의 정육점을 문 닫게 한 불효녀가 그녀였고, 배신하지 않는 땅만이 살 길이라고 일편단심으로 노래 부른 가수가 그녀였다. 그리고 거금의 빚이 겁나 주저하는 최대한 대신 은행, 농업협동조합, 새마을금고로 싸돌아다니며 융자를 얻어 줘 지금의 대한빌딩을 짓게 한 장본인이 도축자였다.

그렇긴 해도 서방이 한두 번 바람 피웠기로서니 그 약점을 야비한

수법으로 볼모 잡아 하늘같은 서방을 겁박해 사욕을 채우려 한 행위
는 용납 못할 죄악이었다.

　최대한은 들고 있던 검정색 캔버스 캡모자를 눌러 쓰고 신발장에서
나이키 스니커즈를 꺼내 신었다.

2

　현관을 나선 최대한은 곧장 옥상으로 올라갔다. 옥상은 최대한의
아침 산책의 첫 번째 필수 코스다. 옥상으로 올라가는 계단에는 스테
인리스강 자바라 문이 설치되어 있고 거기에 외지인과 아이들의 무단
출입 방지용 번호 자물쇠가 채워져 있다. 최대한은 그 자물쇠를 딸 때
면 묘한 설렘을 느낀다. 살아생전에 혹시라도 통일이 되어 이제는 기
억조차도 흐리마리한 고향 방문의 기회가 주어진다면 그때도 이런 기
분일 거라고 최대한은 생각했다.

　옥상에는 최대한이 애지중지하는 정원이 있다. 정원은 대한빌딩이
자랑하는 명물이었다. 아름다운 도시 가꾸기에 관심이 많은 시장이
소문을 듣고 직접 방문해 구경하고는 감탄했을 정도였다. 정원은 오랜
세월 최대한의 피와 땀과 정성으로 태어난 결정체였다. 지금의 정원이
조성되기까지 최대한의 손길이 미치지 않는 곳이 없었다. 반송, 향나
무, 박태기나무, 목련, 라일락, 능소화, 자귀나무, 배롱나무 등 수종도
다양하고 자태는 하나같이 기품 있고 아름다웠다. 정원의 운치를 더하
기 위해 바닥에 천연 잔디를 깔고 요소요소에 철따라 형형색색의 꽃

들이 피어나는 여러해살이 꽃나무를 심고 통로에는 최대한이 손수 주운 수석으로 가두리를 짓고 태깔 좋은 화강토와 현무암판석을 깔았다. 그렇게 공을 들인 탓에 울바자의 덩굴장미들이 만발하는 오월에는 정원은 마치 수채화 물감을 뿌려놓은 듯한 환상적인 풍경을 연출했다.

정원 한 켠에는 원두막 모양의 쉼터가 있고 거기에 꽤 널찍한 널마루가 놓여 있어 최 회장댁 가족들은 그곳에서 철이 바뀔 때마다 한차례 모여 각자의 집에서 장만한 음식들을 나눠 먹으며 효성과 우애를 다지곤 한다.

그런 명물임에도 불구하고 최대한은 옥상을 외부에 공개하는 것을 극도로 꺼렸다. 시장의 방문이 있던 작년 연말, 대한빌딩이 아름다운 도시 가꾸기 모범 사례 건물로 뽑혀 매스컴을 타면서 많은 사람들이 방문을 희망했지만, 최대한은 끝내 허락하지 않았다. 남의 손이 타면 마가 낀다는, 순전히 최대한의 개인적인 편견 때문이었다. 그런데 딱 한 사람, 요구를 들어준 사람이 있었다. 작년 말 도축자의 도찰 사건으로 궁지에 몰려 있을 때의 박유식이었다. 우연히 방송을 본 박유식이 옥상을 구경시켜 주지 않으면 코치해 주지 않겠다고 으름장을 놓아 어쩔 수 없이 데려가 주었다. 그때 박유식이 말했다. "최 회장, 혹시 중국 고전소설 홍루몽을 읽어보셨소?" 물론, 중학교 졸업한 뒤로 책과 담을 쌓은 최대한이 그런 소설을 읽었을 리 없었다. 그러나 최대한이 가타부타 없이 계속하게, 했더니 박유식이 덧붙였다. "그 소설을 보면 이리 봐도 서시, 저리 봐도 초선, 앞으로 봐도 왕소군, 뒤로 봐도 양귀비, 온통 미녀들뿐인 지상 낙원이 나온다오. 이름하여 대관원이

오. 오늘 최 회장의 에덴동산을 보니 가보옥이 거처하는 대관원의 이홍원을 보는 것 같소." 박유식은 마치 소설 속의 이홍원인가를 직접 본 것처럼 점잖은 말씨로 거만을 떨었다. 똑같이 가방끈 짧은 주제에 말끝마다 아는 체하는 건 박유식의 오랜 버릇이었다. 그러나 점잖은 말씨로 아는 체할 때는 꼭 꿍꿍이가 있었다. 아니나 다를까 최대한이 담배를 빼물고 불을 붙이려니 박유식의 목소리가 귀청을 뚫었다. 숫제 훈계조였다. "최 회장은 왜 그리 어리석으시오. 우리 속담에 등잔 밑이 어둡다는 말은 있지만, 이렇게 훌륭한 등잔 밑 낙원을 두고 하필 그 먼 낙원장으로 낙원 놀이를 떠났다가 프로답지 못하게 그런 불상사를 당하셨소. 이제라도 사과를 따먹은 죄를 뉘우치는 마음으로 등잔 밑 낙원에서 어부인과 에덴동산 놀이를 한번 해보시는 게 어떻겠소. 그리만 된다면 사진 따위로 골머리를 썩일 필요도 없을 듯하오만……" 최대한은 속이 부글부글 끓었지만 끙, 앓는 소리만 내고는 끝내 침묵했다. 떫지만 일을 원만히 해결하자면 반짝반짝 빛나는 박유식의 머리를 빌리지 않을 수 없었기 때문이었다.

어느덧 희붐하게 먼동이 텄다. 최대한은 동녘하늘을 향해 크게 기지개를 켜며 뒤 번 심호흡으로 마음을 가다듬었다. 그런 다음 쉼터의 널마루 밑에 넣어둔 가방에서 목장갑과 전지가위를 꺼냈다. 최대한이 옥상에서 제일 먼저 하는 일은 정원수와 꽃나무를 점검하고 보살피는 일이다. 그 일이 끝나면 통로를 따라 천천히 한 바퀴 돌며 주위를 조망한다. 대한빌딩은 편도 4차선 대로 네거리의 코너에 위치해 있고 사방이 트여 있어 전망이 좋았다. 동쪽과 남쪽으로는 시내의 전경이, 서쪽으로는 길 건너 전통시장과 그 너머 우람한 굴뚝들이 왕대처럼 솟아있는 공장과 우련한 강줄기가, 북쪽으로는 널찍한 체육공원과 오월이면 아카시아 꽃향기가 무너져 내리는 와우산이 바라보였다. 그렇게 한 바퀴 돌고 나면 가슴속이 찬물로 씻어낸 듯이 시원하고 후련했다.

최대한은 자신의 일생 중 가장 잘못한 일이 도축자와 혼인한 것이라면 가장 잘한 일은 대한빌딩의 옥상에 정원을 조성한 일이라는 자부심을 가지고 있었다. 까짓것, 저승으로 짊어지고 갈 곳도 아니고 말이 난 김에 약조대로 도축자 앞으로 빌딩의 소유권을 이전해 줘버릴까 싶다가도 이 정원만 떠올리면 그런 마음이 순식간에 사라져버리는 것은 그 때문이었다.

최대한의 아침 산책 두 번째 필수 코스는 텃밭이었다. 텃밭은 몇 년 전 가족회의 때 장인환의 제안으로 자투리땅을 이용해 만들었다. 자투리땅은 빌딩과 주차장 사이에 제법 있었다. 처음엔 그게 텃밭 구실을 할 수 있을까 싶어 시험 삼아 조금 일구었는데, 의외로 소채 가꾸는 재미가 쏠쏠하고 시골의 정취가 있었다. 그래서 이듬해 자투리땅을 죄 텃밭으로 일구어 자식들에게 공평하게 나누어주고 가꾸어 먹어라 했더니 하나같이 가꾸어 먹는 시늉만 냈다. 안되겠다 싶어 그 다음해부터 역시 똑같이 나누어주고 엄격히 심사해 연말에 시상하겠노라고 상금을 내 걸었더니 다들 눈에 불을 켜고 설쳤다. 그 덕분에 최 회장댁 가족들은 겨울 한철을 제외하곤 농산물 시장에서 별도로 푸성귀를 사먹지 않아도 되었다.

최대한은 여느 때처럼 옥상에서 내려와 텃밭과 그 일대를 한 바퀴 둘러본 다음 예전에 약수터가 있던 와우산 중턱까지 올라갔다가 집으로 돌아왔다.

3

최대한은 짐짓 헛기침을 뿌리며 현관으로 들어섰으나 집 안은 여전히 물속처럼 고즈넉이 가라앉아 있었다. 이 여편네가……. 순간적으로 불끈 화가 치민 최대한은 선걸음으로 다가가 안방 문을 밀어젖혔다. 도축자는 모로 옹송그리고 누워 텔레비전을 보고 있었다. 그 꼬락서니가 목에 칼을 들이대 봐라 눈 깜짝하는가, 결연함이 묻어 있었다. 텔레비전 화면에는 지난밤 청계광장에서 있었던 대통령 하야 촉구 촛불 집회 장면이 가득 담겨 있었다.

"참말로 아침 안 할 거여?"

최대한이 겁박하듯 목소리를 높였다.

"내 앞에서 실토하기 전에는 이년 손에서 밥 얻어먹을 생각은 털끝만큼도 하지 마소. 이년은 한 입에 두 말 하는 인두겁에게 밥해 바치는 종노릇은 어제부로 졸업했구먼."

도축자가 돌아 누운 채로 구시렁거렸다.

"오냐, 그래. 누가 이기나 해보자."

최대한이 설득을 포기하고 방을 나서려는데 도축자가 갑자기 휙 몸을 일으켜 최대한을 노려보았다. 그 눈빛이 마귀할멈처럼 섬뜩했다.

"어떻게 사람의 탈을 쓰고 낯살이 그렇게 두껍소. 좋소. 영감이 이 건물 소유권을 죽어도 양도 못 하겠다고 버티면 이년도 그 소유권에 목매달 마음은 눈곱만큼도 없소. 그러니까 이 방에는 영감하고 이년하고 둘밖에 없소. 이제라도 잠시 착각했다고 내 앞에서 이실직고하소. 그러면 이 도축자가 통 크게 최대한 씨 기 한번 살려 주겠소. 영감

바람피운 거는 천하가 다 아는 사실이고 어찌 사장인지 마담인지 그 매구 년 하나뿐이겠소. ……영감, 참말로 그런 각서를 이년한테 써준 적이 없소?"

그 순간 최대한의 뇌리에 섬광처럼 스쳐 지나간 것은 자신의 실토를 이끌어내기 위한 고도의 유인책일지도 모른다는 의구심이었다. 도축자는 능숙한 연기로 상대의 마음을 무너뜨려놓고 결정적인 순간에 뒤통수를 내리치는 게릴라 전법은 가히 수준급이었다. 필시 몸속 어딘가에 녹음 버튼을 눌러놓은 덫을 숨겨놓고 있을 것이다. 그러고 보니 휴대폰이 눈에 띄지 않았다.

"나는 그런 거 써 준 적 없다."

최대한이 힘주어 말했다.

"뭐라고요?"

일순 도축자의 누리끼리한 동공에서 텔레비전에서 옮겨 붙은 촛불이 일렁거렸다.

"백 번 천 번을 물어도 내 대답은 똑같다."

최대한은 내친김에 대못을 때려 박았다.

"어디 두고 봅시다. 내 손으로 영감하고 영감과 공모한 첩자를 색출해 가족들 앞에 손이야 발이야 빌도록 반드시 꿇어앉히고 말 테니, 어디 두고 봅시다."

다시 팩 돌아누운 도축자가 전의를 다졌다.

"오냐, 그래. 어디 한번 해보자. 최대한의 박이 터지나 도축자의 박이 터지나. 못 찾아내기만 해봐라. 그땐 다시는 주둥아리 함부로 놀리지 못하도록 전동드릴로 혓바닥을 뚫어버릴 텐께."

최대한도 지지 않고 맞섰다.

"영감 심보가 이런 줄은 참말로 몰랐소. 애당초 이런 심보인 줄 알았으면 이년 치마 밑으로 은근슬쩍 손 집어넣을 때 그 더러운 손모가지를 삭정이같이 분질러 버렸을 게요. 그래도 일가친척 하나 없는 외롭고 불쌍한 이북내기라고 오매한테 온갖 쌍욕을 들어가며 살림을 일구어놓았구먼. 참말로 불효한 이년의 죄가 크다. 나중에 저승 가서 부모 얼굴을 어찌 볼꼬."

돌아누운 도축자가 눈물을 뿌려가며 신세타령을 늘어놓기 시작했다.

최대한은 더는 군말 없이 안방에서 나왔다. 그길로 누님 댁으로 갔다. 마침 장인환과 최숙희가 마주앉아 아침 식사 중이었다. 보글보글 끓인 청국장 냄새가 식욕을 자극했다. 최대한이 식탁 의자에 주저앉으며 엄살을 떨었다.

"오늘부로 최대한의 신세가 영 말이 아니게 돼버렸습니다. 누님, 남은 밥 있으면 좀 주세요."

"올케가 아침 안 했더냐?"

"어제부로 졸업했답니다."

"이 여편네가 두고 보자보자 하니……."

전기밥솥에서 최대한의 밥을 고봉으로 퍼 준 최숙희가 화난 걸음으로 주방을 나갔다. 뒤이어 현관문이 쾅, 닫히는 소리가 주방 식탁에까지 들렸다. 그러거나 말거나 최대한은 무생채 스텐 양푼에 밥을 통째로 붓고 그 위에 고추장과 청국장을 듬뿍 떠 넣어 척척 비벼 게걸스레 퍼먹었다. 밥을 먹다 말고 멀거니 지켜보던 장인환이 차분한 목소리로 말했다.

"돌아가는 꼴이 아무래도 심상찮네. 처남, 매듭을 묶지 말고 풀게."

장인환은 점잖고 예의가 발랐다. 손아래 사람이라도 말을 함부로 하는 법이 없었다.

"나는 매듭 같은 것도 모르고 그런 걸 묶은 적도 없습니다."

"가만히 되짚어 보게. 처남댁이 저렇게 고집을 부릴 때는 이유가 있네. 아니 땐 굴뚝에 연기 나는 법은 없네. 헛말이라도 그런 약조를 해 준 적이 없는가?"

"누가 그런 게 있답디까?"

최대한이 뜨끔해 되물었다.

"내 말은 헛말이라도 그런 약조를 했으면 솔직히 시인하고 설득하게. 설득할 자신이 없으면 소유권을 양도하든가, 아니 할 말로 소유권을 누가 가지면 어떤가. 처남댁이 이 건물을 팔아치울 것도 아니고, 이혼할 것도 아니고……. 솔직히 이 집 재산을 불린 처남댁 공을 생각하면 이 건물을 처남댁 소유로 해줘도 하나도 이상하지 않네."

"자형은 한평생 조무래기들만 상대해서 권력의 속성을 몰라서 그래요. 자형 말대로 그런 순진한 생각으로 덜컥 소유권을 줘 보세요. 나중에 어떻게 되는 줄 압니까. 일 년도 안 되어 이 최대한은 별 볼일 없는 늙은이로 전락해 찍소리 못하고 여편네가 주는 밥이나 개돼지처럼 처먹으며 죽을 날만 기다리게 될 겁니다. 자식들은 지 애비를 새끼발톱만큼도 안 여길 거고요. 도축자가 그걸 노리고 보복심으로 눈에 불을 켜고 설친다는 걸 뻔히 아는 데 내가 왜 줍니까."

최대한은 장인환이 은근히 도축자 편을 드는 것 같아 부아가 치밀었다.

"처남 재산이 이 빌딩 하나뿐인가?"

장인환도 지지 않고 따졌다.

"허허, 이 순진한 양반을 봤나. 자형은 권력의 생리를 몰라도 너무 모릅니다. 권력이란 한번 맛들여 놓으면 중독성이 강해 점점 더 큰 권력을 넘보게 되어 있어요. 예를 들어 이 빌딩의 소유권을 넘겨보세요. 그 다음엔 점포, 주차장 부지, 말경엔 꿍쳐놓은 종자 땅까지 뺏으려고 갖은 방법을 다 쓸 겁니다. 처음엔 결사항전 하겠지요. 그러나 권력의 속성상 한번 축가 기울면 걷잡을 수 없이 기울어지게 마련입니다. 제 어미의 눈이 무서워 자식 놈들까지 합세해 사방에서 십자포화를 쏟아부을 텐데 그걸 무슨 수로 견딥니까. 그리고……." 최대한은 속에서 열화가 치밀어 숟가락을 놓고 담배를 빼물었다. "소유권을 이전하려면 현실적으로 비용이 엄청 들어요. 자형도 대충 짐작하겠지만, 증여세, 취득세 등등을 합치면 아무리 적게 잡아도 칠, 팔억은 될 겁니다. 가만히 놔두면 아무 문제 없는 것을 왜 구렁이알 같은 돈을 나라에 헌납합니까. 돈이 철철 넘칩니까."

"그런 줄 알면서 왜 헛말이라도 그런 약조를 했는가. 애초부터 화근을 심지 말든지 해야지."

"자형, 남이 들으면 오해하겠습니다. 내가 언제 헛말이라도 약조를 했다고 합디까. 난 헛말이라도 그런 약조를 한 일이 없소이다, 어험."

최대한은 보름달처럼 부푼 아랫배를 슬슬 문지르며 태연스레 숭늉을 마셨다.

"처남에게 한번 물어보자. 처남은 처남댁이 왜 소유권에 집착한다고 생각하는가?"

잠시 뜸을 들여 감정을 가라앉힌 장인환이 나직한 목소리로 물었다.

"조금 전에 얘기했지 않았습니까. 젊은 시절에 바람 좀 피운 걸, 그걸 못 참고 가슴에 꽁하니 넣어두고 있다가 늘어 슬슬 힘이 빠지니까 보복심으로 그런다고……"

"아닐세. 내가 보기에는 대한빌딩을 지키고 싶은 순수한 마음에서 그러는 거라고 생각하네. 말하자면 처남이 미덥지 못해서 그런 거네."

"허허, 자형은 참 순진하십니다. 자형은 교편을 안 잡았으면 사기를 당해도 여러 번 당해 벌써 알거지가 됐을 겁니다. 자형은 도축자 심보를 그렇게도 모릅니까?"

"아니까 이러는 거네. 그러니 지금이라도 가서 매듭을 풀게. 칼보다 더 무서운 게 말이네. 말로서 맺힌 한은 저승까지 가지고 간다는 말도 있네. 산의 큰불도 애초엔 작은 불씨에서 출발하네. 상처가 한으로 굳어지기 전에 풀어 주게. 할 소리는 아니네만, 지난 4·13 총선 때 처남이 헛바람이 들어 출마하니 어쩌니 하는 소문도 돌았잖은가. 그래서 더 그런다네."

"나는 앞뒤 재도 못하는 바보천칩니까. 그런 게 다 재산을 차지하기 위한 허울 좋은 명분입니다. 나도 다 요량이 있고 생각이 있습니다. 언제가 될지 모르지만 주차장 부지에 꿈에나 그리던 대한타운을 건설하면 이 빌딩을 도축자 명의로 해줄까 그런 마음도 가지고 있었습니다."

주차장 부지에 대한타운을 건설하겠다는 말은 생판 거짓말이 아니지만, 뒷말은 즉석에서 지어낸 새빨간 거짓말이었다.

"그걸 처남댁에게 알아듣도록 조곤조곤 설명해 주게. 처남 말에 믿음이 가면 처남댁도 그만큼 비용을 들여서까지 소유권을 이전해 달라고 땅고집을 부리지는 않을 것이네. 내 말이 맞나 안 맞나 가서 실험해 보게."

"소용없습니다. 도축자는 내 말을 콩을 콩이라 해도 안 믿습니다. 내가 그 사람과 한두 해 살았습니까."

"지레짐작만큼 무서운 병은 없네. 이유야 어떻든 원인 제공은 처남이 했네. 그러니 일단 시도나 해보게."

"자형의 조언은 고맙습니다만, 이미 말로 풀 시기는 지났습니다. 내 눈에 도축자의 시커먼 심보가 뻔히 보이는데, 거기에 갖은 말을 새긴들 씨알이 먹히겠습니까. 다 힘 낭비, 시간 낭비입니다. 이 매듭은 최대한의 박이 터지든 도축자의 박이 터지든 둘 중 하나가 터져야 풀립니다. 어차피 한 번은 겪어야 할 전쟁입니다."

최대한은 스스로의 말에 취해 게거품을 물었다.

"늙어빠져서 잘들 한다. 처남은 자식들 보기에 부끄럽지도 않은가. 오냐, 그래. 둘 중 하나가 거꾸러질 때까지 물어뜯고 싸워 봐라."

화가 난 장인환이 발끈해 주방을 나가 버렸다. 장인환의 성질은 잉걸불이었다. 마음이 한없이 좋다가도 한번 불뚝성이 냅뜨면 그 누구도 당할 자가 없었다. 그만 머쓱해진 최대한은 거듭 헛기침만 뿌리며 멀뚱히 앉아 있었다.

종종걸음으로 따지러 간 최숙희는 종무소식이었다.

불현듯 두 안노인이 머리칼 쥐어 잡고 사생결단 싸움질하고 있을지도 모른다는 불길한 예감에 최대한은 황급히 집으로 돌아왔다. 어느덧 붉은 햇살이 내려앉은 집 안은 빈집처럼 고요했다. 최대한은 발걸음을 죽여 안방으로 갔다. 그리고 가만히 안의 기척을 살폈다. 무슨 대화가 오갔는지 도축자가 훌쩍거리고 최숙희가 다독거리고 있었다.

"나는 그런 줄 몰랐다. 올케, 미안하다."

"형님이 나한테 미안해 할 것이 뭐가 있소. 동생 잘못 둔 게 형님 책임입니까."

"어쨌든."

"나는 오늘 아침까지만 해도 갑부 애비가 전후 사정을 얘기하며 이실직고하면 나 모르게 대출이나 매매 안하는 조건으로 눈감아 주려고 마음먹고 있었어요."

도축자가 그 대목에서 더는 말을 잇지 못하고 목을 놓아 울었다.

"그래, 올케 마음 안다. 모 한 줌 심을 땅 없던 최씨 집안을 일으켜 세우려고 불물 안 가리고 고생한 올케 마음 내 다 안다."

최숙희도 따라 훌쩍거리기 시작했다.

"나도 여자로 매력이 없다는 걸 압니다. 그래도 잘나나 못나나 오십 년 가까이 한이불 덮고 잔 부부지간이면 최소한의 대접은 해줘야지요. 못났다고 구박하고, 나중에는 제 여편네를 꿰다놓은 보릿자루 취급하고, 아무것도 모르는 바보등신인 줄 알고 눈 빤히 뜨고 뻔뻔스럽게 대놓고 거짓말하고……. 하늘이 안 무서운지 몰라. 나도 이제 못 참아요. 지렁이도 밟으면 꿈틀하고 쥐새끼도 막다른 길에는 쨱 소리 합니다."

도축자의 목소리가 다시 깐깐해졌다.

돌아가는 사정을 보아하니 두 노인이 머리칼 잡고 싸움할 것 같지 않아 최대한은 화장실로 들어갔다. 전동 면도기로 거뭇 턱과 인중의 수염을 깎고 세안하고 머리를 감았다. 머리를 감을 때마다 그 많던 머리칼이 소슬바람의 낙엽처럼 떨어져 나가 한때는 속도 상했지만, 이젠 무덤덤해졌다. 서서히 저물어 가는 게야. 최대한은 성긴 머리칼과 얼굴의 물기를 타월로 닦으며 벽면의 거울을 봐라봤다. 뿌연 김이 서려 윤곽이 우련한 그 속에 영락없는 노인이 충혈된 눈으로 최대한을 노려보고 있었다. 당신, 누구요? 흠칫 놀라 물어보고 싶을 만큼 낯설고 우스꽝스러웠다. 현란한 사이키 조명 아래 비단결 같은 여자의 손을 잡고 경쾌한 지르박, 자이브의 리듬에 맞춰 플로어를 주름잡던 때가 엊그제 같은데 어느 새 일흔 줄이라니……. 최대한은 좀처럼 자신의 나이가 믿어지지 않아 머리를 흔들었다. 한세상 잘 놀았지. 최대한은 상념을 떨듯 머리를 떨며 화장실을 나왔다.

안방은 아직도 가뭇없이 죽어 있었다.

최대한은 제 방으로 갔다. 주차장 관리실에 나가 보려고 운동복을 벗고 코르덴바지로 갈아입는데 앉은뱅이책상 위에 엎어둔 휴대폰이 풍뎅이처럼 떨었다. 아침부터 누군가 싶어 지퍼를 올리다 말고 목을 빼 굽어보니 액정화면에 김 여사가 떠 있었다. 최대한은 무시하고 지퍼를 올렸다. 뭔 여자가 눈치가 없어. 최대한은 심란해 담배를 빼물며 구시렁거렸다.

김 여사는 보기보다 검찼다. 그 사건 이후에도 이틀이 멀다하고 집요하게 전화질을 해댔다. 그러나 최대한은 일절 응답하지 않았다.

최대한은 창문을 열어놓고 맛좋게 담배를 피웠다. 담배를 다 피우고 책상 밑에 넣어둔 손금고에서 수표를 챙겼다. 그리고 나가려고 전화기를 집어 드는데 메시지가 왔다. 김 여사였다.

회장님, 왜 자꾸 전화 안 받으세요. 그 일로 너무 기죽지 마세요. 건강한 사람도 가끔 그런 경우가 있대요. 날씨가 너무 좋네요. 제가 회장님을 모실게요. 저물어가는 가을 풍경을 한적한 교외의 창문으로 바라보면 너무 아름다워 눈물이 날 것 같아요. 이 메시지 보는 즉시 연락 주세요. 오매불망 휴대폰을 보듬고 기다리고 있을게요. 김난희 올림

최대한은 메시지를 본 즉시 삭제했다. 내친김에 저장해둔 김 여사의 전화번호를 찾아내 지워 버렸다. 최대한은 부아가 난 얼굴로 현관을 나섰다.

4

"야 이 자식아. 왜 또 안 와?"

최대한이 목에 닭살이 돋도록 땡고함을 질렀다. 예닐곱 번 벨이 울려서야 마지못해 전화를 받은 황 군은 나오지 못하는 이유는 안 대고 죄송합니다만 연발했다. 아직도 잠이 덜 떨어진 목소리였다.

"그렇게 근무할 것 같으면 내일부터 나오지 마."

최대한은 일방적으로 종료 버튼을 눌렀다. 박유식이 자기 생질이 취직도 못하고 주야장천 PC방에 틀어박혀 있다며 징징거리기에 친구의

정을 생각해 취직을 시켜주었더니 걸핏하면 온갖 구실을 달아 빼먹었다. 성질대로 하자면 황 군의 멱살을 틀어쥐고 끌고 나오고 싶지만 그 자식이 어디에 사는지 최대한은 몰랐다. 주차장 뒤편에 새로 예식장이 생기면서 토요일과 일요일이 더 바쁜데, 오늘 일이 난감했다. 현금이 눈앞에 빤히 보이는데 그냥 놀릴 수도 없고 그렇다고 일주일 일하고 쉬는 남 서방이나 그놈들 중 하나를 불러낼 수도 없는 노릇이었다. 오늘 아침 일만 아니면 일요일엔 빈둥빈둥 놀고 있는 장인환이 딱인데 낯이 받혀 아무 일 없다는 듯이 부탁하기도 뭣했다.

최대한은 고민 끝에 박유식을 호출하기로 했다. 올해부터 길 건너 철물점을 제 아들에게 물려주고 건강 관리한다며 등산과 파크골프로 소일하는 놈이었다. 저번에 출사를 겸한 동호회 모임 때 짝이 안 맞아 끼워줬더니 그 뒤로 만나기만 하면 그런 기회가 또 없냐고 거머리처럼 달라붙는 바람에 정나미가 떨어져 한동안 연락 안하고 지냈는데, 궁하니 어쩔 수 없었다.

제 놈 때문에 벌어진 일인데 제 놈이 책임져야지. 최대한이 담배를 빼물고 즐겨찾기에서 '박가놈'을 찾아내 연결하자 박유식은 댓 번 꿍무니를 뺀 뒤에야 받았다.

"아침부터 최 회장이 어쩐 일이야. 또 한 놈이 모자라나?"

"한 손이 모자라네. 급히 관리실로 행차해 주게."

금방 말귀를 알아들은 박유식이 목소리를 높였다.

"그 자식이 또 굶었구나. 내 이놈의 자식을……."

"그리 알고 있겠네."

최대한은 박유식이 꼬투리를 달아 거절하기 전에 얼른 종료 버튼을 눌렀다. 그제야 반 울분이 풀렸다. 날이 산산했지만 눈부신 햇살이 산산함을 상쇄하고도 남았다. 김 여사도 이 햇살에 반한 게야. 여자 나이 오십 밑자리 깔았으면 이런 날씨에 슬슬 미칠 만하지. 최대한은 김 여사를 잊으려고 투명한 햇살을 향해 얼굴을 내맡기고 깊게 빨아들인 연기를 한숨처럼 뿜어냈다. 그러자 볼이 발그레한 지혜의 얼굴이 연기 속으로 둥실 떠올랐다. 최대한은 담배를 비벼 끄고 주위를 일별한 뒤 휴대폰을 꺼냈다.

"어머, 아버님. 아침 일찍 어쩐 일이세요?"

지혜는 언제나 싹싹하고 나긋나긋하다. 도축자가 지혜의 반의반만 되었어도 지금처럼 죽살이치게 한눈팔지는 않았을 것이다. 최대한이 잠시 뜸을 들였다가 물었다.

"옆에 아무도 없느냐?"

"말귀 못 알아듣는 석준이 있어요. 곧 막내를 졸업해야 돼서 챙겨주려고요."

"애비는?"

"한잠 들었어요. 새벽에야 홍시가 되어 들어왔거든요. 일요일엔 애 하나를 더 키우는 기분이에요. 힘들어 죽겠어요, 아버님."

눈물 많은 지혜의 그렁그렁한 눈망울이 보이는 듯했다.

"지혜가 고생이 많구나. 내 언제 한번 혼내 주마."

"눈물이 쏙 들러빠지도록 혼내 주세요, 아버님."

"그러마. ……지혜야, 고맙다. 너 아니었으면 어제 이 시아비가 개망신당할 뻔했구나."

"굳이 '개' 자를 넣어 강조 안 해도 돼요, 아버님."

"그래, 고맙다. 너 아니었으면 망신살이 뻗칠 뻔했구나."

"고맙긴요. 전 아버님이 시키는 대로 했을 뿐인데요, 뭘."

"놀랍구나. 어떻게 단 한마디 말만 듣고 내 속을 그렇게 꿰뚫어볼 수 있었던 것이냐?"

"전 어릴 때부터 눈치 하나는 빨랐어요. 제 귀에는 눈치가 우리말로 동시 번역되어 들리거든요."

"그래서 하는 말인데, 시간 나거든 관리실에 한번 들르거라. 톡톡히 사례하마."

"당분간은 안돼요, 아버님. 지금 제가 어머님이랑 잔머리, 아니 아가씨한테서 엄청 의심을 받고 있거든요. 틀림없이 내 뒤를 감시하고 있을 거예요. 그러다 들키면 전 모가지가 꺾이고 머리칼이 닭털처럼 홀랑 뽑힐지도 몰라요. 어제 어머님이 그러셨거든요."

"그럼 내일 내가 집으로 직접 가마. 내일은 다들 일하러 나갈 테니 그런 걱정은 안 해도 될 게다. 어떤 식으로든 너에게 사례하고 싶구나. 또 손주 회임 축하도 할 겸……."

"그럼 내일 매개를 보아 전화 주세요."

"오냐."

"뭐든 확실한 게 좋아요. 통화가 끝나는 즉시 저와 통화한 기록을 삭제해 주세요. 잔머리, 아니 아가씨가 아버님 전화기를 은밀히 빼돌려 꼼꼼히 검색할지도 몰라요. 우리 아가씨는 그런 머리 하나는 기막히게 잘 돌아가거든요. 괜한 오해를 받고 싶지 않아서요."

"알았다. 넌 언제나 완벽하구나."

"삭제하는 방법은 알고 계시죠?"

"안다."

최대한은 하마터면 그게 내 전공 아니냐, 덧붙일 뻔했다.

"그럼 끊을게요, 아버님. 좋은 하루 보내세요."

"오냐."

최대한은 지혜와 통화를 끝내자마자 남 서방에게 문자를 보내려고 메시지 키패드를 띄웠다. 아무리 생각해도 막내 놈은 마누라 하나는 잘 얻었다 싶었다. 모름지기 여자란 입안의 혀처럼 넘놀고 감칠맛이 있어야지. 내 며느리만 아니면 저걸……. 최대한은 무심코 망측한 상상을 하다가 땅벌에 쏘인 것처럼 놀라 부르르 진저리를 쳤다. 그러다가 무얼 잘못 건드렸는지 찍어놓은 문자들이 어디로 날아가고 없었다. 스스로 생각해도 한심해 최대한은 한참 먼눈을 팔고 있다가 다시 마음을 도슬러 떠듬떠듬 문자를 찍었다. 그런데 이번에는 박유식이 기다렸다는 듯이 작업을 방해했다. 네놈이 지랄 발광을 해봐라. 내가 눈 깜짝하나. 최대한은 박유식의 집요한 강요에도 끄떡도 하지 않았다. 만일 이걸 핑계로 안 나오기만 해봐라. 그때는 박유식의 엽색행각을 낱낱이 들춰내 제 여편네에게 일러바치겠다고 최대한은 별렀다.

아침부터 반갑지도 않은 그랜저 한 대가 공격적으로 입구를 밀고 들어왔다. 최대한은 얼른 메시지를 띄우고 밖으로 나갔다.

5

"여보……."

남상운은 잠결에 잠꼬대 같은 최정혜의 중얼거림을 들었다. 남상운은 본능적으로 상반신을 일으켰다가 다시 뒤로 나자빠졌다. 최정혜는 한쪽 다리를 개구리처럼 움츠린 채 얼굴을 베개 모서리에 박고 있었다. 그런 자세로 한 손으로 침대 바닥을 더듬었다. 그 손이 남상운의 사타구니를 거쳐 배와 가슴을 더듬고 목을 더듬다가 얼굴까지 올라왔을 때, 중얼거림을 이었다.

"나 때문에 화 많이 났지? 미안해."

남상운은 재빨리 머릿속을 고속 회전시켰다. 자신이 늦게 들어오는 바람에 뿔나 혼술한 줄 알고 잔뜩 긴장하고 있었는데 그게 아닌 모양이었다. 그것도 모르고 남상운은 하마터면 간발의 차로 먼저 "미안해." 사과할 뻔했다. 남상운은 행운의 날숨을 최정혜의 엄지손가락 끝으로 흘려보냈다. 그러곤 즉각 최정혜의 손을 얼굴에서 뜯어내며 왕짜증난 목소리로 되받았다.

"도대체 어디서 그렇게 술을 많이 한 거야?"

"을부 오빠 집에서. 몸만 덥히고 오려 했는데 올케언니가 놔 줘야지."

"빨리 아침 준비해. 일찍 문상 가야 한단 말이야, 춘천까지."

남상운은 최정혜가 거짓말하고 있다는 걸 알았지만 모른 척했다. 누구에게 당할 최정혜가 아니었다.

"부조만 부치고 안 가면 안 돼? 은비가 아빠 얼굴 잊어버리겠어."

"시간 약속까지 해 놨어. 이불 강제 철거하기 전에 빨리 일어나라고."

"알았어. 오 분만 있다가 일어날게. 그런데 경화 올케, 술 한 잔 되니까 말을 되게 잘 하더라. 놀랬어. 그저 박사된 건 아닌 모양이야."

"당신도 책 좀 읽어. 집에서 독서하는 모습 본 지가 가물가물해."

"교재 연구하기도 빠듯한데 책 읽을 시간이 어디 있어?"

"그건 핑계야. 시간 없다고 밥은 안 먹어? 독서가 밥이라 생각해 봐. 그런 소리 나오나."

"하긴. 시간 없어 애 못 만들어 안 낳는 사람은 없으니까."

"어제 아버님께서 당신에게 큰 임무를 부여하셨어. 아버님의 신임을 얻을 절호의 찬스야."

"아빠 만났어?"

아버님이란 말에 정신이 든 최정혜가 화들짝 몸을 일으켰다. 흰 가운에 산발한 모습이 영락없는 귀신이었다. 새벽녘의 꿈 때문에 더 그랬다.

"집에 오다가 엘리베이터 앞에서 만났어. 어머님을 설득할 사람은 당신밖에 없다면서 돈을 좀 마련해 줄 테니 당신 갖다 주라 그랬어."

"우리 아빠 많이 변했네. 엄마 챙길 줄도 알고. 얼마나?"

최정혜는 눈을 감은 채 흐뭇한 표정으로 말했다. 그러니 더 섬뜩한 귀신 같았다.

"모르겠어. 이따 연락 올 거야. 혹시 나 나가기 전까지 연락이 없으면 나중에 연락 한번 해 봐. 설마 십 단위겠어? 적어도 백 단위는 되겠지."

"엄마가 순순히 응할지 모르겠네. 어제 분위기 같으면 손톱도 안 들어갈 텐데."

"그래서 당신의 실력 발휘가 필요한 거야. 최정혜, 능력 있잖아."

"없어."

"당신, 이런 모습 처음 본다. 아직 술 덜 깬 건 아니지? 눈 좀 뜨고 머리 어떻게 좀 해봐."

남상운은 귀신의 등을 떠밀고 거실로 나왔다. 거실에는 오렌지색 사라사 원피스를 차려입은 은비가 이 집의 제일 어른처럼 소파에 앉아 『안녕 자두야』 DVD를 보고 있었다. 은비는 제 부모를 보자 귀엽게 웃으며 "엄마 아빠, 안녕." 손을 흔들었다. 최정혜가 말없이 다가가 은비를 으스러지게 껴안았다. 그제야 귀신이 몸속으로 사라졌다.

남상운은 은비에게 답례의 손을 흔들어주고 제 방으로 들어가 충전된 휴대폰을 뽑아 화장실로 들어갔다. 메시지 두 통이 와 있었다. 하나는 최대한이 보낸 것이고 다른 하나는 카드 승인 내용이었다. 금액이 오십만 원이 넘었다. 남상운은 금액 확인 즉시 삭제했다. 한숨이 나왔다.

최정혜가 토스터에 식빵을 굽고 있을 동안 주차장엘 다녀올 요량으로 남상운은 운동복으로 갈아입었다. 남상운이 운동복 차림으로 나오자 은비가 "아빠, 아침 안 먹고 어디가?" 물었다. 최정혜도 "빵 금방 굽는데 어디 가?" 소리쳤다. 남상운이 아버님에게서 문자메시지가 왔다고 하자 최정혜는 금세 말귀를 알아먹고 "오 분 내로 다녀와." 했다.

남상운은 여간해서 엘리베이터나 에스컬레이터를 잘 이용하지 않는

다. 운동 부족을 느껴 고육책에서 시작했는데, 이제는 어딜 가더라도 계단 이용이 생활화되었다. 그러나 남상운은 빨리 다녀올 요량으로 ↓ 버튼을 눌러놓고 기다렸다. 엘리베이터는 육층에 머물러 있었다.

"서방님, 안녕히 주무셨어요."

엘리베이터에서 나오던 병부 처남댁이 인사했다. 밝게 웃는 모습이 바람에 하늘거리는 코스모스 같았다.

"예. 안녕히 주무셨어요. 아침 일찍 어딜……?"

처남댁의 손에는 빈 쟁반이 들려 있었다.

"전복죽을 쑤어 어머님께 갖다드리고 오는 길이에요. 어제 일로 상심이 크셔서 아침을 못 잡수셨을 것 같아서요. 서방님은 어제 병부 오빠랑 함께 안 계셨던 모양이네요."

"전 볼일이 있어 먼저 왔습니다."

"아가씨가 참 좋아했겠어요. 그럼, 일 보세요."

"아, 네."

남상운은 엘리베이터에서 나오자마자 황새걸음으로 주차장으로 갔다. 관리실에는 황 군 대신 안면 있는 장인의 친구분이 집에서 쫓겨난 표정으로 소파에 앉아 있었다. 친구분은 남상운을 보자 아는 체를 하곤 담배를 빼들고 자리를 피해 주었다.

"자네 오늘 쉬는가?"

"춘천에 가야 합니다. 대학 동기가 부친상을 당해서요."

"자네도 하루 빤한 날이 없군 그래. 하긴 젊을 때는 바빠야지."

최대한이 스카이블루 콤비재킷 안주머니에서 봉투 하나를 꺼내 내밀었다. 남상운은 봉투를 받으며 잘 다녀오겠다고 인사하곤 곧장 돌아섰다. 엘리베이터를 타자마자 봉투 안을 확인해 보았다. 뜻밖에도 백만 원짜리 수표 열 장이 들어 있었다.

6

집 안은 그새 토스트 냄새로 훈훈했다. 봉투 안을 확인한 최정혜는 한순간 눈이 풍선처럼 부풀어 올랐다가 꺼졌다. 곧 가족들이 식탁에 둘러앉았다. 빠삭하게 구운 토스트, 계란 요리, 시리얼을 넣은 우유, 디저트용 과일 몇 종류. 그것이 은비네 가족의 일요일 아침 식탁 풍경이었다. 은비네 가족 식탁에는 여간해서 계란 요리가 빠지지 않는다. 은비 때문이다. 은비는 치킨은 질색이지만 계란 요리는 뭐든 좋아한다. 계란찜, 계란프라이, 계란말이, 스크럼블 에그, 계란 오믈렛, 머랭. 전에는 양념이든 프라이드든 다 잘 먹었는데, 『치킨 런』 애니메이션을 본 뒤로는 치킨 종류는 일체 먹지 않았다.

"아무래도 아버지 건강에 문제가 생긴 거야. 아버지 마음이 변했어. 원래 암 같은 병에 걸리면 갑자기 마음이 변한다잖아. 아버지가 어머니한테 이렇게 통 크게 쓰실 분이 아니거든. 암이래도 착한 암이었으면 좋겠어. 이제 한창 재미나게 사실 나인데……."

토스트 두 조각에 한쪽은 딸기잼, 다른 쪽은 땅콩버터를 바르고 속에 슬라이스 치즈를 끼워 부녀에게 공급하던 최정혜의 표정이 내내 어두웠다. 최정혜는 은비 앞에서는 꼭 '아빠, 엄마' 대신 '아버지, 어머니'로 칭한다. 언젠가 최정혜가 무심코 '아빠, 엄마'라고 불렀다가 은비로부터 "어른이 왜 아빠, 엄마 해? 아버지, 어머니라고 해야지." 따끔한 일침을 당하고 난 뒤부터다. 이 집의 형식적인 권력 서열은 남상운, 최정혜, 은비지만, 실질적인 권력 서열은 은비, 최정혜, 남상운이기 때문이다. 남상운이 심드렁하게 대꾸했다.

"당신, 교재 연구 덜 한 모양이네. 진도 너무 빨리 나간다."

"여태 내 예감이 틀려본 적이 없다니까. 당신, 내일 출근하거든 꼭 아버지 건강검진 결과부터 꼭 한번 체크해 봐. 알아들었지?"

"귀 열려 있어."

"아차, 까먹었네. 이딴 소리 하기만 해봐라. 암이라면 십중팔구 폐암일 가능성이 높아. 자그마치 반세기 동안 죽기 아니면 까무러치기로 굽어댔는데 쇳조각인들 남아나겠어. 당신도 날 생명의 은인으로 생각해야 돼. 나 아니었으면 지금도 굽어댈 것 아냐. 맨날 니코틴으로 누렇게 변색된 이빨을 보면서도……."

"외할아버지가 아파?"

은비가 물었다. 최정혜가 "그런가 봐." 대답했고, 남상운이 즉각 "아직 몰라." 수정했다.

"그 해로운 걸 왜 피우는지 몰라."

"해로우니까 더 하는 거야. 원래 해로울수록 더 하고 싶어지는 법이거든."

남상운은 교사 앞에서 교사처럼 말했다.

"나는 동화책 자꾸 읽고 싶어지는데, 그럼 동화책이 해로워?"

은비가 참견했다.

"아이 말고 어른. 어른 중에서도 나쁜 어른."

최정혜가 대답했다.

"그럼 외할아버지가 나쁜 어른이네. 고모할머니도……."

"말이 그런다는 거지."

남상운이 다시 최정혜의 대답을 수정했다.

"혹시 어머니가, 아버지께서 불치병에 걸린 걸 알고 그러는 건 아닌지 몰라. 우리 어머니가 진짜 돈 욕심이 많거든. 사십육 년간 볼 것 안 볼 것 다 보고 살았으면 이심전심으로 그 정도는 감으로 때려잡을 수 있는 것 아니야."

"당신, 진짜 진도 너무 막 나간다."

"내 예지 능력은 학교에서도 유명하다니깐. 내 닉(네임)이 우연히 카산드라 최겠어."

"자만에 빠져 있지 말고 이따 임무 수행이나 잘해."

"당신이나 잘해. 지금부터 정신 바짝 차려야 돼. 술 좋아하고 어수룩해 보여도 오빠들 잇속 챙기는 건 당신보다 한참 고단수야. 내가 왜 큰오빠의 전매특허인 십시일반을 쌍수로 환영하는 줄 알아? 그래야 나중에 유산 배분 때도 자연스럽게 그 원칙을 준용할 것 아냐. 다 원대한 포석이 깔려 있는 거라고. 그러니까 나중에 내가 알아서 할 테니까 당신은 얌전히 앉아만 있어. 착해빠져 가지고 옆에서 픽픽 김이나 빼지 말고. 최소한 우리 몫에 플러스알파를 챙겨야 돼. 알아들었지?"

"애 앞에서 못하는 말이 없어."

"걱정 마. 나는 안 들은 걸로 할게."

은비가 우유를 마시다 말고 말했다. 뜨끔해진 최정혜가 은비의 등을 어루만지며 "은비처럼 어른 같은 애는 괜찮아." 했고, 남상운이 즉시 "그래도 애는 애야." 하고 되받았다.

"엄마 아빠는 싸우려고 나 낳았어?"

은비가 새침해져 말했다.

"아니야. 은비가 착하다고 칭찬하는 거야."

최정혜가 다시 웃으며 말했다. 최정혜는 마지막 남은 토스트를 은비와 남상운에게 건넸다. 한동안 먹는 일에만 집중하던 최정혜가 그제야 생각난 듯 말했다.

"당신, 문상 마치고 총알같이 와. 친구와 어울려 잘 마시지도 못하는 술, 권한다고 배알 없이 넙죽넙죽 받아 마시고 늦게 흥야흥야해 가지고 들어오지 말고. 우천순연. 무슨 뜻인지 알지?"

"늦으면 전화할게."

남상운은 마시던 우유를 마저 마시고 대답했다.

"늦지 말래두."

"전화할게."

남상운은 최정혜가 더 토를 달기 전에 후식용 귤 하나를 집어 들고 얼른 자리에서 일어났다. 시계를 보니 시간이 빠듯했다. 남상운의 행동이 부산해졌다.

7

최정혜는 남상운을 보내놓고 설거지를 했다. 그는 연방 시계를 들여다보며 쫓기듯 현관을 빠져나갔다. 남상운은 추동복 잿빛 플란넬 슈트에 눈빛 와이셔츠를 바쳐 입고 핑크빛이 감도는 연두색 넥타이를 맸다. 유달리 넥타이에 신경을 썼다. "고민할 게 뭐 있어? 문상 간다며? 그러면 검은색 계통의 넥타이를 매고 가야지." 최정혜가 참견하자 남상운은 거울 앞에서 이것저것 넥타이를 가슴에 대어보며 투덜거렸다. "아침부터 문상 가는 티 낼 일 있어? 장례식장에 도착해서 문상용 넥타이로 갈아매면 되지. 용우가 넥타이를 일괄 가져오기로 했어."

오용우는 최정혜의 고등학교 동기이자 남상운의 대학 동기였다. 최정혜는 오용우의 소개로 남상운을 만났다. 최정혜는 하마터면 오용우와 연을 맺을 뻔도 했다. 오용우는 고등학교 2학년 때부터 최정혜를 좋아했다. 그러나 최정혜는 왠지 오용우가 심장 속으로 졸깃하게 들어오지 않았다. 다른 건 다 좋은데 니글니글한 말씨와 음흉한 눈빛이 이상하게 싫었다. 오용우는 대학에 들어와 최정혜에게 정식으로 프러포즈했으나 최정혜는 끝내 쓰다 달다 답을 주지 않았다. 반년 뒤 오용우는 같은 과 여학생과 사귀면서 친구인 남상운을 소개해 주었다.

설거지하며 싱크대 위 환기창 너머로 본 바깥 햇살이 투명하고 눈부셨다. 철이 좀 지나긴 했지만 공원이나 야외로 나들이하기에 제격인 날씨였다. 그러고 보니 가족들과 야외로 바람 쐬러 나가본 지가 가물가물했다. 일요일이면 남상운은 결혼식이나 문상, 필드에 나가지 않으면 피곤하다며 제 방 침대에 머리 붙이기 바빴고, 최정혜는 고3 자연반 수학을 맡고부터 교재 연구에 정신이 없었다. 내년에는 기필코 저학년이나 인문반 수학을 맡아야겠다고 다짐하며 최정혜는 늦가을의 정취를 눈요기했다.

이것들이, 진짜 문상 간 거 맞아?

최정혜는 그제야 불현듯 그런 생각이 솟구쳤다. 최정혜는 깜박 경계의 문턱을 낮춘 것을 자책하며 남상운의 방으로 갔다. 벗어놓은 옷걸이의 옷, 옷장의 재킷과 바지, 책장의 책갈피, 책상 옆의 보스톤백과 백팩, 힙색, 서랍 안의 명함과 소지품들을 면밀히 톺았으나 결정적인 혐의점을 찾을 수 없었다. 다시 주방으로 돌아와 마저 설거지하며 최정혜는 별렀다. 아니기만 해 봐라.

최정혜는 남상운의 멱살을 쥐어짜듯 행주를 쥐어짜 행거에 널어두고 주방을 나왔다. 올케 속은 괜찮은지 전화해 보려다 을부 오빠의 날카로운 눈빛이 눈에 밟혀 참았다. 술김에 한판 붙었는지 알 수 없었다.

최을부와 허경화는 싸우기도 잘 하지만 화해도 잘한다. 한판 붙을 땐 당장 이혼신청서를 작성할 듯이 치열하게 싸우다가도 다음날 아침이면 언제 그랬냐는 듯이 쿨하게 마주앉아 아침밥을 먹는다. 싸움의 꼬투리도 시시콜콜한 것들이 대부분이다. 왜 가계부를 꼬박꼬박 안 적느냐, 며칠 빼먹으면 어떠냐. 왜 제시간에 안 들어오느냐, 친구들과 어울려 수다 떨다 보면 그럴 수 있지. 반찬이 맨날 이 모양이냐, 저녁은 대충 먹고 다이어트 좀 하자. 대개 그런 이유들이다. 십중팔구 최을부가 공격하고 허경화가 수비하는 쪽이다. 최갑부와 정은숙이 물물[水水]이라면 최을부와 허경화는 불물[火水]이다. 최병부와 강지혜는 최갑부와 정은숙 쪽에 가깝고, 최정혜와 남상운은 최을부와 허경화 쪽에 가깝다. 그래서 정은숙과 강지혜, 최정혜와 허경화가 죽이 잘 맞는지 몰랐다. 다만 차이가 있다면 불물[火水] 관계가 뒤바뀌어 있을 뿐.

허경화가 술을 그렇게 잘하는지 몰랐다. 어쩌면 그 술이 싸우기도 잘하지만 화해도 잘하게 하는 촉매 역할을 하는 건 아닌지 몰랐다.

아닌 게 아니라 틈틈이 책을 좀 읽어야겠다고 최정혜는 생각했다. 대화해 보니 확연히 드러났다. 머리에 든 것이 없다 보니 금세 대화 밑천이 딸렸다. 결혼 전에는 책을 손에 쥐고 살았는데, 요새 들어 남상 운 말마따나 책을 들어본 기억이 가물가물했다.

본가에 가려고 옷을 갈아입는데 휴대폰에서 멜로디가 피어올랐다. 허경화의 전화인 줄 알고 급히 집었더니 불여우가 떠 있었다. 시뜻해진 최정혜가 받자 강지혜가 비나리치는 목소리로 말했다.

"오늘 뭐해?"

"왜?"

"안 바쁘면 도준이 분양 좀 해 가."

"애가 펫이니? 분양하게."

"아직 덜 답답한 게로구나. 내 친구도 동서 애 한 달간 분양받아 키웠다가 임신했어. 삼신할미도 다 눈귀가 있다고. 어제 실천해 봤니? 서방님은 일찍 들어갔다 그러던데."

"연을 시도 때도 없이 띄우니?"

"말본새를 보니 간밤에 계속 밟았구나. 넌 원래 알코올이 들어가면 제어가 잘 안되잖니. 정말 분양 안 할 거야?"

"나 오늘 바빠."

"어디 가?"

"엄마를 설득해 달라는 우리 아빠의 특명을 받았어."

"역시 네가 실세 맞긴 맞구나. 근데 '우리'를 빼면 아빠가 안 되니?"

"그럼 네 아빠니?"

"출가외인이 말끝마다 그러니까 나는 괜찮은데, 어색해서 그래."

"너하고 말꼬투리 잡고 씨름할 시간 없어. 분양은 일 저지른 병부 오빠에게 하라고 그래."

"오빠는 일요일엔 젖 달라 안 할 뿐이지 넷째 애라니까."

"그럼 고모에게 부탁해 봐."

"고모는 담배 땜에 안 되고."

"아무튼 난 안 돼. 삼신할미가 오늘밤 점지해 주겠다는 확실한 보증서를 써 준다면 모를까."

"정말 안 되겠구나. 어머님이 저러시니 당장 우리 집이 직격탄을 맞네. 빨리 해결되어야 할 텐데……. 가거든 어머님께 내 얘기 잘 좀 해줘. 난 진짜 아니라니까. 맞으면 손가락 발가락 네 군데 다 장을 지질게."

"너는 지지는 것밖에 모르니. 우리 몸에는 지지는 것 말고 할 게 많아. 뽑는 것, 파는 것, 꺾는 것, 도려내는 것, 찢는 것, 박는 것……."

"뭐든 하라는 대로 다할게."

"너 우니?"

"너무 가슴이 답답해서 그래. 끊을게."

최정혜는 끊어진 휴대폰 화면을 들여다보며 또 내가 심했나, 곱씹었다.

8

최정혜는 은비에게 말하고 본가로 내려갔다. 옷도 눈에 거슬리지 않게 녹두색 셔츠에 무릎 밑까지 푹 덮이는 은색 플리츠스커트를 입었다. 그리고 쟁반에 몇 개의 귤, 사과, 천혜향도 챙겨 들었다. 비밀번호를 눌러 현관문을 밀고 들어가자 집 안은 선사시대의 동굴처럼 적요했다. 주인 잃은 체스터필드 소파 위에는 목과 등 쿠션 형제끼리 서로 좋은 자리를 차지하려고 멱살잡이하고 있었고, 그러거나 말거나 거실의 암막 커튼은 금빛 햇살을 타고 바람에 일렁거리며 신선놀음하고 있었다.

혼자 유폐된 듯한 도축자는 안방에 누워 있었다. 텔레비전은 저 혼자 신나 있고 머리맡에는 반 넘게 남은 전복죽이 담긴 소반이 놓여있었다.

"큰올케 다녀갔어?"

전복죽을 본 최정혜가 인사 삼아 물었다.

"네 눈에는 큰 것만 보이고 작은 건 안 보이냐."

도축자가 돌아누운 채로 중얼거렸다

"불여우, 아니 지혜가?"

뜻밖이었다. 조금 전 통화에서 그런 낌새가 없었는데. 그렇다고 허경화는 아니었다. 허경화는 술에 곯아떨어져 끓였을 시간도 없었을 테고. 설령 있다 해도 음식 만드는 솜씨가 없어 전복죽 같은 것은 끓일 줄도 몰랐다.

"그래도 지혜뿐이다."

도축자가 여전히 돌아누운 채로 웅얼거렸다.

"착한 딸이 왔잖아. 어서 일어나. 착한 딸이 일으켜줄까? 입맛 없을 때는 죽이 최고야. 후식으로 과일 몇 개 챙겨왔어."

최정혜는 어리광을 부리듯 도축자의 어깨를 감싸 안으며 귀에 대고 속살거렸다.

"넌 또 무슨 꿍꿍이속으로 왔냐? 날 설득할 요량이면 헛심 쓰지 말고 그냥 돌아가거라."

도축자는 여전히 바위처럼 누워서 꿈쩍도 하지 않았다.

"그런 것 아니래두. 엄마, 일어나 봐. 엄마가 보면 놀라 나자빠질걸."

최정혜는 도축자의 코앞에 하얀 봉투를 흔들어 보였다. 마지못해 실눈을 뜨고 보던 도축자가 용수철에 튕기듯 몸을 일으켜 봉투를 낚아챘다.

"이것 어디서 났어. 네가 찾았냐?"

그러나 도축자는 안을 확인하고는 사정없이 문에다 패대기쳤다. 그리고 최정혜를 향해 눈에 쌍심지를 켜고 몰아세웠다.

"네 아비가 이걸로 나를 구워삶아라 그러더냐?"

"아니야, 엄마."

최정혜는 기겁해 주눅 든 목소리로 대답했다.

"네 아비 하수인 노릇 하려거든 당장 가거라."

도축자가 다시 돌아누웠다. 돌아누운 도축자의 어깨가 심하게 오르내렸다. 그 오르내림을 보자 최정혜는 일이 쉽게 풀리지 않을 것 같은 불길한 예감이 들었다.

"화를 내더라도 내 얘기를 다 듣고 화를 내. 아빠가 준 게 아니라 내가 찾아가서 타냈어. 처음엔 손톱도 안 들어갔어. 만일 이번에도 엄마를 무시하면 착한 딸이 가만있지 않겠다고, 가족 모두에게 연판장을 돌려 아빠를 왕따 시켜버리겠다고 엄포를 놓았어. 그렇게 해서 타낸 거야. 처음에는 겨우 몇 백이었어. 그래서 던져버리고 나오니까 쩨쩨하게 백씩 올려주더라. 다섯 번 만에 여기까지 온 거야. 엄마도 알잖아. 아빠가 구두쇤 거.”

“구두쇠? 취미 생활하는 데는 대중목욕탕 물 쓰듯 쓴다.”

도축자가 같잖다는 듯이 콧방귀를 뀌었다.

“사진 찍는데 돈이 그렇게 많이 들어?”

“취미 생활이 사진뿐인 줄 아느냐.”

“좌우지간 엄마. 섭섭하겠지만 못 이기는 척하고 받아둬. 매사 첫술에 배부른 게 어디 있어. 이번을 계기로 이 착한 딸은 무조건 엄마 편이 될게. 나뿐만 아니고 남 서방과 은비까지 확실하게 밀어줄게, 응?”

“거짓말해도 입술에 침이나 바르고 해라.”

“진짜야. 지금 당장 보증서나 각서를 쓰래도 쓸 수 있어. 종이하고 볼펜 가져올까?”

“나는 이제 종이쪼가리는 안 믿는다.”

“그럼 착한 딸 말 믿고 이거 받아줄 거지?”

“이년아, 이 빌딩 값이 그것밖에 안 되냐. 아무리 못 받아도 사십억은 받는다. 뭐 겨우 천만 원?”

도축자가 독사처럼 머리를 세웠다가 다시 돌아누웠다. 돌아누운 어깨가 더 심하게 오르내렸다.

“그럼 얼마를 더 받아오면 받아 줄 수 있는데?”

"절반 밑으로는 단돈 천 원도 못 깎는다."

"뭐, 이십억? 당장 그 많은 돈이 어디 있어."

최정혜는 도축자의 배짱에 입이 쩍 벌어졌다. 돈독이 올라도 단단히 올랐구나, 싶었다.

"없으면 소유권을 약속대로 넘기라고 하든가."

"그럼 아빠랑 이혼할래?"

"하자면 못 할 것도 없지. 몸은 벌써 이혼했다."

"엄마, 이게 자식 앞에서 할 소리야. 우리 엄마가 이런 사람이었어? 정말 실망했다."

최정혜가 짐짓 과장된 목소리로 떠벌였다.

"네 아비가 날 이렇게 만들었다. 밟아서 꿈틀 안 하는 지렁이가 있더냐."

"그래. 두 노인이 머리 터질 때까지 물어뜯고 실컷 싸워 봐라. 자식들은 팔짱끼고 굿이나 보고 있다가 떡을 맛있게 챙겨 먹을 테니까. 꼴보기 좋겠다. 머리 터져 119 불러 앞서거니 뒤서거니 병원으로 달려가는 꼴……. 갈게."

최정혜는 패대기쳐진 봉투를 집어 들고 깔깔하게 일어섰다.

9

최정혜는 열불이 나 강지혜 집으로 갔다. 강지혜는 창문을 열어놓고 청소기를 돌리고 있었다. 강지혜는 최정혜의 처진 어깨와 낙담한 얼굴을 보자 걱정과 불안이 반반 섞인 표정으로 최정혜의 손을 잡고

"주스 한 잔 할래?" 물었다. 최정혜는 소파에 힘없이 주저앉으며 고개를 끄덕였다. 왠지 집 안이 썰렁하고 조용했다. 서로를 총질하며 이 방저 방을 뛰어다녀야 할 불감당인 녀석들이 눈에 띄지 않았다. 석준만이 제 엄마가 청소기를 제대로 돌렸는지 점검하듯 뒤뚱거리며 따라다니고 있었다.

"애들은?"

강지혜가 건넨 시원한 망고 주스로 열불을 끄며 최정혜가 물었다. 그제야 강지혜가 웃으며 말했다.

"하늘이 무너져도 솟아날 구멍이 있다더니 그 속담이 참 맞는가 보데. 큰형님은 매장에 나가셨을 거고 작은형님은 공부한다고 늘 바쁘시고 그래서 포기하고 있었는데 오빠가 눈 비비고 일어나 자청하고 나서네. 방금 한준과 도준을 데리고 공원으로 캐치볼 하러 갔어. 늦게 들어와 되게 미안했던가 봐. 새벽 세 시경에 홍시가 되어 들어왔거든. ……일이 잘 안 됐니?"

강지혜도 주스 한잔 들고 와 옆에 앉았다.

"큰일이다. 모두 제 정신이 아닌가 봐."

"그렇구나. 이러다 어머님이 정말 수사 의뢰하시는 건 아닌지 모르겠다."

"지금 돌아가는 상황을 보면 그러고도 남겠어. 마치 뾰루지인 줄 알고 대수롭잖게 메스를 들이댔는데 뜻밖에도 뿌리 깊은 악성 종양을 만난 기분이야. 도대체 어디서부터 잘못됐는지 감이 안 잡혀."

최정혜는 절망감에 사로잡혀 긴 한숨을 내쉬었다.

"그래도 이 문제를 해결할 사람은 너밖에 없어. 우리끼리니까 하는 말이지만 최씨 집안 남자들은 아닌 것 같아. 뼈 없이 사람만 좋고 낙천적이고…… 거기다 맨스플레인에 술 마니아고 의욕도, 비전도 안 보이고……."

강지혜가 처음으로 진지하게 말했다.

"그런 줄 알면서 왜 병부 오빠랑 결혼했니. 과속했니?"

"난 너처럼 계속 밟지는 않아. 무식하지만 무모한 걸 싫어하거든. ……그래도 좋은 걸 어떡하니."

"우리 엄마가 그렇게 독하고 무서운 사람인 줄 몰랐어. 여태 심지가 흙덩이인 줄 알았는데 오늘 보니 이건 바위덩어리도 아니고 숫제 쇳덩이야. 한순간 숨이 꽉 막히는 거 있지. 우리가 미처 깨닫지 못했던 거야. 흙덩이가 쇳덩이된 걸……."

최정혜는 허탈한 표정으로 입술을 깨물었다. 강지혜는 석준이 시야에서 벗어날 때마다 민첩한 동작으로 쫓아가 고양이가 쥐를 물어다놓듯 거실 중앙으로 보듬어 놓곤 했다.

"그러자면 얼마나 인고의 세월이 있었겠니. 난 이해할 수 있을 것 같아. 우리 외할머니가 그러셨거든. 그래서 더 해결해야 되고…… 결국 너밖에 없어. 넌 나보다 우월한 유전자를 가졌잖니. 키도 크고, 말도 잘하고, 얼굴도 예쁘고 거기다 공부까지 잘했고……. 내가 너보다 우월한 건 딱 하나뿐이야. 애 잘 가지는 것. 그래서 네가 늘 부러웠어. 넌 반드시 해낼 수 있을 거야."

"붉여우 너, 오랜만에 바른 말 한다."

"이게 내 능력을 테스트하는 중요한 시험대라고 생각해 봐. 그러면 새로운 용기도 생기고 없던 힘도 생길 거야. 나도 가끔 삶이 팍팍하고 힘겨울 땐 그런 마음으로 이겨내곤 해."

"불여우, 제법인데. 요즘 책 많이 읽는구나."

"호사스런 생각을 하고 있다. 책 읽을 시간이 어디 있니. 애들 등쌀에 하루가 어떻게 지나가는지 모를 판이구먼. 전복죽 좀 먹을래? 기운 차리는 데는 전복죽이 최고야."

강지혜가 마신 주스 글라스를 거둬 일어섰다. 이번에는 석준이 제 엄마를 거실 소파로 물어다 놓으려는지 부지런히 뒤좇았다.

"네가 나보다 우월한 것 또 하나 있네. 음식 잘 만드는 것. 그래 먹자."

"너하고 단둘이 있을 땐 문득문득 그게 자꾸 생각나더라."

강지혜가 스테인리스 냄비에서 국자로 전복죽을 푸며 말했다.

"뭐?"

최정혜는 식탁 의자에 앉아 수저를 챙겼다.

"고2 여름방학 때일 거야. 스타인벡의 '진주'와 멜빌의 '백경'을 노닥거리다가 갑자기 바다가 보고 싶어 너하고 나하고 무작정 해운대엘 간 적이 있었잖아. 집에는 학교에서 단체로 간다 그러고. 바다랑 사람이랑 실컷 구경하고 기차 타고 돌아올 때 차장으로 스치던 저녁 풍경이랑 재깔거린 얘기랑 아직도 잊어지지 않아. 그때 우리 새끼손가락 걸며 약속했었잖아. 서른 될 때까지 퀸의 노래처럼 '나는 당신을 사랑하기 위해 태어났어요.' 그런 남자 안 생기면 결혼하지 말고 둘이 같이 살자고. 같이 살며 한 해는 유럽, 한 해는 아메리카로 돌아다니며 맛있는 음식도 사 먹고 헤밍웨이가 즐겼다는 스페인의 산 페르민 축제도 구경하고 블랙 힐스의 크레이지 호스랑 이스트 섬의 모아이도 구경하며 원도 한도 없이 돌아다니자고. 그때는 어른이 되면 우리 앞에 레드카펫만 쭉 깔려 있는 줄만 알았잖아. 지금 생각해 보면 참 우스워. 훗날 너하고 나하고 이렇게 시누이올케가 되어 이 대한빌딩에 갇혀 맨날 지지고 볶고 싸우며 살아갈 줄을 어찌 알았겠니. 요즘도 가끔 애들 등쌀에 온몸이 파김치가 되는 날이면 너랑 머리를 맞대고 츄파춥스를 빨며 구글 어스를 들여다보면서 깔깔거리는 꿈을 꾸곤 해."

"갑자기 왜 그런 슬픈 얘기를 하니?"

"그게 슬픈 얘기니?"

"눈물 나니까 슬픈 얘기지."

"맞네. 슬픈 얘기네. 그럼 우리 생애에 그런 슬픈 날이 올 수 있을까. 세계 일주는 아니더라도 너랑 나랑 단둘이 여행하며 깔깔거리는 그런 슬픈 날이…… 애들이 없으니까 오만 생각이 다 드네."

강지혜가 석준을 보듬어 안고 죽을 떠먹이며 말했다.

"몰라. 죽이나 먹자."

최정혜는 티슈를 뽑아 눈물을 닦으며 죽 그릇을 끌어당겼다.

죽이 슬픔으로 가득했다.

이십분 뒤, 최정혜는 은비 몫의 전복죽을 챙겨 집으로 돌아왔다.

10

12시 30분. 전복죽으로 기운을 회복한 최정혜는 작심하고 본가로 내려갔다. 도축자는 여전히 안방에 박힌 돌처럼 누워 있었다. 전복죽은 그대로였다. 최정혜는 도축자의 머리맡에 앉았다. 최정혜를 보자 도축자가 퉁명스럽게 말했다.

"왜 왔어? 다시는 어미 안 볼 것처럼 나가더니."

"갑자기 엄마가 불쌍해 보였어. 내 눈 좀 봐봐. 퉁퉁 부었지? 여태 엄마 생각하며 울다 왔다니까."

최정혜는 한결 싹싹한 목소리로 대꾸했다.

"눈에 침이나 찍어 바르고 거짓말해라."

"진짜야. 보라니까."

최정혜가 눈을 도축자 얼굴 앞으로 들이밀었다.

"그 돈으로 날 설득할 생각이면 아예 말도 꺼내지 마라. 네 아비가 꿇어앉아 손이야 발이야 빌며 실토하기 전에는 억만금을 줘도 소용없다. 이제는 그따위 소유권 문제가 아니다. 자존심 문제다. 늙은 여자라고 자존심도 없는 줄 아느냐."

"도축자 여사가 언제부터 이렇게 무서운 전사로 돌변했을까."

"여자가 독을 품으면 오뉴월에 눈도 내린다. 거짓말쟁이 네 아비가 이렇게 만들었다."

"싸우더라도 뭐 좀 먹고 싸워. 힘없으면 싸움도 못해. 입도 벙긋 안 할 테니까 우선 좀 먹자. 착하지, 울 엄마."

도축자는 딸의 간청에 못 이겨 간신히 전복죽 다섯 숟가락을 떠먹었다.

"제발 누워서 독 좀 품지 마. 그러면 건강에 해로워. 싸워서 이기려면 건강해야 되잖아. 나도 이 시간부터 강력한 엄마 편이 되어 줄게. 내 성질 알지?"

"모른다. 더러운 것 말고."

"은비 피아노 학원 보내주고 올게."

최정혜는 일단 후퇴했다.

"오지 마. 와도 소용없다."

"이제는 딸도 안 볼 거야? 그러면 진짜 안 오고, 응?"

"……."

*

14시 정각. 은비를 피아노 학원에 보내놓고 최정혜는 다시 본가로 내려갔다. 도축자는 여전히 누워 텔레비전에 눈을 박고 있었다. 텔레비전에서는 최순실이 오전 7시 37분경 영국항공 BA017 런던 히스로발 인천행 항공편으로 자진 귀국했다는 뉴스를 내보고 있었다. 최정혜가 리모컨으로 텔레비전을 끄고 말했다.

"누워 주야장천 텔레비전만 보지 말고 밖으로 좀 나와. 그러다 병나면 진짜 엄마만 서러워."

"만사가 귀찮다. 이대로 죽으면 그런 복이 없고."

"죽으면 엄마만 섧지, 뭐. 아빠는 보나마나 새장가 들 거구."

"지금까지 새장가만 들었겠냐. 내가 아는 년만 열이 넘는다. 나 모르게 장가든 년까지 합하면 족히 한 두름은 될 게다. 숨겨놓은 자식새끼가 있는지도 모르지."

"아빠가 그렇게 많이 바람을 피웠어?"

"네 아비 일평생 취미생활이 그거 아니냐. 그놈의 취미생활은 늙지도 않은가 몰라."

"그러니까 용만 쓰지 말고 실속 좀 차려. 아빠가 주는 돈은 눈 딱 감고 챙겨 원도 한도 없이 돌아다니며 펑펑 쓰란 말이야. 이 돈 안 받으려면 내 줄래? 남 서방 벌이도 시원찮고 쪼들리는데 살림에 보태 쓰게, 응?"

최정혜가 도축자 눈앞에 봉투를 흔들어 보였다.

"하든가 말든가."

도축자는 거들떠보지도 않았다.

"그럼 엄마가 받아서 나 줘. 그러면 되잖아."

"나는 사탕 발린 돈은 안 받는다."

"내가 하늘을 두고 약속할게. 이 돈 받으면 아빠 찾아가 다시는 나쁜 짓 안하고 가정에만 충실하고 엄마에게 잘하겠다는 확약을 받아올게."

"지키지도 안할 확약을 받아서 뭣하냐. 인감도장까지 찍은 종이쪼가리도 헌신짝같이 버리는 인간이 한 번 버린 지조, 두 번은 못 버리겠냐."

"큰일 났네."

최정혜는 보란 듯이 긴 한숨을 내쉬었다.

*

15시 10분. 샤워하고 가지색 티셔츠와 새뜻한 일자청바지로 갈아입은 최정혜는 새로운 기분으로 다시 본가로 내려갔다. 도축자는 거실에 나와 밖을 보며 해바라기하고 있었다. 최정혜를 보자 소파에 털벅 주저앉으며 짜증스럽게 쏘아붙였다.

"왜 또 왔어?"

"엄마 죽었는지 확인해 보려고."

"안 죽어서 섭섭하냐?"

"엄청 섭섭하네. 언제 죽을 건데?"

"너 미워서 백오십까지 살란다."

"아빠, 암 걸렸나 봐."

최정혜는 사각 쿠션을 밀치고 도축자 옆에 앉았다.

"네 아비가 그러더냐? 무슨 암이라더냐?"

"폐암이래. 그래서 힘이 쭉 빠져 있었던 모양이야. 아빠 죽으면 이 많은 재산 엄마 다 차지해 좋겠수."

"그 영감쟁이 거짓말 대회 나가면 챔피언 먹겠네. 폐암 걸린 영감이 그렇게 담배를 굽어 대냐. 이제는 하다하다 없는 병까지 지어내는구나. 그런다고 내가 눈 깜짝할 줄 아느냐. 어림도 없다."

"진짜라니까."

"진짜면 덩실덩실 춤추겠다."

"제발 이제 좀 그만하자. 나도 피곤해 입술이 다 부르텄어. 자 봐봐."

최정혜는 도축자 앞으로 입술을 바짝 들이밀었다.

"누가 거짓말쟁이 영감 하수인 노릇하랬냐."

"도대체 얼마를 더 받아오면 받을래? 솔직히 말해 봐."

"아까 말했다. 절반 밑으로는 단돈 천 원도 못 깎는다."

"도축자 여사 대단하시다. 고집 대회 나가면 해볼 것도 없이 챔피언 먹겠네."

최정혜는 화가 나 벌떡 일어났다.

"내 고집은 거짓말쟁이 영감에 비하면 고집도 아니다."

"엄마."

먼산바라기로 가슴속의 화를 뺀 최정혜가 다시 도축자 곁으로 가 앉았다.

"왜 불러. 힘없어 죽겠구만."

"그러니까 죽 좀 퍽퍽 먹으랬잖아. 올해 내로 은비 동생 가지면 이 돈 받아줄래?"

"일억 쳐줄게."

도축자가 말이 채 끝나기도 전에 대답했다.

"겨우 일억? 기어이 나보고 십팔억 구천을 더 받아오라고?"

"하수인 노릇 자청한 년이 그 정도 심부름도 못하냐."

"도축자 여사, 돈독이 올라 완전 미쳤구나. 엄마, 내 이름이 뭐야?"

최정혜가 정색한 얼굴로 물었다.

"정부."

"진짜 미쳤네. 119 불러야겠다."

최정혜는 손부채로 얼굴의 열을 식히며 말했다.

"불러서 네 아비 입원시켜 정신 감정 받아 봐라."

"도저히 답이 없네. 갈게."

최정혜가 일어섰다.

"다시는 오지 마."

"돈 받아 올게."

최정혜가 현관으로 나가며 말했다.

*

16시 50분. 최정혜는 다시 본가로 갔다. 도축자는 주방 식탁 의자에 앉아 있었다. 최정혜가 냉장고의 델몬트 오렌지 주스를 꺼내 컵에 따르며 말했다.

"엄마 고기 장사 말고 복덕방 차렸으면 진짜 떼돈 벌었겠다."

"돈 받아 왔냐?"

"그래 받아 왔어. 자, 확인해 봐."

최정혜가 주스 컵을 댓바람에 비우고 도축자 앞으로 흰 봉투를 내밀었다. 도축자가 순순히 봉투를 받았다.

"겨우 오백이냐?"

봉투 속을 확인한 도축자가 말했다.

"그것도 아빠 지갑에서 탈취하다시피 해서 가져 왔어. 일요일이라 농협 문도 닫겼고, 수중에 돈이 그것뿐이래."

"그럼 나머지 돈은 현금보관증을 받아오너라."

도축자가 봉투를 바닥으로 내던졌다.

"엄마, 진짜 이럴래?"

최정혜가 화난 목소리로 소리쳤다.

"그 심부름 못하겠거들랑 봉투 돌려주고 다시는 오지 마라."

"이 봉투 가지고 나가면 엄마 죽어도 안 온다. 엄마도 내가 독한 년인 거 알지?"

"못된 년인 것도 안다."

"진짜 다시는 아빠 안 볼 거야?"

"그래. 실토하기 전에는. 오늘부터 밥 해대는 종노릇도 졸업했다. 그러니까 오늘 저녁부터 거짓말쟁이 영감, 네 집에 끌고 가거라."

"엄마." 최정혜가 부드럽게 불렀다. "마지막으로 착한 딸이 충고하겠는데, 이쯤에서 못 이기는 척하고 받아줘. 세상 이치가 다 그래. 뭐든 지나치면 안 좋아. 고무줄도 너무 당기면 끊어지잖아. 엄마가 이런 고집불통인 줄 알면 우호적인 오빠, 올케들도 다 돌아설걸. 여론은 한순간이야. 물론 나도 돌아설 거고……."

"넌 그전부터 거짓말쟁이 영감 편이었다."

"아니야 엄마. 난 중도야. 사안에 따라 달랐어. 잘 생각해 봐."

"잘 생각해도 똑같다."

"그냥 놓고 갈까?"

"그냥 가져가."

"진짜 안 받을래?"

"나는 사탕 발린 돈은 안 받는다."

"이제 가면 죽어도 안 온다."

"오기만 해봐라. 꿈에 찾아가 머리칼을 확 쥐어뜯을 거다."

"고집도, 고집도……."

최정혜는 고개를 절레절레 흔들었다.

*

　　18시 30분. 최정혜는 뇌물을 쟁반에 받쳐 들고 다시 본가로 내려갔다. 도축자는 방 안에 누워 드라마 채널의 '월계수 양복점 신사들' 재방을 보고 있었다. 도축자가 텔레비전 리모컨의 전원을 누르곤 말했다.

　　"죽어도 안 온다더니, 왜 또 왔냐?"

　　최정혜는 뇌물 소반을 내려놓았다.

　　"내가 언제 죽어도 안 온다고 했지, 살아도 안 온다고 했어? 멀쩡히 살아 있구먼."

　　"뇌물 바쳐도 소용없다."

　　쟁반을 본 도축자가 말했다.

　　"뇌물 아니야. 엄마가 온종일 굶는데 착한 딸이 나 몰라라 할 수 있어? 봉투의 봉 자도 안 꺼낼 테니까 일어나 좀 먹어. 엄마가 좋아하는 토란국이야. 그전부터 울 엄마, 토란국 좋아했잖아."

　　"두고 가거라."

　　"먹는 것 보고 갈게."

　　"두고 가래도."

　　"마지막으로 한 번만 딸 소원 좀 들어줘. 이번 소원만 들어주면 다음부터는 엄마가 죽어라 하면 두말 않고 죽는 시늉까지 낼게. 응?"

　　"그러려거든 가져가거라. 쳐다보기도 싫다."

　　"알았어. 일어나면 갈게."

　　도축자가 일어나 앉았다.

　　"가거라."

"알았다니깐. 아이고, 징글징글하다."

최정혜가 몸서리쳤다.

*

20시 10분. 은비는 엄마가 열어준 현관문 안으로 들어갔다. 은비가 어둑한 집 안으로 들어서며 "외할머니!" 불렀다. 도축자가 반가운 목소리로 대답했다.

"은비가 어쩐 일이냐. 오늘 학원 갔다 왔냐?"

은비가 안방으로 들어갔다.

"응. 외할머니가 아프대서 호, 해주러 왔어. 어디 아파?"

"가슴이 아프다."

"어디 봐."

"여기다."

도축자가 가슴을 열어 보였다.

"엄마가 외할머니 아픈데 약값 하라고 이것 줬어." 은비가 호, 해주고 나서 봉투를 꺼내 도축자의 손에 쥐어주었다. "이걸로 약 사먹고 빨리 나아."

"은비가 다 컸네. 엄마 심부름도 다하고. 엄마한테 고맙다고 전해라."

도축자가 봉투를 받으며 대답했다.

"응. 외할머니, 앞으로 아프지 마. 오래오래 살아서 은비가 결혼하는 예쁜 모습도 보고 그래야지."

"암, 암. 은비가 결혼해서 아들 딸 낳는 것도 볼란다."

"외할머니, 갈게. 꼭 약 사 먹어."

"알았다. 조심해서 올라가거라."

"네. 외할머니 안녕히 주무세요."

"은비도 잘 자거라."

"예."

은비가 현관으로 들어오는 것을 보고 최정혜가 물었다.

"외할머니가 약값 받던?"

"응. 엄마한테 고맙다고 전해라 그러던데."

"야호! 드디어 해결했다. 은비야, 엄마하고 하이파이브."

최정혜가 두 팔을 번쩍 쳐들고 소리쳤다.

"외할머니께 약값 준 게 그렇게도 좋아?"

얼떨결에 하이파이브 한 은비가 물었다.

"그런 게 있단다."

최정혜가 강지혜에게 기쁜 소식을 전하려고 휴대폰을 집어 드는데 '도여사'가 액정화면에 떴다. 최정혜가 달뜬 목소리로 말했다.

"엄마, 고마워. 앞으로 착한 딸, 엄마한테 진짜 잘할게. 나 지금 감동 먹어 울고 있어. 떨리는 내 목소리 들리지?"

"망할 년. 이제는 하다하다 안 되니까 네 딸년까지 매수했냐. 열 셀 때까지 이 봉투 안 가져가면 갈기갈기 찢어 쓰레기통에 처넣어버린다."

최정혜가 기겁해 말했다.

"알았어, 엄마. 총알같이 내려갈게."

＊

　21시 00분. 최정혜는 마지막으로 본가로 내려갔다. 집은 여전히 빈 집처럼 썰렁하고 안방만 겨우 불이 빤했다. 최정혜가 거실의 샹들리에 스위치를 누르고 안방으로 들어가며 물었다.

　"아빠 아직 안 왔어?"

　"방에 가 봐라."

　도축자는 보는 척도 않고 대답했다. 켜둔 텔레비전에서는 저녁 종합 뉴스가 진행 중이었다. 여당은 거국중립내각 구성을 제의했고, 대통령은 비서실장과 수석비서관들 중 정책조정, 정무, 민정, 홍보, 그리고 이른바 문고리 3인방으로 지칭되는 비서관인 총무, 부속, 국정홍보의 사표를 수리했다는 뉴스가 이어지고 있었다. 최정혜가 텔레비전의 볼륨을 낮추고 애원하듯 말했다.

　"이게 진짜 마지막이야. 하나밖에 없는 딸 명예 좀 지켜 줘라. 아빠께 큰소리 뻥뻥 쳐놓고 이 봉투 어떻게 돌려 줘? 이 봉투만 받으면 평생 안하던 큰절 열 번 할게. 응?"

　"이년아, 네 명예만 중하고 어미 명예는 안 중하냐."

　"이만큼 버텼으면 명예를 회복했잖아. 아빠도 똥줄 탔을 거구. 벌써 몇 번째야. 이제 그만 좀 하자. 착한 딸, 다리 쭉 뻗고 자도록 엄마가 좀 도와 줘. 스트레스를 안 받아야 애가 잘 들어선단 말이야. 응?"

　"누가 다리 묶더냐?"

　"엄마가 묶었잖아."

　"나는 묶은 적 없다."

"제발 좀 빌자."

"너 말고 거짓말쟁이 영감, 여기 와서 빌라고 해라."

"진짜 안 되겠어?"

최정혜가 애틋한 눈빛으로 말했다.

"가서 쉬어라. 헛심 그만 쓰고……."

"갈게. 잘 주무셔."

최정혜가 힘없이 일어섰다.

11

남상운은 가만히 현관문을 열고 집으로 들어섰다. 어째 공기가 심상찮았다. 거실과 주방엔 불이 꺼져 있고 안방과 은비 방만 불이 켜져 있었다. 남상운은 발자국을 죽여 은비의 방으로 갔다. 잠옷 차림의 은비는 침대에 반듯이 누워 커다란 눈망울과 두 갈래 머리 모양이 귀여운 자두 인형과 속삭이고 있었다.

"은비야. 아직 안 잤니?"

남상운이 다가가 나직이 말했다.

"아빠 보고 자려고 기다리는 중이야. 이제 오는 길이야?"

은비가 인형을 붙안고 일어나 앉았다.

"응. 엄마 기분 어땠니?"

"모르겠어. 흐렸다 맑았다 흐렸다 그랬던 것 같아."

"알았어. 좋은 꿈 꿔."

"아빠도."

남상운은 은비의 방을 나와 화장실로 들어갔다. 거울을 보며 옷매무새와 머리를 꼼꼼하게 점검한 뒤 윗도리 여기저기 코를 들이대고 큼큼거려봤다. 모든 것이 완벽하다는 확신이 들어서야 화장실을 나왔다.

남상운은 꾸중 들으러 가는 아이처럼 안방 문을 조용히 밀고 들어갔다. 최정혜는 침대 위에 풀어헤친 택배 박스처럼 널브러져 있었다. 흰 실크 나이트가운 사이로 드러난 벌건 허벅지가 부담스러웠다. 남상운의 기척 소리에 최정혜가 실눈을 뜨고 물었다.

"아침에 일찍 오라 그랬지?"

"뒤도 안 돌아보고 온 게 이거야. 용우 차 얻어 타고 갔는데 나 혼자 뛰어올 수 있어?"

남상운이 변명했다.

"문상 간 거 맞긴 맞어?"

"그걸 말이라고 해?"

"인증샷을 찍어 보내라고 문자 보낸다는 게 깜박했네. 엄마 일 때문에 하루 종일 정신이 없었거든. 지금 입에 단내가 나."

"그럴 줄 알고 찍어 왔어. 보여 줘?"

"됐어."

최정혜가 돌아누웠다.

"어머님 설득이 잘 안 됐어?"

"울 엄마지만 정말 미워. 앞으로 천지개벽해도 안 볼 거야. 고집도……."

최정혜는 진저리를 치며 몸을 뒤척였다.

"그래도 아버님은 당신 노력을 인정해 주실 거야. 수고했어. 어깨 좀 주물러 줄까?"

"됐어. 오늘 당신 방에 가 좀 자 줄래? 만사가 귀찮아."

"알았어. 푹 자. 내일 일찍 출근해야 되잖아."

"교재 연구도 안했는데 큰일이네."

"용우가 당신께 안부 전하래. 불 끄고 나간다."

남상운은 벽의 스위치를 누르고 방을 나오며 내심 쾌재를 불렀다. 꿈이 참 신통했다. 남상운은 새벽녘에 기분 나쁜 꿈을 꾸었다. 왕이 된 남상운은 중전이 된 최정혜와 궁정을 거닐고 있었다. 거기까진 좋았는데, 어느 순간 화사하던 중전이 섬뜩한 귀신으로 돌변해 남상운을 연당 속으로 밀어뜨렸다. 남상운은 연당 속에서 허우적거리다 최정혜의 중얼거림에 꿈을 깼다. 그 불길한 꿈 때문에 남상운은 종일 꺼림칙했는데 이제 보니 악몽이 아니라 절묘한 서몽이었다. 연꽃 향이 자욱하던 그 연당이 알고 보니 남상운의 방인 셈이었다.

남상운은 뜨거운 물에 느긋하게 샤워하며 콧노래를 흥얼거렸다. 정수리에 샤워기의 파워 물줄기를 쏘아도 해송처럼 늘씬한 한송이의 모습이 좀처럼 눈앞에서 지워지지 않았다. 얼굴도 이름처럼 예뻤다. 오용우는 역시 능력이 탁월한 놈이었다. 어디서 그런 직녀들을 끌어 모을 수 있었는지 불가사의했다. 긴장감과 호기심 속에 중간 지점인 휴게소에서 직녀들과 도킹했을 때 견우들은 일제히 박수와 함께 탄성을 질렀다. 남상운도 한순간 몸과 마음이 후끈 달아올랐다. 오용우는 역시 선수답게 용의주도했다. 직녀들을 쇼핑 보낸 뒤 견우들을 불러내 가까운 장례식장으로 갔다. 그리고 장례식장의 상호가 보이는 지점에서 검은 넥타이 차림의 인증샷을 남겼다. 오가는 사람들이 이상한 눈으로 힐끗거렸으나 그들에겐 타인의 시선보다 완전 범죄가 더 절실했다.

남상운은 샤워를 마치고 나와 루틴처럼 휴대폰을 열어 보았다. 메시지 아이콘에 배지가 떠 있었다. 최갑부였다. 오용우와 최갑부는 닮은 점이 많았다. 오용우가 실물 조달 능력이 뛰어나다면 최갑부는 동영상 조달 능력이 탁월했다. 최갑부는 도대체 어디서 그런 동영상을 입수하는지 뜸하다 싶으면 황홀하고 짜릿한 영상들을 이메일로 공급하곤 했다.

꽃놀이지원사례 핵탄두급야동1발발사 즐감 보안주의 일별후 즉삭요 / 갑

남상운은 일별 후 지령처럼 잽싸게 메시지를 삭제하고 이메일을 확인하기 위해 컴퓨터를 켰다.

셋째 날

1

불황에도 와우식당은 여전히 성업 중이었다. 아침 등산을 갔다 온 등산객들이 사삼오오 무리 지어 식당 문턱을 심심찮게 들락거렸다. 최대한은 박유식을 뒤세우고 뒷짐 진 채 식당으로 들어갔다. 카운터에 앉아 있던 사장 아들이 일어나 최대한과 박유식에게 꾸벅했다. 최대한은 이 식당의 수십 년 단골이었다. 전주가 있거나 입맛이 깔깔할 때면 산에 갔다 돌아오는 길에 집밥 대신 이 식당을 이용하곤 했다. 핏물 뺀 소뼈를 고아 낸 육수에 우거지, 대파, 콩나물, 무, 토란줄기, 선지 등속을 넣어 걸쭉하게 끓인 선짓국은 언제 먹어도 물리지 않았다. 거기에 다진 마늘과 양념 고추장을 풀고 막걸리나 소주 몇 잔을 걸치면 쓰리던 속이 풀리고 막혔던 가슴이 고속도로처럼 뚫렸다.

"꼴좋구나. 부동산 재벌이 마누라에게 아침도 못 얻어먹을 쪽박신세로 전락했으니……."

자리를 잡고 앉자 박유식이 최대한을 놀렸다. 둘은 방에 자리가 없어 사장 아들이 정해준 홀 한쪽 모서리 식탁에 마주앉았다.

"숯이 검정 나무란다더니, 누가 할 소리를 누가 해. 한잔할 거여?"

"공술 싫다는 사람 봤는가."

최대한은 사장 아들을 향해 막걸리 한 병을 주문했다.

"이번에는 어쩌다 외통수로 몰렸나? 작년처럼 또 찍혔나? 김 여사랑 여관 가는 걸 봤다는 사람이 있던데……."

"허허 이 사람이……. 남이 들으면 호색꾼이라고 오해하겠구먼."

"그럼 아닌가?"

130

"물에 빠진 사람 건져내 놓았더니 내 보따리 내놔라 그런다더니만, 박 사장이 그 짝일세."

몽골 출신의 여종업원이 막걸리와 잔, 깍두기, 콩나물무침, 배추김치 접시를 식탁에 차렸다. 최대한이 막걸리 뚜껑을 따 박유식의 잔에 술을 따랐다. 박유식이 병을 넘겨받아 최대한의 잔에 술을 따를 때 최대한이 입을 뗐다.

"그래 박 사장은 어쩌다 집에서 내쫓기는 신세가 되었는가? 딸네 집에서 신세진 지가 벌써 일주일째라며?"

"빌어먹을 여편네가 당최 문을 열어 줘야지." 고자질하듯 이죽거린 박유식이 댓바람에 잔을 비웠다. "꼬리가 길면 밟힌다는 우리 속담이 딱 맞더구먼. 일주일 전에 여편네한테 밟혀버렸지, 뭘. 하필 그 식당에서 계모임이 있었던 모양이야. 둘이 희희낙락하며 쩝쩝거리고 있는데……."

"구경 좋았겠구먼."

최대한은 속이 후련했다.

"최 회장은 그래 어쩌다가 이 꼴이 되었는가? 당최 말을 안 하니 더 궁금하구먼. 어째 어깨 기운이 쭉 빠졌다 했더니 그럴만한 사연이 있었구먼."

최대한은 더는 대꾸 없이 숟가락을 들었다. 막 가져온, 김이 구뜰하게 피어오르는 선짓국이 입맛을 자극했다. 식당 안은 와글와글 시끄러웠다. 온통 시국 얘기뿐이었다. 허탈해진 지지자들은 연방 탄식을 쏟아냈고, 반대쪽 사람들은 봐라, 그럴 줄 알았다는 듯이 의기양양하게 목청을 높였다. '하야', '탄핵'이란 말이 거침없이 쏟아졌다.

최대한은 내 코가 석 자라 한가하게 시국을 노닥거릴 겨를이 없었다. 최대한은 의외로 강경해진 도축자의 태도에 적잖이 당황했다. 예전에는 상상할 수 없던 일이었다. 금세 보따리를 싸서 나갈 듯이 발악하다가도 하루나 이틀쯤 뜸을 들이면 물 마른 가재처럼 제 발로 슬금슬금 기어 나왔다. 그런 때도 밥을 하지 않은 일은 없었다. 그런데 이번에는 달랐다. 최대한이 무마용으로 거금을 내놓았음에도 도축자는 꿈쩍도 하지 않았다. 그렇다고 이제 와서 사내 체통이 있지, 백기를 들기는 죽기보다 싫었다.

악운이 악운을 부른다더니……. 최대한은 공깃밥을 선짓국에 반쯤 말아 입 안으로 떠 넣으며 박유식의 귀에 들리지 않을 정도의 목소리로 구시렁거렸다.

김 여사의 일을 생각하면 쥐구멍이라도 숨고 싶었다. 몇 년 전에 사업하던 남편과 사별한 김 여사는 오십대가 믿어지지 않을 만큼 탄탄한 몸매와 희고 매끈한 피부를 간직하고 있었다. 올봄, 최대한이 명예회장으로 있던 사진 동호회에서 처음 만났다. 김 여사는 붙임성이 있었고, 그녀도 최대한을 잘 따랐다. 둘은 자연스럽게 가까워져 가끔 만나 성인텍에서 춤을 추었다. 김 여사는 워낙 춤을 좋아했다.

한때 최대한도 박유식과 함께 무도장을 뻔질나게 들락거렸다. 그렇게 들락거리며 돈깨나 날렸다. 불과 일주일 전이었다. 김 여사의 쉰한 번째 생일을 맞아 최대한이 샤넬 레드 숄더백을 선물했더니 김 여사가 먼저 최대한을 유혹했다. 둘은 누가 먼저랄 것도 없이 성인텍 뒤편의 여관으로 갔다. 그러나 최대한은 스스로 품에 안긴 김 여사를 끝내 품지 못했다. 몸이 말을 듣지 않았다. 여태 그런 일이 없었던 최대한은 기가 막힐 노릇이었다. 그 순간 최대한은 엄청난 수치스러움과 세상을 다 산 듯한 절망감을 느꼈다. 최대한은 아직도 그 충격에서 자유롭지 못했다.

"우리 시대도 서서히 저물어가는구나. 우리 꼴이나 나라꼴이 나⋯⋯."

박유식이 이쑤시개로 잇새를 후비며 자조 섞인 목소리로 중얼거렸다. 배꼽노리가 그득하도록 술과 선짓국으로 배를 채운 최대한과 박유식은 느직느직 걸어서 주차장으로 내려왔다. 식당과 주차장 사이는 걸어서 불과 칠팔 분 거리였다. 날씨가 환장하게 좋았다.

"꼴이 어때서⋯⋯?"

최대한은 담배를 빼물며 능청을 떨었다.

"최 회장은 요즘 텔레비전도 안 보나. 나라꼴이 온 밭뙈기를 들쑤셔 놓은 두더지 굴 같다니깐. 최 회장도 알다시피 우리가 어떻게 뽑은 대통령인가. 생각할수록 화딱지 나고 속도 상하고 앞날이 걱정돼 잠도 안 온다니까."

"그런 거는 박 사장이 걱정하지 않아도 되네. 오늘 당장 집에 들어갈 묘책이나 궁리하게. 언제까지 딸네 집에 눌어붙어 있을 생각 말고⋯⋯."

말은 그랬지만, 최대한의 속은 더 쓰렸다.

"아까 최 회장이 말했지. 숯이 검정 나무란다고. 최 회장 일이나 걱정해." 최대한 따라 담배를 피워 문 박유식이 길게 한 모금 내뿜고는 덧붙였다. "김 여사 어떻던가? 속살이 졸깃졸깃한 게 아직 쓸 만하지?"

"좋은 날씨를 앞에 두고, 날씨 보기에 부끄럽지도 않은가."

최대한이 가볍게 혀를 찼다.

"그럼, 점잖은 말씨로 얘기함세, 어험. 최 회장, 앞으로 입맛 등급을 격상시켜 보는 것이 어떻겠소. 십 년이면 강산도 변한다는 말이 있잖소. 그동안 오십대를 질리도록 요리해 먹었으니 이제 우리 연치도 그만하니 사십대로 입맛을 돋워 보는 것이……."

"그래도 입맛은 살아 가지고……. 오르지 못할 나무는 쳐다보지도 말라 했거늘."

"허허, 우리 같은 도끼질 달인이 찍어 넘어뜨리지 못할 나무가 어디 있단 말이오. 최 회장은 별 말씀을 다하시는구려."

"꿈 깨고 따라와. 황 군이 출근 안했으면 오늘도 인질로 잡아놓을 테니……."

최대한이 주차장 관리실로 들어가며 말했다. 그러나 다행히 황 군이 출근해 있었다. 어딘가로 전화질하다가 최대한과 박유식을 보자 주황색 꼬부랑글씨가 새겨진 검정 스냅백을 벗어 굽실했다. 꼴에 갖춘다고 라임 무지 후드집업에 배기바지를 입고 흰 하이탑 운동화를 신고 있었다.

"이 자식아, 왜 출근했어? 어제 내가 다시는 출근하지 말라고 했어, 안 했어?"

최대한은 내심 다행이다 싶으면서도 불쾌하게 언성을 높였다. 박유식도 즉각 엄호 사격했다.

"넌 정신 상태가 왜 그 모양이야. 빈둥빈둥 노는 게 안돼서 회장님께 손이야 발이야 빌어 겨우 일자리를 얻었구면. 요즘 취직하기가 그리 쉬운 줄 알아? 앞으로 한 번만 더 굽으면 내가 들어서 해고시키라 그럴 거여. 정신 똑바로 차려, 어? 머리 꼴하고는……."

박유식은 소파에 털버덕 주저앉으며 담배를 눌러 껐다. 황 군은 제 외삼촌에게 노랑머리를 숙여 뒷덜미를 쓰다듬는 것으로 대답을 대신했다.

"최 회장, 나하고 판당 천 원 내기 장기 한판 두지."

박유식이 최대한을 불러 세웠다.

다섯 평 반 크기(3×6m)의 이동식 주택형인 관리실은 휴식 공간으로도 손색이 없을 만큼 제법 구색을 갖춰 놓았다. 출납 창구 앞 사무용 책상 뒤에는 4인용 패브릭 소파 두 개가 마주 놓여 있고 그 사이에 장기와 바둑판을 갖춰놓은 탁자가 놓여 있다. 출입문 맞은편 구석자리에는 녹차 티백과 믹서커피에 커피포트, 24인치 TV까지 구비해 두었다. 빌딩 관리사무소에 죽치고 있자니 도 소장 보기에 체통이 안 서고, 그렇다고 딱히 가 있을 만한 곳도 없어 최대한이 고민 끝에 그렇게 꾸몄다. 덕분에 지금은 간이 경로당 구실을 톡톡히 하고 있는 셈이다.

"오늘도 황 군 없어도 될 뻔했구나."

최대한이 소파에 마주앉으며 중얼거렸다.

2

"처남, 나 좀 보세."

악운이 악운을 불러 그 악운이 장기판까지 이어졌다. 박유식과 장기를 두면 열에 예닐곱 판 이기는 것은 식은 죽 먹기인데 어찌된 일인지 최대한은 내리 세 판을 졌다. 바짝 약이 오른 최대한은 오천 원 단판 승부를 제의했고, 박유식이 의외로 선선히 최대한의 도전을 받아주었다. 최대한이 이번에 지면 장기와 의절하겠다고 눈에 쌍심지를 돋우고 장기판을 뚫고 있는데, 좀처럼 주차장 관리실에 모습을 드러내지 않던 장인환이 찾아왔다.

최대한은 장기를 두다 말고 밖으로 나갔다. 도토리묵색 신사복 차림에 진회색 중절모를 쓴 장인환은 상기된 표정으로 문 밖에 서 있었다. 최대한을 보자 두말 않고 주차해 둔 은색 소나타 쪽으로 걸어갔다. 향교엘 가는 길인 모양이었다. 장인환은 퇴직 이후 일주일에 두세 번 향교에 가 논어인지 뭔지를 배운다. 평생 저렇게 살면 무슨 재미로 사는지, 그를 대하고 있으면 최대한은 가슴이 답답해질 때가 많았다.

"처남댁과 아직 화해 안 했다며?"

최대한이 조수석에 앉자 운전석에 앉은 장인환이 다짜고짜 따져 물었다.

"손뼉도 마주쳐야 소리가 나지요. 그 사람이 부득부득 땅고집을 부리는데 난들 어쩔 도리가 있습니까."

"처남이 직접 했는가?"

"누가 한들 어떻습니까."

"나는 여태 처남이 이렇게 옹졸한 사람이라고 생각하지 않았는데, 지금 보니 아주 소인배 중에 소인밸세. 무슨 일이든 먼저 손을 내미는 사람은 진실한 마음과 진지한 자세가 중요하네. 대리인을 시켜 돈 몇 푼 쥐어주며 이거나 먹고 떨어져라, 그러면 나라도 안 받겠네."

"돈 천오백이 몇 푼입니까."

"이건 돈의 과다 문제가 아니라 자존심의 문제네."

"나는 자존심이 없습니까."

"그동안 처남은 자존심을 많이 지켜왔네. 한평생 반려자로 산 정의를 생각해 한 번쯤 자존심을 구기면 어떤가. 그게 그리도 못할 짓인가."

"나는 아직 수양이 덜 되어 그리는 못합니다."

최대한은 에쎄를 빼물었다. 장인환이 창문 유리를 내렸다.

"처남댁의 말을 들어보니 당시의 정황이나 각서의 구체적 내용을 종합해 볼 때 처남댁의 주장이 전혀 터무니없지는 않았네. 아닌 땐 굴뚝에 연기 나는 법이 없네."

장인환의 목소리가 다시 차분해졌다.

"꿈에 봤을 수도 있지요."

"내가 누구 편을 들려고 이러는 건 아니네. 내 말은 처남의 말도 맞고 처남댁의 말도 맞을 수 있다는 뜻이네. 사람의 뇌는 기묘해서 치욕, 공포, 충격, 슬픔 등 망각하고 싶은 특정 기억을 망각시키는 그런 기능이 있다는 말을 들었네. 처남은 기억 못하지만 처남댁에게 그런 각서를 써주었을 가능성이 있다는 뜻이네. 그러니 자초지종을 설명하고 화해를 하게."

"……."

최대한은 말없이 담배 연기만 길게 내뿜었다.

"처남댁의 말이 사흘까지 기다려보겠다고 했네. 그때까지 납득할 만한 조치가 취해지지 않으면 정식으로 수사 의뢰하겠다고 벼르고 있네.

그럴 리야 없겠지만, 만의 하나 처남댁이 정말로 신고라도 하는 날이면 이게 무슨 창피가. 가족들이 우르르 경찰서에 불려가고…… 남이 못되기를 바라는 사람들은 '봉숭아 학당'이 아니라 '봉숭아 가족'을 보는 것 같다고 쑥덕거리지 않겠는가. 그 생각만 하면 내 낯이 숯불을 들어붓는 듯이 후끈거리네. 탑은 쌓기는 어려워도 무너뜨리기는 한순간이네. 그런 사달이 일어나기 전에 처남이 발 벗고 나서서 문제를 해결하게."

"생각해보리다."

최대한은 마지못해 한마디 던지곤 도어핸들을 당겼다.

최대한은 잰걸음으로 관리실로 돌아왔다. 박유식은 그새 가고 없었다. 말들은 그대로 장기판 위에 놓여 있었다. 최대한은 물끄러미 장기판을 들여다보았다. 약삭빠른 박유식이 판세가 불리하자 내뺀 게 분명했다. 괘씸하고 삼천 원이 아까웠다. 최대한은 휴대폰을 꺼냈다. 그리고 장기판을 찍어 증거물을 확보한 다음 박유식에게 전화했다. 지며리 귓구멍을 뚫어도 어제의 최대한처럼 꿈쩍도 하지 않았다. 더욱 약이 오른 최대한은 박유식에게 문자를 보냈다.

박 사장, 장기 두다 어딜 가셨나. 언제까지고 장기판 앞에서 망부석이 되어 있겠네. 세상에는 뛰는 놈 위에 나는 놈이 있다네.

그리고 꼼짝 못하도록 장기판 사진을 증거물로 띄워 보냈다. 아니나 다를까 얼마 뒤 호주머니에 넣어둔 휴대폰에서 문자메시지 도착 알림이 울렸다. 사진을 보면 제까짓 놈도 어쩔 수 없었겠지. 최대한은 회심의 미소를 띠며 휴대폰을 꺼냈다. 뜻밖에도 지혜였다.

아버님, 시간되시면 전화 주세요. 기다릴게요.

최대한은 그때서야 어제, 집으로 직접 가마고 약속한 생각이 떠올랐다. 최대한은 자신의 쥐정신을 타박하며 바로 통화 버튼을 눌렀다.

3

최대한은 곧장 와우농협으로 갔다. 농업협동조합은 큰놈 점포에서 열시 방향의 길 건너편에 있었다. 거기서 보면 문을 밀고 들어가는 사람의 일거수일투족이 죄 보였다. 최대한은 혹시 큰놈이 볼까 싶어 뺑 둘러 뒷문으로 들어갔다. 지혜가 한 시간 뒤에 와 달라고 했으니 그리 급할 것이 없었고, 뭐든 완벽한 것이 좋았다.

최대한이 들어서자 직원들이 우르르 일어나 최대한을 맞았다. 조합장은 전화를 받다 말고 뛰어나와 최대한을 향해 구십도로 머리를 숙였다.

최대한은 조합장의 안내를 받아 조합장실로 들어갔다. 차 주문을 받으러 온 여직원에게 통장과 도장, 찾을 금액과 비밀번호가 적힌 종이쪽지를 건네주고 깔깔한 오만 원짜리로 부탁했다. 조합장은 최대한이 날이 갈수록 혈색이 좋아지고 젊어지는 것 같다고 아양을 떨었고, 최대한은 언제 점심 한 번 하자고 입에 발린 소리를 늘어놓았다. 조금 뒤 여직원이 홍차와 함께 돈이 든, 농협 로고가 찍힌 봉투를 가져왔다.

최대한은 알맞추 조합장실을 나왔다. 새뜻한 오만 원권 지폐 백 장이 든 봉투는 제법 쥐는 맛이 있었다. 조합장은 뒷문 밖까지 따라 나와 배웅하고는 최대한이 저만큼 멀어질 때까지 고개를 숙이고 있었다.

최대한은 박유식이 왔나 보려고 다시 주차장 관리실로 가 보았다. 없었다. 오늘따라 이놈이 제법 똥배짱을 튕기고 있었다. 최대한은 본 김에 황 군을 한 번 더 닦달하고 셋째 집으로 향했다. 엘리베이터 앞으로 다가가는데 대걸레로 관리사무소 앞 리놀륨 바닥을 닦고 있던 도철식이 부리나케 쫓아와 인사했다.

"삼층 남자 화장실 소변기는 교체했는가?"

공연히 놀란 최대한이 큼큼거리다 말을 걸었다.

"즉각 조치했습니다."

도 소장은 처가 떨거지였다. 도축자가 무얼 얻어먹었는지 콩 볶듯 졸라 마지못해 데려다 썼는데 생각보다 성실하고 일도 꼼꼼히 잘 처리해 오 년째 맡기고 있었다. 최대한은 아직도 그를 의심하고 있다. 무식쟁이 여편네가 누군가의 귀띔이 없었으면 쥐도 새도 모르게 대출한 일을 죽었다 깨어나도 알 턱이 없었다. 그러나 심정은 가나 물증이 없었다. 꼬투리를 잡기만 해 봐라. 최대한은 일 년째 벼르고 있는 중이었다.

"제대로 교체되었는지 확인해 봤는가?"

"조금 전에 점검했는데, 이상 없었습니다."

"지금 바로 다른 곳은 이상이 없는지 둘러봐라."

"예. 알겠습니다."

도철식을 쫓아버린 최대한은 곧장 ↑버튼을 눌렀다.

4

최대한은 한 건물에 살면서 셋째 집을 언제 가 봤던지 기억이 가물가물했다. 볼일이 있으면 그놈들이 내려왔지 최대한이 올라갈 일은 없었다. 최대한은 공연히 가슴이 설렜다. 지혜는 현관문을 열어놓고 엘리베이터 문 앞에서 기다리고 있었다.

"아버님, 주스 한 잔 드릴까요?"

"오냐. 너도 한 잔 가져와서 앉아라."

최대한은 소파에 앉자마자 집 안을 둘러보았다. 시아버지가 온다고 급하게 청소를 했는지 집 안은 깔끔하게 정돈되어 있었다. 그래도 제 아비가 찍은 사진이라고 액자에 넣어 전면 벽에 가지런히 걸어놓았다. 작년 봄에 동호회원들과 충청도 일대로 출사 갔을 때 셋째가 부탁해 특별히 기억해 두었다가 첫새벽에 찍은 사진이었다. 그래 진열해 놓고 보니 제법 운치가 있어 보였다. 그놈들 중엔 그래도 셋째가 제일 나았다. 그런데 이놈이 아비 체통 깎이게 장당 얼마 주고 샀네 어쨌네, 제 여편네에게 일러바치지 않았는지 뒤가 켕겼다. 최대한은 괜히 돈을 받았다고 후회했다.

"아버님, 아버님 작품 사진을 여기서 보니 기분이 어떠세요? 좋으시죠?"

지혜가 레몬주스 두 잔을 쟁반에 담아 가지고 와 탁자에 내려놓으며 말했다. 가까이에서 보니 샛노란 유채꽃이 박힌 원피스를 입은 아랫배가 제법 둥그스름했다. 그러나 아직은 충분히 예쁘고 귀여운 모습이었다.

"보기 싫지는 않구나, 어험."

최대한은 지혜가 건네는 주스를 받아들었다. 지혜도 주스 한 잔을 들고 옆에 앉았다. 조신하게 앉아 손으로 머리칼을 귓등으로 쓸어넘기는 모습이 예뻤다. 지혜의 몸에서 풍기는 향긋한 냄새가 최대한의 코를 간질였다.

"재미나게 사는구나."

최대한은 무슨 말부터 꺼내야 할지 몰라 주스를 마시며 변죽을 울렸다.

"다 아버님께서 잘 보살펴 주신 덕분이에요. 이 은혜는 늘 간직하며 살게요. 오래오래 건강하세요."

"고맙다. 네 목소리만 들어도 없던 힘이 불끈 솟는 것 같구나."

안방에서 자다가 깬 석준이 제 할아버지임을 알아보고는 엎어졌다 일어났다 하며 다가왔다. 집에는 석준만 있었다. 다른 놈들은 배우러 나간 모양이었다. 최대한이 반가워 석준을 번쩍 들어 안았다. 그리고 볼을 한 번 비벼주고 내려놓자 지혜가 석준을 붙들어 보듬어 안고는 말했다.

"그럼 아버님께서 오신 이유를 말씀하세요."

"암만 생각해도 신기하구나. 그저께 말이다. 내 마음을 어떻게 그리 빨리 꿰뚫어볼 수 있었던 것이냐?"

"어제 전화상으로도 말씀드렸지만, 전 어릴 때부터 눈치가 참 빨랐어요. 제 귀에는 눈치가 자연스럽게 우리말로 번역되어 들리거든요."

"아무리 그래도 그렇지. 그 짧은 순간에 어떻게 감쪽같이 그런 기지를 발휘할 수 있었던 것이냐. 지금도 믿어지지 않구나."

"제가 그러지 않았어요, 아버님."

강지혜가 차분한 목소리로 대답했다.

"네가 한 것이 아니라고?"

"네."

"그런데 무얼 꿰뚫어보았다는 게냐?"

최대한은 지혜의 말을 당최 이해할 수 없었다.

"아버님께서 저더러 '지혜야, 내 말 알아들었느냐?' 하셨을 때, 제 귀에는 그 말이 이렇게 들렸어요. '지혜야, 지금 네 시어미의 마음이 몹시 들떠 있구나. 혹시 그런 게 있거들랑 네 시어미의 마음이 진정될 때까지 가능하면 천천히 가져오너라. 알아들었느냐?' 그래서 그대로 실천했을 뿐이에요. 방 안에 들어가 크림통 안에 든 열쇠를 꺼내기 전에 천천히 열을 세고, 다시 장롱 문을 열기 전에 또박또박 열을 세고, 다시 자개함에 열쇠를 꽂기 전에 껌을 씹듯 꼭꼭 열을 세고, 다시 봉투를 꺼내 가슴에 모아 쥐고 기도하는 마음으로 나직이 열을 센 뒤 가지고 나왔을 뿐이에요, 아버님."

"허허, 이런 변이 있나?"

최대한은 전혀 예상하지 못한 지혜의 대답에 어안이 벙벙했다.

"아버님, 어머님의 말씀처럼 작년에 정말 그런 각서를 써 주신 적이 있으세요?"

지혜의 물음에 최대한은 얼른 대답하지 못하고 머뭇거렸다.

"아버님, 솔직히 말씀해 주세요. 문제를 해결하려면 먼저 진상 파악부터 제대로 되어야 해요."

지혜의 다그침에 최대한은 문득 아까 장인환이 한 말이 떠올랐다.

"사람의 뇌에는 치욕, 충격, 공포, 슬픔 등과 같은 망각하고 싶은 특정 기억을 잊게 하는 그런 기능이 있다는구나. 아무리 곰곰이 생각해봐도 나는 그런 각서를 써준 기억이 없는데, 네 시어미가 저렇게 길길이 날뛰며 완강히 버티니 마구잡이로 생트집을 부리는 건 아닌 것 같고 아무래도 내가 써준 듯하구나. 무슨 좋은 방도가 없겠느냐?"

최대한은 별 수 없이 지혜에게 망각이라는 조건을 달긴 했지만 솔직히 실토하고 말았다. 그 순간 강지혜가 가슴이 내려앉도록 긴 한숨을 쉬었다.

"그런 걸 해리성 기억상실이라 해요, 아버님. 아버님의 말씀이 사실이라면 이 문제를 해결하기가 만만치 않을 것 같아요. 그새라도 범인이 반성해 자수하면 가장 좋지만 지금 돌아가는 상황으로 봐선 그럴 가능성은 희박해요. 그렇다고 어머님께서 호락호락 물러서실 것 같지도 않고요. 설령 수사 의뢰한다 해도 범인을 잡는다는 보장도 없고요. 그래서 제 생각에는 아버님께서 좀 섭섭하시겠지만, 조금 전에 제게 하신 그 말씀을 어머님께 직접 하시는 게 어떠세요. 그렇지 않고서는 이 문제가 쉽게 해결될 것 같지 않아요."

"네 말대로 그렇게 했다고 치자. 그 다음은? 이유야 어떻든 각서를 인정하는 꼴이 되었으니 이 건물의 소유권을 약조대로 넘겨달라고 하지 않겠느냐?"

"어머님께 소유권을 넘겨주면 어떠세요. 약조대로 소유권을 넘겨주되 권한 행사는 지금처럼 아버님께서 하시는 걸로 조건을 달면 되지 않겠어요."

"지혜 너는 권력의 속성을 몰라서 그렇구나. 권력이란 하나를 가지면 둘을 가지고 싶고 둘을 가지면 넷을 가지고 싶은 거란다. 그리고 현실적으로 이전 비용이 엄청나다. 최소 칠, 팔억은 들 게다."

"전 그것까진 잘 모르겠어요. 만일 아버님 말씀처럼 이전 비용이 그렇게 많이 들면 어머님과 의논해 공동 소유로 하는 방법도 있지 않겠어요."

"네 시어미가 그걸 받아들이겠느냐. 만에 하나, 네 시어미가 받아들인다 해도 그 비용 또한 만만찮다. 줄여 잡아도 이억대는 될 게다. 가만히 두면 아무 문제 없는 것을……."

최대한은 공연히 실토했다고 후회했다.

"그럼, 아버님. 이렇게 하면 어떻겠어요? 법적 소유권은 지금처럼 아버님이 가지시고 실질적 소유권을 어머님께 양도하는 걸로 하면요."

강지혜가 골똘히 생각하다가 말했다.

"어찌 그게 가능하겠느냐."

최대한은 지혜의 순진한 생각에 헛웃음이 나왔다.

"아버님께서 실질적인 소유권을 어머님께 양도한다는 증서를 써 드리고 그 사실을 모든 가족들이 모인 자리에서 공표하면 되지 않겠어요. 어머님께서 소유권을 고집하시는 건 대한빌딩에 대한 법적 소유권을 행사하고 싶어서가 아닐 거예요. 최씨 집안의 2인자로서 정당한 몫을 인정받고 싶어서일 거예요. 그렇기 때문에 가족들이 다 모인 자리에서 아버님께서 공개적으로 밝히시면 어머님께서도 받아들이실 거예요. 그때 권한 행사는 지금처럼 아버님께서 하시는 걸로 약정하면 되지 않겠어요. 일정 금액의 권리 행사금을 어머님께 드리든지 하시고요."

"네 시어미가 수락하지 않으면?"

"그때는 소유권을 넘겨주지 않으면 되죠. 잘은 모르지만 각서에 그런 세세한 것까지 약조하시지는 않았을 것 아니에요."

"지혜 네 말도 일리가 없지는 않다만, 이 문제는 좀 더 생각해 보자 꾸나."

"저도 더 좋은 방법이 있는지 연구해 볼게요, 아버님."

"그래. 아무튼 고맙다. 지혜야, 손주 회임을 진심으로 축하한다."

최대한은 안주머니에서 현금 봉투를 내놓았다. 겉봉에 '임신 축하금'이라고 붓글씨로 써 놓았다. 조합장실에 있을 때 최대한이 조합장에게 특별히 글씨를 부탁했다. 조합장은 서실을 오래 다녀 붓글씨를 아주 잘 썼다. 조합장은 흔쾌히 수락하며 쓰기 전 한 번, 쓰고 난 뒤에 한 번 "며느님의 임신을 진심으로 축하드립니다." 하고는 최대한에게 공손히 머리를 숙였다.

"이렇게까지 신경 안 쓰셔도 괜찮은데 정말 감사해요. 요긴하게 쓸게요, 아버님."

강지혜는 봉투를 받아들고 금세 눈물을 글썽였다. 석준이 제 어미의 젖가슴을 차지하려고 코를 들이밀다가 봉투를 보자 이제는 그걸 차지하겠다고 손을 내저었다.

"몸조리 잘해 건강하고 똑똑한 아기를 출산하거라. 이만 가마."

최대한이 일어섰다. 강지혜가 석준을 보듬은 채 엘리베이터 앞까지 나와 배웅했다. 석준도 제 어미가 시키는 대로 빠이빠이, 손을 흔드는 시늉을 냈다.

최대한은 마음이 착잡했다. 여태 지혜가 신출귀몰한 기지를 발휘해

146

문제를 해결한 줄 철석같이 믿고 있었는데, 아니라니…… 최대한은 마치 짐을 벗으러 갔다가 되레 한 짐을 지고 나오는 것 같은 기분이었다.

허허…….

최대한은 엘리베이터를 타고 내려오며 연방 허탈을 곱씹었다. 꼭 악몽을 꾸고 있는 느낌이었다.

곧장 주차장 관리실로 돌아오니 메시지에 혼비백산한 박유식이 돌아와 있었다. 박유식은 장기판 앞에서 이길 묘수를 찾느라 다리까지 떨며 앉아 있었다.

최대한은 다짜고짜 박유식을 끌고 주차장 옆 달맞이꽃 찻집으로 갔다. 박유식은 입이 좀 가볍고 잘난 체해서 그렇지, 머리 하나는 비상했다. 집안 형편이 좋아 제대로 공부했으면 한 가닥 할 놈이었다. 영문을 모르는 박유식은 장기 건 때문에 그러는 줄 알고 사색이 되어 뒤가 급해 잠시 자리를 떴을 뿐이니 그만 노여움을 푸시라고 통사정했다. 이미 최대한에겐 장기 따윈 안중에도 없었다.

최대한은 수족관 뒤 다탁에 자리를 잡고 앉자마자 그간의 사정에 대해 자초지종을 털어놓았다. 그리고 진지한 표정으로 말했다.

"박 사장, 자네의 명쾌한 머리가 절실히 요구되네."

그제야 박유식은 자신이 헛다리짚은 걸 깨닫고는 재빠르게 근엄한 태도로 변신했다.

"그런 중차대한 대사를 컨설트 하면서 어찌 씁쓰레한 어 컵 오브 커피일까."

"오늘 점심 사지."

"앤드?"

비딱하게 다리를 꼬고 앉은 박유식은 밖으로 삐져나온 흰 코털을 뽑으며 꼬리를 달았다.

"저녁에 술도 삼세."

그러나 박유식은 쓰다 달다 말없이 새끼손가락으로 콧구멍을 후비다가 이윽고 주문한 커피가 도착하자 그제야 마담도 들으라는 듯이 떠죽거렸다. 정 마담은 젖가슴이 도드라지도록 받쳐 입은 흰 블라우스에 골반과 엉덩이의 윤곽이 선연한 주황색 펜슬 스커트를 입고 있었다. 박유식의 눈은 내처 정 마담의 궁둥이에 꽂혀 있었다.

"사내대장부가 존슨을 세웠으면 핸드 와싱이라도 해야 하고 칼을 뽑았으면 모스키토 모가지라도 쳐야 하거늘, 도끼질 달인에 부동산 대재벌 회장께서 어찌 이리 나약하고 소심하실꼬. 자고로 대마불사 고자생존이라. 대드는 말은 죽지 아니하고 고(go) 하는 자는 살아남는 법이니 웬만하면 하던 지랄을 컨티뉴 하시게."

잠자코 듣고 있던 정 마담이 참견했다. 정 마담은 사십대 중반이지만 이 방면에는 박유식 따위는 상대도 안 되는 고수였다.

"하이고, 요새 누가 궁상맞게 손빨래하고 있게요. 돈만 주면 국산 중국산 러시아산 동남아산 다기능 세탁기가 지천으로 널려 있는데요. 박 사장님은 유식도 하시고 말씀을 이렇게 청산유수로 잘 하시니 아쉬운 대로 내 중고 와싱 머신이라도 빌려주고 싶다마는 눈으로 치대고 입으로 빨래를 다하시고 정작 와싱 머신 돌릴 빨래 거리는 있는가 모르겠네. 자고로 조조상극 고자생존이라. 조디와 남자 그거하고는 상

148

극이라 결국 고자로 살아남을 것이니 웬만하면 하던 지랄을 스톱하심이 어떠실는지요. 안 그래요, 회장님?"

그리고 정 마담은 최대한의 가슴에 살포시 안기었다. 내친김에 정 마담은 박유식이 보랍시고 최대한의 손을 슬그머니 잡아끌어 자신의 봉긋한 젖가슴을 덮었다. 최대한은 통쾌하고 고소해 껄껄 웃었다. 그렇잖아도 박유식의 짓둥이가 얄미워 골려주고 싶던 마음이 굴뚝같던 참이었다. 최대한은 즉시 쌍화차로 정 마담의 적선에 보답했다.

5

정 마담이 돌아가자 박유식이 주머니에서 플라스틱 호두알을 꺼냈다. 그리고 그것을 손아귀에 넣고 조몰락거리며 지그시 눈을 내리깔았다. 박유식은 무엇을 골똘히 생각할 때는 인조 호두알을 만지작거리는 버릇이 있었다. 박유식은 그런 자세로 다라니주를 외듯 '오리, 오리, 오리무중이라……'를 오십 번쯤 중얼거리다가 이윽고 눈을 뜨고는 음전하게 물었다.

"각서의 존재를 아는 자는 누구누구인가?"

"나, 자네, 마누라뿐이네." 몸이 단 최대한이 자세를 고쳐 앉으며 덧붙였다. "참, 그러고 보니 막내아기가 있네. 조금 전에 내가 덜컥 반 시인해 버렸다네."

"그러니까 사건이 터지기 전에는 셋뿐이라는 얘기렷다?"

"그렇다네."

"자신하는 근거가 뭔가?"

"마누라는 남을 못 믿는 성미가 있네. 더구나 길몽이나 좋은 일은 함부로 발설하면 마가 낀다는 고약한 버릇을 가지고 있네. 그 각서를 신주 모시듯 했으니…… 틀림없네."

"그렇다면……." 박유식이 다시 눈을 내리깔고 일 분쯤 호두알을 조몰락거리다가 말을 이었다. "답이 나왔네."

"그래 누군가?"

최대한이 눈에 촉수를 돋우고 상체를 앞으로 당겼다.

"어부인이시네."

"뭐여? 자네, 지금 제 정신인가."

잔뜩 기대에 부풀었던 최대한의 두 눈이 실망감으로 가라앉았다.

"종이는 생물인가 무생물인가?"

박유식이 물었다.

"이 사람이, 날 뭘로 알고……. 무생물이지, 그럼 생물인가."

최대한은 어이없어 헛웃음을 웃었다.

"무생물은 스스로 움직일 수 있는가, 없는가?"

"그야 두말하면 잔소리지."

"그러니 뻔하지 않은가. 각서의 실체를 아는 이는 나, 최 회장, 어부인, 셋뿐이고 최 회장과 내가 아닌 것이 확실하니 어부인뿐이지 않은가."

"따지기로 치면 그렇네만, 그게 말이 되는 소린가."

"안될 것도 없네. 이번 사건의 소행을 세 가지의 경우로 추정해 볼 수 있네. 외부인, 내부인, 본인. 외부인이 침입해 가져갔다면 그냥 가져가지 굳이 대체 봉투를 두고 갔을 리 만무하네. 따라서 외부인 소행은 가능성이 없네. 두 번째, 혹 내부인 중에 누군가가 급전이 필요해 침입했다가 고액 수표라도 들어있는 줄 알고 가져가 뜯어보니 헛것이라 발각될 걸 우려해 감쪽같이 바꿔치기 해놓았다고 추정해 볼 수 있네. 그렇다면 뜯은 피봉만 대체하지 굳이 의심 받을 내용물까지 대체할 까닭이 없네. 따라서 두 번째의 경우도 가능성이 희박하네."

"계속하게."

박유식이 잠시 말을 놓고 뜸을 들이고 있었으므로 최대한은 다급했다.

"최 회장의 말씀 중에 어부인께서 그걸 신주 모시듯 했다 했으니 그게 해결의 단초네. 어부인께서 분실을 우려해 똑같은 봉투를 만들어 가짜 봉투는 일부러 자개함 속에 숨기고 진짜 봉투는 다른 곳에 꼭꼭 숨겼을 수 있네. 그랬다가 바꿔놓은 사실 자체를 잊었거나 바로 바꿔놓는다는 것이 그만 헷갈려 가짜를 진짠 줄 알고 진짜는 버리고 가짜를 당일까지 보관했을 수 있네."

"옳거니." 최대한이 무릎을 쳤다. "그러니까 지 꾀에 지가 넘어갔으렷다." 최대한은 만면의 웃음을 지으며 껄껄거렸다.

놀란 주위 손님들이 최대한을 돌아봤다.

"어떤가. 이래도 말이 안 되는가?"

"말이 되네. 되고말고. 내 뱁새 머리로는 도저히 자네 황새 머리를 따라갈 수 없네. 자네 같은 인재가 곁에 있었으면 오늘날과 같은 촛불 불상사는 없었을 것을."

"뭘, 이 정도 가지고 과찬의 말씀을."

최대한의 공치사에 한껏 고무된 박유식이 거드름을 피웠다.

"자네 추정대로, 그렇기만 하다면······." 최대한은 상상만으로도 짜릿한 황홀감을 느꼈다. "대한빌딩 정원에 올라가 벌거벗고 덩실덩실 춤이라도 출 것 같네."

"요즘 어부인의 기억력은 안녕하시던가?"

"안녕이 다 뭔가. 자동차 깜빡이로 쓰면 딱 제격일세."

"그렇다면 명약관화하네. 아무 염려 말고 초지일관 컨티뉴 하시게. 시간은 최 회장 편일세."

"고마우이. 오늘만큼 자네가 내 죽마고우라는 게 영광스러운 적이 없었네. 뭐 드시고 싶은가? 약속대로 거하게 점심 사겠네."

"정 마담을 사 주게." 박유식이 정 마담을 힐끗 돌아보며 말했다. "요즘 눈만 감으면 정 마담의 뽀얀 속살이 아른거려 잠이 안 온다네. 척 보면 아네. 중간 것 한 장이면 족한 오소리상이네."

"자네 입맛은 여전하네그려. 부럽네." 최대한이 진심으로 말했다. "자네 추정대로 된다면야 정 마담이 문제겠는가. 내 약속함세. 박 사장 말대로 사태가 원만히 해결되면 내가 중매를 서겠네."

"최 회장 말씀을 들으니 갑자기 배가 고파지는구려. 일어서지."

그때였다. 역도 선수 같은 우람한 체격의 박유식 마누라가 그들 앞에 나타났다. 그녀의 손에는 큼지막한 캐리어가 쥐어져 있었다.

6

박유식이 제 마누라에게 덜미 잡혀 끌려 나간 뒤, 최대한은 한참을 멀뚱히 앉아 있다가 달맞이꽃 찻집을 나왔다. 햇살이 따갑고 눈이 부셨다. 주차장은 거의 빈자리가 없을 만큼 번들거리는 차들로 그득했다. 그 모습을 보니 박유식이 제 마누라에게 끌려갔건 말건 최대한의 마음은 그지없이 푸근하고 느긋했다.

최대한은 문득 장인환이 향교에 간 걸 기억해 냈다. 향교에 가면 저녁때나 되어야 돌아왔다. 최대한은 생각난 김에 누님을 불러내 점심을 먹어야겠다고 생각했다. 최숙희도 돼지국밥을 좋아했다.

최대한은 관리실로 돌아왔다. 황 군이 휴대폰에 눈을 주고 있다가 벌떡 일어나 꾸벅하고는 밖으로 나갔다. 또 차 한 대가 주차장 안으로 들어오는 게 보였다.

최대한은 소파에 앉자마자 휴대폰을 꺼냈다. 내친 김에 못을 박아 두고 싶었다.

"아버님 또 어쩐 일이세요? 점심은 잡수셨어요?"

지혜는 언제나 상냥했다.

"그래. 곧 먹을 참이다. 점심은 먹었느냐?"

"아직요."

"배고프겠구나. 얼른 챙겨 먹어라." 최대한은 몇 번 헛기침으로 목소리를 가다듬은 뒤 말을 이었다. "아까 너한테 한 말, 돌아와 곰곰이 생각해 봤는데, 아무리 생각해도 내가 그런 각서를 써 준 것 같지가 않구나. 몇 년 전부터 기억이 예전만 못해 중요한 것은 매일 노트에 기록

해 둔단다. 노트에 기록해둔 걸 다 뒤져봐도 그런 각서를 써 주었다는 기록은 어디에도 없구나."

"그러세요." 지혜가 실망한 투로 목소리를 깔았다. "그런데 아버님. 좀 전에 저희 집에 오셨을 때는 왜 그렇게 말씀하셨어요? 제가 한 걸로 알고 오셨잖아요. 그 말은 각서를 인정한다는 뜻이잖아요."

최대한은 가슴이 철렁했다.

"나도 처음엔 감쪽같이 속았구나. 네 시어미가 하도 길길이 뛰며 완강히 버티길래 한순간 나도 모르게 술 바람에 그런 걸 써줬나, 그런 생각이 들더구나."

"그러셨어요."

최대한은 가슴을 쓸어내렸다.

"요즘 들어 네 시어미의 정신머리가 예전같이 않다."

"아니에요, 아버님. 기억력은 오히려 저희들보다 더 좋아요."

"아니다. 너희들은 자세히 안 봐서 모른다. 너희들 앞에서 차마 입을 떼지 못해서 그렇지, 이해 안 되는 구석이 한두 가지가 아니다. 계속 분란을 일으키면 병원에 입원시켜 정신 감정이라도 한번 받아보는 게 어떨까 싶다."

"잘 알겠어요, 아버님. 그런 일은 안 생겼으면 좋겠어요. 점심 잡수세요."

"암, 그래야 하고말고. 너도 얼른 챙겨 먹어라."

최대한은 지혜와 통화를 끝내고 바로 최숙희에게 전화했다. 오 분 간격으로 두 차례나 전화를 넣었지만 받지 않았다. 휴대폰의 배터리 충전율이 30% 아래로 떨어져 있었다. 아침에 나올 때 교환한다는 게 깜빡했다. 최대한은 휴대폰의 배터리도 갈아 끼울 겸 집으로 직접 찾아가 보려고 관리실을 나왔다.

집 안은 여전히 냉랭히 가라앉아 있었다. 최대한은 기침 없이 안방으로 가 보았다. 문이 한 뼘 가량 열려 있었다. 그 틈새로 도축자의 옹송그리고 누운 등판이 보였다. 아무런 기척이 없었다. 텔레비전만 저혼자 방정을 떨고 있었다.

시간은 이 최대한의 편이렷다.

최대한은 제 방으로 갔다. 충전기에 꽂힌 새 배터리를 휴대폰에 갈아 끼우고 곧장 누님 댁으로 건너갔다. 최숙희는 주방에 있었다. 두 번이나 전화해도 안 받더라고 하자 최숙희는 세탁기를 돌려놓고 깜빡 졸았다며 웃었다.

최대한이 담배를 빼물며 말했다.

"점심 전이면 국밥 한 그릇 하러 갑시다."

"있는 밥으로 몇 술 뜨면 되는데 뭐하려 생돈을 써. 앉게."

최숙희가 냉장고에서 밑반찬과 쌈배추가 담긴 플라스틱 소쿠리를 꺼냈다. 노란 배춧속을 보자 군침이 돌았다. 최대한은 담배를 갑 속에 도로 집어넣고 식탁 의자에 주저앉았다. 밥솥에서 두 개의 사기 밥그릇에 밥을 퍼 든 최숙희가 맞은편에 앉았다. 쌈배추 소쿠리와 쌈장을 최대한 쪽으로 밀며 최숙희가 물었다.

"집에 들렀다 오는가?"

"독을 품고 누웠습디다."

"올케 성질 알면서 왜 그런 쓸데없는 걸 써 주었는가. 어떡하든 뿌리쳤어야지."

최숙희가 나무라는 투로 말했다.

"아니 누가 그럽디까?"

최대한이 발끈했다.

"어제 아침에 올케한테서 전후 사정을 다 들었네. 올케 모르게 사장인지 마담인지 그 여자에게 일억을 대출 받아 아파트를 사줬다면서? 그 사실을 알면 내라도 가만 안 있겠네. 우리끼리니까 솔직히 물어보겠네. 올케 말이 사실인가?"

"돈이 좀 모자란다 그러길래 차용증을 받고 빌려 줬지요."

최대한은 마지못해 시인했다. 최숙희가 짧게 혀를 찼다.

"그래서 받았는가?"

"떼먹고 날랐습니다."

최대한은 거짓말했다. 최숙희가 배춧속을 베어 물다 말고 또 혀를 찼다.

"올케 말로는 다시는 그런 못된 짓 못 하게 하려고 그런 각서를 받아뒀다고 하던데 그것도 사실인가?"

"내가 미쳤습니까. 그런 걸 써 주게."

"참말인가?"

"누님도 봤지 않았습니까. 봉투 속에 아무것도 없는 걸……. 여편네가 탐욕에 눈이 멀어 스스로 꾸민 자작극입니다."

"올케가 아무런 꼬투리도 없이 그렇게 주장할 까닭이 없네."

"그럼 물증을 가져와 보라고 하세요. 종이쪼가리가 어디 풀 방구리 들락거리는 쥐새끼입니까."

최대한은 짐짓 웨스턴 셔츠의 단추 하나를 풀고 손바닥으로 활랑활랑 부채질했다.

"나는 동생의 말을 믿겠네." 이윽고 최숙희가 말했다. "그렇다면 앞으로 의연하게 대처하시게. 모름지기 사내는 입이 무거워야 하고 줏대가 있어야 하네. 오늘 이랬다 내일 저랬다 그러면 못쓰네. 한번 아닌 거는 하늘이 두 쪽 나도 아니어야 하네. 그리고 여자는 남자하기 나름이네. 자고로 사내가 여 주장에 휘둘리면 그 집안은 망하네. 더구나 한 집안의 가장이면야 말해 뭣하겠는가. 그렇다고 여 주장을 일방적으로 무시해도 그 집안 또한 잘될 턱이 없네. 올케가 하필 칠순 생일에 무슨 마음으로 그런 자작극을 꾸며 분란을 일으켰는지 잘 생각해 보게. 반드시 원인이 있을 것이네."

"알겠습니다."

최대한은 누님이 자신의 말을 믿어 주어 눈물 나게 고마웠다. 말본새로 보아 그래도 도축자가 사진은 언급하지 않은 모양이었다.

최숙희가 말했다.

"이왕 말이 나온 김에 동생에게 부탁 하나 하겠네."

"말씀하세요, 누님."

"어쨌든 시간이 가면 이 문제는 해결될 것이네. 이번을 계기로 동생도 반성을 좀 하시게. 속담에 돌부처도 시앗을 보면 돌아앉는다는 말이 있네. 내가 올케 입장이라도 가만 안 있겠네. 연치도 그만 하니 이제 값을 좀 하시게."

"예."

"예전부터 조강지처를 홀대하면 천벌 받는다 했네. 올케 틀거지가 두꺼비 같아서 그렇지, 온몸에 황금 복을 두르고 태어난 복덩이네. 솔직히 최씨 가문을 이만큼 일으키는 데 일등 공신을 꼽으라면 동생 못 지않네. 나도 이번 일 수습에 발 벗고 나서겠네. 그러니 동생도 마음을 달리 잡수어 주시게."

"예, 누님. 누님의 말씀을 명심, 또 명심하겠습니다."

최대한은 누님 댁을 나오며 그래도 혈육밖에 없구나, 싶었다.

관리실로 돌아오니 황 군은 바깥에 나와 담배를 피우고 있고 박유식이 방금 물에서 건져낸 사람처럼 넋 놓고 소파에 앉아 있었다. 박유식 옆에는 마누라가 들고 왔던 녹색 캐리어가 세워져 있었다.

"어찌된 일인가?"

최대한이 놀라 물었다.

"최 회장, 나 좀 도와주게. 이제 아들이고 딸네집이고 아무데도 갈 수 없게 됐네. 여편네가 자식들에게 아비 접근 금지령을 내렸다네. 당분간 여기서 신세 좀 지면 안 되겠는가?"

박유식의 목소리는 애원에 가까웠다.

"숙박비는 하루 삼만 원씩 달아 두겠네."

"최 회장, 친구 좋다는 게 뭔가. 우린 죽마고우 아닌가. 사정 좀 봐주게."

"그럼 정 마담 건은 없던 일로 하겠네."

"최 회장!"

최대한은 들은 채도 않고 관리실을 나왔다.

최갑부는 매장 앞 캐노피 천막 곁 하늘색 플라스틱 스툴에 앉아 담배를 물고 있었다. 요즘 장사가 안 돼도 너무 안 됐다. 그나마 좀 되던 장사도 근처에 대형 아울렛 매장이 생기면서 물건 보러 오는 손님들도 뜨막해졌다. 오늘 겨우 오전에 이월상품 여성용 셔츠 두 벌과 오후에 남성용 골프바지 한 벌과 여성용 골프화 한 켤레를 판 뒤로 여태 손비비고 있는 중이었다. 다행히 부모 잘 만난 덕에 공으로 영업하기에 망정이지 비싼 세까지 줘가며 장사했다가는 입치레는 고사하고 제때 점포세도 못 낼 형편이었다. 최갑부는 장사를 계속해야 하나 말아야 하나 심각히 고려해 봐야겠다고 생각했다.

"여보, 이따 뒷정리하고 올라오세요. 저는 지금 어머님 저녁진지 차려 드리러 올라가봐야겠어요. 어머님께서 아직도 단식 중이시라네요. 방금 고모님한테서 전화가 왔어요."

정은숙이 매장 밖으로 얼굴을 내밀고 말했다.

"아직 화해를 안 하셨나."

최갑부는 담배를 발로 비벼 끄고 일어섰다.

"그런가 봐요. 이번에는 엄청 삐치셨나 봐요. 전 같으면 하루이틀 그러다 마시는데 좀 오래 갈 것 같네요."

"거참. 그럼 어서 들어가 봐. 내가 알아서 할 테니."

매장으로 들어선 최갑부가 대답했다. 그렇잖아도 가슴이 답답해 술 생각이 간절하던 참인데 구실이 생겨 잘 되었다 싶었다. 정은숙이 최갑부의 마음을 귀신같이 알아채고 말했다.

"또 술 자실 궁리 하지 마시고요."

"허, 참. 내가 알아서 한다니깐. 당신은 승기 건강이나 좀 신경 써. 수능도 얼마 안 남았지, 아마."

최갑부가 궁땄다.

"세월이 참 빠르네요. 수능이 천년만년 같았는데, 내일 모레가 벌써 수능이네요. 당신 씨에서 어떻게 저런 애가 나왔는지 생각할수록 신기해요. 자정이 넘어 학원에서 돌아오면 피곤해 짜증을 낼만도 한데 오히려 부모 걱정을 하니 말예요."

"허허, 이 최갑부가 어때서? 신수 훤하겠다, 성격 좋겠다, 인적 물적 네트워크 좋겠다, 언변 좋겠다, 노래 잘 하겠다, 거기다 밤일까지 끝내주겠다…… . 나도 학창시절에 공부를 좀 거시기해 그렇지 머리 하나는 끝내줬소. 이번에 우리 승기가 수능 대박만 터뜨리면 텃밭 상금을 가불하는 한이 있더라도 거하게 한턱 쏘리다."

"상금 줄 아버님께 물어보지도 않고요?"

"이번에는 우리 집이 틀림없다니까. 아버지께서 이 맏이에게 특별히 낫게 챙겨주시려고 일부러 뒤로 빼돌리신 거야. 척 보면 몰라? 돌아가는 공식이 그렇잖은가."

"당신은 낙천적이라서 장수할 거예요. 매사를 좋은 쪽으로만 생각하니 말이에요. 그러나 아무리 생각해도 밤일은 아닌 것 같네요. 술이면 모를까. 갑니다."

최갑부는 눈앞에서 정은숙이 사라지자 얼른 휴대폰을 꺼냈다. 최갑부는 을부에게 전화했다. 을부는 경영 컨설팅 회사에 출장 갔다가 돌아오는 길이었다.

"을부야, 큰일 났다. 엄마 아빠가 아직도 냉전 중이시란다. 대한민국에서 둘째가라면 서러운 효자들이 어찌 부모의 고충을 나 몰라라 할 수 있겠냐. 당장 화해 시켜드릴 방법을 의논해 봐야겠구나. 퇴근하는 대로 바로 형철이 집으로 와라. 병부에게는 네가 전화 좀 때리고."

"술값은 형님께서 내실 거지요?"

"신성한 효를 논하는 자리에 쩨쩨하게 술값타령이냐. 좌우지간 누가 내든 수밀도의 네 가슴이, 참 아우님은 가슴이 없지, 서숙이 바람에 얼얼하도록 달려오너라."

하하. 통화를 마친 최갑부는 세상을 손아귀에 넣은 듯한 표정으로 두 손바닥을 비볐다. 장사야 어찌되든 당장 술 마실 생각을 하니 최갑부는 힘이 솟았다. 최갑부의 입에서는 자연스레 휘파람이 흘러나왔다. 야 야 야 내 나이가 어때서 사랑의 나이가 있나요. 마음도 하나요 느낌도 하나요 그대만이 내 사랑인데……. 최갑부가 신이 나거나 기분이 좋을 때 즐겨 부르는 노래였다. 최갑부는 왠지 그 노래가 좋았지만, 정은숙은 질색이었다. 그 노래를 듣고 있으면 나이가 든 것 같아 청승맞게 느껴진다는 이유에서였다. 그러나 최갑부는 노래 가사보다 곡조가 좋았다. 그 곡조를 흥얼거리거나 휘파람 불고 있으면 없던 힘도 생기고 부글거리던 짜증도 잦아들었다. 지금은 곁에 갉작거리는 마누라도 없으니 거칠 것이 없었다. 최갑부는 오랜만에 마음껏 입술을 오므리며 캐노피 천막 밑 옷걸이 봉에 진열해 놓은 30% 할인 이월상품 셔츠를 거둬들이기 시작했다.

거리는 어느 새 저녁 기운이 완연했다.

8

최갑부가 가게 문을 닫고 장형철의 집으로 갔을 때, 을부와 병부는 방 안 입구에 자리를 잡고 나란히 앉아 최갑부를 기다리고 있었다. 운이 좋은 건지 장사 수완이 좋은 건지 하여튼 장형철의 가게는 날이 갈수록 붐볐다. 이른 저녁인데도 벌써 홀과 방에 제법 자리가 찼다. 어딜 가나 시국 얘기로 시끌시끌했다. 그럴수록 신나는 건 장형철과 조정희였다.

"오늘은 어째 갑부 동생이 결근하나 했지."

흰 주방모를 쓰고 둥근 배를 흰 가운으로 가린 장형철이 행주로 을부와 병부가 앉아 있는 상을 닦다가 최갑부가 들어서는 걸 보자 웃는 낯으로 말했다. 홀의 구석자리 손님들에게 밑반찬을 나르던 조정희도 최갑부와 눈이 마주치자 반갑게 아는 체를 했다. 장사가 잘되다 보니 시국이야 어찌되든 표정들이 때밀이 수건으로 문지른 것처럼 반질반질했다.

"형님보고 동생은 무슨 얼어 죽을 동생. 형철아, 민증 한번 까볼까?"

최갑부가 두 아우 맞은편에 자리를 잡고 앉으며 되받았다. 장형철은 최갑부보다 보름 먼저 태어났으나 주민등록상에는 음력 생일로 등재되어 있어 최갑부보다 오히려 보름이 늦었다. 최갑부가 그걸 알고 있었다.

"팩트가 중요하지 그까짓 민증이 뭐가 중요하냐. 안 그래? 아우들."

"나이 많은 게 좋나요?"

"딱, 술 마실 때만 좋지."

최병부가 묻고 장형철이 대답했다.

"야, 형철아. 느네 집은 어째 얌통머리가 없냐. 조그만 마트도 단골에게는 푸짐한 경품을 안기는데 그만큼 일편단심 불풍나게 들락거렸으면 뭔 보상이 있어야지. 안 그런가. 아우님들."

최갑부가 두 아우에게 눈을 찡긋하며 말했다.

"요즘은 금수저 물고 나온 상남자들이 더 쩨쩨하다니까. 하이고, 꼴랑 모둠회 한 접시 시켜놓고 술은 바리바리 처잡수시면서 야마리 까진 소리하네. 다른 것 한 접시 더 시켜 봐. 그러면 이 형님이 가만있나."

"잔말 말고 술 한 세트하고 시샤모 구이 한 접시 서비스해라."

"그럼 대(大) 자 모둠회 한 접시 하고 해삼 한 접시 시켜. 그러면 내 서비스하지."

"세 사람이 뭔 대(大) 자야. 됐다. 중(中) 자에 해삼 한 접시. 오케이?"

흥정이 끝나자 물수건으로 손을 닦으며 최갑부가 말했다.

"오늘 술값은 십 단위까지 십시일반이다."

을부와 병부는 이미 각오하고 있었다는 듯이 웃으며 고개를 끄덕거렸다.

"작은형님 말로는 엄마가 되게 심각하다는데, 어느 정도예요?"

최병부가 스테인리스 컵에 냉수를 따르며 최갑부에게 물었다.

"나도 자세히는 모른다. 네 형수 말로는 엄마가 오랜만에 엄청 삐지신 모양이라더라. 지금 단식 투쟁 중이시란다."

"단식씩이나요?"

최병부가 얼굴이 하얘져 되물었다.

"크게 걱정할 것 없어. 그것도 사랑싸움 아니냐. 관심 없어 봐라. 싸울 마음이 나는가. 그러다 화해를 핑계로 한 번씩 합방하고 그러는 거지, 뭐. 각방 쓰는 노인들이 그런 핑계 말고 달리 합방할 꼬투리가 뭐 있겠냐. 남 서방 말로는 저번에 검사한 아버지의 건강검진 결과가, 칠십 잡순 노인이라고는 믿어지지 않을 만큼 아주 양호하시더란다. 그러니까 가끔 생각도 나고 그렇잖겠냐. 요즘 칠십 잡쉈도 건강하면 한창인 사람이 수두룩하댄다."

"형수님 말씀으로는 이번에는 느낌이 좀 다르다면서요. 이러다 혹 골치 아픈 일이 생기는 건 아닌지 모르겠네. 내가 회계감사 맡고 있는 제이케이 철강회사 상무 부모도 올해 일흔 하나, 둘인데 바람피우다가 들켜 얼마 전에 이혼했대요. 요즘 황혼 이혼이 생각 이상으로 많은가 봅디다."

이번에는 최을부가 진지하게 말했다.

"심각하게 생각할 것 없대도. 우리끼리 하는 말이지만 우리 엄마가 그런 깜냥이나 되냐. 그 건으로 돈을 좀 우려내려고 실감나게 쇼하는 거지, 뭐. 툭하면 호박이고 척하면 삼척 아니냐. 아까는 퇴근길에 아우님들 얼굴이나 보려고 내가 좀 엄살을 떨긴 했지, 하하."

최갑부가 비로소 속내를 드러내며 멋쩍게 웃었다.

"나는 또 그런 것도 모르고 작은형님이 엄청 구라를 쳐서 바짝 얼었구먼."

최병부가 가슴을 쓸어내리며 안도의 웃음을 지었다.

"막내아우님은 겁이 참 많아. 세월 가면 다 해결되는 일종의 조류 인플루엔자 같은 것이니까 염려 딱 붙들어 매고 술이나 팍팍 마시자고. 우리는 이런 어수선한 시국에 똘똘 뭉쳐 엄정 중립을 지키고 있다가 힘 센 쪽으로 붙어서 지극정성으로 효도하면 되는 거야. 이따 술 한잔하면서 초요갱에 언제 행차할 건지 그거나 의논해 보자고. 다음 주 내로 행차하면 단골에게는 특별 서비스가 있단다. 어이, 형철아, 왜 이래 느려. 안주 빨리 안 되면 술이라도 어서 한 세트 가져 와."

최갑부가 주방 쪽을 향해 재촉했다.

"아따 갑부 동생도 엄청 성질이 급하시네. 나가네."

장형철이 씩씩하게 웃으며 모둠회와 해삼, 기본 안주 접시를 담은 쟁반을 붙안고 주방에서 나왔다.

넷째 날

1

도축자는 억울하고 분했다. 영감이 그렇게 배신할 줄은 몰랐다. 곱씹을수록 철식의 말을 듣지 않은 게 후회되고 애석했다. 철식은 이번 기회에 확실히 기를 꺾어 놓아야 한다며 만일의 경우를 대비해 보험을 들어 두어야 한다고 간청했지만, 도축자는 설마 그렇게까지야, 했던 것이다. 그놈의 인감도장이 뭔지 영감이 서슴없이 인주를 듬뿍 묻혀 '최대한' 옆에 벌겋게 눌러 찍는 엉너리에 오달지게 속았다. 도축자는 선명하고 붉은 인감 속에 영감의 진심이 담겨 있다고 믿었다. 그게 실수였다.

도축자는 아둔한 머리로 생각을 굴리고 또 굴려 보았지만, 뾰족한 방안이 떠오르지 않았다. 심정은 가나 물증이 없었다. 영감의 손에 들어갔다면 뒤탈을 우려해 벌써 흔적도 없이 없애버렸을 것이니 경찰에 수사 의뢰한다 해도 범인을 찾기란 쉽지 않을 터였다. 그렇다고 이미 자식들 앞에서 큰소리까지 쳐 놓았는데, 이제 와서 없던 일로 하자니 체통이 안 섰다. 도축자는 이래저래 마음이 착잡했다. 답답한 마음에 철식을 은밀히 불렀건만, 곧 올라가겠다던 철식은 한 시간째 감감소식이었다.

때리는 시어미보다 말리는 시누이가 더 밉다더니, 최숙희가 그 짝이었다. 어제 오후에도 입술에 천박한 분홍 루즈를 처바르고 와서 위로하기는커녕 복장만 한참 긁다가 갔다. 올케 말을 들으면 올케 말이 맞는 것 같고, 동생 말을 들으면 동생 말이 맞는 것 같고……. 내 눈으로 그놈의 각서를 본 적이 없으니 어느 장단에 용춤을 춰야할지 모르겠다며 무식하면 용감하다는 둥, 뭐든 지나치면 부러진다는 둥, 집안에 음기가 세면 자손이 잘 안 되고 암탉이 울면 집안이 망한다는 둥, 얄미운 소리만 늘어놓다가 갔다. 언젠가 문서로 영감의 코를 단단히 꿰어놓았다고 분명히 귀띔해 주었건만, 그렇게 기억력이 좋다는 천하의 최숙희가 능청스레 시치미를 떼는 꼴이란. 세상에 믿을 사람이 없었다. 이젠 꼴 보기도 싫었다.

도대체 누구와 내통했을꼬? 첫 손가락으로 꼽히는 게 딸년이지만 이번 경우는 달랐다. 며칠 간 지켜본 딸년의 짓둥이나 말본새가 거짓말하는 것 같지가 않았다. 딸년은 겉과 속이 다른 말을 할 때는 무의식으로 눈을 내리깔고 킁킁거리는 버릇이 있는데 유심히 지켜봐도 그런 일이 없었다. 결정적인 것은 각서 자체를 믿지 않는 눈치였다. 그렇다고 지혜는 아니었다. 마음이 물러 터져 남의 청을 잘 거절하지 못하는 성미이긴 하지만 경우가 발라 아닌 것은 아니라고 딱 부러지게 말하는 강단도 있었다. 지혜의 성정으로 보아 시아비의 검은 거래를 받아들였을 리 만무했다. 승기 어미와는 말을 잘 섞지 않고 예림 어미는 좀 많이 배웠다고 퉁바리 잘 놓아 영감이 접근했을 리가 없었다. 더욱이 승기 어미와 예림 어미는 제 시어미 말을 곧이곧대로 받아들이지 않는 눈치였다. 그렇다면 남매가 공모했다? 열 길 물속은 알아도 한 길 사람 속은 모른다지만, 그래도 미우나 고우나 한평생 동고동락하며 서로 의지한 사이인데, 그렇게 야박하게 겉 다르고 속 다른 행동은 하지는 않을 것 같았다. 또 며칠 사이 하루에도 몇 차례 뒷짐 지고 찾아와 낭창하게 복장거리해대는 행티가 정말 각서를 모르고 있는 것 같기도 했다.

도축자는 마침내 최대한의 단독 범행으로 결론지었다.

2

"종고모님, 철식입니다. 지금 찾아봬도 되겠습니까?"

도축자가 아침에 지혜가 갖다놓은 미역국을 데워 몇 숟갈 밥을 말아 아침 겸 점심으로 퍼먹고 있을 때, 종무소식이던 철식에게서 전화가 왔다. 도축자는 학수고대하고 있던 터라 반가운 목소리로 말했다.

"오냐. 영감 모르게 오너라."

"회장님은 방금 철물점 친구분이랑 문상 갔습니다. 밤새 안녕이라더니 엊저녁에 건강하던 친구분이 갑자기 별세했답니다."

"알았다." 도축자가 덧붙였다. "거짓말쟁이 영감에게도 그런 일이 생기면 그런 다행이 없겠구먼."

"곧 올라가겠습니다."

"오냐. 기다리마."

도축자는 전화를 끊고 남은 미역국을 마저 입안으로 우겨넣었다. 높다란 성곽 같은 영감과 한판 붙어 이기려면 무쇠 같은 기운이 필요했다. 도축자는 가슴을 두드려가며 밥을 만 미역귀를 꾹꾹 씹어 억지로 삼켰다.

거듭 생각해도 철식을 관리소장으로 앉힌 게 여간 다행한 일이 아니었다. 처음 들일 땐 이렇게 요긴하게 쓰일 줄은 몰랐다. 놀고 있다고 목을 매기에 심성이 무던해 한번 써보자 해서 썼는데, 기대 이상이었다. 그가 없었다면 여태 빌딩을 잡혀 대출한 사실도 감쪽같이 모르고 있을 뻔했다. 제 여편네에게는 단돈 만원도 아까워 벌벌 떨면서 뭐 일억? 도축자는 그 생각만 하면 자다가도 벌떡 몸이 솟구쳤다. 철식의 말로는 작년에 그 사건 뒤로 마담인지 사장인지 하는 년하고는 헤어지고 새로 사진 동호회에서 만난 코가 뾰족구두같이 생긴 과부 년하고 알고 지낸다는데, 이번 기회에 그 더러운 버르장머리를 고쳐놓지 않으면 또 빌딩을 잡혀 얼마를 김 여사인지 김 여시인지 그년 밑구멍에 쑤셔 박을지 알 수 없었다.

"문 걸고 들어오너라. 옆집 노친네가 뒷짐 지고 탈래탈래 들어올라."

도축자는 현관으로 들어서는 철식에게 말했다.

"죄송합니다, 종고모님. 회장님과 소방 안전 점검차 빌딩을 둘러보느라 짬을 낼 수 없었습니다."

근무복 점퍼 차림의 도철식이 인사하자마자 변명했다.

"괜찮다. 아무도 본 사람은 없었지?"

"예."

도축자는 급속으로 탄 막대 커피 두 잔을 식탁에 내려놓았다. 둘은 주방 식탁에 마주앉았다. 가까이에서 보니 철식도 머리꼭지 주변이 휜하고 귀밑머리가 희끗희끗한 게 늙는 티가 났다. 나이를 곱아보니 벌써 오십 중반이었다.

"나는 영감이 그런 인두겁을 쓰고 있는 줄은 몰랐다."

도축자는 철식에게 커피를 권하며 하소연하듯 말했다.

"제가 뭐랍디까? 만일의 경우를 대비해 보험을 들어두어야 한다고……"

도철식이 커피 잔을 들며 허탈한 표정을 지었다.

"나는 그래도 인감도장을 서슴없이 눌러 찍기에, 후유…… 철석같이 믿었다."

"그게 남을 안심시키는 전형적인 기만술이지요. 회장님을 어디 한두 번 봅니까."

"그래 네 말이 맞다. 그때 네 말을 새겨들었어야 하는데……. 내가 미쳤고, 눈이 뒤집혔다."

도축자는 분해 거듭 한숨을 몰아쉬었다.

"전혀 집히는 데가 없습니까?"

"영감 단독 소행이 확실하다. 내 없는 날 어디서 전문가를 데리고 들어와 쥐도 새도 모르게 찾아내 바꿔치기 한 게 틀림없다. 내가 매일 밥 먹듯 확인했는데, 영감이 그렇게 감쪽같이 바꿔치기해 놓을 상상이나 했나."

"회장님은 그러고도 남을 사람입니다."

도철식이 단정조로 말했다.

"문제는…… 심증은 가는데 물증을 찾을 수 없구나. 영감 손에 들어갔으면 벌써 흔적도 없이 없애버렸을 테니, 영감 스스로 자복하지 않은 다음에야 알아낼 재간이 없다. 설령 경찰에 수사 의뢰한다 해도 영감이 오리발 내밀면 경찰도 어쩔 도리가 없을 것 아니냐."

"종고모님." 그때 도철식이 의자를 바짝 당겨 자세를 고쳐 앉았다. "종고모님께 솔직히 물어보고 싶습니다. 정말 회장님의 버릇을 고칠 마음은 가지고 계십니까?"

"야가 갑자기 자다가 봉창 두드리는 소리를 하노. 있지. 있고말고. 영감이 내 앞에 꿇어앉아 눈물 콧물 흘리며 싹싹 비는 꼴을 꿈에라도 보는 게 소원이다."

"그러시다면 이렇게 마음이 약해지셔는 안됩니다. 이런 때일수록 시

우쇠처럼 단단해지셔야지요."

"네 말이 맞긴 하다만……."

"기만술에는 위장술이 약입니다. 제갈공명하고 이순신 장군이 그 방법을 써서 엄청 재미 봤습니다."

"좀 쉽게 말해 봐라."

도축자가 즉각 호기심을 드러냈다.

"회장님의 아킬레스건, 쉽게 말하면 회장님의 약점을 이용하는 겁니다. 회장님의 약점이 뭐겠습니까. 사진 아니겠습니까. 몇 장 보험용으로 꼬불쳐 놓았으면 아무 걱정 없을 건데 그건 이미 물 건너갔고, 밑져봐야 본전이고 하니 가지고 있는 척 슬쩍 흘려보는 겁니다."

"효험이 있겠나?"

"일단 반응을 떠 봐야지요. 제 생각에는 적어도 지금처럼 세월아 네월아 하고 있지는 않을 것 같습니다. 어떤 식으로든 진의를 파악하려들 것이고, 잘만 되면 꼬리를 낮추고 협상하자고 그러겠지요. 그때 확실히 불알을 틀어쥐는 겁니다."

"아무리 그래도 말이 좀 과타."

"아이고, 죄송합니다. 그때 확실히 멱살을 틀어쥐는 겁니다."

"네 말대로 된다면야."

도축자는 상상만으로도 숨통이 좀 트이는 것 같았다.

"저는 이만 내려가 보겠습니다. 앞으로는 부득이한 경우가 아니면 전화상으로 의논하는 게 어떨까, 싶습니다."

도철식이 일어섰다.

"그래 알았다. 안 들키도록 조심해서 내려가거라. 참 오늘이 사흘 말미 마지막 날인데, 어쩌면 좋을꼬?"

도축자도 따라 일어섰다.

"일단 칼을 뺐으면 허공이라도 갈라야 합니다. 그래야 영이 섭니다."

"명심하마."

도철식이 나갈 때 도축자는 목을 빼고 시누이 집을 건너다봤다. 잠 잠했다. 그 성질에 알고는 가만히 있을 노친네가 아니었다. 그래도 도축 자는 꺼진 불도 다시 보듯 주위를 한 바퀴 휘둘러본 뒤에야 들어왔다.

3

도축자는 지혜가 한준을 데리러 갈 때쯤 전화했다. 지혜가 여태 전 화기를 꼭 쥐고 기다리고 있었던 듯 자지러지게 반겼다. 목소리도 애 틋했다.

"어머, 어머님! 식사는 하셨어요?"

"그래. 네가 아침에 가져다준 미역국으로 입맛 다셨다." 도축자는 그 렇게 운을 뗀 뒤 잠시 말을 끊었다가 이었다. "이따 한준이 데리러갈 때 석준이 내게 보내라. 오늘 아침까지 혼자 북 치고 장구 치느라 바빴 겠구나. 내 코가 석 자라 미처 그 생각을 못 했구나."

"하루를 어떻게 보냈는지 모르겠어요, 어머님. 당해 보니 어머님의 소중함을 알겠어요. 금방 내려갈게요."

십 분 뒤 지혜가 석준을 안고 들어섰다. 현관에서 석준을 넘겨준 지 혜는 총총히 사라졌다 삼십 분 뒤 얼굴이 빨갛게 익은 채로 새근거리

174

며 돌아왔다. 그 모습을 보고 있자니 좀 미안하기도 하고 안쓰럽기도 했다.

제 어미를 본 석준이 한사코 버둥거려 다시 넘겨주고 도축자는 지혜와 함께 나란히 소파에 앉았다. 뭐부터 꺼내야 할지 얼른 각단이 잡히지 않아 멀뚱히 앉아 있다가 도축자는 느리게 입을 뗐다.

"지혜야, 솔직히 말해 봐라. 너는 누구의 말이 맞을 것 같으냐? 내 말을 들으면 내 말이 맞는 것 같고 영감 말을 들으면 영감 말이 맞는 것 같다고 하는 사람이 있더구나."

"저는 어머님의 말씀을 믿어요."

잠시 생각에 잠겨 있던 강지혜가 대답했다. 장난기가 발동한 석준이 제 엄마의 머리칼을 잡아당겼다. 강지혜가 석준의 엉덩이를 때리는 시늉을 하다가 거실 바닥에 내려놓았다. 석준이 헤헤거리며 주방으로 걸어 들어갔다.

"내 앞이라서 그러느냐?"

"아니에요. 어머님은 평소 거짓말을 잘 안하시잖아요. 거짓말도 해 본 사람이 해요. 더구나 처음 하시면서 이런 엄청난 거짓말을 하실 수가 없어요."

"고맙구나. 나는 네 말을 곧이곧대로 믿는다." 도축자는 까닭 없이 눈물이 솟구쳐 치맛자락으로 눈물을 훔쳤다. "나도 보는 눈이 있고 듣는 귀가 있다. 아무도 내 말을 안 믿는 눈치다. 그래도 반만치라도 믿어주는 사람은 네 시고모부하고 너뿐이다. 그래서 더 억울하고 슬프다."

"어머님의 억울함을 풀어드리지 못해 죄송해요. 설령 경찰에 수사 의뢰해도 이 문제를 해결하기가 쉽지 않을 것 같아요." 강지혜가 잠시 석준의 행동을 주시하다가 말을 이었다. "그런데 어머님, 오늘까지 자수하지 않으면 정말 수사 의뢰하실 건가요?"

"내가 언제 헛소리하더냐?"

도축자는 짐짓 단호하게 말했다.

"제 생각에는 한 번 더 신중히 생각해 주셨으면 좋겠어요. 그랬다 아무 소득 없이 흐지부지되면 체통만 깎일 것 같아요."

"걱정 마라. 내게도 다 생각이 있다."

"생각이라뇨, 어머님?"

강지혜가 황급히 일어나 석준을 안고 나와 거실에 내려놓았다. 석준의 입에는 시커먼 검댕이 묻어 있었다. 지혜가 석준의 입을 티슈로 닦아주고 다시 소파에 앉았을 때, 도축자가 말했다.

"수사 의뢰하면 있는 것 없는 것 몽땅 경찰에 제출할란다. 나도 이제 이판사판이다. 수사 의뢰까지 하는 마당에 앞뒤 잴 게 뭐 있겠느냐. 마침 오늘 제출할 자료를 찾다보니 다 없앤 줄 알았던 사진 몇 장이 남아 있더구나. 그것도 제출할까 싶다."

"어떤 사진인데요, 어머님?"

"넌 몰라도 된다. 사람이 짐승과 다른 게 뭐이겠느냐. 싸울 때 싸우더라도 해서는 안 되는 범절이 있는 법이다. 그래서 널 보자고 했다. 네가 나 대신 거짓말쟁이 영감을 찾아가 사진 얘기를 좀 전해라. 다 없앤 줄 알았던 사진이라고 하면 금세 알아먹을 게다. 그러면 뭔 소리를 할 게 아니냐. 그걸 내게 귀띔해다오."

"그럼 어머님. 수사 의뢰는 아버님의 반응을 보고 난 뒤에 하면 어떻겠어요?”

"안 된다. 그러면 수사 의뢰를 미루려고 그런 줄 알고 얕보지 않겠느냐."

도축자는 지혜가 더 이상 토를 달지 못하도록 못을 박았다. 그러고는 자신의 굳은 심지를 드러내듯 자리에서 일어섰다.

4

집으로 돌아온 강지혜는 바로 정은숙에게 전화했다. 정은숙은 매장에서 늦은 점심을 먹고 있었다. 강지혜로부터 뜻밖의 전화를 받은 정은숙이 음식을 씹으며 놀란 목소리로 물었다.

"막내동서, 갑자기 웬일이야?"

"아무래도 어머님이 내일 경찰서로 갈 것 같아요."

"난 뭐라고." 정은숙이 실소했다가 말했다. "설마 그만한 일로 신고까지 하겠어? 아버님이 어떻게 나오나 보려고 일부로 그래 보는 걸 거야."

"아닐 거예요. 어머님은 내일 꼭 가실 것 같아요."

강지혜는 확신에 찬 목소리로 말했다.

"설령 간대도 어쩔 수 없지, 뭐. 요즘 경찰의 업무량이 얼마나 많은데 시시콜콜한 그런 것까지 손이 미치겠어? 일단 접수는 해 두겠지. 그러다 일정 시간이 지나면 종결 처분할 거야. 물론 형식상으로 조사 정도는 할지 모르지만. 하면 하는 거지 뭐. 그게 뭐 대수라고. 요즘 재산 문제로 부모형제끼리 치고받고 싸우는 집이 얼마나 많아. 거기에 비하면 이건 창피스러운 일도 아니야."

"형님께서 설득 좀 해 주세요. 큰형님 말씀이라면 어머님께서 솔깃해질지도 몰라요. 제일 믿음직스럽거든요."

강지혜는 진심으로 말했다.

"나도 지금 승기 땜에 콩이 튀어. 그렇잖아도 어제 저녁진지 차려 드리면서 얘기해 봤어. 시간이 흐를수록 더 단단해지는 느낌이었어. 원래 소문과 싸움은 옆에서 집적대면 더 크지는 법이야. 그러니 가만히 내버려 두는 게 상책인지 몰라. 나는 아직도 긴가민가야. 아무도 본 사람이 없거든."

"그래도 한 번만 더 수고 좀 해 주세요."

강지혜는 매달리듯 말했다.

"막내동서에게 할 소리는 아니지만, 나도 불만이 많아. 지금이 이럴 때야. 수능이 코앞이라 하루하루가 살얼음판이고 콩이 튀는구면. 장손을 위해 절에 가 불공을 드려도 시원찮을 판에, 분란을 일으키시니……."

"죄송해요, 큰형님. 전 미처 그 생각까지 못했네요. 승기 수능 대박 나도록 기도할게요."

"고마워, 동서."

"그럼, 수고하세요."

강지혜도 콩이 튀었다.

*

    강지혜는 석준에게 찐 만차랑단호박과 바나나를 갈아 만든 이유식을 먹이고 허경화에게 전화했다. 허경화는 운전 중이었다. 나중에 다시 전화하겠다고 하자 블루투스 이어폰을 끼고 있어 괜찮다고 했다. 강지혜는 미안한 마음으로 말을 꺼냈다.

"뜬금없이 전화 드려 많이 놀라셨죠?"

"놀라진 않았지만, 뜬금없긴 하지."

"아무래도 어머님이 내일 경찰서로 갈 것 같아요."

"그 일 때문에 전화했구나."

허경화도 정은숙처럼 웃었다.

"어머님을 경찰서에 가게 해서는 안 될 것 같아서요."

"걱정하지 마, 동서. 어머님은 내일 경찰서에 안 가실 거야."

"안 가시다니요?"

"안 가실 거야. 어머님께서 주장하시는 각서는 원래 실체가 없거든. 말하자면 욕망이 빚어낸 상상의 결과물이지. 그러니까 갈 수가 없지. 가봐야 소용이 없으니까. 그런데도 만일 가신다면 입원시켜 정신 감정부터 해봐야 돼. 왜냐하면 허구를 사실로 믿는 건 정신병의 일종이거든. 동서도 들어 봤지? 허언증이라고."

"실체가 있을 거예요, 작은형님."

"동서가 직접 봤어?"

"아뇨."

"것 봐. 동서도 누군가로부터 세뇌당한 거야. 거짓을 계속 뇌에 주입

시키면 나중에는 사실처럼 믿게 돼. 그게 세뇌라는 거야."

"운전 중이신데 그만 끊을 게요."

"그래. 걱정 말고 그딴 일에 신경 꺼."

"운전 조심 하세요."

강지혜는 가슴이 답답했다.

*

강지혜는 태권도장에서 돌아온 한준은 본가에서 놀게 하고 도준을 미니버스에서 데려오자마자 최정혜에게 전화했다. 그러나 최정혜는 전화를 받지 않았다. 초초한 마음에 강지혜는 다시 최병부에게 전화했다. 최병부는 이따 전화하겠다며 일방적으로 끊었다가 십 분 뒤 전화했다. 최병부가 물었다.

"갑자기 웬 전화야?"

"아무래도 어머님이 내일 경찰서에 갈 것 같아."

강지혜는 심각한 목소리로 말했다.

"난 또, 뭔 일이라고."

최병부도 정은숙과 허경화처럼 웃었다.

"그게 왜 뭔 일이 아니야?"

강지혜는 슬그머니 부아가 나려 했다.

"별일 아니니까 그러지. 큰형님 말로는 일종의 사랑싸움이래. 그걸 핑계로 한 번씩……. 좌우지간 신경 안 써도 돼."

"지금 한 말이 사실이야?"

"그렇대도. 두고 봐."

강지혜는 갑자기 헷갈려 전화를 끊고도 한동안 우두커니 앉아 있었다.

5

도축자는 늦저녁에 사 남매 부부들을 본가로 불러들였다. 부모의 영이라면 껌뻑죽는 그들은 호출 명령을 받자마자 본가로 내려갔다. 도축자는 최대한의 고희연 때 입었던 한복으로 갈아입고 싱글 안락의자에 앉아 있었다. 입을 굳게 다물고 보란 듯이 두 주먹을 야멸치게 쥐고 있는 모습은 비장감마저 느껴졌다. 여태 이런 모습을 본 적이 없던 남매 부부들은 무심코 들어서다가 순간적으로 멈칫했다. 참석자들이 모두 둘러앉자 헛기침으로 몇 번 목청을 가다듬은 도축자가 일장 연설하듯 말하기 시작했다. 최대한은 그때까지 귀가하지 않았다.

"내가 큰마음 먹고 사흘간 말미를 주었으나 범인은 끝내 자수하지 않았다. 그래서 너희들에게 이 사실을 고하고 내일 내가 경찰서에 가서 정식으로 수사 의뢰를 하려고 한다. 수사 의뢰를 하게 되면 남우세도 우세지만 우선 불편한 점이 한두 가지가 아닐 게다. 때로는 경찰에 출두해 조사 받을 수도 있고 방문 조사 받을 수도 있고……. 그런 걸 감수하는 한이 있더라도 이번 기회에 우리 집안의 적폐를 뿌리 뽑아야 한다. 집 안에 범인을 두고는 가정의 행복과 화합도 도모할 수 없을뿐더러 집안의 미래도 보장할 수 없다. 그러니 다소 불편하고 창피하더라도 이해하고 협조해 다오. 수사 의뢰할 때 제출하려고 찾아보니 없앤 줄 알았던 사진이 있더구나. 그걸 제출하면 범인 잡는 것은 식은 죽 먹기다. 만일 경찰 수사로 잡게 되면 범인은 응분의 책임을 져야 할 것이다. 그때 너희들도 똘똘 뭉쳐 잘 협조해 다오. 다들 피곤할 텐데 이런 일로 모여라 해서 미안하구나."

말을 마친 도축자는 자신의 결연한 의지를 보여주듯 곧장 몸을 일으켰다. 최갑부가 남매를 대표해 수사 의뢰의 부당성을 제기하려 했지만, 도축자는 그마저 묵살했다. 도축자가 그빨로 쌩하니 안방으로 들어가 버리자 남매 부부들은 뚱한 표정으로 앉아 있다가 최갑부를 필두로 말없이 본가를 빠져나갔다.

6

최갑부는 뿔이 나 현관으로 들어서며 투덜거렸다.

"우리 엄마만 아니면 육두문자로 퍼부어 주겠구먼. 경찰 수사 의뢰? 지나가는 똥개도 웃겠다. 요즘 경찰이 할 짓 없어 그 따위 걸 수사하겠다. 장골 두셋은 너끈히 때려눕힐 수 있는 허우대에 주눅 들어 처음 노친네 앞에서는 기생오라비처럼 굽신굽신거리겠지. 할머님, 걱정하지 마세요. 우리 경찰서의 수사 인력을 총동원해서라도 반드시 할머니의 억울한 사정을 시원하게 해결해 드리겠습니다. 아무 염려하지 마시고 돌아가 편안히 기다리고 계세요. 그러다 경찰서 문턱만 넘어봐라. 서류를 픽 던지며 요새는 머리 약간 상한 늙은것들이 왜 이렇게 많은지 모르겠어. 이러다간 나중에 늙어 폐경이 된 줄도 모르고 사타구니에 찬 생리……." 그제야 주방에서 얼쩡거리는 승희를 발견하고 최갑부는 뜨끔해 얼른 말을 바꾸었다. "식염수를 누가 훔쳐갔다고 너도 나도 신고하러 올지도 모를 일이야. 백세시대가 문제야."

뒤따라 들어오던 정은숙도 혼잣말로 구시렁거렸다.

"늙으면 점점 어린애 된다더니 옛말이 하나도 그른 것 없네. 싸울 일 있으면 노친네 저희들끼리 쥐도 새도 모르게 싸우든지, 아니면 좀 참았다가 수능 끝난 뒤에 싸우든지 하지. 하필 콩이 튀는 수능 코앞에서 얄망스레 이러시는 건 도대체 무슨 심본지 모르겠네. 장손 잘되는 게 그리도 배 아픈 일인가. 우리 승기, 잘못 되기만 해봐라."

"할아버지, 할머니 냉전 중이셔?"

눈치 빠른 승희가 냉장고에서 투게더 아이스크림을 꺼내다가 참견했다.

"육이오 때 난리는 난리도 아니다."

정은숙이 비아냥거렸다.

"그럼 빨리 보따리 싸야겠네. 육이오 때 다들 보따리 싸 피란 갔다며?"

"쓸데없는 소리 그만 하고 어서 먹고 들어가거라. 시만 잘 쓰면 밥 먹고 사냐. 승기 오빠, 본 좀 받아라. 승호는 아직 안 왔나?"

"아빠는 말끝마다 승기, 승기, 승기 오빠래."

승희가 토라져 아이스크림을 들고 제 방으로 들어가 버리자 최갑부는 냉장고에서 빨간 뚜껑 소주와 맥주 페트병을 꺼냈다.

7

허경화는 집으로 들어서자마자 화장실로 직행해 변비와 씨름했다. 변비는 여고 때부터 괴롭혀 온 그녀의 고질병이었다. 양변기에 허리를 잔뜩 꾸부리고 앉은 허경화는 일정한 간격으로 비데 물줄기로 항문을 자극하며 변비에게 하듯 끙끙거렸다. 점점 심각해지네. 검사 받으러 정말 병원에 가봐야 되는 것 아냐. 아버님이 젊은 시절에 바람깨나 피우셨다더니 다 이유가 있었네. 천주님! 세 살 버릇 여든까지 간다는데 젊었을 때라고 그 버릇 개 주었겠어. 천주님! 내라도 멋대가리 없는 저런 마누라 옆에는 안 가겠다. 그래도 사 남매를 두었으니 용하긴 용하지. 천주님! 혹시 아버님이 술김에 소실로 착각해 합방한 것 아니야? 그래서 이 집 형제들이 술 좋아하는 거고. 천주님! 늙을수록 한번 고정관념에 빠지면 헤어 나오기 쉽지 않은데 점점 골치 아파지네. 천주님! 제발 늙은것들 하루빨리 천국으로 인도해 주소서. 천주님……. 그 순간, 무엇인가 쑥 빠져 내려왔다. 풍덩과 함께 세상을 얻은 듯한 후련함에 허경화는 조금 전 무슨 기도를 했는지도 잊은 채 '기도에 응답해 주셔서 감사합니다'를 연발했다.

최을부는 제 방의 컴퓨터 화면으로 로맨스 소설을 읽고 있었다. 그의 유일한 취미는 인터넷 소설이나 웹툰을 보는 것이었다. 직설적 표현과 자극적인 대화가 묘한 매력을 주었다. 형님으로부터는 아직 답이 없었다. 그는 조금 전 최갑부에게 카톡을 보냈다. 말하는 본새나 느낌이 안 좋은데, 이대로 수수방관해도 괜찮겠느냐고. 최을부가 다음 회를 보려고 마우스 휠 위에 검지를 올려놓는데 허경화의 목소리가 문

밖에서 들려왔다.

"여보, 커피 마실래요?"

"잘 밤에 웬 커피?"

최을부는 무의적으로 소설 창을 내리고 반문했다.

"저는 오늘 밤샘해야 해요. 할 일이 태산 같아요."

"뭔 놈의 일이 매일 그렇게 많아."

"그러게요. 안 마실 거죠?"

"이따 밸런타인을 개봉해 스트레이트로 한잔하고 바로 잘 거야."

"그거 누가 바꿔치기 해 가고 없을걸요."

"뭐라고?"

"그저껜가 보니 빈 병이더라고요. 수림아, 샤워하고 이 잘 닦았지? 예림이도?"

"엄마는……. 우리가 어린앤 줄 아나 봐."

"모두 내일 아침에 봐. 굿나잇."

답이 왔다.

나도 지금 긴가민가하고 있다. 일단 내일 행동하시는 것 보고 의논하자. 기분도 그렇잖고 혼자 소맥 한잔 한다. 한 잔 보내마.

문자와 함께 캬~ 이모티콘을 첨부했다. 최을부는 카톡을 끄고 사실 확인을 위해 방을 나왔다.

8

최정혜는 샤워하며 도축자를 마구 짓씹었다. 우리 엄마 진짜 못 말리겠네. 뭐 저런 고집불통이 다 있어. 정말 머리가 어찌된 거 아니야. 돈 천오백이 누구 집 강아지 이름이야? 못 이기는 척하고 인마이포켓하면 엄마 좋고 나 좋고 할 텐데. 늙어빠진 주제에, 자존심? 명예? 웃기고 있네. 저 시장바닥에 나앉은 콩나물 장사치들한테 물어봐 봐. 그런 소리 나오나. 이제 배가 좀 부르니 개구리 올챙이일 적 시절을 모르는 거야. 내 다시는 찾아가나 봐라. 이제는 엄마고 나발이고 없다. 엄마가 엄마다워야 엄마 대접을 하든지 말든지 하지. 뭐, 경찰 신고? 그런다고 누가 손이야 발이야 빌 줄 알고……. 아빠가 그런 걸 써 줄 사람이야? 쇼를 해도 말이 되는 쇼를 해야 듣는 척이나 하지. 오냐, 그래. 신고하러 가보세요. 대한민국 경찰이 어디 할 일이 없어 그따위 유령 각서를 아이고 그래요? 하며 반기겠다. 할머니, 바쁜 경찰 그만 좀 괴롭히고 돌아가세요, 네? 그건 수사 대상이 안 돼요, 할머니. 그러니까 돌아가셔서 가족들끼리 오순도순 둘러앉아 의논해 해결하세요. 아셨지요? 그 따위 소리 들으면 도축자 여사, 기분 좋으시겠다. 물줄기 사이로 남상운의 짜증 섞인 목소리가 다시 밀고 들어왔다.

"도대체 언제 나올 거야?"

"오 분 내로 나가."

최정혜는 물줄기를 줄이고 대답했다.

"오 분, 오 분 한 지 대체 몇 번째야? 이번이 진짜 마지막이다. 안 나오면 그냥 자 버린다."

"(사내자식이 쪼잔하기는……) 그래, 알았어."

최정혜 딴에는 서둘러 젖은 머리칼을 닦으며 안방으로 들어갔을 때 남상운은 정말 나 잡아 잡수쇼, 하는 표정으로 침대 위에 큰대자로 널브러져 있었다.

"빨리 일어나."

최정혜는 점잖은 목소리로 구슬렸다. 남상운은 못 들은 척 몸을 뒤척였다.

"쇼하는 줄 알아. 좋게 말할 때 일어나시지."

최정혜의 다그침에 남상운은 코골이로 응수했다.

"야, 남상운!"

최정혜의 새된 목소리에 놀란 은비가 달려왔다.

"또 싸우는 중이야?"

"아빠가 안 씻고 자려 하잖아."

최정혜가 고자질했다.

"어른이 씻고 자야지."

은비가 남상운의 팔을 잡아당겼다. 남상운은 마지못해 일어나 협탁 위의 내의를 말아 쥐었다.

9

강지혜는 석준을 재우자마자 휴대폰을 집어 들었다.

"야, 잔머리. 나 좀 보자."

"왜? 나 지금 바빠. 준비해야 돼."

한참만에야 전화를 받은 최정혜가 덮어놓고 거절했다.

"이런 시국에 연 날리고 싶니? 잠시 좀 나와."

"오늘은 하늘이 두 쪽 나도 안 된대도."

"안 나오면 당장 쳐들어간다."

"딱 오 분이다."

최정혜가 한 발 뺐다.

"넌 오 분 되게 좋아하더라. 연 날리는 시간도 오 분이니?"

"야, 불여우. 네 목소리 되게 무섭다. 그 새 술 마셨니?"

"마실 수만 있다면 나발 불고 싶다야. 어쨌든 바로 나와."

강지혜는 전화를 끊고 곧장 나가 현관문을 열고 청설모처럼 머리를 내미는 최정혜를 낚아채 옥상으로 끌고 갔다. 최정혜는 손목 잡혀 끌려오며 징징거렸다.

"나 지금 잠옷 바람이야. 감기 든단 말이야."

"감기 들었다고 왔던 삼신할미가 돌아가진 않아."

강지혜는 옥상의 LED등 스위치를 올리고 최정혜를 효우정으로 떠밀었다. 하늘의 별이 차갑게 반짝이고 바람이 찼다. 그러나 강지혜는 추운 줄 몰랐다.

"너 왜 갑자기 독이 바짝 올랐니. 울 엄마가 또 널 의심하디?"

널마루에 걸터앉았을 때, 최정혜가 팔짱 낀 어깨를 떨며 말했다.

"어머님은 아버님을 단독범으로 보고 계셔. 넌 그걸 못 느꼈니?"

"어. 하루 종일 애들한테 시달려서 졸며 앉아 있었거든. 난 이제 그 따위 일에 관심 없어. 빨리 좀 내려가자."

"관심 없다니. 그게 최씨 집안의 고명딸이 할 소리니?"

강지혜는 눈을 동그랗게 뜨고 최정혜를 노려보았다.

"너도 알잖아. 지난 일요일에 입에 단내가 나도록 꼬드겼지만, 손톱도 안 들어갔어. 바윗덩어리도 아니고 쇳덩이더라니까. 그때 맹세했어. 내가 다시 이 짓 하면 최씨 핏줄이 아니라고."

"그런다고 남씨 핏줄 되니?"

"아무튼 난 이제 일절 관여하지 않기로 했어."

강지혜는 기가 막혀 한숨이 터졌다.

"근데 넌 그걸 어떻게 알았니? 울 엄마가 아빨 콕 찍어 의심한다는 걸."

"어머님이 말씀하셨잖아."

"언제?"

"조금 전에 다 모인 자리에서. 어머님이 그러셨잖아, 범인은 끝내 자수하지 않았다고. 저번에 우리 넷이 있을 때는 첩자라는 말을 사용하셨는데 이번에는 범인이란 말만 사용했잖아. 공모라고 생각하셨다면 분명히 이렇게 말씀하셨을 거야. 범인과 첩자는 끝내 자수하지 않았다고."

"불여우 너, 갑자기 머리가 되게 샤프해졌다. 아들 많이 낳은 탓이니?"

"달걀귀신 방귀 뀌는 소리 하고 있네. 절실하면 없던 능력도 생겨."

강지혜는 같잖아 코웃음이 나왔다.

"근데 불여우 너, 진짜로 각서라는 게 있다고 믿니?"

"난 믿어. 어머님의 행동과 말씀에는 일관성이 있어. 거짓말도 해본 사람이 하는 거야."

"넌 언제부터 도축자 편이 됐니. 그런다고 여사께서 떡고물이라도 챙겨줄 줄 아니."

"난 너처럼 그런 걸 바라지도 않고 아무 편도 아니야. 굳이 말한다면 난 최씨 집안 편이야."

"아이고 최씨 가문에 열녀 효부 났네, 났어." 최정혜가 입을 삐죽거리며 비꼬았다. "진짜 추워 죽겠어. 빨리 말이나 해. 날 납치한 이유가 뭔데?"

최정혜는 이제 다리까지 떨었다.

"급해. 부탁 좀 하자. 아까 어머님께서 사진 얘기를 꺼내셨잖아. 수사 의뢰할 때 참고 자료로 제출하려고 찾다가 없앤 줄 알았던 사진을 찾았다고. 그걸 제출하면 범인 잡는 것은 식은 죽 먹기라고 말씀하셨잖아. 생각나지? 그걸 아버님께 귀띔 좀 해줘. 그러면 아버님께서 무슨 말씀을 하실 거잖아. 그걸 바로 내게 알려 줘. 오늘 밤 내로."

강지혜는 애원하듯 말했다.

"아무튼 오늘은 안 돼. 그럴 짬이 없어."

"이런 시국에 연 날릴 기분이 나니. 내일 바로 경찰서로 간대잖아."

"하여튼 오늘은 안 돼. 나 내려간다."

최정혜가 일어섰다. 강지혜가 최정혜 앞을 가로 막았다

"빨리 내려가고 싶거든 약속부터 해. 그 전엔 절대로 못 내려가."

강지혜는 최정혜의 어깨를 눌러 주저앉혔다. 강지혜의 결기를 본 최정혜가 한발 물러섰다.

"그러면 나한테 뭐해 줄 건데?"

"삼신할미께 우리 아가씨 떡두꺼비 같은 아들 하나 점지해 달라고 오늘밤 잠 한숨 안 자고 빌어 줄게."

"그게 다니?"

"뭐든 말해. 아들 하나 분양해 달라는 소리만 빼고."

"언제는 분양해 달라더니."

"하루지 평생이니."

"정성이 갸륵해서 일단 네 시키는 대로 하긴 하는데, 결과는 기대하지 마."

"성의 없이 하는 척만 해봐라. 결과 나오는 대로 오 초 내로 보고해. 알았지? 넌 '오'를 엄청 좋아하잖아."

"내가 왜 너한테 보고해야 하는데?"

"넌 말 잘 들어야 하는 손아래 시누이고, 난 하늘같은 손위 올케니까. 내 말대로 안 하기만 해봐라. 죽을 줄 알아."

"오늘 보니 불여우 너 되게 무섭다. 여태 꼬리를 감추고 살았던 거니?"

"그러니 알아서 기라고. 아홉 개 꼬리로 숨도 못 쉬게 온몸을 칭칭 감아버리기 전에."

강지혜는 꼬리로 목을 칭칭 감는 흉내를 실감 나게 연기해 보였다. 강지혜의 손아귀에서 풀려난 최정혜는 뒤도 안 돌아보고 줄행랑쳤다.

집으로 돌아온 강지혜는 아이들의 잠자리를 점검하고 거실 소파에 앉았다. 강지혜는 '세계테마기행' VOD를 보기 위해 리모컨으로 텔레비전을 켰다. 텔레비전에서는 최순실 씨가 어젯밤 검찰의 조사를 받다가 긴급 체포됐으며 내일 구속 영장이 청구될 것으로 보인다는 앵커의 멘트가 흘러나오고 있었다.

강지혜가 VOD를 검색하고 있을 때, 최병부가 메부수수한 머리를 긁적이며 잠기 묻은 눈으로 방을 나왔다. 병부는 집에 오면 밤낮을 가리지 않고 침대 신세 지는 게 유일한 취미다. 지금까지 별다른 잔병치레하지 않고 건강을 유지하는 비결이 베개에 머리만 붙이면 곯아떨어지는 잠버릇 때문이 아닌지 몰랐다. 오늘도 이런 급박한 시국에 본가에서 돌아온 뒤 천연덕스럽게 배 하나를 깎아 먹더니 아무 일도 없다는 듯이 방으로 들어가 몸을 눕혔다. 배를 먹고 있을 때 강지혜가 물었다. 아직도 사랑싸움이라고 생각하느냐고. 병부의 대답이 참 한심했다. "어. 근데 뭔가 있긴 있는 것 같은데, 그 뭔가가 뭔지 모르겠어. 눈빛도 독해져 있고. 예전 우리 엄마가 아닌 것 같아 왠지 낯설게 느껴지긴 하네. 빨리 합방해야 할 텐데……." 강지혜는 병부의 태평스러움에 할 말을 잃었다.

"안 자고 뭐해?"

최병부가 화장실 문을 열어 둔 채로 오줌을 누며 물었다. 변기에 오줌 쏟아지는 소리가 마치 폭포수 같았다.

"할 일이 있어. 어쩌면 오늘 밤샘해야 될지도 몰라."

"무슨 일인데, 밤샘씩이나?"

"그런 게 있어."

"조금 전에 나갔다 오는 것 같던데, 정혜 만났어?"

최병부가 환자복 같은 파자마 바지를 추스르고 나오며 물었다.

"어."

"뭣 땜에?"

"잠시 의논 좀 할 게 있어서."

"정혜가 이번 일 수습하라고 과제를 줬어?"

"그런 거 아니야."

"자기는 이번 일에 절대로 끼어들지 마. 막내 좋다는 게 뭐야. 이런 때 모르쇠 잡고 먼눈팔고 있으면 최소한 본전치기는 하는 거야. 모난 돌이 정 맞는다는 속담, 들어 봤지? 비상시국에는 납작 엎드려 있는 게 약자들의 생존 방식이야. 열 받으면 뱃속의 막내에게도 안 좋고……. 웬만하면 같이 들어가자. 네가 옆에 있어야 잠이 잘 온단 말이야."

"(잠만 잘 자더구면.) 할 일이 있대두."

"혹 정혜 걔가 만만한 올케라고 널 괴롭히는 건 아니지? 만일 그러거든 지체 말고 나한테 얘기해. 내가 가만 안 둘 테니까."

"알았어. 나 기다리지 말고……."

최병부는 주방으로 들어가 냉장고에서 비트 찻물을 꺼내 한 컵을 마시고 나왔다. 최병부는 더는 치근대지 않고 방으로 들어갔다. 강지혜는 깊디깊은 바닷속에 잠겨 있는 기분이었다. 삼십 분이 지나도 최정혜로부터 아무런 연락이 없었다. 이게 나 몰라라 하고 이악하게 연막 날리고 있는 것 아냐? 강지혜의 의구심이 팽배해져 갈 무렵 휴대폰이 부르르 떨었다. 강지혜는 얼른 휴대폰을 집어 들었다. 액정화면에 '잔머리'가 아닌 '아버님'이 떠 있었다.

"아버님께서 어쩐 일이세요?"

강지혜가 덴겁한 목소리로 능청을 떨었다.

"늦게 불쑥 전화해 놀라지 않았느냐?"

"아니에요, 아버님. 말씀하세요."

강지혜는 귀를 쫑긋해 다음 말을 기다렸다.

"소식을 들으니 네 시어미가 나 없는 사이에 식구들을 불러 모았다며?"

"예, 아버님. 그랬어요."

"조금 전에 정혜가 전화했더라. 남실이 말로는 사진 얘기가 나왔다면서?"

"예, 아버님."

강지혜는 침을 꼴깍 삼켰다.

"네 시어미가 뭐라고 하며 그걸 들먹이더냐?"

"경찰서에 제출할 자료를 찾다가 없앤 줄 알았던 사진을 찾았다고 했어요. 그걸 제출하면 사건 해결은 식은 죽 먹기라고 하셨어요, 아버님."

"어떤 사진이라고 하더냐?"

"구체적인 말씀은 없었어요. 없앤 줄 알았던 사진이라고 하면 아버님께서 아실 거라고 하셨어요. 혹시 기억나시는 사진 있으세요?"

"기억나지 않는구나."

"아무래도 내일 어머님께서 그 사진을 가지고 경찰서로 가실 것 같아요. 가시기 전에 제가 살짝 보여 달라고 해볼게요. 보고 나서 아버님께 전화 드릴게요."

강지혜는 슬쩍 최대한의 반응을 떠 보았다.

"그럴 것 없다. 설령 보여 주더라도 절대로 보지 마라. 다 조작이다. 요새 기술이 발달해서 마음만 먹으면 뭐든 감쪽같이 합성해 낸다더구

나. 네 시어미가 최씨 집안을 망가뜨리려고 작심한 마당에 무슨 짓인들 못하겠느냐.”

“조작이 아니면요?”

“그럴 리가 없다.”

“그럼 내일 경찰서에 가져가시더라도 내버려 둘까요, 아버님?”

“그런 일은 없을 게다.”

“아니에요, 아버님. 어머님께서 저희들 앞에서 공언하셨어요.”

“그래도 그런 일은 절대로 안 생긴다. 두고 봐라. 끊으마.”

“예, 아버님. 편히 주무세요.”

강지혜는 아버님이 무슨 배짱으로 큰소리치실까, 얼른 이해가 되지 않았다.

최정혜로부터는 여전히 감감소식이었다.

10

최정혜는 외출복으로 갈아입고 소파에 앉아 남상운이 샤워를 마치고 나오기를 기다렸다. 평소에는 몸에 물만 처바르고 나오더니 오늘따라 이 인간이 더럽게 꾸물댔다. 앞서 자신이 저지른 짓둥이가 있어 잡죄지도 못하고 최정혜는 속만 태웠다.

없앤 줄 알았던 사진이 있었다? 그것만 제출하면 범인 잡는 것은 식은 죽 먹기다? 도대체 무슨 사진이기에 아빠가 그렇게 놀라실까? 엄마가 만일의 경우를 대비해 각서를 사진 찍어 뒀나? 그렇다면 각서의 실체가 있다는 얘긴데, 아빠는 그런 각서를 써 주었을 리가 만무한단 말이야. 최정혜의 머리로는 그것들 사이의 합리적 연결 고리를 찾기가 쉽지 않았다. 그러나 좌우지간 아빠가 혼비백산하는 걸로 보아 그 사진만 입수하면 수표는 되돌려주지 않아도 될 것 같은 예감이 들었다.

이 인간이 샤워하다가 잠이 들었나?

최정혜는 그제야 불여우의 당부가 생각나 문자를 찍었다.

21시 35분 임무 완료. 경미한 특이점 포착. 내일 밤 철야기도 요망. 굿나잇

카톡을 보내고도 십여 분이나 지나서야 남상운은 타월로 귓구멍을 닦으며 나왔다. 뜨거운 물을 얼마나 쏟아부었는지 온 얼굴이 빨갰다. 최정혜가 다가가자 카고팬츠에 알파카 니트 스웨터 차림을 본 남상운이 놀란 얼굴로 물었다.

"당신, 왜 그래 입고 있어?"

"긴급 상황이 발생했어."

최정혜는 화를 꾹꾹 눌러 참고 말했다.

"뭔 발생?"

"긴급 상황. (이 인간은 우리말도 못 알아들어.)" 그리고 다짜고짜 물었다. "상운아, 치의예에 들어갈 때 수능 몇 점 받았어?"

"뚱딴지같이 그건 왜 물어?"

남상운이 어이없어 했다.

"필요하니까 묻지. 빨리 대답이나 해."

최정혜가 다그쳤다.

"몰라. 원점수 삼백팔십 대는 됐을걸."

"아이큐는?"

"당신, 뭘 잘못 먹었어? 갑자기 왜 말도 안 되는 걸 묻고 그래."

"묻는 말이나 빨리 대답해 보라니깐."

"확실히는 모르겠고, 백사십 대는 됐을걸."

"그럼 이 정도 문제는 쉽게 풀겠네. 내가 문제를 내볼 테니까 정답을 맞춰봐. 경찰서에 제출할 자료를 찾다가 없앤 줄 알았던 사진을 찾았다는 도축자의 말을 간접적으로 전해 듣고 최대한이 놀란 이유 중, 가장 알맞은 것은? ①새빨간 거짓말에 어이가 없어서 ②사랑하는 부인의 헛소리에 눈앞이 깜깜해서 ③전혀 예상하지 못한 역습에 허를 찔려서 ④결정적 단서로 거짓말이 탄로 날까 봐 ⑤자다가 일어나 무얼 착각해서. 오 초 내로 답해."

"전혀 예상하지 못한 당신의 역습에 내가 놀라 자빠지겠다. 쓸데없는 소리 그만하고 빨리 자러 들어가자."

"결국 ③번이라는 뜻이구나. 그래 됐어. 상운아, 진짜 미안한데 오늘 혼자 좀 자."

"왜 또?" 남상운은 짐짓 몸 단 사내처럼 말했다. "우리 정말 부부 맞아? 지난 토요일은 당신이 술에 곯아떨어져 망쳤고, 일요일엔 당신이 피곤하대서 허탕 쳤고, 어제는 뭐였더라. 그래 당신, 교재 연구하느라 정신없대서 미뤘고……. 오늘은 하늘이 두 쪽 나도 예외를 인정하지 않기로 했잖아."

"긴급 상황이라니까. 기회가 자주 있는 줄 알아? 깰 때마다 은비 잠자리 좀 점검하고. 간다."

"어디 가는데?"

"호랑이를 잡으려면 호랑이굴로 들어가야지. 내일 봐. 굿나잇."

최정혜는 뒤도 돌아보지 않고 현관문을 열었다.

다섯째 날

최대한은 어김없이 다섯 시에 눈을 떴다. 잠을 설쳐 온몸이 찌뿌드드했으나 눈이 알아 그 시간에 떠졌다. 간밤엔 속이 참숯처럼 탔다. 도축자가 게릴라 수법에 능한 줄은 알고 있었지만 설마 이런 식으로 뒤통수를 후려칠 줄은 몰랐다. 엄연히 약속 위반이었다. 약속 위반으로 치자면 통째로 위반한 자신이 더했고, 이의 제기 자체가 각서를 인정하는 꼴이라 그럴 수도 없는 노릇이었다.

그래도 제 아비를 생각하는 자식은 딸년뿐이었다. 걔가 귀띔하지 않았다면 여태 까맣게 모르고 있다가 속수무책으로 당할 뻔했다. 귀띔 받은 즉시 박유식에게 다섯 차례나 전화를 넣었지만 그놈 대신 아가씨의 목소리만 들려올 뿐이었다. 연결이 되지 않아 음성사서함으로 연결되며 삐 소리 후에는 통화료가 부과됩니다. 친구 한 놈 졸지에 갔다고 인생무상 어쩌고저쩌고 청승을 떨어대며 술을 퍼마시더니 일찌감치 곯아떨어진 모양이었다. 박유식은 잠귀가 어두워 한번 곯아떨어지면 누가 떠메고 가도 모르는 놈이었다. 생각다 못해 만만한 지혜에게 전화해 넌지시 알아보고 나서야 숨통이 조금 트였다. 지혜 앞에서는 시종 담담한 척했지만, 최대한의 긴장감은 그 순간 최고조에 달해 있었다.

최대한은 현관을 나서기 전에 안방으로 가 보았다. 문에 귀를 바짝 대어 보았으나 아무런 기척이 없었다. 간밤에 딸년이 난데없이 징징거리며 찾아와서는 남 서방과 돈 문제로 한바탕 난리를 쳤다며 제 어미에게 고자질했다. 딸의 입에서 이혼이란 말까지 나오자 놀란 도축자가 딸년을 달래느라 늦도록 술잔을 주거니 받거니 하더니 한잠이 든 모양이었다.

최대한은 그 내막을 염탐하고 속으로 고소하게 생각했다. 이제야 남 서방이 사내가 되어 가는 모양이라고. 딸년에겐 안된 소리지만 제 여편네를, 더욱이 딸년처럼 드센 여편네를 야밤에 내쫓을 정도의 배짱이라면 사내 자격이 있다고 생각했다. 암 그래야지. 사내라면 제 여편네를 자동차 운전대처럼 부릴 줄 알아야지. 최대한은 마치 도축자를 그렇게 내쫓은 것처럼 통쾌했다.

최대한은 조급한 마음에 옥상의 정원에도 들르지 않고 곧장 주차장 관리실로 향했다. 박유식은 요란하게 코까지 골며 두 개를 잇댄 소파에 세상에서 제일 편안한 자세로 자빠져 자고 있었다. 필요할 때 써 먹으려고 올데갈데없는 놈을, 잠자리까지 제공해 주었더니 간밤에는 통제 구실을 하지 못했다. 최대한은 화가 나 박유식의 낭심을 걷어찼다. 박유식이 비명을 지르며 눈을 떴다.

"이놈아, 지난밤엔 무슨 지랄로 전화를 안 받았어?"

"왜 그래? 대통령이 하야 발표라도 했는가?"

"내가 발표하게 생겼어, 이놈아."

최대한은 여전히 분이 안 풀려 박유식의 엉덩짝을 걷어찼다. 박유식이 불판 위의 메뚜기처럼 경기하며 일어나 앉았다. 최대한은 잠이 덜 떨어진 박유식을 대충 세수시켜 밖으로 끌고나왔다. 밖은 아직 인적이 뜨막한 꼭두새벽이었다. 아무리 미워도 밥은 먹여야 되겠다 싶어 와우 식당으로 데리고 갔다. 막 문을 연 식당 안은 썰렁했다. 카운터 앞에 앉은 사장 아들은 부숭한 얼굴로 연신 터져 나오는 하품을 손바닥으로 틀어막고 있었다.

"최 회장, 대체 뭔 일인데 이리 호들갑인가? 어부인께서 기억이라도 돌아왔는가?"

홀 가운데 자리를 잡고 앉자 박유식이 궁금증을 돋웠다.

"예상치 못한 역습을 당했네."

"좀 자세히 말해 보게."

최대한이 자초지종을 풀었다. 잠자코 듣고 난 박유식이 말했다.

"우선 막걸리 두 병에 수육 한 접시 시키게. 머리가 돌아가려면 기름 칠이 필요하네."

최대한은 카운터의 사장 아들을 불러 시키는 대로 했다. 주문하는 김에 선짓국과 공깃밥도 함께 시켰다. 역습이라. 예상치 못한 역습이라……. 박유식은 마치 방금 와우산에서 내려온 산신령 같은 표정으로 눈을 내리깔고 중얼거렸다. 오십 번쯤 중얼거린 뒤에야 박유식은 마침내 눈을 떴다. 혼자 막걸리 한 병을 다 비운 뒤였다.

"최 회장, 너무 심려치 말게. 위장술이네."

"위장술이라니. 좀 자세히 말해 보게."

"그런 사진은 없네."

박유식이 단언했다.

"없다니. 그게 무슨 소린가. 여편네가 자식들 앞에서 공언까지 했네."

"그게 위장술이네."

최대한은 당최 박유식의 말을 이해할 수 없었다. 최대한은 단숨에 한 잔을 비웠다. 그러고는 점잖게 운을 뗐다.

" 자네, 그 말에 목을 걸 수 있겠는가?"

"사실이면 관리실을 내 소유로 해 줄 수 있겠는가?"

최대한이 쿵쿵거리다 말머리를 돌렸다.

"내가 알아들을 수 있도록 풀어서 설명해 보게."

"최 회장 말씀대로 그런 결정적 단서가 있다면 며칠씩 묵히지 않았을 것이네. 곱아 보니 사달이 일어난 지 벌써 닷새째네."

"내가 말하지 않았는가. 경찰서에 제출할 자료를 찾다가 뒤늦게 발견되었다고."

"그게 위장술이네. 최 회장 말씀대로 뒤늦게 발견되었다고 치세. 그럼 왜 경찰서로 가져가겠는가. 당장 최 회장 앞에 내밀며 불알을 틀어지지. 그렇지 않은가. 그 말은 없다는 뜻이네."

듣고 보니 그럴 듯했다.

"아니기만 해봐라. 계속하게."

"모처럼 오늘 여친을 만나기로 했네. 최 회장도 알다시피 이 몸이 피치 못할 사정으로 동가식서가숙하다 보니 반찬이 다 말랐네. 모처럼 밥이라도 한 끼 대접하려면 삭힌 노란 깻잎과 퍼런 배추이파리가 필요하오만……."

"알았네. 계속 읊어보게."

"위장술에는 목계술이 묘약이네."

"좀 자세히 말해 보게."

"중국 주나라 선왕은 투계를 좋아했네. 왕께서 당대 최고의 투계 조련사인 기성자에게 투계 조련을 의뢰했네. 의뢰한 지 열흘이 지나 기성자를 찾아가 조련이 다 되었느냐고 물었네. 기성자가 대답했네. 아직 멀었습니다. 강하긴 하지만 교만하여 자신이 최고인 줄 압니다. 다시 열흘이 지나 또 찾아가 이제 다 되었느냐고 물었네. 기성자가 또 이렇게 대답했네. 아직 멀었습니다. 교만함은 버렸으나 상대의 소리와 눈빛과 행동에 너무 예민하게 반응하고 조급합니다. 다시 열흘이 지난 뒤에 또 찾아가 물었네. 기성자가 대답했네. 아직 멀었습니다. 조급함은 버렸으나 상대를 노려보는 눈빛이 너무 공격적입니다."

"답답하구먼. 질질 끌지 말고 결론부터 말해 보게."

최대한이 자작해 술잔을 들었다.

"포커페이스."

"포커페이스?"

"그게 목계술이네. 노름판에는 포커페이스에 과감한 배팅과 콜이 상대를 제압하는 비책이네."

"아니기만 해봐라."

최대한은 비로소 말귀를 알아들었다.

"사실이면 내 소유로 해 주지?"

박유식이 거머리처럼 달라붙었다.

선짓국과 밥이 나왔다.

최대한은 대구 없이 밥에 숟가락을 꽂았다.

2

강지혜는 새벽녘에 잠깐 눈을 붙였다가 급히 일어나 아침밥을 짓고 대파와 무를 썰어 넣고 계란을 푼 북엇국을 끓였다. 그리고 강지혜는 출근길의 병부에게 한 상을 들려 본가로 내려갔다. 최병부는 마지못해 소반을 들고 따라오며 큰형님, 작은형님 댁에서도 하지 않은 일을 왜 자기가 자청해서 하느냐고 툴툴거렸지만, 강지혜는 아무 말도 하지 않았다.

강지혜는 병부가 들고 온 아침상을 최대한의 방에 놓아두게 하고 안방으로 들어갔다. 최대한은 아직 산책 갔다 돌아오지 않았고, 도축자는 벌써 경대 앞에 앉아 머리를 빗질하며 경찰서에 갈 채비를 하고 있었다. 강지혜는 안방 머리맡에 아침상을 내려놓고 도축자를 불렀다. 도축자는 시치미 떼고 하던 빗질을 계속했다. 거울에 비친 도축자의 모습은 초췌하고 눈은 충혈되어 있었다.

"가시더라도 아침진지를 잡수시고 가세요. 그러다 넘어지시면 큰일 나요."

"사람이 악에 받히면 일주일은 끄떡없다."

도축자가 빗질을 계속하며 거울에게 말했다.

"일단 한 숟가락이라도 뜨세요. 안 그러면 문 앞에서 한 발자국도 움직이지 않을 거예요."

그제야 도축자가 하던 빗질을 멈추고 돌아보았다. 얼굴이 거울 속보다 더 해쓱했다. 강지혜는 비장한 표정으로 문 앞에 꿇어앉았다. 도축자가 아침상을 끌어 당겨 숟가락을 들었다. 밥 몇 술을 북엇국에 말아 입안으로 퍼 넣고는 숟가락을 내려놓으며 말했다.

"이제 됐냐?"

"밥을 다 드시기 전에는 움직이지 않을 거예요."

도축자는 다시 숟가락을 들고 밥을 통째로 국에 말아 볼이 미어지도록 퍼 넣었다. 급하게 먹는 바람에 밥이 목구멍으로 제대로 넘어가지 않자 몇 번이고 목을 길게 뽑고 가슴을 두드렸다. 간신히 국그릇을 비운 도축자가 길게 트림하고는 재차 말했다.

"이제 됐냐?"

"계란프라이도 드세요."

"도저히 못 먹겠다."

도축자가 치매 노인처럼 투정을 부렸다.

"그래도 드세요."

도축자는 더는 대꾸 없이 접시를 통째로 들고 계란프라이를 입안으로 우겨넣었다. 우겨넣은 그것을 꾹꾹 씹다가 갑자기 목을 놓고 울었다. 강지혜는 실컷 울도록 내버려 두었다. 어느 순간 강지혜도 그만 감정이 솟구쳐 울기 시작했다. 집 안은 한동안 고부의 울음소리로 질펀했다.

"너는 왜 우냐?"

도축자가 손등으로 눈물을 훔치며 물었다.

"어머님은 왜 우세요?"

"이 계란 낳은 어미가 양파를 많이 먹은 모양이다. 계란이 엄청 맵다."

"저는 공기가 엄청 매워요."

멋쩍어진 도축자가 사정하듯 말했다.

"이제 그만 비켜 다오."

그때, 강지혜가 불쑥 말했다.

"어머님, 저에게 일주일간만 말미를 주세요. 제가 범인을 밝혀낼게요."

"지혜 네가 무슨 수로 밝혀내겠다는 게냐?"

"이유는 묻지 마세요. 무슨 수를 써서라도 밝혀낼게요."

"만일 못 밝혀내면?"

"어머님 처분대로 따를 게요."

"네가 바꿔치기한 걸로 해도 되겠느냐?"

"그러고 싶으시면 그렇게 하세요."

"그 죄로 널 이 집에서 쫓아내도 괜찮겠느냐?"

"그러고 싶으시면 그렇게 하세요."

"나는 이제 문서나 말은 안 믿는다. 이 사실을 가족들에게 공개하고 증인으로 세워도 괜찮겠느냐?"

"그러고 싶으시면 그럭하세요."

도축자가 어이없어 한참을 맥 놓고 앉아 있었다.

"좋다. 일주일 뒤엔 딴말하기 없기다. 됐냐?"

도축자가 다짐 받듯 재차 물었다.

"단, 제 요구를 들어 주세요."

"말해 봐라."

"가짜 봉투와 어제 말씀하신 그 사진을 저에게 넘겨주세요."

"봉투는 몰라도 사진은 안 된다."

"왜요, 어머님?"

"그럴 만한 사정이 있다."

"그럼 봉투만이라도 넘겨주세요."

"알겠다. 단지 일주일 시간을 벌기 위해 이 시어미를 속였다간 그땐 국물도 없다."

도축자가 거듭 침을 놓았다.

"대신 일주일 동안 어머님께선 평소처럼 행동해 주세요."

"다른 건 몰라도 거짓말쟁이 영감 삼시 세 때 밥은 못해 준다."

"함께 잡수시지 않더라도 밥은 해드리세요."

"못 하겠다면?"

"그 약속을 할 때까지 움직이지 않겠어요."

"지혜야, 너 참 맹랑하구나. 이게 원래 네 본모습이냐. 물러빠진 찐만두 같은 줄 알았더니 이제 보니 아주 못쓰겠구나. 네가 진작 이런 아인 줄 알았으면 널 며느리로 받아들이지도 않았다. 어서 비켜라."

"약속해 주세요."

도축자가 분연히 일어나 강지혜의 손목을 잡아당겼다. 그러나 강지혜는 박힌 돌처럼 꿈쩍도 하지 않았다. 이러지도 저러지도 못하고 긴 한숨을 내쉬던 도축자가 이윽고 말했다.

"좋다. 아침 한 끼만 해서 식탁에 놓아두마."

"세 끼 다 그렇게 해주세요."

"지혜야, 너마저 이 시어미를 무시할 참이냐. 나는 뼈도 없는 줄 아느냐."

"그렇게 해주세요."

"야금받은 네 고집도 이 시어미 못지않구나."

"그렇게 해주세요."

도축자가 긴 한숨을 몰아쉬더니 마침내 말했다.

"딱 일주일간이다. 단 일 초라도 어겼단 봐라. 뼈도 못 추릴 줄 알아라."

그제야 강지혜는 꿇었던 무릎을 풀었다. 다리에 쥐가 나 강지혜는 간신히 문설주를 짚고 일어섰다. 강지혜는 최대한의 아침상은 그대로 두고 안방의 아침상만 들고 집으로 올라왔다. 그새 집 안은 난리가 나 있었다. 제 엄마 아빠가 저희들을 버리고 도망이라도 간 줄 알고 한준은 부룩송아지처럼 씩씩거리며 이 방 저 방을 돌아다니며 독을 뿜고 있었고, 도준은 거실에 드러누워 버둥거리며 시퍼런 콧물을 뿜어대고 있었다. 석준만이 집 안 구석구석을 두꺼비처럼 유유자적 돌아다니고 있었다.

　강지혜는 호루라기 하나로 단번에 난리를 제압했다. 한준과 도준은 강지혜의 명에 따라 일사분란하게 움직였다. 강지혜는 잠시 숨 돌릴 겨를도 없이 아이들에게 아침밥을 먹이고 얼굴을 씻기고 옷을 갈아입혔다.

　강지혜는 한준이 등교 시간에 맞추어 세 녀석을 데리고 본가로 내려갔다. 강지혜는 평소처럼 도준과 석준을 본가에 맡겨둔 채 한준을 교문까지 바래다주고 곧바로 올라와 세탁기를 돌려놓고 바삐 설거지를 했다. 그러다 도준이 어린이집 가는 시간에 맞추어 다시 본가로 내려가 도준을 빌딩 앞의 어린이집 미니버스에 태워 보내고 돌아오는 길에 석준을 데리고 들어왔다. 강지혜는 다시 하다 만 설거지를 마저 하고 산지사방에 흩어져 있는 아이들의 옷가지와 장난감들을 주워 모아 정리하고 청소하고 세탁기에서 빨래를 꺼내 건조대에 널고 석준의 이유식을 만들었다. 그러다 보니 오전은 어느 새 달아나고 없었다.

　강지혜는 석준에게 이유식을 먹이고 점심을 먹고 나서야 겨우 주스 한 잔 마실 짬이 났다. 강지혜는 온몸이 노곤하고 잠이 쏟아졌다. 석준을 보듬어 억지로 재우며 침대에 누웠다. 그러나 막상 눈을 붙이려니 앞일이 걱정되어 쉽사리 잠이 들리지 않았다. 거듭 생각해도 자신의 능력으로는 이 문제를 해결할 수 없을 것 같았다. 해결할 능력도 방안도 없으면서 왜 불쑥 그런 제안을 했는지 불현듯 후회되기도 했다. 더구나 병부 오빠에게 꾸지람 들을 생각을 하니 눈물이 났다.

머리맡에 놓아둔 휴대폰의 멜로디가 흘러나와 강지혜는 누운 채로 집어 들었다.

"지혜야, 나다. 점심으로 북엇국, 잘 먹었다."

최대한이었다. 강지혜는 일어나 앉았다.

"데워 드셨어요?"

"그래. 전자레인지에 데워 맛있게 잘 먹었다. 고맙다."

"고맙긴요. 응당 해야 할 일인데요, 뭐."

"오늘 일찍 간다던 네 시어미가 아직 경찰서에 가지 않았더구나."

"그럴 만한 사정이 있었어요, 아버님."

"무슨 일이라도 있었느냐?"

"이따 보면 아실 거예요."

"그래 알았다. 일 봐라. 끊으마."

"아버님도 일 보세요."

강지혜는 그래도 아버님이 북엇국을 잘 먹었다니 조금 위로가 되었다. 강지혜는 다시 아랫배를 보듬고 반듯이 누워 잠을 청했다. 불현듯 몸속의 막내가 불쌍하게 느껴졌다. 뱃속의 아기가 태어날 무렵의 자신은 어디서 무엇을 하고 있을지 전혀 가늠이 되지 않았다. 어머님은 결코 용서하지 않을 터였다. 어쩌면 시어미를 속인 괘씸죄까지 더해져 혹

독한 벌을 내릴지도 몰랐다. 강지혜는 자신이 웅숭깊은 미로의 동굴에 내동댕이쳐진 것 같은 암담함에 뒤척이다가 깜박 잠이 들었다.

선잠 속에서 강지혜는 꿈을 꾸었다. 꿈속에서 강지혜는 대한빌딩의 막내며느리에서 청소부로 전락해 있었다. 병부는 어느새 새 장가를 들었고, 아이들은 새 엄마의 보살핌 속에서 해맑게 잘 자라고 있었다. 아무도 자신을 알아보는 사람이 없었다. 아니, 아는 척하는 사람이 없었다. 최대한과 도축자도 심지어 정혜와 병부, 아이들마저 자신을 거들떠보지도 않았다. 강지혜는 억울하고 서러워 흐느껴 울다가 휴대폰의 멜로디에 잠을 깼다. 최정혜였다.

"왜 빨리 전화 안 받아?"

"깜박 졸았어."

"팔자 좋네."

"팔자 같은 소리 하고 있네. 웬일이야? 평소 안하던 전화를 다 하고."

"우리 엄마 경찰서에 갔나 해서……."

"못 갔어."

"안 간 게 아니라 못 갔다고?"

"그래."

"왜?"

"그럴 만한 사정이 생겼어. 이따 저녁에 보면 알아."

"계획에 차질이 생겼다는 뜻이구나. 알았어. 일 봐."

최정혜는 뜬금없이 전화했다가 뜬금없이 끊었다.

자고 있을 때 전화했던 모양이었다. 허경화의 부재중 전화와 카톡이 들어와 있었다.

동서, 전화 안 받네. 어머님이 경찰서에 안 가셨다며? 내가 어제 뭐라 그랬어. 어머님은 절대로 경찰서에 안 갈 거라 했지? 그래도 아직 정신은 온전한 거야. 나중에 봐.

벌써 하교하는 한준을 태권도장으로 데려다줄 시간이었다. 강지혜는 꿈속에서 넷째를 낳았는지 어쨌는지 되짚어볼 겨를도 없이 부리나케 일어나 외출할 채비를 서둘렀다. 석준은 일방적으로 아들의 자유를 구속한 나쁜 엄마를 용서해야 하나 말아야 하나, 고뇌하는 표정으로 잠들어 있었다.

3

점심을 먹고 내려온 최대한은 아들 삼 형제와 사위를 관리실로 호출했다. 최대한의 명이라면 죽는 시늉이라도 내는 그들은 점심을 먹고 휴식을 취하다 대피 훈련하듯 뛰어 내려갔다. 최대한은 황 군을 바깥으로 내보낸 뒤 박유식이 출타하면서 일러준 대로 또박또박 말하기 시작했다.

"갑자기 불러서 놀랐겠구나. 어젯밤에 나 없는 사이에 너희들을 불러 앉혀놓고 겁박했다는 소리를 들었다. 있지도 않는 사진까지 들먹이며 경찰서 운운했다는 말을 듣고 병이 더 도지기 전에 입원시켜 진찰을 받아봐야겠다고 마음을 굳혔다. 아침 일찍 경찰서로 간다기에 경황이 없어 너희들과 상의 없이 내 직권으로 몇 명의 놈을 사서 경찰서 입구에 잠복시켜놓았더니 몇 시간을 기다려도 나타나지 않는다는 전갈이 왔다. 확인차 집에 들어가 보니 바위모양 그대로 누워 있더구나. 해서 너희들을 긴급히 불렀다. 좀 더 경과를 지켜보느냐, 이왕 내친김에 바로 입원시키느냐, 너희들 의견을 말해 봐라."

최갑부가 말했다.

"사태가 이 지경이 되도록 깊은 고충을 헤아리지 못해 먼저 죄송하다는 말씀을 올립니다. 생신 당일 돌출행동 외는 아직 뚜렷한 증세를 보이지 않으시고 남의 눈도 있고 하니 좀 더 경과를 지켜보고 난 뒤에 결정해도 늦지 않다고 생각합니다. 미처 이런 사태를 막지 못해 아버지께 거듭 죄송하다는 말씀을 올립니다."

"둘째 너는?"

"저도 형님의 의견에 전적으로 찬성합니다. 저희들이 그동안 너무 무심하지 않았나 깊이 반성이 됩니다. 우리 속담에 비 온 뒤에 땅이 굳는다는 말도 있습니다. 이번 일을 우리 최씨 집안이 더욱 발전하는 디딤돌로 삼았으면 좋겠습니다. 아버지께는 정말 죄송하다는 말씀을 올립니다."

"셋째야, 너도 한마디 해 봐라."

"저도 두 형님의 생각과 대동소이합니다. 다만 저는 아버지께 꼭 여쭤보고 싶은 게 있습니다. 술김에라도 그런 각서를 진정 작성해 주지 않으셨는지요? 어머니께서 평소 그런 분이시면 모르겠지만, 이런 경우는 처음이라 드리는 말씀입니다."

셋째의 돌출 발언에 최대한은 일순 뜨끔했지만, 이내 목계술이 생각났다.

"허허, 셋째 말이 맹랑하구나. 나 아직 기억력 하나는 젊은이 못잖다. 내 성질에 넘겨주면 화끈하게 바로 넘겨주지 구차하게 그런 걸 작성해 줘가며 질질 끌겠느냐." 그 순간 최대한의 머릿속으로 배팅과 콜이 떠올랐다. "이 애비가 너희들 앞에서 맹세하마. 만일 술김에라도 그런 각서를 써주었다는 증거가 손톱만치라도 나오면 최씨 성을 갈겠다."

"아버지, 죄송합니다. 제 생각이 짧았습니다."

최병부가 무안해 거듭 고개를 숙였다.

"남 서방은 할 말이 없는가?"

"저는 아버님과 세 분 형님들께서 하시는 대로 충실히 따르겠습니다. 미력하나마 힘이 되어드리지 못해 그저 송구할 따름입니다."

"모두 추이를 지켜보자는 의견들이구나. 그럼, 너희들 의견에 따르도록 하마. 원래 분란이 생기면 의견이 분분하기 마련이다. 이 말 들으면 이 말이 맞는 것 같고, 저 말 들으면 저 말이 맞는 것 같다. 앞으로는 이 애비를 믿고 어떤 경우에도 흔들리지 않도록 해라. 여러 말이 나오지 않도록 안식구들도 잘 단속하고……. 우리가 일가친척이 있느냐, 뭉쳐야지. 금쪽같은 시간을 뺏었구나. 가서 일들 봐라. 남 서방은 따로 할 얘기가 있으니 좀 남고."

최대한은 담배를 꺼내 물었다. 만일의 경우를 대비해 두 가지 버전을 준비했지만 사용하지 않아도 되었다. 결론이 원했던 방향으로 모아져 최대한은 흡족했다.

"어젯밤에 얼핏 들으니 좀 다퉜다면서……?"

남상운만 남게 되었을 때 최대한이 말했다.

"심려를 끼쳐 드려 죄송합니다."

남상운은 억울했지만, 최정혜가 시키는 대로 하지 않을 수 없었다.

"한 입에 있는 혀도 물리는데, 남남끼리 만나 한평생 살면서 안 싸울 수야 있겠는가. 허나 그때마다 이혼을 입에 달면 백년해로하는 사람이 몇이나 되겠는가. 요새 젊은것들 걸핏하면 이혼하고 그러더라만, 그래도 이혼은 쉽게 하는 게 아니네."

"앞으로 각별히 조심하겠습니다."

"알아들었으면 가서 일하게."

최대한이 먼저 자리에서 일어났다.

4

도축자는 이래저래 심기가 불편했다. 철식에게 영감의 반응을 알아보고 알려 달라고 했더니 표정과 눈빛에 아무런 변화가 없다는 전갈이었다. 혹시 아직 소식을 못 들어 그런 것 아니냐고 재차 물었더니 있지도 않는 사진을 또 들먹이면 사기죄로 고소하겠다고 하더라는 답변이 돌아왔다. 도축자는 가슴이 철렁했다. 액셀러레이터를 한꺼번에 너무 밟았나 싶어 속을 끓이고 있는데, 최숙희가 또 시퍼렇게 토라진 얼굴로 찾아와 한 바가지 지청구를 늘어놓고는 갔다. 어젯밤에 가족 모임이 있었다며?……로 시작해 우리 집은 왜 쏙 뺐나, 최씨 성이 아니라고 뺐으면 왜 남씨 성은 참석시켰나, 어젯밤 뒤늦게 그 소식을 듣고 억울하고 분해서 잠 한 숨 못 잤다, 나는 여태껏 다른 식구라고 생각 안했는데 이제 와 생각해 보니 나만 등신으로 살았네, 세 한 푼 안 내고 곁다리로 사는 게 그리 배 아프면 그렇다고 솔직히 말해라 내일이라도 세 얻어 당장 나가겠다, 집 없는 사람 어디 서러워 대한민국 땅에 발붙이고 살겠나, 복장을 긁어대더니 앞으로는 나도 남이라 생각하고 살 테니 무슨 일이 있어도 부르지도 찾지도 말라고 매조지고는 휑하니 나가버렸다. 하는 행티를 보면 인정사정없이 당장 내쫓고 싶다만 점잖은 장인환의 낯이 받혀 그럴 수도 없어 도축자는 냉가슴만 앓았다.

이 일을 어쩔꼬. 원통하고 억울해도 혼자 삭이고 꾹꾹 눌러 참을 걸. 싸워 이기지도 못할 영감에게 공연히 대들었다가 분란만 키웠다고 도축자는 후회했다. 이제는 이러지도 저러지도 못하고 꼼짝없이 오동나무에 연 걸린 형국이 되었으니 난감하기 짝이 없었다. 게다가 엎친 데 덮친 격으로 간밤에는 난데없이 딸년이 찾아와 이혼 운운하는 바람에 얼마나 기함했던가. 부아도 끓고 찔찔 짜는 딸년을 달래고 추스르느라 주거니 받거니 하며 과하게 술을 마셔 속이 쓰렸는데, 지혜가 어떻게 알았는지 북엇국을 끓여 와 억지로라도 먹고 나니 그나마 속이 좀 풀렸다.

일이 점점 나쁜 쪽으로 꼬여가는 것만 같아 탈기하고 있는데, 또 철식에게서 전화가 왔다. 도축자가 다급히 물었다.

"여전히 변화가 없나?"

"그렇습니다."

"아무래도 그게 안 먹히는 모양이다. 그런데 왜 또 전화했느냐?"

도축자가 낙담해 물었을 때, 도철식이 들뜬 목소리로 대답했다.

"방금 황 군한테서 입수한 새 정봅니다."

"새 정보?"

"예. 오늘 경찰서에 안 가길 천만다행입니다. 점심때 회장님께서 세 자제분과 남 서방을 주차장 관리실로 긴급히 불러들였답니다. 황 군이 엿들으니 종고모님이 경찰서에 나타나면 붙잡아 정신병원에 입원시키려고 사람을 잠복시켜 놓았답니다."

"이놈의 영감쟁이, 똥 뀐 놈이 지랄한다더니 해도 해도 너무하네."

도축자는 생각만 해도 머리칼이 쭈뼛 섰다.

"회장님은 이번 기회에 종고모님을 아주 요절을 내려고 작심한 모양입니다."

"그때 고마 사진 몇 장을 빼돌려놓을걸, 네 말을 안 들은 게 천추의 한이다."

"종고모님, 이제부터 정신을 바짝 차리셔야 합니다. 호랑이에게 물려가도 정신만 차리면 삽니다. 구름이 잠시 태양을 가릴 수는 있어도 영원히 가릴 수는 없습니다. 신은 정의의 편이고 진실은 반드시 거짓을 이긴다는 믿음을 가지셔야 합니다. 이럴 때일수록 의연하고 침착하셔야 합니다. 아셨지요, 종고모님?"

도철식이 비장하게 말했다.

"네가 있어 큰 힘이 되는구나. 또 새 소식이 있거들랑 지체 말고 전화해 다오."

통화를 끝낸 도축자는 양손의 주먹을 말아 쥐고 어금니를 악물었다.

5

　최대한은 달맞이꽃 찻집에서 정혜를 기다렸다. 야가 무슨 일로 전화까지 해 찻집에서 만나자고 하는지 알 수 없었다. 궁금한 나머지 힌트라도 좀 달라고 했더니 나중에 보면 기절 탄복할 것이라고 궁금증만 더 돋우고는 꽁무니를 뺐다. 그러니 더 궁금했다.

　최대한을 발견한 정 마담이 꼬리를 흔들며 다가왔다. 박유식이 언제부터 정 마당에게 눈독을 들였을꼬. 새삼 음욕의 눈으로 바라보니 젖가슴이 볼록하고 허리라인과 엉덩이의 곡선이 살아 있어 하룻밤 품을 만했다. 정 마담이 서슴없이 최대한의 품에 안겼다. 정 마담의 손이 미끄러지며 최대한의 불두덩에 닿자 약손처럼 찌르르 전기가 왔다.

　"떨어지게. 딸이 오기로 했네."

　정 마담이 눈치 채고 떨어지는 사품에 엷은 선글라스를 낀 정혜가 도도한 표정으로 들어섰다. 훤칠한 키에 머리를 하이 포니테일로 묶고 페이즐리 철릭원피스 차림으로 성큼성큼 걸어오는 본새가 무슨 패션쇼의 모델 같았다.

　"도대체 뭔 일이냐? 궁금해 죽을 뻔했구나."

　최정혜가 달짝지근한 향내를 풍기며 맞은편에 앉자 최대한이 말했다.

　"곧 알게 되실 거예요. 엄마, 경찰서에 안 가셨다면서요?"

　"그렇다는구나."

　"그 이유를 아세요?"

　"모른다. 그럴 만한 사정이 생겼겠지."

"바로 맞췄어요, 아빠." 최정혜는 숄더백에서 봉투 하나를 끄집어냈다. "그럴 만한 사정이 이 봉투 속에 들어 있어요."

"무슨 말이냐?"

"어젯밤에 제가 말씀드렸죠? 이것만 제출하면 범인 잡는 건 식은 죽 먹기라고 엄마가 호언장담한 사진 말이에요. 그 사진이 이 속에 들어 있다니까요."

최대한은 순간적으로 소스라치게 놀랐다.

"그것, 어디서 났느냐?"

"어젯밤에 엄마가 술에 곯아떨어졌을 때 제가 샅샅이 뒤져 찾아냈죠."

"직접 봤느냐?"

"아빠도……. 안 보고 어떻게 찾아요. 늘씬하시던데요. 핑크빛 보닛에 선글라스 쓰고 숙소 앞에서 아빠랑 다정한 포즈를 취하고 있는 모습이……."

정황상 그 사진이 틀림없었다. 박유식 이놈, 들어오기만 해 봐라. 최대한은 안절부절못했다.

"어디 잠깐 보자."

"아빠의 사랑하는 딸이 아빠를 위해 얼마나 머리를 썼는데요. 그냥은 안돼요. 최소한 성의 표시는 있어야죠, 아빠."

"봐야 하든지 말든지 할 게 아니냐."

"확실하다니까요." 최정혜는 숄더백에서 볼펜과 흰 종이를 꺼냈다. "성의 표시로 수표를 돌려받지 않겠다는 각서를 써 주세요."

"나는 그런 걸 한 번도 써본 적이 없어 쓸 줄 모른다."

최대한은 일부러 힘주어 말했다.

"그럼, 제가 불러주는 대로 쓰시고 사인하세요."

돈 좋아하는 것이나 하는 짓둥이가 제 어미와 빼쏘았다. 최정혜가 최대한 앞으로 불펜과 종이를 내밀었다.

"알았다. 내 눈으로 확인하고 쓰마. 네 어미가 말한 그 사진이 확실하다면야 수표가 문제이겠느냐."

최대한은 딸을 다독거려 사진이 든 봉투를 받아 들고 일어났다. 딸 앞에서 차마 봉투를 열어볼 엄두가 나지 않았다. 최대한은 화장실로 갔다. 칸막이 화장실 안으로 들어가 문을 잠그고 선 채로 가만히 봉투를 열어 봤다. 정말 사진이 들어 있었다. 잠시 눈을 감고 심호흡으로 가슴을 다스린 뒤 그것을 꺼내 내려다봤다.

"네 시력이 몇이냐?"

화장실에서 돌아온 최대한이 물었다.

"왜요, 아빠?"

"갑자기 궁금해서 그런다."

"교정시력 영점팔은 돼요."

최정혜가 자신 있게 대답했다.

"그런데도 네 어미도 못 알아보냐?"

"우리 엄마가 젊은 시절에 그렇게 슬림했어요?"

"수표는 내일 당장 가져오너라."

최대한은 봉투를 다탁 위에 던지고 찻집을 나왔다. 박유식에게 미안했다. 잠시나마 박유식의 능력을 의심한 자신이 부끄러웠다.

6

도축자는 전날처럼 늦저녁에 사 남매 부부를 본가로 불러들였다. 영감은 여전히 귀가하지 않았고, 딸년은 아프다는 핑계로 끝내 참석하지 않았다. 남매 부부들이 둘러앉자 역시 황갈색 한복 차림으로 싱글 안락의자에 앉은 도축자가 말했다.

"오늘 내가 경찰서로 안 간 게 하늘이 도왔다는 생각이 드는구나. 거짓말쟁이 영감이 날 그렇게 취급할 줄은 몰랐다. 그러나 태양이 잠시 구름을 가릴 수는 있어도 영원히 가릴 수는 없는 일이다. 정의는 신의 편이고 진실은 반드시 정의를 이기게끔 되어 있다. 너희들에게 약조한 대로 내가 오늘 아침 일찍 경찰서로 가려 했으나 지혜가 자기에게 일주일 말미를 주면 무슨 수를 써서라도 범인을 밝혀내겠다고 맹세하길래 속는 셈치고 믿어보기로 했다. 지혜야, 분명히 그랬지?"

"예, 어머님."

강지혜의 대답에, 모두 어이없다는 표정이었다.

"만약 그때까지 밝혀내지 못하면 어쩌기로 했느냐?"

"무슨 벌을 내려도 감수하겠다고 약속했어요, 어머님."

"지혜 네가 한 짓으로 인정하고 이 집에서 내쫓아도 말이지?"

"예, 어머님."

"다들 들었지? 이번 일은 지혜의 명운이 걸린 중차대한 문제다. 그러니 지혜를 이 빌딩에서 내쫓고 싶지 않거든 너희들도 내 일처럼 발 벗고 나서다오. 세상에는 완전범죄란 게 없다. 반드시 어딘가에 그 흔적을 남긴다. 단지 눈이 어두워 찾아내지 못할 뿐이다. 그러니 오늘 이

시간 이후부터 눈을 똑바로 뜨고 물증을 찾는데 적극 협조해 다오. 만일 범인을 잡는데 단서를 제공하거나 협조하는 자에게는 그 기여도에 따라 섭섭잖게 보상하겠다. 몸이 불편해 참석하지 못한 남실이에게는 남 서방 자네가 대신 전하고, 내 말귀를 알아들었으면 지혜만 남고 물러가거라."

말을 마친 도축자는 보랍시고 주먹 쥔 손에 힘을 주며 입을 옥다물었다.

모두 말이 없었다.

7

본가를 나온 최갑부는 두 아우와 남 서방을 효우정으로 집합시켰다. 최갑부는 단단히 화가 나 있었다. 최갑부의 얼굴을 본 최병부는 죄인처럼 고개를 떨구고 안절부절못했다. 최갑부는 수하들을 효우정 널마루 끝에 부동자세로 착석시킨 뒤 그 앞에 구부정히 서서 담배연기를 하늘로 말아 올렸다. 그런 자세로 느릿느릿 최갑부가 말했다.

"병부야, 너는 제가를 어떻게 했길래 제수씨가 그 모양이냐. 제수씨가 베테랑 수사관이냐. 무슨 수로 있지도 않는 범인을 밝혀내겠다는 게냐. 휘핑보이라도 있으면 한 대 쥐어박고 싶다, 정말."

"죄송합니다, 형님. 걔가 그런 엉뚱한 면이 있는 줄은 진짜 몰랐습니다. 앞으로 이런 일이 없도록 단단히 교육시키겠습니다."

"물론 제수씨의 마음이야 알지. 그럴 의향이면 다른 핑계를 되든지 해야지. 일주일 뒤에 못 밝혀내면 어쩔 거야? 내쫓아도 처분대로 따르겠다니, 이게 제 정신이야?"

"정말 죄송합니다, 형님. 아마 그 순간에 머리가 해까닥한 모양입니다."

최병부가 거듭 고개를 숙였다.

"설마 그러기야 하겠습니까? 우리 들으라고 해본 소리겠지요."

최을부가 참견했다.

"내 말은, 책임지지도 못할 약속을 왜 하느냐 이거야. 종로에서 뺨맞고 한강에서 눈 흘긴다고 만에 하나 엄마가 홧김에 그런 제스처를 취하면 어쩔 거야. 진짜 내쫓길 거야?"

"다시는 튀는 행동을 하지 못하도록 하냥다짐을 받아놓겠습니다. 정말 죄송합니다, 형님."

최병부가 재삼 용서를 빌었다.

"병부야, 이번을 계기로 제대로 좀 제가를 해라. 제가도 못하면서 어떻게 건축계의 치국평천하를 이룰 수 있겠냐."

"다시는 이런 일이 없도록 명심, 또 명심하겠습니다, 형님."

"남실이는 어디가 아파서 엎어지면 코 닿을 데도 못 오는가?"

최갑부가 남상운에게로 눈을 돌렸다.

"감기몸살인 모양입니다. 퇴근하자마자 몸져누웠습니다."

"저녁도 제대로 못 챙겨 먹었겠군 그래."

"아닙니다. 은비가 탕수육이 먹고 싶다길래 짬뽕이랑 배터지게 시켜 먹었습니다."

남상운은 그 핑계로 또 장형철의 횟집으로 가자고 할까봐 얼른 변명했다.

"원숭이도 나무에서 떨어질 때가 있다더니만……. 여태 감기몸살이라곤 모르던 누이가…… 고3이 힘들긴 힘든 모양이구먼."

최갑부가 동정하듯 말했다.

"형님, 하루라도 빨리 입원시켜 친찰을 받아보시게 하는 게 어떨까 싶습니다. 오늘 말씀 중에 이상한 점 발견 못 하셨습니까?"

최을부가 말했다.

"몰라. 나는 뿔따구가 나 듣는 척만 했다."

"작은형님 말이 맞습니다. 앞뒤 안 맞는 말을 하는 것 같았어요. 혹시 언어를 담당하는 소뇌에 무슨 문제가 생긴 건 아닌지 모르겠습니다."

최병부가 거들었다.

"그래? 그러면 심각한데……. 좀 자세히 말해 봐라. 아니다. 여기서 이를 게 아니라……."

"한 가지 더 있습니다, 형님."

최을부가 다시 말했다.

"더 있다니?"

"아버지께서 경찰서 앞에 사람을 잠복시켜 놓았다는 걸 엄마가 알고 있는 눈치였습니다. 아버지가 엄마께 귀띔했을 리는 만무하고, 아는 사람이라곤 여기 있는 우리 넷뿐인데……."

"참 듣고 보니 그러네."

"혹시 저를 의심하는 건 아니시겠지요?"

남상운이 우거지상이 되어 말했다.

"그럴 리가 있겠는가, 이 사람아." 최을부가 남상운의 어깨를 다독였다. "내 말은 우리를 이간질하려는 보이지 않는 손이 작용하고 있는지도 모른다는 뜻이야. 누군가가 관리실에 몰카를 설치해 놓았을 수도 있고……."

"그렇다면 이거 보통 문제가 아닌데."

최갑부가 심각한 얼굴로 말했다.

"앞으로 행동거지를 조심해야 할 것 같습니다. 이러다간 초요갱 출입 사실도 집사람들 귀에 들어갈지도 모르겠습니다."

"맞습니다. 작은형님 말을 듣는 순간, 저도 순간적으로 초요갱이 떠올랐습니다."

최병부가 맞장구쳤다.

"우리 이럴 게 아니라 형철이 집에 가서 종합적으로 진지하게 의논 좀 해보자꾸나."

최갑부가 명령하듯 말하고 앞장섰다. 즉시 을부와 병부가 뒤따랐고, 마지막으로 남상운이 따랐다. 남상운은 내키지 않았지만, 그랬다간 정말 의심받을지 몰라 뒤따르지 않을 수 없었다.

8

연락도 없이 두 올케가 병문안 왔다. 최정혜는 과도하게 이맛살을 찌푸리며 한 손으로 허리를 짚은 자세로 엉거주춤 서서 정은숙과 허경화를 맞았다. 거실로 들어서며 "병이라곤 모르는 체질이 웬일이래." 허경화가 말했고, "쉿몸인 고3 담임도 막판에 픽픽 쓰러지는데 당사자들은 오죽하겠어." 정은숙이 말했다. 셋은 주방 식탁에 둘러앉았다. 최정혜는 내어놓을 게 마땅찮아 냉장고에서 귤과 포도주스 캔과 에너지 드링크를 꺼냈다. "나는 커피 마실래." 허경화가 말했다.

"왜 또 소집했대요?"

최정혜가 커피메이커를 작동시키며 말했다.

"최씨 가문에 셜록 홈즈가 탄생하게 생겼어요."

허경화가 귤을 까며 말했다.

"뭔 뜻이에요?"

"막내동서가 어머님께 자신에게 일주일 말미를 주면 무슨 수를 써서라도 범인을 밝혀내겠다고 자청했대요."

정은숙이 고자질하듯 말했다.

"예? 불여우가 무슨 수로……"

최정혜는 어이가 없었다.

"그러게요. 만일 일주일 내로 밝혀내지 못하면 소박 맞혀도 감수하겠다고 약속까지 했고요."

허경화가 깐 귤 쪽을 입으로 가져가며 비아냥거리듯 말했다.

"걔 진짜 머리가 어찌된 게 아냐? 실체도 없는 유령을 맨손으로 때려잡겠다니."

최정혜는 아메리카노를 허경화 앞에 내려놓으며 말했다.

"누가 아니래요. 몸뻬 입고 고추밭에서 고추 따다가 제 엄마의 소원이라고 미스코리아 선발대회에 나가겠다고 하는 거랑 뭐가 달라요. 출전하면서 이번에 챔피언 못 먹으면 날 사창가에 팔아버려도 감수하겠어요, 그러는 거랑 똑같잖아요. 기가 막히죠."

"어머님을 위하는 막내동서의 마음은 알겠는데, 나가도 너무 나간 것 같아. 나중에 뒷감당을 어찌하려고 그러는지 몰라."

정은숙이 캔을 따며 걱정했다.

"걔가 여고 때부터 맹하고 엉뚱스런 면이 많았어요. 고2 때였어요. 한번은 우리 반 농땡이 중에 수학 여행비를 분실한 적이 있었어요. 화가 난 담임이 돈을 찾을 때까지 종례 안한다고 엄포를 놓곤 나가버렸어요. 간부들이 애들을 복도에 내보내놓고 온 교실을 다 뒤져도 나오지 않자 한 사람씩 우리 반 화장실에 가둬놓고 몸수색까지 했지만 허사였어요. 그런데 조금 뒤 담임이 쓰다 달다 말 한마디 없이 종례를 해주시는 거예요. 모두 이상하다 생각했는데, 알고 봤더니 걔가 몰래 담임을 찾아가 삼 일 말미를 주면 자신이 무슨 수를 써서라도 돈을 찾아내겠다고 자청한 거예요. 그때까지 돈을 못 찾으면 자신이 물어내겠다고 각서까지 쓰고요. 삼 일이 되자 돈을 찾았다며 정말 가져왔어요. 자신의 각서에 양심의 가책을 느낀 범인이 익명으로 자수했다는 거예요. 모두 감동 먹었죠. 근데 웃기는 건 농땡이가 돈을 다른 데 쓰고 거짓으로 분실 신고를 한 거예요. 나중에 그걸 알고 국 쏟고 뭐 데인 꼴이 됐죠, 뭐."

"동서가 전력이 있었네."

허경화가 아메리카노를 마시며 화답했다.

"또 한번은 이런 일도 있었어요. 신입생 환영 체육대회 선수를 뽑을 때였어요. 종목 중에 천 미터 장거리 달리기가 있었어요. 힘들고 하니까 아무도 선수로 나갈 사람이 없는 거예요. 제비뽑기하자, 콘클라베로 하자, 내일 지각자로 하자, 힙 사이즈로 하자, 가슴둘레로 하자, 몸무게로 하자, 아이디어가 속출했지만 의견 통일이 안 되었어요. 반장이 하다하다 안 되니까 담임에게 미뤄버린 거예요. 화가 난 담임이 자청하는 사람이 나올 때까지 반애들을 책상 위에 꿇어앉혀 놓았어요. 그래서 걔가 또 자청했다는 거 아닙니까. 그것까지 좋았는데 대회 날 등위는커녕 오백 미터도 못 가서 쓰러져 졸도하는 바람에 개망신을 당했죠. 그런 애라니까요."

"그만해. 막내동서 귀 간지럽겠다."

정은숙이 웃으며 말했다.

"어제 오빠랑 한판 했다면서요?"

최정혜가 허경화에게 말했다.

"한판까진 아니고."

"왜?"

정은숙이 끼어들었다.

"을부 오빠가 아끼던 밸런타인 30년산을 몰래 다 마셔 버렸거든요."

"그 많은 걸 혼자?"

"혼자긴요. 한 사람 더 있었죠."

최정혜가 웃으며 대답했다.

"아가씨야말로 어제 한판 했다면서요?"

허경화가 반격하듯 물었다.

"누가 그래요?"

"누가 그러더라. 하여튼 들었어요."

"이젠 방귀도 마음대로 못 뀌겠어요. 소문날까 봐. 싸운 게 아니라

228

싸운 척했죠."

"척은 또 뭐예요?"

"그런 게 있어요."

"내가 참, 이러고 있다. 승기 간식 준비해야 하는데……. 갈게요, 아가씨. 몸조리 잘하세요."

정은숙이 일어서자 허경화도 커피를 마저 마시고 일어섰다.

상운은 본가에 들렀다 바로 온다 했는데 아직 종무소식이었다. 본의 아니게 체면 구기게 해 오면 진짜 잘해주려 했는데, 또 술꾼들에게 붙잡혔나? 최정혜는 두 올케가 나가자마자 휴대폰을 집어 들었다.

9

강지혜는 아이들을 재우자마자 주방 식탁 의자에 앉았다. 그리고 자주색 클러치 백에서 봉투를 꺼냈다. 봉투는 아랫단이 톱니바퀴처럼 들쭉날쭉 뜯겨져 있고 빛깔이 조금 누렇게 변색되어 있었다. 아무런 흔적이 없었다. 주소를 적을 자리에 푸른 글씨로 '보내는 사람'과 '받는 사람', 우표를 붙여야 할 자리에 붉은 글씨로 '우표'라고 쓰인 것 외에 봉투 어디에도 그 흔한 글자 하나 없었다. 편지지도 마찬가지였다. 흰색 바탕에 직사각형의 테두리 안에 일정한 간격의 가로줄이 양면에 그어져 있고 우측 상단에 넘버(NO)만 인쇄되어 있을 뿐이었다. 강지혜는 직감적으로 봉투와 편지지에서 범인의 흔적을 발견하기란 운동장에서 머리핀 찾기보다 더 난망하다는 걸 깨달았다.

"괜한 오해를 할까 싶어 너한테만 얘기하마. 그런 사진은 없다. 애초부터 없었던 게 아니라 미처 이런 사달이 날 줄은 꿈에도 생각지 못하고 그때 그만 다 없앴다. 지금도 그 생각만 하면 천추의 한이 된다. 혹여 그걸 가지고 있는 척이라도 하면 마음이 달라질까 싶어 그래 봤는데, 거짓말쟁이 영감한테는 백약이 무효다. 그러니 사진 같은 것에 미련을 두지 말고 스스로의 힘으로 해결해 봐라. 네가 자초한 일이 아니냐."

봉투를 건네며 도축자가 말했다. 그 말을 하는데 눈물이 행주 짤 때처럼 손등으로 쏟아졌다. 강지혜는 그 눈물 속에서 어머님의 진심을 보았고, 그 순간 이 문제는 자신이 반드시 해결해야 한다는 강한 의무감을 느꼈다.

강지혜는 지문이라도 찾고 싶은 심정으로 거실 장식장의 서랍에서 루페를 꺼냈다. 그리고 마치 보석 감정하듯 그것을 눈 가까이 붙였다가 봉투와 편지지 가까이 붙였다가를 반복하며 온 신경을 집중했다. 그러고 있을 때, 최병부가 들어왔다. 시간은 어느덧 열한 시가 넘어 있었다.

"자기, 진짜 머리가 어찌된 것 아니야?"

최병부는 들어서자마자 따지기부터 했다. 강지혜는 잠자코 하던 일을 계속했다.

"내가 큰형님한테 얼마나 꾸지람 들은 줄 알아? 제가를 잘못했다고."

"……"

"내가 어제 그랬지? 자기는 이번 일에 절대로 끼어들지 말라고. 그리고 막내는 모르쇠 잡고 먼눈만 팔고 있어도 최소한 본전치기는 한다고 그랬어, 안 그랬어?"

최병부는 계속 떠들었다. 눈에는 핏발까지 서 있었다.

"아무도 안 나서는데, 그럼 어떡해."

강지혜는 마지못해 대꾸했다.

"아무도 안 나선다고, 꼭 자기가 나서야 해?"

"그런 건 아니지만, 내가 그러지 않았으면 어머님은 틀림없이 경찰서로 갔을 거란 말이야."

"경찰서에 가면 대한빌딩이 당장 폭삭 내려앉아?"

"나도 그러고 싶지 않았지만, 그 방법밖에 없었단 말이야."

강지혜는 그만 설움이 솟구쳐 눈물을 쏟았다.

"사람이 주제 파악을 해야지. 자기는 이번 일에 오버를 해도 한참 오버한 거야."

강지혜의 눈물을 보자 최병부의 목소리가 한 옥타브 낮아졌다.

"나도 지금 미치겠어. 속은 새카맣게 다 탔어."

강지혜는 티슈를 뽑아 눈물을 닦았다.

"그런 걸, 왜 사서 고생해. 형님 부부랑 남 서방 얼굴 봤지? 하나같이 한심하다는 표정들이었어. 고생은 고생대로 하고 왜 그런 대접을 받고 살아야 해? 정혜 봐봐. 걔는 손해 보는 짓은 눈곱만큼도 안하잖아. 세상은 그렇게 만만한 놀이터가 아니야. 때로는 비굴하고 야비하고 약삭빨라야 하고 때로는 냉정하고 매정해야 돼. 자기같이 착해빠지면 맨날 고생은 고생대로 하고 남 좋은 일 다 하고 이용만 당하다가 결국은 웃음거리가 되거나 헌신짝처럼 버려져."

"마음고생 시켜 미안해."

강지혜는 착한 병부를 마음 아프게 해 정말 미안했다.

"대책은 있어?"

최병부가 냉장고에서 비트 찻물을 꺼내 마시며 물었다.

"없어. 온종일 머리를 쥐어짜도 출구가 보이지 않아."

"것 봐. 그러니 모두 그런 표정들을 짓지. 자기 얼굴에서 그런 게 읽힌다고."

"두고 봐. 반드시 밝혀내고 말 거야. 절대로 꿈처럼 되게 하지는 않을 거야."

강지혜는 눈물을 닦으며 스스로에게 다짐하듯 말했다.

"갑자기 꿈은?"

"그런 게 있어. 피곤할 텐데 먼저 들어가 자."

"자기도 오늘 골머리 썩인다고 엄청 피곤했을 거 아냐. 그 일은 내일 생각하고 같이 자러 들어가자. 내가 어깨와 다리 주물러 줄게."

"오빠 속으로 내가 해결 못하길 바라고 있는 거지? 내가 쫓겨나면 새장가 들고 싶어서."

"뭔 소리야. 만일 엄마가 이번 일로 자기를 쫓아내면 나도 애들을 몽땅 데리고 자기 따라나설 거야. 설마 이 빌딩에서 나간다고 자기와 애들을 굶겨 죽이기야 하겠어?"

"말만 들어도 고마워."

강지혜는 기대하지 않은 병부의 든직한 말에 자기도 모르게 또 눈물이 쏟아졌다. 최병부가 강지혜를 뽑아 안고 안방으로 들어갔다. 그리고 강지혜를 침대에 반듯이 눕혀놓고 다리를 주물러 주며 말했다.

"앞으로는 제발 오버하지 말고 막내답게 처신 좀 해. 이런다고 나중에 형님들이나 형수님들이 자기를 알아줄 줄 알아? 오히려 더 경계하고 시기할지도 몰라. 자기 밥그릇 빼앗길까 봐……. 중국 고전에 보면 이런 얘기가 나와. 한나라 소후가 술에 취해 잠이 들었을 때 전관자가 왕의 어깨에 옷을 덮어 주었어. 왕이 한기가 들어 오들오들 떨고 있었거든. 잠에서 깨어난 소후는 기뻐서 누가 옷을 덮어 주었냐고 물었어. 전관자는 자신이 덮어 주었다고 의기양양하게 대답했어. 그러자 소후는 그에게 상을 주기는커녕 즉석에서 엄하게 벌을 내렸어. 왠 줄 알아? 의관 담당인 그가 월권했기 때문이야. 소후는 알고 있었던 거야. 한번 월권을 두둔하면 마음이 방자해져서 장차 더 큰 월권을 하게 된다는 걸 말이야. 월권이 무서운 이유가 바로 거기에 있어. 오버도 일종의 월권이야."

"난 그런 어려운 이야기는 몰라. 다만 나는 불이 나면 불길이 더 번지기 전에 빨리 불을 꺼야 한다고 생각해. 불길이 사그라지기는커녕 점점 더 번질 조짐을 보이는데, 아무도 안 나서니까 참다못해 내가 나섰을 뿐이야. 불 끄는 일에 순서가 어디 있고 막내가 어디 있어. 다른 뜻은 없어."

강지혜가 담담히 말했다.

여섯째 날

1

강지혜는 눈을 뜨자마자 침실에서 빠져 나왔다. 병부는 한잠이 들어 있었고, 바깥은 아직 윤곽조차 가뭇없는 꼭두새벽이었다. 강지혜는 찬물에 얼굴을 씻고 주방 식탁 의자에 앉았다. 그리고 클러치 백에서 봉투를 꺼냈다.

"언제부터 그러고 있었던 거야?"

강지혜가 흔적 찾기에 골몰하고 있을 때, 화장실 가던 최병부가 물었다.

"방금."

강지혜는 루페를 눈에서 떼지 않은 채 대답했다.

"일찌감치 포기해. 범인이 자기만큼 어리석은 줄 알아?"

"반드시 찾아내고 말 거야."

"그러다 진짜 병나겠어. 엄마가 쫓아내면 함께 나가겠다고 약속했잖아. 그러니 쓸데없는 짓 그만하고 마음 편하게 살자."

"내 걱정 말고 더 자."

"엄마나 자기나 똑같아. 마치 오기로 한판 붙은 느낌이야."

최병부가 툴툴거리며 다시 방으로 들어갔다.

강지혜는 날이 희붐하게 밝아서야 작업을 중단했다. 그러나 일상으로 돌아와 아침밥을 짓고 된장찌개를 끓이고 반찬들을 장만하고 있어도 강지혜의 머릿속은 온통 봉투와 편지지로만 꽉 차 있었다. 눈앞에 보이는 모든 사물들은 죄다 봉투, 편지지와 겹쳐 보였고 심지어 아이들조차 걸어 다니는 봉투로 보였다. 강지혜는 이러다 병부의 말처럼 정말 병나겠다 싶어 머리를 흔들고 눈을 비벼보았지만, 반짝 효과뿐이었다.

2

강지혜는 도준을 어린이집 버스에 태워 보내자마자 석준의 장난감과 옷가지, 귀저기, 분유통, 젖병, 이유식 병을 에코백에 챙겨 친정으로 갔다. 친정은 버스로 삼십 분 남짓한 거리에 있었다. 친정에는 엄마와 중학교 교사인 여동생 지은이 살고 있었다. 부부가 함께 KT에 근무하는 남동생 정규는 수원에 분가해 살고, 구청 공무원으로 정년퇴직한 아빠는 몇 년 전 간암으로 가족 곁을 떠났다. 올해 예순셋인 엄마는 무릎 관절이 안 좋아 얼마 전까지 돌봐주던 남동생 아들 광수를 사돈댁으로 인계하고 주로 집에서만 지내고 있었다.

큰딸이 예고도 없이 큼지막한 에코백을 들고 석준을 Y자형 포대기에 싸 업고 불쑥 나타나자 심상찮은 분위기를 느낀 주윤자가 대뜸 말했다.

"소박맞았냐? 어째 얼굴이 말라비틀어진 단무지 같냐?"

"소박맞은 게 아니라 소박맞게 생겼어. 그래서 협조를 구하러 온 거야."

강지혜는 에코백과 석준을 내려놓고 잠시 멀뚱히 앉아 있었다.

"뭔 협조?"

"딱 육 일만 석준이 좀 맡아 줘. 갑자기 엄청 일이 생겼단 말이야."

"네 눈엔 이 환장할 놈의 다리가 안 보이냐. 성한 이 다리마저도 환장할 놈의 다리로 만들어야 속이 시원하겠냐."

"광수와는 달라. 석준인 순둥이야. 제때 젖병 물리고 이유식, 간식만 잘 챙겨 먹이면 저 혼자 세상 구경하며 잘 놀아."

"순둥이든 숙맥이든 아무튼 안 돼."

"석준인 다른 애들과는 다르다니까. 딱 육 일이야. 좀 부탁하자, 응?"

"일당 얼마 줄 건데?"

딸이 절박한 표정으로 간청하자 주윤자가 한 발 물러섰다.

"모녀간에 그런 게 어딨어. 나중에 생신 때 용돈 더 얹어줄게."

"너희 시댁이 부동산 재벌이라며? 재벌이라면서 애를 그만큼 낳아주었으면 그 정도 선심도 못 쓰냐. 대접도 못 받으면서 뭣 하러 애를 많이 낳아 가지고……(하다가 아랫배가 좀 다른 걸 보고) 아니, 너 또 가졌냐?"

주윤자가 기가 찬다는 표정으로 쳐다봤다.

"5개월째야."

강지혜가 차분히 대답했다.

"네가 사람이냐, 짐승이냐. 아이고, 이 일을 어쩔꼬. 내가 못 살아."

주윤자가 그만 탈기해 방바닥에 나자빠져 징징거렸다.

"넷째를 낳더라도 협조 안 구할게."

강지혜는 조카가 쓰던 유아용 식탁의자를 찾아내 깨끗이 손질한 다음 석준을 안아 앉혔다. 그런 다음 석준에게 말했다.

"석준아, 미안해. 엄마가 갑자기 일이 엄청 생겨서 그래. 그러니까 외할머니 말씀 잘 듣고 딱 육 일만 혼자 놀아. 다시는 이러지 않을게. 약속?"

강지혜는 석준의 약지에 약지를 걸며 훌쩍거렸다. 석준은 걱정 말라는 듯 강지혜를 향해 해맑게 웃었다. 강지혜는 주윤자 앞으로 육 일분의 날짜별 시간대별 챙겨야 할 사항들을 꼼꼼히 적은 메모지와 십만 원이 든 봉투를 내려놓았다.

"무슨 일 있으면 바로 연락해. 딱 육 일이야."

주윤자는 넋이 나간 얼굴로 목을 빼고 현관을 나서는 딸을 물끄러미 건너다보았다. 얼핏 곁눈으로 훔쳐본 모습이 예전의 할머니처럼 늙어 보였다. 그 모습을 보자 강지혜는 꼭 불효를 저지른 것 같아 콧마루가 찡했다. 더는 군말 없이 엘리베이터 속으로 몸을 숨겼지만, 엘리베이터 속에서 강지혜는 기어이 한 움큼의 눈물을 쏟았다.

강지혜는 아파트 단지 입구 놀이터의 그네를 타고 잠시 앉아 있었다. 이곳은 강지혜가 열 살 때 이사와 결혼하기 전까지 살았던 곳이었다. 이십오 평형 아파트에 살다가 사십 평형 아파트로 이사 오니 집이 운동장만큼 넓어 보였다. 달랑 두 동만 서 있는 오층짜리 아파트에, 그것도 밤이면 바깥의 소음들이 고스란히 전달되는 일층에 살다가 천여 세대의 대단지 고층 아파트에 몸을 실으니 마치 구름 위에 둥실 떠 있는 기분이었다. 강지혜의 집은 꼭 중간인 십이 층이었고, 멀리 산과 강이 아스라이 바라보이는 전망 좋은 곳에 위치해 있었다.

이곳은 강지혜에겐 살아온 날만큼이나 많은 사연들이 배어 있는 추억의 공간이기도 했다. 수학여행 가기 보름 전부터 반별 장기자랑에서 기필코 우승하겠다고 예닐곱이 댄스 팀을 만들어 달밤에 디스코를 연

습한 곳도 이곳이었고, 모의고사 전날 공부한다는 핑계로 최정혜 일당을 불러서는 공부는 눈곱만큼 하고 라면으로 허기를 채우며 밤새 이웃 남고의 남학생들을 흉보며 깔깔거리다 그만 다음날 시험을 망치게 한 곳도 이곳이었고, 사랑하는 아빠를 끝내 보내야 했던 곳도 이곳이었다.

그리고 결혼 일 년 전, 병부 오빠가 멋도 없이 불쑥 사랑을 고백한 것도 이 그네를 타고 앉아 있었을 때였다. 달빛이 은은하던 가을밤이었다. 그때까지 강지혜는 병부 오빠가 자신을 달리 생각하고 있는 줄은 몰랐다. 하긴 오빠가 평소 자신에게 남다른 관심을 보이긴 했다. 대학 시절 건축대전 공모전 출품을 위해 패널 인쇄물(600×1200㎜)과 모델(500×500×500㎜)을 제작할 때 그의 요청으로 미술학도로서 조언을 해주기도 했고, 최종 관문인 공개 프레젠테이션을 위한 파워포인트 제작 때는 함께 밤을 지새우기도 했다. 두 차례의 공모전에서 최병부는 특선과 우수상을 차지했다. 그러나 그것은 어디까지나 동생의 친한 친구로서의 도움 요청과 관심이라고만 강지혜는 생각했다. 그래서 병부 오빠가 느닷없이 사랑을 고백했을 때 강지혜는 놀라 까무러칠 뻔했다. 아니, 한동안 꿈인 줄 착각하고 있었을 정도였다. 아빠의 건강한 모습을 마지막으로 본 것도 이 놀이터 옆 하늘색 트램펄린이 있던 공터에서였다. 그때 강지혜는 아빠와 배드민턴을 치고 있었다. 아빠가 자꾸 셔틀콕을 놓쳐 짜증을 부렸던 기억이 오래도록 가슴 아픈 추억으로 남아 있었다.

강지혜는 온 김에 동생 얼굴이나 보고 가려고 카톡을 보냈다. 지은은 작년에 집 근처 중학교로 전근 와 근무하고 있었다. 한동안 반응이 없어 수업 중인가 보다고 생각하고 일어서려는데 답이 왔다. 강지혜는 곧장 학교로 갔다. 지은은 교문 앞에 먼저 나와 언니를 기다리고 있었다.

"시간 좀 있었니?"

강지혜는 반가워 손을 잡고 인사 삼아 물었다.

"어. 마침 수업이 없어 쉬던 참이었어. 동생 근무하는 학교도 구경하고 좀 들어오지."

"그럴 것 뭐 있어. 잠깐 얼굴 보고 갈 건데……"

"갑자기 어쩐 일이야?"

"육 일 정도 석준이 좀 맡기려고……. 갑자기 일이 엄청 생겼거든."

"무슨 일인데 육 일씩이나?"

"그런 게 있어. 퇴근 후에는 네가 좀 돌봐 줘. 순둥이라 제때 먹이고 기저귀 갈아주면 잘 놀고 잘 자."

"걱정 마. 내가 확실히 책임질게. 근데 언니가 요즘 많이 힘든가 보다. 엄마가 아무 말 안 해?"

"왜 아니겠니. 단무지 같다고 난리지. 또 가졌거든."

"또?"

지은도 놀라 무심코 뱉곤 손으로 입을 막았다.

"생기는 걸 어쩌겠니."

"좀 조심하지. 피임하든가."

"너도 빨리 만나야 할 텐데. 아직 없니?"

강지혜는 대답대신 말머리를 돌렸다.

"어. 지금도 충분히 행복해."

"그럼 됐어. 갈게."

"차 한 잔도 안 하고 갈 거야?"

"나 바빠. 근무 잘하고 잘 부탁해. 아빠 제사 때 보자."

강지혜는 동생과 작별하고 곧장 버스를 타고 집으로 돌아왔다. 집
으로 돌아온 강지혜는 라면으로 점심을 에우고 다시 봉투와 씨름하기
시작했다.

3

최숙희가 단단히 삐지긴 삐진 모양이었다. 하루에도 열두 번 뒷짐
지고 들락거리던 할망구가 그저께 이후 코빼기도 내비치지 않았다. 올
때는 귀찮더니만 안 오니 아쉬웠다. 그렇다고 먼저 손을 내 밀 수도 없
고 난감했다. 주야장천 방 안에 틀어박혀 텔레비전과 눈을 맞추고 있
자니 도축자는 거짓말쟁이 영감 욕하고 싶어 입이 근질근질했다.

지혜도 단단히 마음을 먹었는가, 싶었다. 석준을 데려가며 당분간
석준을 안 봐 줘도 된다기에 어디 가느냐고 물었더니 육 일 정도 친정
에 맡길 참이라 했다. 도축자는 금방 눈치 채고 입도 벙긋하지 않았지
만, 아무리 생각해도 지혜가 범인을 밝혀낼 것 같지가 않았다. 지혜를
못 미더워서가 아니라 영감이 깔끔하게 뒷단속을 해 두었을 터이니 그
흔적을 찾기란 현실적으로 불가능했다.

문제는 일주일 뒤였다. 지혜가 범인을 밝혀낼 리는 만무하고 어떤
식으로든 공언한 벌을 내려야 하는데 그게 진퇴양난이었다. 철식은 그

게 무슨 뜻인지 몰라도 읍참마속의 심정으로 칼을 **빼야** 영이 선다고 말했지만, 도축자는 그 생각만 하면 가슴이 답답했다.

석준도 없겠다 갑갑한 마음에 도축자는 외출복으로 갈아입었다. 단골 박수를 찾아가 볼 심산이었다. 박수의 집은 친정 마을로 가는 길의 산 밑 동네에 있었다. 박수 장 씨는 원래 무지렁이 농투성이였다. 어느 날 꿈에 조상이 나타나 뒤꼍의 밭두둑을 파 보라는 말을 듣고 에멜무지로 파 봤더니 아기 돌부처가 나왔다. 신기하게 여긴 그가 집에 모시고 치성을 드렸는데, 어느 날 포함이 터졌다는 것이다.

도축자는 친정 마을에 다니러 갔다가 동생의 댁으로부터 이런저런 얘기 끝에 그 소문을 들었다. 도축자가 태어나고 초등학교 사학년 때까지 살았던 그곳에는 아직도 도씨 일가들과 딸기 하우스 농사를 짓는 남동생이 살고 있었다. 용하다는 소문을 듣고 동생의 댁과 함께 호기심에 찾아갔다가 단골이 되었다. 정초에는 몇 시간을 기다려야 박수의 얼굴을 볼 수 있을 정도로 주변에서는 명성이 자자했다.

도축자는 올 정초에도 그 박수를 찾아가 일 년 신수를 보았다. 올해는 삼재 없는 해고 대운이라 무슨 일을 해도 소원 성취하겠다는 박수의 말을 믿고 태무심하고 있었는데, 이런 낭패를 당했다. 내 다시는 가나 봐라. 속으로 명세하고 다짐했건만, 아쉬우니 어쩔 수 없었다.

외출 채비를 갖추고 철식에게 전화해 영감의 소재를 물었더니 조금 전 철물점 영감과 달맞이꽃 찻집으로 가는 걸 보았다는 대답이었다. 망할 영감. 끼리끼리 논다더니 어데 사귈 친구가 없어 바람쟁이 영감과 주야장천 붙어 다니는지, 하는 짓마다 내킨다 싶은 구석이 없었다. 그 마누라도 불쌍했다. 도축자도 철물점 영감의 마누라를 알고 있었다. 틀거지가 거굴졌지만, 얼굴이 납대대하고 살결이 고와 팔자 드세기는 안 생겼는데 서방을 잘못 만나 평생 속을 끓이며 살고 있었다.

전화한 김에 아직도 영감 태도에 변화가 없더냐고 물으니 도철식이 말했다.

"이상한 일입니다. 더 기가 살아 펄펄합니다. 꼭 기고만장한 수탉 같습니다."

"이 일을 어쩔꼬." 도축자는 그만 탈기했다. "암만 생각해도 그 방법이 안 먹히는 모양이다. 이 일을 어쩔꼬."

"안 되면 또 다른 방법을 강구해 봐야지요. 악화가 양화를 구축하는 부조리한 사회를 눈뜨고 보고만 있을 수는 없다 아닙니까."

"무슨 말인지 쉽게 말해 봐라."

"춘향전 아시지요? 변학도가 잘되는 꼴을 보고만 있을 수는 없다 그 말입니다."

"그야 이를 말인가. 영감을 내 앞에 무릎 꿇릴 수만 있다면 강물에라도 뛰어들겠구먼. 그런데 천지 강산에 거짓말쟁이 영감을 발가벗길 묘방이 없다. 내 잠시 다녀올 참인데, 나 없는 사이라도 혹시 무슨 변동이 있거들랑 속히 연락해 다오."

"어딜 출타하시려고요?"

"하도 속이 갑갑해서 율촌 박수 집에 잠시 다녀올까 싶다."

"잘 생각하셨습니다. 집에서 혼자 속을 끓이시는 것보다 바람 쐬면 훨씬 나을 겁니다. 종고모님, 마음 크게 잡수십시오. 이번 싸움은 좀 오래 갈 것 같습니다. 결국에는 종고모님이 이기게 되어 있습니다."

"네 말을 들으니 헛말이라도 속이 다 시원하다."

"나중에라도 좋은 생각이 떠오르면 즉시 말씀 올리겠습니다."

"오냐. 다녀오마."

철식과 전화를 끊고 집을 나서는데 하필 엘리베이터 앞에서 최숙희와 맞닥뜨렸다. 요즘 파크골프에 재미를 붙였다더니 하늘색 골프장갑을 낀 손에는 채가 들려 있었다. 최숙희가 먼저 말을 걸었다.

"매구같이 차려입고 어디 가?"

도축자는 자주색 벨벳 한복에 황금색 두루마기를 입고 밤색 에나멜 로퍼를 신고 있었다. 목에는 올이 보풀보풀한 회색 니트 목도리를 둘렀다.

"남이야……."

도축자는 시시풍덩하게 대꾸했다.

"제발 그만 좀 볶아라."

"……."

"여 주장이 강하면 그 집안은 절대로 잘 안 된다. 만고진리다."

엘리베이터 속에서 둘은 말이 없었다.

먼저 나선 도축자는 뒤도 안 돌아보고 버스 정거장 쪽으로 재게 발을 놀렸다.

4

"뭐라고. 집을 나섰다고?"

정 마담을 곁에 두고 박유식과 음담을 주고받던 최대한이 휴대폰에 대고 소리쳤다. 주위 손님들이 최대한을 돌아보았다. 눈치 챈 최대한이 목소리를 낮추었다.

"경찰서 쪽은 아니라고? 알았다. 수법이 고단수니 경계심을 늦추지 않도록."

"최 회장, 무슨 일인가?"

최대한이 종료 버튼을 누르자 박유식이 물었다.

"안사람이 차려입고 집을 나섰다는구먼. 거기 쪽은 아니고."

정 마담 앞이라 최대한은 점잖게 말했다.

늙수그레한 기원 패거리들이 몰려오자 정 마담이 민활하게 일어섰다.

"최 회장, 이제 끝이 보이는 것 같소."

박유식이 남은 커피를 마저 마시고 만면에 웃음 띤 얼굴로 말했다.

"무슨 소린가?"

"드디어 출구전략 프로그램이 작동하기 시작했소."

"좀 더 자세히 설명해 보게."

최대한이 호기심을 드러내며 자세를 고쳐 앉았다.

"틀림없이 말동무를 찾아 나서는 길일 게요. 가슴속의 화기를 말로써 끄고 나면 몸속의 에너지도 함께 소진되어 모든 게 허망하게 느껴지는 법이라오. 싸움도 일종의 에너지네. 그쯤 되면 세상만사가 귀찮아지면서 멘탈 붕괴가 일어난다네. 두고 보게. 오늘 저녁쯤이면 대성통곡을 현장에서 생생하게 들을 수 있을 걸세. 그게 멘탈 붕괴되는 소리라오. 그러면 속죄하는 마음으로 덥석 안아 눕히고 육봉으로 잔불을 꺼 주시게. 그 한 번으로 쌓였던 울분, 원망, 슬픔 따위가 눈 녹듯 사라질 것일세."

"자네 말처럼만 된다면야……."

최대한은 상상만으로도 흔감했다.

"최 회장이 힘에 부친다면 대신 수고해 줄 수도 있소만."

"에끼 이놈. 자네 마누라와 맞교환하자면 모를까."

"최 회장 심보도 고약하구려. 이제 시간만 지나면 최 회장이 바라는 바대로 귀결될 것은 불을 보듯 뻔하고……, 어디 가서 차분히 기다리며 축배라도 들고 싶소만." 박유식이 입맛을 다셨다. "점심때 근기 없는 칼제비를 먹어서 그런지 아까부터 배꼽시계가 해주집, 해주집, 애달피 우는구려."

"자네가 낼 텐가."

"그야 어렵지 않소. 최 회장의 지갑이 자물쇠로 채워져 있지는 않을 터."

"막걸리 한 병씩에 딱 한 접시네."

"일단 가세."

둘은 동시에 일어섰다. "벌써 가시게요?" 저만큼 기원 패거리 틈서리에 끼어 있던 정 마담이 다가왔다. 박유식이 슬쩍 뒤로 다가가 마담의 오동통한 엉덩이를 쓰다듬자 정 마담이 박유식의 손을 떨치며 이죽거렸다. "하이고, 마음만 살아가지고." 그리고 곱게 눈을 흘겼다.

"박 사장은 언제까지 동가식서가숙할 셈인가?"

찻집의 계단을 내려오며 최대한이 물었다.

"당최 문을 열어줘야지."

뒤따라 내려오던 박유식이 심드렁하게 응수했다.

"중 제 머리 못 깎는다더니, 자네가 그 짝일세. 내가 문 여는 비법을 가르쳐 줘?"

"말씀해 보시게."

"관리실과 맞바꿀 텐가?"

"일단 들어보세……."

"이혼 서류를 작성하게. 그러고 나서 어부인께 전화하게. 이혼 서류 도장 받으러 간다고 하면 어부인께서 쌍수를 들고 환영할 걸세. 일단 들어가서는 나오지 말게. 어떤가?"

"그랬다간 그날 바로 와우병원 응급실에 누워 있을 걸세."

"그럼 아예 도장을 받게. 그러고는 자식들에게 광고하게. 그러면 자식들도 가만있지 않을 걸세. 옥신각신하다 보면 몇 년이 후딱 지나가네. 몇 년 뒤에야 자네가 여기 있을지 거기 있을지 알 수 없네."

"최 회장은 갑자기 슬픈 말씀을 하시는구려."

"사실인 걸 어쩌겠나." 최대한이 관리실로 들어서며 덧붙였다. "그걸로 퉁칠 테니 그리 알게."

최대한과 박유식은 겸낌내기로 황 군을 다조지고 맞은편 해주집으로 갔다.

5

정은숙은 승기 담임 선생님의 전화를 받고 간이 콩알만 해졌다. 승기가 감기 기운이 있어 자율학습 시간 때 조퇴했다는 연락이었다. 이를 어째. 정은숙은 치마에 불붙은 것처럼 안절부절못했다. 노친네들 하는 짓거리가 어째 조마조마하더라니. 승기에게 전화해도 받지 않자 정은숙은 간이 타들어갔다.

"여보, 왜 그래?"

담배를 피우고 매장으로 들어서던 최갑부가 눈을 둥그렇게 뜨고 물었다.

"여보, 큰일 났어요. 승기가 엄청 아프대요. 다된 밥에 코를 빠뜨리게 생겼어요."

정은숙이 울먹이며 말했다.

"어디에 아파서?"

"감기가 심해 자율학습도 못하고 조퇴했대요."

"난 또 뭐라고. 애들이 감기 들기 예사지."

"지금은 감기 들면 안 되는 때라구요. 애가 전화도 안 봤네."

정은숙은 다시 통화 버튼을 눌렀다.

"당신이 먼저 들어가. 피곤이 누적돼서 그런 걸 거야."

"당신도 꿔다놓은 보릿자루마냥 가만히 있지 말고 오늘 당장 아버님, 어머님께 말씀 좀 드려요. 정 화해를 못하시겠다면 승기 수능 칠 때까지만이라도 휴전해 달라고 강력히 말씀 좀 드려 주세요. 일구월심 정성을 모아 불공을 드려도 시원찮을 마당에 집안의 어른이란 사람들이 불물 안 가리고 싸움질이나 해대니 나쁜 기운이 쌓여 그런 거라고요. 어째 조마조마하더라니……."

승기와 통화를 끝낸 정은숙이 불평을 늘어놓았다.

"그것과 승기 감기와 무슨 상관이 있다고 생트집이야."

최갑부가 투덜거렸다.

"왜 상관이 없어요. 나쁜 기운이 쌓이면 제일 착한 사람부터 영향을 미쳐요. 그게 자연 이치예요."

"쯧쯧."

최갑부는 말도 안 되는 정은숙의 논리에 얼른 대응할 말을 찾지 못해 혀만 찼다.

"그러니까 당신도 승기 수능 칠 때까지만이라도 근신 좀 하세요. 술 먹고 헛소리하는 것도 나쁜 기운을 불러들이는 빌미가 돼요."

승기가 멋쩍게 웃으며 매장으로 들어섰다. 아이고, 내 새끼. 정은숙이 한달음에 내달려 승기를 껴안았다. 최갑부가 말했다.

"많이 피곤해 뵈는구나. 병원 안 가 봐도 되겠냐?"

"괜찮아요. 집중이 안돼서 하루쯤 쉬려고 담임 쌤께 그렇게 말씀드렸어요. 집에 연락하지 마시라고 부탁드렸는데……. 푹 자고 나면 괜찮을 거예요."

"다행이다. 얼른 들어가 쉬어라."

모자가 다정스레 껴안고 매장을 나갔다.

최갑부도 서둘러 매장 문을 닫고 본가로 올라갔다. 몇 번 벨을 눌러도 반응이 없어 비밀번호를 눌러 현관문을 땄다. 아무도 없었다. 혹시나 싶어 베란다와 화장실, 집 안 구석구석을 둘러보고 나와 고모 댁의 벨을 눌렀다. 최숙희가 나왔다.

"아무도 안 계시길래."

"네 어미 오후에 매구같이 차려입고 나가더라. 아직 안 돌아왔더냐?"

"어딜……?"

"나한테는 입도 벙끗 안하더라. 잠시 들어오너라."

그냥 돌아서는데 장인환이 점잖게 최갑부를 불렀다. 최갑부는 어쩔 수 없이 안으로 들어갔다. 장인환은 소파에 앉아 뉴스를 시청하고 있었다. 뉴스에서는 최순실이 청와대 시화문을 통해 대통령 관저를 제 집 드나들 듯했다는 특종이 이어지고 있었다. 최갑부가 곁에 앉자 리모컨으로 볼륨을 낮춘 장인환이 말했다.

"집 안에 분란이 생기면 들어오던 운기도 되돌아가네. 얼마 전에 내가 처남에게 결자해지를 간곡히 부탁했으나 여전히 소귀에 경 읽기네. 어른이 어른 노릇을 못하면 아래 사람들이라도 나서서 바로 잡게 하는 게 도리네. 사태 추이를 지켜보니 도무지 해결의 기미가 보이지 않네. 당장 오늘이라도 자네 형제들이 모여 진지하게 의논하게. 거기서 단일안을 만들어 부모님께 정식으로 고언을 드리게."

"예. 알겠습니다."

"이번 일은 아주 단순하고 명료하네. 사달의 단초는 처남댁이 제공했으나 애당초 빌미는 처남이 제공했네. 서로 만나 선은 이렇고 후는 이렇다 얘기하면 오해가 풀릴 것을 불신이 불신을 키워 이 지경에 이르렀네. 식구들끼리 자존심이 뭐 그리 중하고, 내 것 네 것이 어디 있는가."

"예. 알겠습니다."

고모 댁을 나온 최갑부는 다시 본가로 가 보았다. 여전히 텅 비어 있었다. 최갑부는 그 자리에 서서 모친께 전화했으나 전화기가 꺼져 있다는 아가씨의 멘트만 흘러나왔다. 왠지 느낌이 좋지 않았다. 최갑부가 본가를 나서는데 좀처럼 하지 않던 도철식 소장이 전화했다. 그가 대뜸 종고모님이 들어오셨는가를 물어 그렇잖아도 안 계셔 연락해도 전화기가 꺼져 있더라고 하자 심각한 목소리로 말했다.

"낮에 출타하시는 걸 봤네. 급히 걸음하시기에 어딜 가시느냐고 물어도 뒤도 안 돌아보시고 버스 정거장 쪽으로 가셨네. 그래서 혹시나 해서 전화해 봤네."

형의 전화를 받고 나자 더 느낌이 안 좋았다.

대체 어딜 가셨을까.

최갑부는 아우들을 효우정으로 집합시켰다. 두 아우와 남 서방이 무슨 일인가 싶어 허겁지겁 올라왔다. 정혜는 아직 퇴근 전이었다. 최갑부는 영문을 몰라 멍해 있는 수하들에게 모친의 행방이 묘연하다는 것과 고모부의 당부를 전했다. 소식을 전해들은 을부와 병부는 일순 얼어붙었고, 남상운은 흙더버기를 쓴 얼굴로 하늘을 올려다봤다. 밤공기가 싸늘했지만 최갑부는 끓어오르는 가슴속 열기로 추위를 느끼지 못했다.

"우리가 나서지 않고는 수습이 어려울 것 같다. 좋은 의견이 있으면 말해 봐라."

말은 그랬지만 길은 하나뿐이라는 걸 모두 이심전심으로 알고 있었다. 그러기에 결론은 쉽게 도출되었다. 이번 사태는 모친의 무리한 요구가 빚은 결과지만 대승적 차원에서 아버지가 모친의 요구를 일정 부분 들어주는 선에서 화해하도록 건의하자는 쪽으로 의견이 모아졌다. 일차적으로 최갑부가 대표로 건의하고 안 되면 함께 쳐들어가 건의하자는 데까지 합의가 되었다.

논의를 마치고 최갑부는 다시 본가로 가 보았지만 여전히 텅 비어 있었다.

최갑부는 외투를 걸칠 요량으로 집으로 돌아왔다.

"혹시 절에 가신 게 아닐까요?"

최갑부가 사실대로 말하자 정은숙이 말했다.

"가면 귀뜸이라도 하지."

"면목이 없었겠지, 뭐."

"그럼 연락 한 번 해 봐."

정은숙이 안방으로 들어갔다.

"안 오셨대요. 백일 축원 등 단 뒤에 한 번 오시긴 했는데, 최근에는 안 왔대요."

한참 만에 안방에서 나온 정은숙이 말했다.

최갑부의 마음은 걷잡을 수 없이 안 좋은 쪽으로 기울었다. 전화기는 여전히 꺼져 있고 절 말고 갈 만한 데라곤 외삼촌과 이모 댁뿐인데 거기에도 안 왔다는 대답이었다. 을부와 병부도 초조한 나머지 실시간으로 카톡을 보내왔다. 갈 만 곳은 다 연락해 봤고 계속 연락이 안 된다고 하자 경찰에 신고해야 되는 건 아닌지 모르겠다며 극도의 불안감을 드러냈다. 뒤늦게 알게 된 정혜는 기어이 일을 내네, 하며 전화기에 대고 짜증 섞인 긴 한숨을 토해냈다.

밤 열 시가 넘자 최갑부의 불안감은 목구멍까지 차올랐다. 최갑부는 혹시나 하는 마음에 다시 본가로 가보았다. 아버지는 돌아와 있었다. 운동복 차림의 최대한은 방 복판에 양반다리를 하고 앉아 텔레비전 뉴스를 시청하고 있었다. 대통령이 성난 민심을 달래기 위해 검찰 수사를 받겠다는 입장을 밝힐 것으로 알려졌다는 앵커의 멘트에 짧게 혀를 차며 애써 태연한 척하고는 있지만, 얼굴에는 어쩔 수 없는 불안감이 짙게 깔려 있었다.

"잠시 앉아라."

최갑부는 최대한 앞에 무릎을 꿇고 앉았다.

"도 소장으로부터 소식 들었다. 전화기도 꺼져 있고 갈 만한 데는 다 연락해 봤지만 안 왔다 그런다더구나. 혹시 절에는 연락해 봤느냐?"

"예. 안 오셨답니다."

"설마 뭔 일이야 있겠느냐. 전화기는 배터리가 나갔을 수도 있고……."

"아무래도 신고부터 해 두는 게 좋을 듯합니다."

"사전에 무슨 연락 같은 것은 없었느냐?"

"조금 전에 저희들이 잠시 모였었는데, 연락은 없었답니다."

"조금만 더 기다려 보자. 머리가 오락가락하다 보니 돌아오다가 차를 잘못 탔을 수도 있고, 길을 잘못 들었을 수도 있고……."

"그런 걸 감안하더라도 시간이 너무 지체되는 듯합니다." 최갑부는 내친 김에 말했다. "이러다간 정말 무슨 일이 일어날지도 모르겠습니다. 아버지께서 좀 서운하고 억울하신 일이 있으시더라도 대승적 차원에서 먼저 손을 내밀어 주시면 감사하겠습니다. 이것은 조금 전 저희 형제들이 모여 논의한 끝에 내린 결론이기도 합니다."

"너희들 마음을 내가 왜 모르겠느냐. 나는 아직도 아닌 밤중에 홍두께로 뒤통수를 얻어맞은 기분이다. 난데없이 있지도 않은 각서가 있다고 법석을 떨질 않나, 그게 안 통하니까 또 무슨 사진인가를 들먹이며 겁박을 하질 않나. 그래도 어쩌겠느냐. 일일이 가룰 수도 없는 노릇이고……. 긴요하게 돈이 쓰일 때가 있는가 보다 싶어 이튿날 정혜더러 돈 천오백을 쥐어주며 달래 보라고까지 했다. 그런데 손톱도 안 들어가더구나. 이 빌딩을 자기 소유로 해주든지 아니면 이 빌딩의 절반 값에 해당하는 금액을 현금으로 달라고 막무가내로 떼를 쓰더란다. 그러니 나로서도 어떻게 해볼 방법이 없었다.”

“예…….”

돈 천오백 얘기는 최갑부는 처음 듣는 소리였다.

“너도 생각해 봐라. 지금 소유권 이전이 가당하기나 한 일이냐. 가만 두면 아무 문제 없는 것을 쓸데없이 생돈 수억 써 가며 그럴 필요가 뭐가 있느냐. 굳이 소유권을 이전하려면 너희들 앞으로 하든지 해야지 언제 죽을지도 모르는 늙은이 앞으로 할 필요가 뭐 있느냐. 내 앞으로 되어 있다고 내가 유세를 하나, 세를 달라고 조르기를 하나…….”

최대한이 잠시 말을 멈추고 담배를 피워 물었다.

“저희들이 아버지의 심중을 어찌 헤아리지 못하겠습니까. 지금은 상식으로는 통하지 않는 비상 상황이라 드리는 말씀입니다.”

“너희들 생각이 정 그렇다면 내게 말할 게 아니라 네 어미에게 가서 말해라. 내가 감당할 수 있는 걸 협상해 오면 생각해 보마.”

“잘 알겠습니다. 아무래도 신고부터 해야 할 것 같습니다.”

최대한이 쓰다 달다 말이 없었기에 최갑부는 일어섰다.

6

"큰생질아, 큰일 났다. 네 어미가 빠져 죽으려고 저수지에 뛰어들었단다. 방금 율촌 박수 집에서 연락이 왔다. 네 외삼촌이 급히 연락을 받고 나갔다. 맑은 하늘에 날벼락도 유분수지 대체 이게 뭔 일이냐."

최갑부가 막 본가를 나설 때였다. 외숙모가 다급한 목소리로 휴대폰에 대고 말했다.

"생명에는 지장이 없고요?"

최갑부는 눈앞이 캄캄했다.

"자세하는 모르겠다. 도착 하는 대로 연락하겠다고 했다. 연락 오는 대로 다시 연락하마. 말하는 걸 보니 아주 잘못되지는 않은 모양이더라."

최갑부는 통화를 끝내자마자 급보를 알렸다. 놀란 가족들이 하얗게 질린 얼굴로 한달음에 본가로 내려왔다. 갑부로부터 소식을 전해들은 최대한은 끙, 앓는 소리를 낼 뿐 말이 없었다. 모두 안절부절못했다. 여자들은 주방 식탁에 둘러앉아, 남자들은 거실과 안방을 서성거리며 속수무책으로 전화를 기다리는 표정들에는 사태가 이 지경이 되도록 수수방관했다는 회한이 짙게 깔려 있었다.

얼추 한 시간이나 지나서였다. 최갑부의 휴대폰이 정적을 깼다.

"많이 놀랐겠구나. 방금 연락이 왔다. 다행히 괜찮단다. 빨리 발견했기에 망정이지 큰일 날 뻔했단다. 오늘은 우리 집에서 모실 테니 너무 걱정하지 말거라."

한결 편안해진 외숙모의 목소리였다. 가족들은 그제야 가슴을 쓸어

내렸다. 갑부가 즉시 소식을 전하자 최대한이 구시렁거렸다. 술 처먹고 정신이 없다 보니 미끄러진 모양이다. 야심한 밤에 저수지에는 뭣 하러 갔던고.

최갑부는 대꾸 없이 방을 나왔다.

"그만하기 천만다행이구나. 다들 많이 놀랐을 텐데, 어서 가서 쉬어라."

최갑부의 권유에 따라 각자의 집으로 돌아가는 가족들의 얼굴에는 한시름을 덜었다는 안도감보다 충격, 원망, 허탈의 표정이 강하게 묻어 있었다.

집으로 돌아온 최갑부는 양치질만 하고 곧장 몸을 눕혔다. 하루 저녁이 일 년 같았다. 승기의 잠자리를 확인하고 돌아온 정은숙이 노골적으로 투덜거렸다.

"장손 앞날을 망치려고 아주 작심했나 보네. 기가 막혀서……."

최갑부는 아내의 염불 소리를 들으며 이내 잠속으로 빠져들었다.

일곱째 날

"최 회장, 얼굴이 왜 그런가? 밤새 여자를 품느라 잠 한 숨 못 잔 얼굴이구먼."

최대한이 관리실로 들어서자 박유식이 말했다. 막 기상한 듯한 박유식은 내의 바람으로 소파에 앉아 목운동을 하고 있었다.

"기어이 일이 터졌네."

"터지다니?"

"마누라가 빠져죽으려고 저수지에 뛰어들었다네."

"뭐라고." 박유식이 놀라 눈을 치떴다. "자세히 말씀해 보시게."

"막다른 골목으로 내모는 게 아니었네."

"좀 자세히 말씀해 보래도."

최대한은 박유식을 데리고 와우식당으로 갔다. 박유식이 요구하기 전에 선짓국 두 그릇과 막걸리 한 병을 시켰다. 그리고 간밤의 일을 소상히 말했다. 박유식은 잔뜩 긴장된 표정으로 듣고 있었다.

"저수지가 마을에서 얼마나 떨어져 있는가?"

최대한의 말을 다 듣고 난 박유식이 물었다.

"그걸 내가 어찌 아는가."

"어부인께서 문자를 보낼 줄 아시는가?"

"그야 이를 말인가. 팔십대 노인이면 모를까."

"직접 받아본 적이 있는가?"

"허허, 이 사람. 있고말고. 상대가 없어 그렇지, 연애편지도 보낼 수 있을 걸세."

"분명히 아무런 낌새가 없었단 말이지?"

"그렇다네. 간밤에 그 소식을 듣고 혼비백산한 식솔들이 다 모였네. 만일 그런 징후가 있었다면 틀림없이 그런 말이 나왔을 것이네. 모두 뜬금없다는 얼굴들이었네."

박유식은 잠시 말을 끊고 막걸리 잔을 기울이며 생각에 잠겼다.

"적어도 최 회장이 짐작한 취중 실수는 아니네. 대개 농수용 저수지는 마을에서 수백 미터는 떨어져 있네. 간혹 마을 앞에 유료 낚시터 같은 작은 저수지가 있긴 하네만, 여름철이면 모를까 요새같이 쌀쌀한 밤에 더구나 노인께서 거기서 술을 마셨을 까닭이 없네. 그러니까 술을 자셨든 아니든 분명한 의도성을 가지고 접근한 것은 확실하네. 의도성이란 게 무엇이겠는가. 쌀쌀한 밤에 그곳까지 바람 쐬러 갔을 리는 만무하고 극단적인 행동을 염두에 두었을 가능성이 농후하네. 문제는 의지네. 대개 극단적 선택을 하는 사람들은 사전에 어떤 방법으로든 여러 경로를 통해 그 징후를 드러내네. 그런데 어부인께서는 최 회장 말씀대로라면 전혀 그런 증후가 없었네. 그리고 빨리 발견되었다는 것은 누군가가 곁에 있었거나 지켜보는 사람이 있었다는 뜻이네. 이런 정황으로 보아 어부인께서는 처음부터 의지가 없었거나 있었다 해도 아주 미약했을 가능성이 크네. 말하자면 불리한 상황을 일시에 뒤집기 위한 쇼일 가능성이 크다는 뜻이네. 이름하여 소동술이네."

"소동술이라……."

"최 회장, 축하하오. 드디어 최 회장이 바라던 바가 목전에 다다랐네. 두고 보게. 더 이상 전술이란 건 없을 것이네. 어부인께서 마지막 패까지 깠으니 이제 판을 거둘 일만 남았네그려."

최대한은 박유식의 제의에 따라 얼떨결에 축배까지 들었다.

"박 사장의 혜안은 접할 때마다 놀랍고 대견스럽네. 자네 같은 인재가 곁에 있었으면 오늘날과 같은 촛불 사태는 미연에 방지할 수 있었을 것을, 애석한 일이네."

지옥에서 천당으로 기분이 뒤바뀐 최대한이 박유식을 한껏 추켜세웠다.

"참, 그리고 보니 내일이 또 씁쓸한 주말이구려. 불현듯 방연 왕형님이 생각나는구려. 천만리 머나먼 길에 고온님 여의옵고 내 마음 둘 데 없어 냇가에 앉았으니 저 물도 내 안 같아야 흘러 예놋다. 최 회장도 석두는 아닌가 보오. 석두의 눈에는 석두밖에 보이지 않는 법인데, 달리 보이니 말이오. 다시 관리실을 내 소유로 해줄 텐가?"

"사실이면 한 달 무료 사용권을 드리겠네."

"최 회장도 자린고비구려."

"이혼 서류는 작성했는가?"

식당을 나오며 최대한이 물었다.

"최 회장 말씀대로 한번 들어가면 함흥차사가 될 터인데, 그래도 괜찮겠는가. 이번 일은 최 회장이 바라는 바대로 귀결되겠지만, 사람의 일이란 한 치 앞도 모르는 법이라오."

"그런 염려는 말게. 정 마담의 머리 씀씀이도 자네 못지않네."

박유식의 엄포에, 최대한은 능청으로 응수했다.

"최 회장은 자린고비에 몰인정한 사람이구려."

"친구는 친구고 현실은 현실일세. 수일 내로 들어가면 그동안의 정의를 생각해 외상 숙박비는 탕감해 주겠네."

최대한이 앞장서 관리실로 들어갔다.

"최 회장, 그 문제는 나중에 심사숙고해 보기로 하고 오늘 하루의 시작을, 소원 성취 기념 대국으로 장식함이 어떻겠소. 최 회장이 판당 오천 원 걸면 나는 무료 사용권 한 장씩을 걸겠네."

박유식이 장기판 앞에 앉으며 유혹했다.

"땅 짚고 헤엄치겠다는 심보군. 좋지."

최대한이 마주앉으며 웃었다.

황 군이 허겁지겁 출근했다.

2

도축자는 간밤에 잠을 설쳤다. 철식이 시키는 대로 엄청난 일을 꾸미긴 했지만, 그 이후 도축자의 마음은 명치끝에 무엇이 꽉 치받치고 있는 것처럼 불편했다. 무엇보다 승기 아비와 어미에게 면목이 없었다. 승기 일로 하루하루가 살얼음판일 텐데 집안의 어른이 되어 도와주지는 못할망정 신경 쓰이지 않게는 해야 하는데 되레 걱정만 안겨 주었으니 스스로 생각해도 한심했다. 만에 하나 승기가 잘못되기라도 한다면 그 원성을 어찌할꼬. 그런 마음이 불쑥불쑥 머리를 내밀 때마다 도축자는 영감이 원망스러웠다.

"형님, 지금도 가슴이 벌렁벌렁합니다. 아주버님이나 생질들이 새빨간 거짓말인 줄 알면 어떻게 낯을 들고 얼굴을 보겠어요."

아침을 먹으며 동생의 댁이 말했다.

"자네는 걱정도 팔자다. 설사 안들 우리가 뭐 죽을죄를 지었는가. 누님의 신상에 이롭다면 그보다 더한 것도 해야지. 박수 영감이 밥 잘 먹고 할 일 없어 그런 양밥을 권했을까 봐."

동생이 참견했다.

"그래. 동생 말이 맞다. 올해는 내 팔자가 죽을 운이라 그런 액막이를 안 하면 이해가 가기 전에 큰 횡액을 당하겠다 하니 박수 말을 다 믿을 건 못되지만, 내내 불안해하는 것보다야 낫다."

도축자는 동생 내외에게 그렇게 둘러댔다.

"집에 가시거든 연기를 잘 하세요, 형님."

"오냐. 내 걱정 말고 너희들 일이나 걱정해라. 나이 많아지면 집안 편하고 건강이 제일이니라. 싸우지 말고 서로 조금씩 양보해 가며 재미있게 살아라. 이렇게 다녀가면 또 언제 와 보겠누."

"내년 칠순 잔치 때는 꼭 연락하세요."

동생의 댁이 말했다.

"할 지 안 할지 모르겠다."

"칠순 잔치는 해야지요. 참, 매형 나이가 올해 칠순 아닙니까?"

동생이 깜박했다는 듯이 물었다.

"그래. 지난 주 생일 때 가족끼리 저녁 한 끼 먹고 때웠다."

"허허, 있는 집이 더 무섭다더니 옛말이 하나도 그른 게 없네."

동생이 허탈하게 웃었다.

"희수(喜壽)면 모를까 요즘 칠순은 옛날 같으면 쉰댓 맞잡이인데, 그렇게 떠벌일 게 뭐 있느냐."

도축자가 변명했다.

"그래도 사람 사는 도리가 그런 게 아니지요, 누님. 남의 눈도 있고, 체통이란 것도 있는데…… 내년 누님 칠순 때는 올해 못한 매형 거랑 합쳐서 걸판지게 하세요."

"의논해 보마."

동생의 다그침에 도축자는 한 발 비켜섰다.

"그리고 다릿심 좀 남아 있을 때 매형이랑 손잡고 부지런히 해외여행도 다니시고…… (야가 시방 뭐라누. 행여 꿈에 뵐까 오금이 달라붙는구먼.) 돈 쌓아뒀다가 뭐하려고요. 쌓아둬 봐야 나중에 자식들 좋은 일만 시키지 아무 소용이 없습니다. 유산 많이 남겨준다고 제사 지낼 때 절 곱빼기로 해줄 줄 압니까."

"알았다. 생각해 보마."

도축자는 자꾸 그래 봤자 말꼬리만 길어질 것 같아 마음에도 없는 말을 늘어놓았다.

도축자는 오랜만에 들렀다고 닭까지 잡은 성의를 생각해 가까스로 닭고깃국을 비웠다. 그리고 곧장 떠날 채비를 서둘렀다. 읍내로 가는 버스는 아침과 저녁에 한 차례씩뿐이라 아침 차를 놓치면 저녁까지 기다려야 했다. 이왕 나온 김에 읍내에서 건어물 장사하는 동생 인자 집에 들러 하룻밤 묵고 절에 갈 생각이었다.

마을 어귀의 국기 게양대 앞에서 버스를 기다리고 있을 때 철식에게서 전화가 왔다. 도철식이 들뜬 목소리로 말했다.

"종고모님, 이번 작전은 상당히 효과가 있는 듯합니다. 간밤에 난리가 났답니다. 혼비백산해 모두 본가로 다 모이고…… 회장님도 당황한 기색이 역력했답니다."

"다행이구나."

"또 상황 변화가 있으면 보고 드리겠습니다."

"오냐. 버스가 온다. 나중에 통화하자."

도축자는 전화를 끊고 버스 쪽으로 다가갔다. 무싯날이라 버스를 타는 사람은 도축자 혼자뿐이었다. 버스에 오를 때 동생의 댁이 꼬깃 꼬깃 뭉친 지폐를 기어이 도축자의 손아귀에 쥐어주었다. 버스 안에는 댓 명의 안팎 노인들이 듬성듬성 앉아 있었다. 도축자는 가운데쯤 창 가에 자리를 잡고 앉았다. 버스가 출발할 때 동생의 댁이 뭐라고 하며 손을 흔들었다. 이렇게 떠나면 언제 또 걸음하랴 싶어 공연히 눈시울 이 붉어졌다. 창밖으로 스치는 풍경들은 객지처럼 낯선데, 그 속에 박 힌 추억들은 퀭한 물속을 들여다보듯 또랑또랑했다.

도축자는 덤덤히 앉아 있어도 여전히 마음이 편치 않았다. 빈대 잡 으려다가 초가삼간을 태운 것은 아닌지 못내 뒤가 켕겼다.

3

강지혜는 도준을 어린이집 버스에 태워 보내자마자 최대한에게 전 화했다. 최대한은 예닐곱 번 발신음이 울린 뒤에야 전화를 받았다. 강 지혜가 만나 뵙고 긴히 드릴 말씀이 있다고 하자 최대한은 한참 미적 거렸다가 삼십 분 뒤에 내려오라고 허락했다. 마지못해 허락하는 듯한 목소리가 설면하고 건조했다.

강지혜는 정확히 삼십 분 뒤에 본가로 내려갔다. 최대한은 미리 와

266

안락의자에 앉아 기다리고 있었다. 입을 굳게 다문 얼굴에는 뜨악한 기색이 역력했다. 그러나 강지혜는 내색 않고 믹스커피와 주스를 준비해 최대한 곁으로 다가가 다소곳이 앉았다.

"그래, 용건이 뭔지 말해 봐라."

최대한이 커피를 한 모금 마신 뒤 탁자 위에 내려놓으며 무겁게 입을 열었다.

"어젯밤 많이 놀라셨죠?"

강지혜도 주스를 한 모금 마신 뒤 내려놓으며 말했다.

"어디 나뿐이겠느냐."

"이러다 정말 무슨 일이 일어날지도 모르겠어요. 공든 탑은 쌓기는 어려워도 무너지는 건 한순간이에요, 아버님."

"그건 나도 안다."

"누가 뭐래도 최씨 집안에서 아버님이 갑이고 어머님이 을이시잖아요."

"그래서 네 시어미가 갑이 되고 싶어 생트집을 부리는 게 아니냐."

"저는 그렇게 생각하지 않아요. 을은 아무런 근거 없이 갑에게 대들지는 않아요. 그게 을의 생리적 본성이에요. 얼마나 억울하고 답답했으면 극단적인 생각까지 하셨겠어요."

"너는 간밤의 일을 곧이곧대로 받아들이는구나. 나는 벌써 알고 있었다. 날 골탕 먹이려고 작정하고 벌인 쇼인 줄을."

"쇼든 아니든 그게 중요한 게 아니에요. 그렇게라도 하지 않을 수 없을 만큼 답답하고 억울하다는 뜻이에요."

"이제 보니 네 시어미의 말이 사실이고, 내 말이 거짓이라는 말로 들리는구나."

"아버님, 기억을 잘 더듬어 보세요. 정말 그런 기억이 없으세요? 저는 어머님을 잘 알아요. 아무런 근거 없이 그러실 분이 아니세요."

"너는 네 시어미가 정신이 오락가락하는 걸 잊었구나."

"아니에요. 정신은 저희들보다 더 또렷해요."

"참으로 맹랑하구나. 너는 언제부터 네 시어미의 하수인이 되었느냐? 듣자 하니 일주일 말미를 주면 범인을 밝혀내겠다고 공언했다며? 있지도 않는 범인을 무슨 수로 밝혀내겠다는 게냐?"

"그러지 않으면 경찰서엘 갔을 거예요."

"내가 그러지 않았느냐. 그런 일은 절대로 없을 거라고."

"그래서 어떻게든 말려야 했어요. 그 이유는 아버님께서 더 잘 아실 거예요."

"이제 보니 날 겁박하려고 작심하고 보자 했구나."

"아니에요, 아버님. 집안의 화목을 위해 아버님께서 넓은 마음을 가져 주십사고 간청 드리고 싶었어요."

"듣기 싫다. 내가 네 심보를 모를 줄 아느냐. 오냐, 오냐 해줬더니 은혜도 모르고 시아비 수염을 잡아채려 하는구나. 오냐, 어디 두고 보자. 범인을 못 밝히기만 해봐라."

최대한이 노기 띤 얼굴로 을러메고 일어섰다.

"아버님!"

강지혜가 불렀으나 최대한은 선걸음으로 나가버렸다.

268

집으로 돌아온 강지혜는 봉투를 앞에 놓고 주방 식탁 의자에 망연자실 앉아 있었다. 의심의 추가 시간이 흐를수록 최대한 쪽으로 기울고 있었지만, 화두 같은 한 가지 의심이 풀리지 않았다. 만일 아버님의 소행이라면 그런 식으로 행동하지는 않을 것 같았다. 그날 분명히 내가 바꿔치기 한 것으로 알고 오지 않았던가. 그것이 완전범죄를 노린 치밀하게 계산된 고도의 연기였다면 왜 반나절도 안 되어 굳이 전화까지 해 옹색한 변명까지 했을까. 강지혜의 머리로는 그 두 가지의 연결고리가 종시 해결되지 않았다. 그것마저 고도의 연기로 치부하기에는 평소 아버님의 행동이 그만큼 명민하거나 치밀하지 못했다.

"어머, 고모님. 어쩐 일이세요?"

강지혜가 화두 한 자락을 붙잡고 골몰하고 있을 때, 벨이 울려 나가 보니 뜻밖에도 최숙희가 문 앞에 서 있었다. 좀처럼 찾는 일이 없던 고모라 강지혜는 당황스러웠지만, 얼른 문을 따고 반겼다.

"정원에 바람 쐬러 갔다가 잠시 들렀다."

빨간 조끼 차림의 최숙희가 들어서며 말했다.

"음료수 한 잔 드릴까요, 고모님?"

"있으면 커피 한잔 다오. 아메리카노로."

강지혜는 얼른 커피포트에 생수를 부었다. 최숙희는 담배를 꺼냈다가 다시 집어넣고 식탁 의자에 앉았다.

"나도 듣는 귀가 있다. 듣자 하니 막내질부가 이번 일에 발 벗고 나섰다며?"

강지혜가 커피포트를 플러그에 꽂아놓고 곁에 앉자 최숙희가 말했다.

"아무도 나서는 사람이 없어서요."

강지혜는 무슨 잘못을 저지른 것처럼 고개를 떨구며 대답했다.

"올케를 생각하는 질부의 마음은 알겠는데, 그래도 나설 게 있고 안 나설 게 있지. 소문 듣고 꿀 먹은 벙어리로 있자니 하도 답답해 생각나는 김에 잠시 들렀다."

"예, 고모님."

"나도 처음에는 긴가민가했다. 그런데 찬찬히 되짚어 보니 그런 종이쪼가리는 없더라. 만일 그런 게 있다면 올케 성질에 나한테 귀띔 안 했을 리 없다. 너도 알다시피 우리가 한두 해 사귄 사이냐."

"그러시면 어머님께서 왜 그렇게 고집을 피우실까요?"

"뭐에 단단히 덮어 씌었거나 그렇겠지. 나는 그게 더 걱정이다. 아니면 깜빡 착각했거나. 예전에도 그런 일이 있었다. 올케가 시장통의 보리밥집 여편네한테 빌려준 돈을 받아 놓고 안 받았다고 딱 잡아떼더란다. 서로 믿고 돈을 주거니 받거니 하다 보니 증거가 있나 뭐가 있나. 보리밥집 여편네는 줬다, 올케는 안 받았다 옥신각신 시끄러웠다. 그래 티격태격해도 아무도 돈 거래하는 걸 본 적이 없으니 이러지도 저러지도 못하고 강 건너 불구경하듯 뒷짐 지고 있을 수밖에. 그러길 몇 달이나 지나서야 올케가 번쩍 깨닫더란다. 아뿔싸, 내가 착각했구나. 그래서 올케가 백배 사과하고 화햇술까지 내고 그랬다."

"저는 그래도 어머님의 말씀을 믿고 싶어요. 아무런 근거 없이 고집을 부리실 분이 아니세요."

물이 끓어 강지혜는 일어났다. 카누 마일드 한 스틱으로 아메리카노를 만들어 최숙희 앞에 내려놓았다. 그리고 포도주스 한 잔을 따라 들고 다시 앉았다. 커피 한 모금을 마신 최숙희가 말을 이었다.

"질부도 상식적으로 생각해 봐라. 이제 와서 돈 수억 들여가며 소유권을 이전한다는 게 말이나 되는 소리냐. 네 시아비가 소유권을 가지고 있다고 유세를 하나 구박을 하나. 굳이 소유권을 이전할 의향이 있으면 너희들 앞으로 하지, 이제 와서 올케 앞으로 할 이유가 뭐 있느냐. 안 그렇냐?"

"저희들이 모르는 뭔가가 있을 수도 있어요."

"설사 그런 쪼가리가 있어 요행 찾았다 치자. 그게 최씨 집안에 무슨 도움이 되겠느냐. 분란만 더 키우지. 솔직히 질부가 나서지 않았으면 어젯밤 그런 사단도 안 일어났다. 나는 수십 년 겪어 봐서 안다. 올케는 옆에서 장단 맞춰주면 천지도 모르고 용춤 춘다. 질부는 올케가 안쓰러운 마음에 그랬겠지만, 선한 마음으로 한 게 오히려 집안의 화근을 키우고 화합을 저해하는 일이라는 걸 알아야지."

"그러지 않았으면 그길로 바로 경찰서엘 가셨을 거예요."

"너도 참 순진하다. 올케가 갈 위인이냐? 간이 좁쌀만 해 아무도 안 말려 봐라 경찰서 주위를 빙빙 돌다가 온갖 핑계를 대며 돌아왔다. 그런 말도 있잖냐. 흥정은 붙이는 맛에 하고 싸움은 말리는 맛에 한다고. 그래 알고 이쯤에서 그만 단념해라."

"제 깜냥으로 이 문제를 해결하지 못할 거라는 건 알지만, 그래도 약속한 날까진 최선을 다해 볼래요. 그것으로 어머님의 마음이 조금이라도 위로가 된다면…… 저는 그것으로 만족해요."

강지혜가 진심으로 말했다.

"최씨 집안에 효부 났구나." 최숙희가 비꼬듯 말했다. "잘 생각해라. 네 시아비 성질도 보통이 아니다. 한번 눈 밖으로 나가면 다시는 안 돌아보는 성미다. 뒷감당을 어찌하려고 그러누. 괘씸죄만큼 무서운 죄도 없다. 질부를 생각해서 하는 말이다."

"네. 잘 알겠어요, 고모님. 참고할게요."

최숙희는 커피 잔을 다 비우고 일어났다. 강지혜는 문 앞까지 배웅하고 들어왔다. 벌써 한준을 데리러 가려면 서둘러야 할 시간이었다. 강지혜의 행동이 바빠졌다.

5

"듣고만 있게."

최대한이 박유식과 달맞이꽃 찻집에서 커피를 마시고 있을 때 최숙희에게서 전화가 왔다. 최대한은 시키는 대로 휴대폰을 귀에 대고만 있었다.

"좀 전에 동생이 부탁한 대로 막내질부를 만나고 왔네. 만나 보니 보통내기가 아니네. 내 딴에는 있는 얘기 없는 얘기 다 끌어들여 찔러도 보고 타일러도 보았는데 쉽게 단념할 것 같지가 않네. 뭣에 덮어 씌었는지 올케의 말을 더 믿는 눈치네. 불이란 번지기 시작하면 금방이네. 혹여 간밤의 일로 딴 조카들의 마음이 흔들릴지 모르니 동생이 조카들을 불러 직접 단속하든지, 그게 뭣하면 큰조카를 대표로 불러 시키든지 해서 다시 한 번 당조짐해 두는 게 좋겠네. 우리 속담에 꺼진

272

불도 다시 보고, 돌다리도 두드려가며 건넌다는 말도 있지 않은가. 막내질부도 자기가 고립무원이 된 줄 알면 생각이 달라지겠지."

"명심하겠습니다."

"코가 깨져도 그만하기 다행이라더니 자네 자형이 출타 중이라 그런 다행이 없다. 알아 봐라, 그 성질에 가만히 있었겠는가. 그 생각만 하면 부처님의 가피고 조상님의 음덕이다, 싶네."

"어딜 가셨습니까?"

"족보 일로 종회와 대종묘사에 참석한다고 어제 아침에 출타했네. 이제 나이도 그만하니 못 가게 해도 성질이 대쪽 같아서 도통 말을 듣지 않네. 모레 일요일깨나 올 것 같은데 그동안에 뒷단속을 잘 하시게."

"알겠습니다."

"최 회장, 무슨 일인가?"

최대한이 휴대폰을 귀에서 떼자 박유식이 물었다.

"막내자부가 일을 저질렀네."

최대한이 솔직히 대답했다.

"일을 저지르다니?"

"개가 자기 손으로 범인을 밝혀내겠다고 발 벗고 나섰다네."

"허허, 최 회장의 순항로에 암초를 만났구려. 하나 너무 심려치 말게. 최 회장 자부가 신통력을 지닌 초인이 아닌 다음에야 각서 봉투를 찾아낼 까닭이 없을 테이니 일을 그르칠 만한 암초는 아니네. 문제는 그 일로 말미암아 최 회장의 목적 달성이 자꾸 미루어진다는 점일세. 기억이란 무슨 자극에 되살아나는 건 한순간이네. 어부인께서 셀프 바꿔치기로 없애 버렸다면 별 문제 없겠지만, 만일 깊이 숨겨둔 걸 망각한 경우라면 보통 문제가 아니네."

"좋은 방도가 없겠는가? 누님께서는 꺼진 불도 다시 보라 했네."

최대한의 마음이 급속히 졸아들었다.

"겉볼안이라더니 숙희 누님이 참 영민하신 분이시구려. 관리실 평생 무료 사용권과 정 마담을 품을 기회를 주신다면야 어렵지만 와우산 신령 형님께 자문을 구해 보겠네만."

"알았네. 구해 보게."

최대한의 답이 떨어지자 박유식이 예의 플라스틱 호두알을 꺼내 주물럭거리기 시작했다. 지그시 눈을 내리깔고 '암초, 암초, 암초 돌출이라'를 오십 번쯤 중얼거리던 박유식이 탈기하며 혀를 찼다.

"허허, 이를 어쩐담. 신령 형님께서 배가 고파 입이 안 떨어진다는구먼. 허허, 이를 어쩐담."

최대한은 별수 없이 오만 원짜리 지폐 한 장을 박유식 앞에 내려놓았다. 실눈을 뜨고 내려다보던 박유식이 다시 오십 번쯤 '암초, 암초, 암초 돌출이라'를 읊조리더니 마침내 근엄하게 눈을 떴다.

"양수겸장의 괘가 나왔네."

"무슨 뜻인가? 좀 더 자세히 설명해 보게."

"장량의 사면초가로 차장(車將)을 부르고, 한비자의 조절간맹(蚤絕姦萌)으로 포장(包將)을 부르시라네. 말하자면 어부인을 고립시키고 미리 화근을 없애라는 뜻이네."

최대한은 그제야 어렴풋이 말귀를 알아들었다.

6

최대한은 박유식이 적어준 메모지를 받아들고 찻집을 나왔다. 곧장 관리실로 돌아온 최대한은 봉투를 마련하자마자 최갑부에게 전화했다. 최갑부는 마치 대령하고 있었다는 듯 벼락같이 뛰어왔다. 황 군은 들어서는 최갑부에게 꾸벅 머리를 숙이곤 스스로 알아서 밖으로 나갔다. 최대한은 텔레비전을 켜려던 리모컨을 내려놓았다.

"거기 좀 앉아라."

"예."

최갑부는 호출 영문을 몰라 긴장한 표정으로 최대한 앞에 앉았다.

"네 어미한테 연락해 보았느냐?"

"조금 전에 통화했습니다. 오늘 이모 댁에 들러 하룻밤 묵고 내일 절에 갔다가 글피깨나 오신답니다."

"간밤에 괜한 일로 애썼다. 얼마나 놀랐겠느냐."

"어찌 저뿐겠습니까. 아버지께서 놀라고 노심초사한 것에 비하면……."

최대한이 담배를 빼물었다. 최갑부는 재빨리 재떨이 옆에 놓인 일회용 라이터를 집어 들었다.

"오전 내도록 생각해 봤다. 이대로 방기해서는 도저히 안 될 것 같다는 생각이 들더구나. 더구나 올해는 승기의 대사를 앞두고 있는 중요한 해가 아니냐. 대사를 앞두고 집안에 분란이 계속 돼가지고 좋을 게 뭐가 있겠느냐."

"저희들도 하루하루가 살얼음판입니다."

"해서 널 불렀다. 그래도 너는 앞으로 우리 최씨 집안을 책임지고 이끌어나갈 명색이 장자 아니냐."

"명심, 또 명심하고 있습니다."

최갑부는 감격해 머리를 조아렸다.

"내가 돈을 좀 보조해 줄 터이니 오늘 내일 중에 두 아우 놈과 남서방을 불러서 저녁 한 끼 해라." 최대한은 콤비 안주머니에서 봉투를 꺼냈다. "봉투 안에 돈 조금하고 메모지가 하나 들어 있다. 메모지에 적혀 있는 걸 에이포 용지에 네 손글씨로 새로 베껴 저녁을 먹으며 내 뜻을 전하고 자필로 연명해 도장을 받아라. 네 어미는 원체 문서와 인감도장을 좋아하니 가능하면 인감도장으로 받아라. 이번 분란은 아무리 생각해도 이런 극단의 조치를 취하지 않고서는 쉽사리 해결될 것 같지 않구나. 너도 알다시피 네 어미는 몸집만 크지 간이 작아 자기 주위에 원군이 없다는 걸 알게 되면 금방 꼬리를 내린다."

"잘 알겠습니다."

최갑부는 고분하게 대답하고 봉투를 집어 안주머니에 넣었다.

"내 말을 알아들었으면 가봐라."

"뜻을 잘 받들겠습니다."

최갑부는 다시 한 번 충실한 임무 수행을 다짐하고 일어섰다.

최대한은 갑부가 나가자 바로 정혜에게 전화했다. 정혜는 전화를 받지 않았다. 제 아비한테서 전화 온 걸 알면 이따 전화하겠지 싶어 최대한은 텔레비전을 켰다. 대통령이 열흘 만에 두 번째 대국민 사과를 했다는 뉴스가 흘러나왔다. 대국민 사과도 1차 때와는 판이하게 달라졌으며 필요하다면 검찰 조사는 물론 특검도 수용하겠다는 뜻을 밝혔다고 전했다. 최대한은 텔레비전을 껐다. 요즘엔 틀면 나오는 수돗물처럼 켜면 나오는 듣기 싫은 뉴스 때문에 텔레비전은 볼 게 없었다.

최대한이 다시 찻집으로 가려고 자리에서 일어서는데 정혜로부터 전화가 왔다.

"아빠, 전화했어?"

"그래."

최대한은 심드렁하게 대꾸했다.

"갑자기 왜?"

"수표는 왜 아직도 함흥차사냐?"

"요즘 너무 바빠. 도통 내려갈 시간이 없어, 아빠."

"내일은 어떠냐?"

"내일도 엄청 바빠. 오전엔 출근해야 하고, 오후엔 동료 직원 결혼식 땜에 예식장에 가야 하고, 저녁에도 모임이 있어 짬이 안 날 것 같아, 아빠."

"모레는?"

"갑자기 왜 그러는데? 설마 내가 아빠 돈 떼먹을까 봐."

"보아 하니 요즘 돈이 좀 궁한 모양이구나. 내 말만 잘 들으면 한쪽 눈은 감아줄 수 있다."

그러자 정혜의 목소리가 대번에 달라졌다.

"그게 뭔데, 아빠?"

"모레 아침에 내려오너라. 모레 아침이 데드라인이다."

"알았어. 지금 한 말 부도내면 안 돼."

"너나 내지 마라."

통화를 마친 최대한은 곧장 담배를 빼물고 달맞이꽃 찻집으로 올라 갔다. 간드러지는 정 마담의 웃음소리가 간간이 쏟아지고 있었고, 박 유식은 마담 앞에서 음욕을 발산하며 짐벙지게 육갑을 떨고 있었다. 그 꼬락서니가 최대한 따위는 벌써 잊은 듯한 꼴불견이었다.

7

"뜬금없이 왜 부르셨대요?"

최갑부가 함박웃음을 머금고 매장으로 들어서자 정은숙이 물었다.

"저번에 내가 그랬지. 금년 텃밭 상금은 우리 집이 따 놓은 당상이 라고."

"그래서 받았어?"

정은숙이 반짝 호기심을 드러냈다.

"텃밭 상금보다 더 값진 아버지의 신임을 받았어. 아버지께서 너는 앞으로 우리 최씨 집안을 책임지고 이끌어나갈 명색이 장자 아니냐, 그러시는데 갑자기 내 어깨가 대한빌딩을 짊어진 것처럼 무거워지더라 고. 이게 그 증거야."

최갑부는 안주머니에서 봉투를 꺼냈다. 정은숙이 냉큼 낚아챘다.

"이건 뭐예요?"

정은숙이 봉투 안에서 메모지를 꺼내며 물었다.

"아버지께서 장자인 내게 내린 특명서야. 거기에 적힌 내용을 에이 포 용지에 내 손글씨로, 내 손글씨를 특별히 강조하셨어, 새로 베껴 우리 사 남매의 동의를 받아오라는 거야. 그러니까 당신 후딱 올라가, 애들 방에 있을 거야, 에이포 용지 여유 있게 네댓 장 하고 내 인감도장과 당신 도장 좀 가져와."

최갑부가 의기양양하게 말했다. 봉투 안에는 오만 원짜리 지폐 넉장과 메모지가 들어 있었지만, 매장에 들어서기 전에 지폐는 미리 빼돌렸다.

"내용이 좀 유치하다."

정은숙이 눈으로 메모지의 내용을 다 읽고 나서 말했다.

메모지에는 이런 내용이 기록되어 있었다.

의견서. 우리 사 남매 일동은 작금의 불미스러운 사태를 더 이상 수수방관할 수 없다는 결론을 내리고 다음과 같은 의견을 연명으로 제출하는 바입니다. 1. 모친께서 주장하시는 각서는 동의하기어려우며, 이는 일시적 착각으로 인한 허상으로 간주된다. 2. 이런노력에도 불구하고 불미스러운 사태가 계속될 경우 원인 제공자에대해 특단의 조치를 내려줄 것을 건의한다. 3. 이번 사건이 최씨 가문을 발전시키고 더욱 공고히 하는 계기가 되기를 간절히 소망한다.

"그게 뭐 그리 중요한가. 뜻만 전달되면 되지."

"그런데 도장은 왜요? 이런 거면 사인해도 충분할 텐데."

"보기보다 아버지가 꼼꼼하고 세밀하시더라고. 엄마가 사인보다 도장을, 그것도 인감도장을 좋아하신다고 특별히 당부하셨어. 그러니까내 시키는 대로 얼른 가져와."

"별꼴이야. 그런 거는 또 엄청 챙기시네."

정은숙이 풋 웃었다.

"말씀이 없으셔서 그렇지, 우리 승기도 각별히 생각하고 계시더라고. 대사를 앞두고 집안에 분란이 계속 돼가지고 좋을 게 뭐 있겠느냐면서. 이런 단안을 내린 계기도 승기 때문임을 은근히 내비치셨어."

"알기는 아나 보네. 갔다 올게요."

최갑부는 정은숙이 매장을 나가자마자 두 아우와 남 서방을 카카오톡 일반채팅으로 초대해 장자 명의의 특명을 하달했다.

회장님께서 조금 전 특명을 하달하셨다. 퇴근 즉시 형철네 집으로 집합할 것. 올 때 인감도장 필히 지참. 오늘 경비는 장자가 완전 책임진다. 십시일반 신경 쓰지 마라. 장자 최갑부 명함

특명의 힘은 셌다. 날리는 즉시 남상운(넵!), 최을부(예써~), 최병부(딸랑딸랑 ^^) 순으로 바로바로 답이 왔다. 최갑부는 처음으로 권력의 달콤한 맛을 보았다. 기분이 베스트 굿이었다. 이전투구를 벌여가며 기필코 권력을 잡으려 하는 것도 이런 맛과 기분 때문일 거라고 최갑부는 생각했다.

"여보, 당신 악필이잖아요. 제가 대필할까요?"

매장으로 돌아온 정은숙이 방정맞게 말했다.

"허허, 이 사람이…… 이 장자를 어찌 보고. 아버지께서 그러셨어. 반드시 장자의 손글씨로 베끼라고."

최갑부는 거드름을 피우며 카운터 의자에 앉았다.

8

도축자는 누워 있어도 잠이 오지 않았다. 인자는 불을 끄자마자 낮게 코를 골며 곧장 잠속으로 빠져들었건만, 시간이 흐를수록 되레 의식이 투명히 열리는 기분이었다. 왜 그랬을꼬. 그때 고만 억울해도 꾹꾹 눌러 참을 걸. 잠 대신 그 후회감만 파도처럼 쉼 없이 밀려왔다.

저녁 무렵 전화한 철식의 목소리는 아침과는 달리 풀이 많이 죽어 있었다. 철식이 말했다. "종고모님, 참 희한한 일입니다. 마치 누군가가 회장님께 종고모님의 일거수일투족을 낱낱이 지켜보고 있다가 시시각각으로 보고해 주는 것 같습니다. 참말로 귀신이 곡할 노릇입니다." 그 순간 도축자는 깨달았다. 최대한은 자신이 넘을 수 없는 성곽이요, 자신의 힘으로는 깨뜨릴 수 없는 육중한 바윗덩이라는 것을. 그러나 철식은 여기서 절대로 물러설 수 없다며 이이제이(以夷制夷)니 뭐니를 떠벌였지만, 그 다음부터 도축자의 귀에는 아무것도 들어오지 않았다. 그저 세상모르게 이승잠을 자고 싶은 마음뿐이었다. 그런데 도통 잠이 찾아와 주지 않았다.

"언니야, 불면증 있나?"

잠결에 도축자의 한숨소리에 잠을 깬 인자가 물었다.

"나이 탓인지 요새는 도통 잠이 안 온다."

도축자가 시치미 뗐다.

"형부가 아직도 속 썩히나?"

"그런 것 아니래도"

"이래 말해도 알고 저래 말해도 안다. 언니 얼굴에 그래 씌었더라.

다 알고 있었다."

"쓸데없는 소리 말고 자거라."

도축자가 돌아누웠다.

"언니야, 그래도 없는 것보다 있는 게 낫다."

제부는 사 년 전 술을 먹고 귀가하다가 교통사고로 죽었다.

"자자."

"다 부질없다."

인자도 돌아누웠다.

여덟째 날

강지혜는 그만 몸져누웠다.

석준을 친정에 맡긴 이후 강지혜는 한준을 학교와 태권도장에 보내주고 데려오고 도준을 버스에 태워주고 데려오는 시간을 제외하곤 꼬박 주방에서 보냈다. 아침 찬거리는 병부에게 문자를 보내 퇴근길에 사오도록 부탁했고 저녁은 치킨, 피자, 중화요리를 시켜 가족들을 먹였다. 그렇게 전력투구했음에도 범인의 정체는 그림자조차 가늠할 수 없었다. 하염없이 넋을 놓고 봉투와 편지지를 들여다보고 있다가 의자에 웅크려 앉은 채로 깜박 쪽잠이라도 들면 어김없이 꿈이 꾸였다. 어떤 때는 봉투가 서슬 퍼런 칼이 되어 자신의 목을 내리쳐 피를 콸콸 쏟다가 깜짝 놀라 깨어나기도 했고, 어떤 때는 편지지가 조각배로 변신해 그것을 타고 바다를 건너다 뒤집혀 허우적거리다 깨어나기도 했다. 간밤에도 강지혜는 화두 한 자락을 붙잡고 주방 식탁 의자에 웅크리고 앉아 꼬박 밤을 새웠다.

세상만사가 귀찮아 조용히 혼자 있고 싶다고 했더니 병부는 두말없이 저번 일요일처럼 한준과 도준을 데리고 밖으로 나가 주었다. 마침 토요일이었다. 강지혜는 깊디깊은 동굴 같은 방 안에 홀로 누워 있자니 기가 막히고 이러다 죽을 수도 있겠다는 생각이 들었다. 그러자 불현듯 뱃속의 아이가 생각났다. 강지혜는 태아를 생각해 간신히 타락죽을 쑤어 게걸스럽게 퍼먹었다. 죽을 먹고 나자 기운이 돌고 까라지던 눈이 뜨였다.

강지혜가 소파에 넋 놓고 앉아 있을 때, 소식을 들은 두 동서가 피자를 사들고 찾아왔다. 정은숙과 허경화는 강지혜의 얼굴을 보자 그 새 반쪽이 되었다며 안타까워했다. 강지혜는 미안하고 민망해 얼굴을 붉혔다. 마땅히 대접할 게 없어 냉장고의 주스를 내오려 하자 자기가 가져오겠다며 허경화가 먼저 일어났다.

"동서는 왜 그렇게 미련해. 내가 전부터 얘기했잖아. 실체가 없다고."

소파에 나란히 앉아 피자와 주스를 먹고 있을 때 허경화가 말했다.

"실체가 있을 거예요, 작은형님."

강지혜는 조금 전에 죽을 먹어 생각이 없었지만, 두 동서가 한사코 권하는 통에 피자 한 뜨더귀를 쥐었다.

"실체가 있고 없고 간에 지나가던 베테랑 수사관도 박장대소하겠다. 아무것도 없는 빈 봉투와 편지지에 무슨 흔적이 남아 있다고 몸 상하면서까지 집착을 해?"

"간절하면 안 보이던 것도 보일 줄 알았어요."

정은숙의 말에 강지혜는 자신 없는 목소리로 대답했다.

"그만하면 됐어, 동서. 어머님도 진작부터 알고 계셨을 거야. 그럼에도 마지못해 허락하신 건 경찰서에 안 가기 위한 명분 축적용이자 출구전략이야. 그러니까 시한을 넘겨도 아무런 벌을 내리지 않으실 거야. 오히려 동서가 고맙지. 속으론 기특하다고 생각하실 거구. 왜냐? 자신의 체면을 세워주었으니까."

허경화가 위로했다.

"어머님은 반드시 벌을 내리실 거예요. 설령 어머님께서 그럴 의향이 없으시더라도 아버님께서 가만있지 않으실 거예요. 어제 그러셨거든요."

"만에 하나 이번 일로 막내동서에게 벌을 내린다면 우리도 가만있지 않을 거야. 지금이 조선시대도 아니고 부모의 말이라고 무조건 복종해야 한다는 법이 어디 있어. 아가씨까지 합세해 우리 넷이 힘을 합쳐 똘똘 뭉치면 어머님과 아버님도 어쩔 수 없을 거야."

"말씀만 들어도 고마워요."

정은숙의 위로에 강지혜는 눈물을 글썽거렸다.

"그러니까 지금 이 순간부터 봉투니 뭐니 하는 건 다 잊고 차분히 기다려. 기다렸다가 어머님이 돌아오시거든 최선을 다했지만 내 능력 밖이었다고 솔직히 말씀드려. 그러면 어머님도 어쩔 수 없을 거야."

허경화가 결론을 내리듯 말했다.

"그래도 괜찮을까요. 만일 밝혀내지 못하면 제가 훔친 걸로 하겠다고 말씀하셨거든요."

"그게 출구전략의 명분이야. 생각해 봐. 경찰이 사건 해결 못했다고 그게 다 경찰이 저지른 짓이야? 아니잖아. 어머님도 알고 계실 거야. 동서가 범인도 아니고 또 동서가 결코 해결할 수 없다는 걸 말이야. 그걸 알면서도 못 이기는 척 허락해 주셨다는 것은 이쯤에서 고집을 접겠다는 의사 표시야. 두고 봐. 내 말이 틀림없을 거야. 문제는 아버님이야. 어제 그러셨다며? 가만있지 않으시겠다고. 그러니까 나중에 아가씨가 서류 한 장 들고 찾아올 거야. 부탁하거든 못 이기는 척 도장 찍어."

"무슨 서류데요?"

"병부 서방님이 아직 말하지 않았구나. 동서 말고 벌써 다 찍었어.

보면 알아. 별건 아니야. 그러면 만사 오케이야."

"무슨 서류진 모르지만 작은형님 말씀처럼 문제가 잘 해결되어 다시 예전처럼 돌아갔으면 좋겠어요. 문제가 생겨보니까 예전에 우리가 얼마나 행복했던가를 알겠어요. 최씨 집안만큼 부모님께 효도 잘하고 형제끼리 의좋게 잘 지내는 집도 이 세상에 흔치 않을 거예요. 주위에서 우리를 얼마나 부러워하고 그랬어요."

"막내동서 말이 맞아. 너무 띠앗 좋아 삼 형제가 맨날 뭉쳐 다니며 술을 마셔서 그렇지 부모님께는 껌뻑 죽지, 착하지. 다른 집처럼 만나기만 하면 티격태격해 봐. 우린들 사이좋게 지낼 수 있겠어? 술만 좀 줄이면 금상첨환데……."

"그래도 헐뜯고 싸우는 것보다야 낫죠, 형님."

"하긴……."

정은숙도 그것은 인정했다.

"동서 바람대로 그렇게 될 거야. 결론은 이미 그렇게 나 있다니까. 어쩌면 동서의 말처럼 미처 몰랐던 행복의 소중함을 우리들에게 확실히 일깨워 주시려고 천주님께서 잠시 어머님을 이용하셨는지도 몰라."

"거기에 왜 천주님이 나와? 나오면 부처님이 나와야지. 이 집도 부처님 기운이 가득하구만."

정은숙이 연꽃 사진을 바라보며 말했다.

"그럼 최씨 집안을 주재하시는 신께로 수정할게요."

허경화가 웃었다.

"막내동서, 우리 이만 갈게. 좀 전에 동서 말 들었지? 다 막내동서를 생각해서 그러는 거야. 승기 수능도 수능이지만, 남의 눈을 생각해서라도 빨리 해결되어야지."

정은숙이 말하고 일어섰다.

"그럼요. 큰형님은 요즘 승기 때문에 정신이 하나도 없을 텐데 저까지 신경 쓰게 해서 죄송해요. 승기 수능 대박 나도록 늘 기도할게요. 그리고 작은형님도 와 줘서 고마워요."

"승기 수능 대박 나면 갑부 씨가 크게 한 턱 쏜다고 했어."

"어머님 일도 잘 해결되고 승기도 수능시험 잘 치고 그러면 얼마나 좋을까요."

강지혜가 말했다.

"그렇게 될 거야. 우리 간다."

허경화가 현관으로 나서며 강지혜의 어깨를 토닥거렸다.

2

"올케 아직 안 왔다며?"

최숙희가 매장 앞을 지나가다 최갑부를 보자 물었다.

"예."

최갑부는 피우던 담배를 뒤로 얼른 숨기며 대답했다. 파크골프 치러 가는 길인 모양이었다. 노란색 바지와 빨간 등산 조끼 차림에 하늘색 골프장갑을 낀 손에 짜리몽땅한 파크골프 클럽이 들려 있었다.

"연락은 해 봤나?"

"절에 들렀다 모레 온답니다."

"나는 아직도 이해가 안 된다. 올케가 무슨 억하심정으로 자꾸 분란을 일으키는지……. 간이 좁쌀만 해 가지고 물에 첨벙하기는 무슨 얼어 죽을 첨벙. 보나마나 술 처먹고 제 성질 못 이겨 주정 부리다가 미끄러졌거나 그랬겠지. 올케 주사는 시장통에서도 소문났다."

최갑부는 듣기 민망해 먼눈을 팔고 서 있었다. 손가락이 점점 뜨거워졌다.

"그래도 어쩌겠냐. 오거든 잘 좀 위로해 줘라." 최숙희가 매장 안을 기웃거리다가 물었다. "질부는 어디 갔나?"

"잠깐 병부 댁에 갔습니다."

최갑부는 그 틈에 얼른 담배를 떨어뜨리고 발로 눌렀다.

"거긴 왜?"

"제수씨가 몸져누웠답니다."

최숙희가 쯧쯧 혀를 찼다.

"네 어미나 막내질부나 하는 짓이 어째 그리 꼭 같으냐. 숭어가 뛰니 망둥이가 뛴다더니만……. 간다."

최갑부는 말없이 최숙희의 홀쭉한 궁둥이에 대고 꾸벅 머리를 숙였다.

젊은 부부가 매장 안으로 들어섰다. 최갑부는 얼른 뒤따라 들어갔다. 최갑부는 그들의 꽁무니에 붙어 다니며 묻는 말에 고분고분 답하고 친절히 설명까지 곁들였으나 끝내 빈손으로 매장을 나가버렸다. 최갑부의 입에서 가느다란 한숨이 터져 나왔다. 벌써 세 번째였다.

"좀 어때?"

매장으로 돌아온 정은숙에게 최갑부가 물었다.

"얼굴이 반쪽이더라고요."

"거 참."

"나는 막내동서가 그렇게 꽉 막힌 줄은 몰랐네. 세상 물정에 그렇게 어두워 앞으로 어떻게 살아가는지 몰라. 딱 보면 똥인지 된장인지 구분이 안 돼?"

정은숙이 툴툴거렸다.

"아직도 봉투 나부랭이를 붙들고 끙끙거리고 있는 모양이군."

"사람은 무슨 일을 당해 봐야 진면목을 안다니까요. 앞으로 병부 서방님도 고생깨나 하게 생겼어요."

"나는 병부가 처복이 많구나 싶었는데."

"예수 앞에서 목탁 두드리는 소리 하고 있네. 당신 같았으면 벌써 서류를 만지작거렸을 거예요."

정은숙이 리모컨으로 텔레비전을 켰다. YTN에서 어젯밤 늦게까지 진행된 새누리당 의원총회가 고성과 삿대질, 욕설이 난무하는 등 여당의 민낯을 그대로 드러내 보기에 민망할 정도였으며, 조금 뒤 광화문 광장에서 진행될 예정인 제2차 촛불집회에 중고생까지 가세할 조짐을 보이고 있어 정국이 걷잡을 수 없이 안개 속으로 빠져들고 있다는 뉴스를 내보내고 있었다.

돌아가는 꼴이 아무래도 심상찮았다.

3

　최대한은 정혜의 전화를 받고 집으로 올라갔다. 어제는 일정이 바빠 짬이 안 난다더니 돈이 궁하긴 궁한 모양이었다. 불쑥 전화한 딸은 갑자기 일정이 취소되었다며 대뜸 본색을 드러냈다. 오 분 안으로 도착한다고 했다.

　집 안은 며칠째 겨울 숲처럼 휑뎅그렁했다. 여편네가 주야장천 텔레비전을 켜놓고 누워 있던 안방은 빈 둥주리처럼 쓸쓸했다. 개똥밭에 굴러도 이승이 낫다더니, 여편네가 불쑥 먼저 세상을 뜨면 그때도 이런 기분일 거라는 느낌이 들자 최대한은 기분이 묘했다. 돈 몇 푼 안겨주면 못 이기는 척 돌아설 줄 알았던 도축자가 이렇게 버틸 줄은 몰랐다. 무엇이 도축자의 가슴에 독을 품게 했을꼬. 최대한은 안락의자에 앉아 잠시 회한에 잠겼다.

　"아빠."

　정혜가 여우 꼬리 같은 트렌치코트 자락을 펄럭이며 현관으로 들어섰다.

　"오냐. 여기 와 앉아라."

　최대한은 자세를 풀며 대꾸했다.

　"요즘 밥은 제때 먹고 다니는 거야?"

　"걱정 마라. 밖에서 안 먹으면 네 고모 집에서 해결한다."

　"커피 한 잔 할래?"

　최정혜는 숄더백을 벗어 소파에 내려놓으며 말했다.

　"오냐. 한 잔 끓여 오너라. 그런데 어제는 볼일이 있다 그러지 않았느냐?"

"그랬지. 그런데 파투났어."

최정혜가 커피포트에 물을 올리며 말했다. 그랬다. 원래는 고3 담임 여교사 네 명이 동료교사 예식에 참석했다가 시내 나온 김에 영화 『닥터 스트레인지』를 단체 관람하기로 약속되어 있었다. 그 아이디어를 낸 사람은 최정혜였고, 정작 그 계획을 없던 일로 파투 낸 장본인도 최정혜였다. 그 때문에 최정혜는 나머지 세 명으로부터 욕을 바가지로 얻어먹었다. 최정혜는 그 욕을 몽땅 뒤집어써도 좋을 만큼 궁금증이 궁금했고, 매력적이었다.

"아빠, 도대체 무슨 일인데? 궁금해 죽을 뻔했어."

최정혜는 믹스커피 두 잔을 탁자 위에 내려놓자마자 다그쳤다.

"네 어미가 말하던 각서 봉투 말이다."

최대한이 커피 잔을 들어 한 모금 마시고 나서 말했다.

"진짜 써 준 거야?"

"써준 게 아니라 의구심이 들어서 그런다. 아무리 곰곰이 생각해 봐도 나는 그런 걸 써준 기억이 없는데, 네 어미가 저렇게 투신 소동까지 벌이며 생떼를 써대니 혹시 내가 술김에 그런 걸 써주었나 싶어 그런다. 만에 하나, 내 의사와는 상관없이 그런 게 어디서 불쑥 튀어나온 다면 내 체면이 뭐가 되겠느냐."

"그러니까 나보고 그걸 수색해봐 달라는 뜻이구나."

"그래. 내가 너 말고 믿을 데가 어디 있느냐. 수색해서 없으면 그런 다행이 없고, 만에 하나 그런 게 있다면 미리 화근을 없애버리는 게 여러 모로 좋을 성싶다."

"알았어, 아빠. 대신 약속은 꼭 지켜야 돼."

"한쪽 눈만 감는다 했다."

"그럼 나도 한쪽 눈만 뜨고 수색한다, 아빠."

"도저히 널 못 당하겠구나. 대신 뒤탈이 생기면 배로 위약금 물린다."

"알았어. 분명히 두 눈 감는다, 약속했다."

"못 미더우면 계약서 쓸까?"

"괜찮아. 이미 다 녹음해 놨어."

최정혜가 재킷 주머니에서 휴대폰을 꺼내 흔들어 보였다.

4

두 동서가 돌아간 뒤 강지혜는 소파에 하염없이 앉아 있었다. 곱씹을수록 작은형님의 말이 예사롭게 느껴지지 않았다. 어쩌면 최씨 집안을 주재하는 신은 더 큰 행복의 소중함을 일깨워 주기 위해 어쩔 수 없는 희생양이 필요했고, 그 희생양이 자신인지도 모른다고 생각했다. 그러자 강지혜의 마음은 급속히 우울해졌다.

강지혜는 소파에 누워 설핏 잠이 들었다가 와자한 기척에 눈을 떴다. 삼부자는 그때야 돌아왔다. 어느덧 햇살이 베란다 창틀에 눈곱만큼 남아 있는 저녁 무렵이었다. 야구모를 쓴 아이들의 얼굴이 빨갛게 익어 있었다. 야구공과 글러브를 양손에 쥐고 맨 뒤에 들어오던 병부의 얼굴도 붉게 상기되어 있었다. 들어서자마자 어른, 아이 할 것 없이 주방에서 풍기는 피자 냄새에 환장했다. 남은 피자 조각으로는 턱 없이 부족해 새로 피자와 치킨을 시켰다. 식탁에 둘러앉아 삼부자가 한통속이 되어 먹성 좋게 먹는 모습을 보자 강지혜는 평소에 느끼지 못한 행복을 느꼈다.

"불여우, 지금 뭐해?"

강지혜의 행복을 헤살 놓은 건 최정혜였다.

"왜?"

강지혜는 마지못해 대답했다.

"안 바쁘면 나 좀 보자. 바로 본가로 좀 내려와. 도장 지참하고."

강지혜는 아까 작은형님이 도장 운운하더니 사실이구나 싶었다.

"무슨 일인데?"

"와 보면 알아. 오 분 내로 내려와."

최정혜는 일방적으로 전화를 끊었다.

강지혜는 가고 싶지 않았지만, 도장이 궁금해 카디건을 걸치고 본가로 내려갔다. 본가에는 가사도우미로 새로 취직한 것 같은 차림의 최정혜만 있었다. 대청소하고 여태 문을 열어두었다가 닫았는지 집 안이 썰렁했고, 미처 빠져나가지 못한 먼지내가 코끝에 느껴졌다. 해묵은 종이랑 박스들이 거실 한 편에 수북이 쌓여 있었다.

"청소했니?"

"어. 오랜만에 효도 좀 해 보려고."

"웬일이니. 내일 해가 서쪽에서 뜨겠다."

강지혜가 삐죽거렸다. 최정혜는 대놓고 깔깔거렸다.

"실은 알바한 거야. 회장님께서 여사님 출타 중일 때 용역 들여 대청소하시겠다길래 내가 맡겠다고 했지. 어떠니? 집 안이 십 년은 젊어진 것 같지 않니?"

"아버님도 정말 너무 하시네. 이건 노골적으로 어머님을 무시하는 처사잖아."

"그럴 수도 있고, 아닐 수도 있어. 우리 속담에 이런 말도 있잖아. 미친개에겐 몽둥이가 약이다. 때로는 독이 약이 될 수도 있거든."

"이건 범죄야."

강지혜는 열이 올라 손부채로 얼굴을 부쳤다.

"범죈지 은혠지는 나중에 두고 보면 알아. 그러니까 불여우 너도 잘 생각해. 회장님은 한번 눈 밖에 나면 끝이야. 이번이 마지막 기회야."

"말이나 해. 왜 불렀는지……."

강지혜가 새된 소리로 말했다.

"내 말 믿고 여기 서명하고 도장 찍어."

최정혜가 식탁 위에 놓아둔 1호 봉투에서 서류를 꺼내 강지혜에게 주었다. 강지혜는 무심코 받아 내려다봤다. 기가 찼다.

"이걸, 나보고 서명하고 도장 찍으라고?"

"거기 봐봐. 너 말고 다 서명 날인했어. 최선은 아니지만, 만일의 경우를 대비해 놓자는 취지야. 이것으로 허언증이 치료된다면 입원시키는 것보다 훨 낫잖아."

"난 못해."

강지혜는 서류를 식탁에 던져두고 현관으로 나섰다.

"야, 불여우. 이게 널 구제할 수 있는 마지막 기회라니깐. 계속 고집 부리다간 진짜 된통 당한다."

강지혜는 뒤도 안 돌아보고 올라왔다.

파자와 치킨을 뚝딱한 삼부자는 소파에 나란히 앉아 프로야구 한국
시리즈 4차전 녹화방송을 보고 있었다. 화면에 집중하느라 강지혜가
오건 말건 거들떠보지도 않았다. 간간이 삼부자의 입에서 탄성과 원성
이 터져 나왔다.

강지혜는 안방으로 들어가 누웠다. 하는 짓들이 유치찬란했다. 꼭 초
등학교 저학년 수준이었다. 그런 걸 어른들이란 사람들이 도장을 찍다
니, 제 정신들인가 싶었다. 강지혜는 한심해 자꾸 헛웃음이 나왔다.

뒤늦게 이상한 낌새를 눈치 챈 최병부가 슬그머니 문을 열고 들어
왔다. 그러거나 말거나 강지혜는 토라진 자세로 벽을 보고 누워 한숨
만 폭폭 쉬었다. 최병부가 얼굴을 강지혜의 눈 가까이 대고 가만히
물었다.

"정혜 만났어?"

"왜 나한테 말 안했어?"

"입이 안 떨어졌어. 네가 화낼 걸 알았거든."

최병부가 솔직히 말했다.

"누구 아이디어야?"

강지혜가 고쳐 누우며 따져 물었다.

"모르겠어. 큰형님이 가져왔더라고. 나도 좀 그렇다 싶었지만 분위기
가 그랬어. 안 찍을 도리가 없었어."

"그게 뭔 의견이야. 협박이지."

"그래도 좋은 쪽으로 생각해봐 줘. 모두 가정의 화목과 평화를 바
라는 가족들인데, 설마 나쁜 마음으로 그랬겠어. 세상은 수학공식처

럼 딱 떨어지는 정답이란 게 없는 거야. 때로는 말도 안되는 게 버젓이 말이 되기도 하잖아. 큰형님의 말처럼 그것으로 엄마의 병도 낫고 가정의 평화가 온다면 그 이상이라도 해야지."

"오빠는 정말로 어머님이 허언증이 있으시다고 생각해?"

"난 아직도 뭐가 뭔지 모르겠어. 결과적으로 아무것도 밝혀진 게 없잖아. 그게 발이 있어 제 발로 도망친 것도 아닐 테고……."

"두고 봐. 내가 반드시 밝혀내고 말 테니까."

강지혜는 다시 돌아누웠다.

5

최정혜는 본가를 나서기 전에 최대한에게 전화로 수색 완료를 보고했다. 두 시간에 걸쳐 참빗으로 서캐 훑듯 샅샅이 톺았지만, 아빠가 염려하던 그런 봉투는 없었다고 하자 최대한이 깐깐한 목소리로 다시 한 번 약속을 상기시켰다. 만일 그런 불상사가 생기면 두 배 아니라 네 배 위약금을 물겠다고 하자 그제야 최대한이 말했다. "수고했다. 씻고 쉬어라."

야호! 임무를 마친 최정혜는 두 손을 번쩍 쳐들고 소리쳤다. 최정혜의 환호성에 놀란 거실의 햇살이 베란다 너머로 황급히 줄달음쳤다. 최정혜는 냉장고의 생수로 자축했다. 생수가 사이다처럼 달고 상쾌했다.

최정혜는 감쪽같도록 허접쓰레기는 깨끗이 쓸어 모아 쓰레기 종량봉투에 담고 빈 박스와 종이들은 종류별로 묶어 양손에 들고 집으로

돌아왔다. "뭔데?" 현관문을 따준 은비가 물었다. "외갓집에서 가져오
는 거야. 나중에 우리 꺼랑 같이 버리려고." 최정혜가 주방으로 들어가
며 대답했다. "아빠 들어왔어?" "아니." 은비가 대답했다. 이 인간은 늦
으면 늦는다고 연락 좀 하지. 손모가지가 없나, 주둥아리가 없나. 최정
혜는 그 자리에 서서 최근 기록과 메시지를 검색하다가 그제야 출근
하며 저녁에 대학 동창 모임이 있다던 남상운의 말이 어렴풋이 떠올랐
다. 내가 여태 그걸 기억하고 있나. 요즘 기억할 게 얼마나 많은데. 최
정혜는 혼자 투덜대다가 은비에게 물었다. "은비야, 뭐 먹고 싶어? 엄
마가 크게 한턱 쏠게." "통새우 와퍼." 은비가 대답했다. "그거 배달 안
될걸. 그래. 너 먹고 싶은 것 아무 꺼나 시켜. 나 샤워 좀 한다."

최정혜는 옷을 훌렁훌렁 벗으며 화장실로 갔다. 돈 벌기가 이렇게
쉬울 줄이야. 간밤의 꿈에 귀엽고 사랑스러운 황금빛깔의 돼지새끼들
이 꼬물꼬물 품속으로 파고들기에 태몽인 줄 알고 오늘밤엔 세상이 두
쪽 나도…… 벼르고 있었는데 그게 수표의 화신일 줄은 몰랐다. 최정
혜는 알몸으로 반투명 욕실 속으로 들어갔다. 온몸을 샤워기의 뜨거
운 물줄기에 맡기고 청맹과니처럼 서 있자니 저절로 콧노래가 흘러나
왔다.

"엄마, 돈."

"주방 의자 위 가방 속에 지갑 있어."

최정혜는 물줄기를 줄였다가 다시 되돌렸다.

"엄마, 안 먹을 거야?"

"먼저 먹어."

최정혜는 그러고도 십오 분이 지난 뒤에야 젖은 머리칼을 타월로

감싸고 화장실을 나왔다. 은비가 자기 몫의 피자를 다 먹고 제 방으로 들어간 뒤였다. 최정혜는 랩 원피스로 노브라의 몸을 감싸고 시서늘해진 피자 한 조각을 뜯어 쥐었다. 콜라 한 모금으로 칼칼한 목을 축이고 덩그렇게 앉아 피자를 꾹꾹 씹고 있자니 불현듯 허경화가 생각났다. 최정혜는 휴대폰을 찾아 쥐었다.

"언니, 뭐해요?"

"멍 때리고 있어요."

금세 입질이 왔다.

"을부 오빠, 집에 있어요?"

"오후에 바둑 모임 있다고 나가서는 깜깜나라네요."

"그럼 나하고 한잔할래요? 저 오늘 알바해 지갑이 함박 웃고 있어요."

"무슨 알반데 함박 웃기까지 해요?"

허경화가 궁금한 목소리로 물었다.

"하여튼 비싸게 몸 좀 팔았어요. 예림이, 수림이 저녁 챙겨주고 여섯 시 반까지 대한빌딩 뒤편 택시정거장으로 나와요."

"원정 가시게요?"

"내가 아는 고품격 이자카야와 펍, 칵테일바가 있어요. 다금바리회와 사케로 갈증을 달래고 펍으로 환상 여행을 떠났다가 핑크 레이디로 깔끔하게 마무리해요."

"진짜 비싸게 몸 판 모양이네요."

"기본이라는 게 있잖아요. 원래 내 몸값의 기본 단가가 좀 비싸요."

최정혜가 웃으며 대답했다.

"지혜 동서에게서 도장 받았어요?"

"신경 쓰지 마세요. 걔는 구제불능이에요. 걔 하나 반대한다고 돌아가는 세상이 안 돌아가나요. 그런 애는 된통 당해봐야 정신이 번쩍 든다니까요."

"병부 서방님이 걱정되니까 그렇죠."

"눈에 콩깍지 낀 죄죠, 뭐."

"세상에는 이해 안되는 게 참 많네요. 콕 찍어 정답을 가르쳐줘도 한사코 오답에 마킹하니 말예요."

"신경 끄라니까요. 걔는 신경 쓸 깜도 안 되는 애예요. 나올 때 완전 변장하고 나와요. 일 미터 옆 을부 오빠가 쳐다봐도 눈치 못 챌 정도로, 아셨죠?"

"아가씨나 확실히 하고 나오세요."

통화를 끝낸 최정혜는 외출 허락을 받기 위해 은비의 방으로 갔다.

6

도축자는 저녁 공양 뒤 요사에서 주지스님과 잠시 다담(茶談)을 나누고 곧바로 법당으로 올라갔다. 법당에는 벌써 댓 명이 듬성듬성 자리 잡고 발원하고 있었다. 대부분 도축자처럼 수능을 앞둔 손자, 손녀들을 위해 축원하러 온 보살들이었다. 몇몇은 안면도 있었다. 그러나 그들은 거들떠보지도 않고 경배하느라 여념이 없었다. 도축자는 불전에 반배한 뒤 조용히 제 포단으로 갔다. 그리고 사백서른세 번째 절을 올리기 시작했다.

은림사는 도축자가 이십여 년을 한결같이 들락거린 절이었다. 원래는 그녀의 친모가 외곬으로 다녔던 절이었다. 친부의 사십구재 때 친모 따라 처음 들렀고, 그로부터 이십 년 뒤 친모가 죽자 대를 이어 다니게 되었다. 죄책감 때문이었다. 친모는 눈을 감을 때까지 큰딸에 대한 섭섭한 감정을 풀지 않았다. 이년아, 최씨 집안이 그렇게 좋더냐? 오냐 그래. 최씨 집 귀신이 되어 천년만년 잘 먹고 잘 살아라. 죄라곤 열심히 산 죄밖에 없는데 막상 친모가 덜컥 세상을 뜨자 입버릇처럼 내뱉던 그 말이 도축자의 가슴에 평생 옹이로 박혔다. 그 가슴속 옹이를 뽑으려고 도축자는 줄기차게 산길을 오르내렸다. 이제야 친모의 심정을 조금 이해할 것도 같았다. 무슨 영광을 보겠다고 그리도 아등바등 살았던고. 도축자는 읍에서 시오리나 되는 은림사의 산길을 오르며 내처 먹먹한 가슴으로 눈물을 훔쳤다.

"보살님, 세상 이치가 다 그렇습니다. 북풍한설이 몰아쳐야 봄이 오고 꽃잎이 떨어져야 열매를 맺는 법입니다. 이기려 들지 마시고 지십시오. 지는 것이 이기는 길입니다."

말하지 않아도 주지스님은 도축자의 마음을 훤히 꿰뚫고 있었다. 저녁 공양 후 마주앉아 차를 마실 때 주지스님이 말했다. 도축자는 스님의 말귀를 잘 알아듣지 못했지만, 이기려 들지 말고 지라는 말만은 귀에 쏙 들어왔다. 그 순간 도축자는 모든 걸 내려놓으리라 결심했다. 까짓것, 장손을 위하는 길이라면 무엇인들 못하랴, 싶었다. 그러자 명치 끝에 박혀 있던 무엇이 거짓말처럼 가라앉았다.

도축자는 인자 집을 나설 때부터 마음먹고 있었다. 몸이 부서지는 한이 있더라도 절에 머무는 동안 날마다 열 번씩 부처님께 백팔 배를 올려 축원하겠노라고. 그러나 마음과 달리 몸은 예전 같지 않았다. 전 같으면 백팔 배는 한달음에 매조지곤 했는데, 그것도 나이라고 절반도 못 미쳐 등줄기에 땀이 흐르고 동작이 시나브로 굼떴다. 그러나 도축자는 멈추지 않았다. 마치 느릿하게 움직이는 로봇처럼 모으고 꿇어앉고 엎드리고 받들기를 반복했다. 도축자는 그렇게 백팔 배 한 고개를 허위넘고 나서야 곁에 놓아둔 염주알을 밀어놓고 잠깐 숨을 돌렸다.

"보살님, 잠시 쉬었다 하시지요."

여덟 번째 백팔 배를 마쳤을 때, 건강을 염려한 주지스님이 등 뒤에서 나직이 말했지만, 도축자는 잠시 숨을 돌렸을 뿐 축원을 멈추지 않았다.

7

여기가 어디인가. 끝없는 모래가 지평선까지 아득히 펼쳐져 있고 그 사이로 전선줄 같은 외길이 간단없이 뻗어 있었다. 트렌치코트 차림의 지혜는 캐리어를 끌고 그 길을 따라 하염없이 걸어가고 있었다. 최병부는 손나팔을 만들어 힘껏 지혜를 불렀다. 그러나 지혜는 들은 척도 않고 지평선 쪽으로 멀어져 갔다. 어디선가 회오리바람이 솟더니 거대한 모래폭풍이 파도처럼 밀려왔다. 지혜야, 위험해~. 최병부는 목이 터져라 외치다 잠을 깼다. 악몽이었다. 등줄기에는 땀이 끈적끈적했다.

최병부는 얼른 밖으로 나가 보았다. 지혜는 최병부가 자러 들어갈 때 보았던 그 모양 그대로 트위드 카디건으로 어깨를 감싼 채 주방 식탁 의자에 웅크리고 있었다. 미동도 없이 고즈넉이 눈을 집중시키고 있는 모습이 흡사 굳어버린 화석 같았다.

"지혜야, 그만 좀 해. 이러다 진짜 무슨 일 나겠어."

최병부가 말했다. 그래도 지혜는 미동도 하지 않았다.

"그만 좀 하라니깐."

그제야 지혜의 상체가 미세하게 움직였다.

"죄송하지만 오빠, 나 좀 그냥 내버려 둬."

"이젠 내가 못 견디겠어. 제발 그만 좀 해."

그러나 최병부는 꿈 이야기는 하지 않았다.

"길어야 일주일이야. 일주일은 물 한 모금 안 마시고 거꾸로 매달려 있어도 안 죽어."

"자기는 경우가 다르잖아."

"뱃속의 막내도 엄마를 이해해 줄 거야."

"자기는 도통 가능과 불가능을 구별할 줄 몰라. 이건 백 퍼센트 불가능이라고."

최병부는 안타까워 음성을 높였다.

"불가능은 아직 가능하지 않을 뿐이야."

강지혜도 지지 않고 맞섰다.

"그건 궤변이야. 언어유희에 지나지 않는다고. 이 세상의 생명을 가진 자는 모두 생명의 시계가 멈추는 순간 되살아나는 건 불가능해. 불가능은 그럴 때 쓰는 말이야. 그런 상황에서 그렇게 말할 수 있겠어?

그건 사이비 종교 집단들이나 지껄여대는 헛소리야. 이 경우도 마찬가지야. 부활만큼 불가능한 일이라고."

"내 걱정 말고 그냥 들어가 자, 오빠."

강지혜가 나지막한 목소리로 최병부를 구슬렸다.

"좋아, 그럼. 자기가 그렇게 소원하니까 약속한 날까진 기다려줄게. 단, 잠은 안방에서 자자. 침대에 누워서 생각해도 되잖아. 어쩌면 편안하면 생각이 더 활성화될지도 몰라. 나도 그런 경험 많아. 문제가 꼬여 해결 방법이 안 보일 땐 사우나에 가 땀 빼고 안락의자에 누워 휴식을 취하면 의외로 기발한 아이디어가 떠올라. 결코 자기를 꼬드기기 위해 하는 거짓말이 아니야. 진짜라니까. 당장 실천해 보라니까."

"그냥 들어가래두."

강지혜는 끝내 고집을 꺾지 않았다.

최병부는 이러지도 저러지도 못하고 안타까운 눈빛으로 강지혜를 바라보며 멍청히 서 있었다. 벽시계의 시침은 어느새 '12'를 넘고 있었다.

아홉째 날

1

"여보……."

남상운은 최정혜의 중얼거림에 눈을 떴다. 최정혜는 여전히 한쪽 다리를 개구리처럼 움츠린 채 얼굴을 베개 모서리에 박고 있었다. 그런 자세로 오른손을 뻗어 남상운의 몸을 더듬으며 중얼거림을 이었다.

"나 때문에 진짜 화 많이 났지?"

"도대체 어디서 그렇게 술을 퍼마신 거야?"

남상운은 정말 화가 나 따졌다.

"경화 올케랑. 몸만 덥히고 오려 했는데 올케가 놔 줘야지."

"어디서 많이 들어본 소리 같다."

"사실이라니까."

"사실이고 오실이고 간에 얼른 일어나. 은비한테 야단맞기 전에."

남상운이 몸을 일으켰다.

"당신이 은비 아침 좀 챙겨 주면 안 돼? 진짜 못 일어나겠어."

"꼴좋다. 당신 정말 최씨 집 고명딸 맞아? 지금 이럴 상황이냐고."

남상운이 투덜거리며 거실로 나왔다.

"엄마 아직 안 일어났어?"

소파에 앉아 세계 명작 동화를 읽고 있던 은비가 물었다.

"좀 더 자고 싶대."

남상운이 솔직히 말했다. 금세 뾰로통해진 은비가 발딱 몸을 일으켰다. 은비의 손에는 볼펜과 종이 한 장이 들려 있었다.

"빨리 안 일어나?"

안방 문을 거칠게 밀고 들어간 은비가 소리쳤다.

"미안해, 은비야. 오늘만 좀 봐 줘."

남상운은 걱정되어 방으로 들어가 보았다.

"열 세 때까지 안 일어나면 이불 걷는다."

은비는 결코 용서해 줄 마음이 없는 표정이었다.

"은비야, 오늘만."

최정혜는 이불을 뒤집어썼다. 정체불명의 거대한 짐승이 널브러져 발악하고 있는 것 같았다. 은비가 야무지게 말했다.

"안돼. 얼른 일어나 반성문부터 써. 다시는 술 먹고 늦게 들어오지 않겠다고."

"알았어. 그러니까 오늘만."

이불 짐승이 애원했다.

"은비야, 아빠가 머랭 맛있게 만들어줄게. 그러니까 한 번만 봐 줘."

남상운은 은비를 간신히 구슬려 밖으로 데리고 나왔다.

2

존경하는 어르신께

본인은 정의를 사랑하고 대한빌딩을 늘 효제(孝悌)의 상징으로 자부하는 암행어사 박문수입니다. 긴히 들릴 말씀이 있어 존경하는 어르신께 감히 글을 올리나이다. 도축자 여사의 주장은 모두 사실입니다. 지난해 12월 여사께서 최대한 회장이 빌딩을 담보 잡혀 일억 원을 대출받아 내연녀에게 주었다는 소문을 듣고 뒷조사를 해보니 놀랍게도 사실이었습니다. 각서는 그 무마용으로 최대한 회장이 직접 작성해 준 것입니다. 당시에는 모텔 등 불륜 현장을 찍은 사진도 있었으나 합의하에 없앤 줄 압니다. 존경하는 어르신, 지금이 어느 때입니까? 진실을 밝히고자 모두 광장으로 달려가 촛불을 드는 시대가 아닙니까? 적어도 악화가 양화를 구축하고 불의가 정의를 억압하는 일은 없어야 하지 않겠습니까? 부디 포청천 같은 현명한 판단을 내려주시길 앙망하나이다. 암행어사 박문수 배

장인환은 아침에 암행어사 박문수를 자청하는 사람으로부터 장문의 문자메시지를 받았다. 장인환은 처음 잘못 전달된 문자이거나 기업 상품을 광고하는 스팸 문자인 줄 알았다. 요즘은 그런 쓸데없는 문자들이 시도 때도 없이 들어와 기분이 상해 있던 참이었다. 그래서 읽지도 않고 삭제하려는데 언뜻 '대한빌딩'이라는 단어가 장인환의 눈에 들어왔다. 새삼 돋보기까지 꺼내 꼼꼼히 읽어본 장인환은 그제야 예사 문자가 아니라는 걸 깨달았다. 내용이 해괴하고 충격적이라 선뜻 믿어지지 않았으나 그렇다고 거명하는 이름이 정확하고 정황이 구체적이라 마냥 무시할 수도 없는 노릇이었다. 장인환은 고민 끝에 발신 번호로 전화까지 해보았으나 전화는 끝내 연결되지 않았다.

장인환은 대종 묘사 후 바로 대한빌딩으로 돌아왔다. 당초 묘사 후 재실에 들러 음복하고 점심까지 때우고 돌아올 생각이었으나 그럴 여유가 없었다. 도대체 박문수란 자가 누구이며 내 전화번호는 어찌 알았고, 무슨 마음으로 갑자기 제보했으며 그자의 말은 어디까지가 사실

인지 곱씹을수록 궁금한 점이 한두 가지가 아니었다. 담보 대출 건이라면 관리소장이 혹 알고 있을지 몰라 장인환은 곧장 관리사무소로 갔다. 소장은 없고 사무소의 문은 열려 있었다.

"교장 선생님께서 어쩐 일이십니까."

어디서 불쑥 모습을 드러낸 도 소장이 허리를 구십 도로 꺾으며 인사했다.

"일요일에도 출근하는가?"

장인환은 반가워 인사조로 물었다.

"빌딩 돌보는 일에 일요일이 어디 있겠습니까. 여기 있으나 집에 있으나."

도 소장이 웃으며 말했다. 도 소장은 엎어지면 코 닿을 큰길 건너편 아파트에 거주하고 있었다.

"잠시 물어볼 게 있어 에멜무지로 들렀네. 솔직히 대답해 주게."

"예, 교장 선생님. 말씀하십시오."

"뜬소문에 처남이 이 빌딩을 담보로 일억을 빌렸다는 말이 있던데, 자네도 혹 알고 계시는가?"

장인환은 도 소장의 차 한 잔 권유를 사양하고 단도직입적으로 물었다.

"저는 듣는 게 처음입니다. 아마도 뜬소문일 겁니다. 그럴 리가 있겠습니까."

도 소장이 정색해 대답했다.

"정말 들은 바 없는가?"

"예, 없습니다. 제가 어찌 교장 선생님께 거짓으로 고하겠습니까. 정

못 미더우시면 인터넷으로 건축물등기부등본을 한번 열람해 보시지요. 그러면 금방 확인할 수 있는 일입니다."

"참, 그런 방법이 있군, 그래. 알겠네."

장인환이 일어났다. 도철식은 관리사무소를 나가는 장인환을 향해 구십도로 허리를 숙여 "안녕히 가십시오." 인사하며 희미하게 웃었다.

최숙희는 늦은 점심을 먹다가 장인환을 맞았다. 최숙희는 집 안으로 들어서는 장인환의 얼굴을 보고 흠칫 놀랐다. 표정이 전에 없이 어둡고 굳어 있었다. "무슨 일 있었소?" 최숙희가 뒤따라 들어가며 물었으나 대꾸가 없었다. "점심은 어쨌소?" 그제야 제 방으로 들어가며 대꾸했다. "아직 전이오." 최숙희는 장인환의 밥을 푸고 국을 데우기 위해 가스레인지 불을 켰다.

옷을 갈아입고 나온 장인환은 주방 식탁에 최숙희와 마주앉았다. 시래깃국에 밥을 말며 도 소장에게 물었던 뜬소문에 대해 넌지시 물어 보았으나 내자의 대답 역시 대동소이했다. 그러면 그렇지, 그럴 리가……. 장인환은 암행어사 박문수의 제보가 허무맹랑한 거짓임을 증명하기 위해 서둘러 점심을 먹고 제 방의 인터넷을 켰다.

3

최대한은 관리실에서 박유식과 함께 자장면을 시켜먹고 커피를 마시며 한껏 여유를 부리다가 최숙희의 전화를 받고 소스라쳤다. 오전에 큰놈의 보고에 의하면 의견서 건도 차질 없이 잘 진행되고 있고 무엇보다 엊저녁 딸년의 수색 완료 보고가 앓던 이를 뽑은 듯해 이젠 정말 시간 보낼 일만 남았구나 생각하고 있던 참인데, 날벼락 같은 전화가 걸려온 것이다. 최숙희가 말했다. "아무래도 자네 자형이 뭔 냄새를 맡은 것 같네. 다짜고짜 대출 건을 묻길래 나는 금시초문이라고 딱 잡아뗐네만, 그 성질에 그냥 넘어가지는 않을 것 같고 곧 동생을 찾아가 꼬치꼬치 캐물을지 모르니 잘 대처하시게."

"허허, 며늘아기와는 비교도 안 되는 암초를 만났구려."

최대한의 말을 들은 박유식이 탈기했다.

"어찌하면 좋겠는가?"

최대한은 바짝 애가 달았다.

"먼저 진의 파악이 중요하네. 어르신께서 이번 건에 대해 얼마만큼 알고 계시는지……."

"그걸 어찌 알 수 있겠는가."

"최 회장, 혹시 최근에 섭섭하게 대접한 사람이 있는가?"

"글쎄."

최대한은 박유식의 말을 듣고 보니 떠오르는 사람이 있었다. 황 군과 김난희 여사. 황 군은 그럴 깜냥도 못되고 가능성이 있다면 김 여사뿐인데, 그 여자가 시시콜콜한 그런 것까지 알 까닭이 없었다. 최대한이 말했다.

"불현듯 짚이는 사람이 있긴 하네만, 가능성이 희박하네. 지금은 정보 제공자 사냥보다 대처가 우선인 것 같네. 좋은 대처 방법이 없겠는가?"

"소실대탐하게."

박유식이 지체 없이 대답했다. 그가 그렇게 즉각적으로 반응하기는 처음이었다. 박유식도 그만큼 사태의 심각성을 느끼고 있다는 반증이었다.

"작은 것은 내주고 큰 것을 지키게. 뿌리의 깊이를 가늠할 수 없는 나무를 캘 때는 늘 최대치를 가정하고 작업해야 하네. 마찬가지로 어르신께서 이번 사건의 내막을 소상히 알고 있다는 전제하에 차근차근 대처해야 후환이 없네."

"좀 더 구체적으로 설명해 주게."

최대한은 빈 커피 잔을 홀쩍 마셨다가 내려놓았다.

"그러니까 어르신께서 대출 건을 물으시거든 싹싹하게 인정해주게. 어차피 대출 건은 건물 등기부등본을 열람해 보면 알 수 있는 일이네. 그러니까 그런 확실한 것은 화끈하게 인정해줘서 어르신으로 하여금 다음 말을 믿게끔 신용을 쌓게. 그 다음부터는 사안에 따라 임기응변으로 적절히 대처하게. 그러나 꼭 명심해야 할 것이 있네. 어떤 경우라도 다된 밥에 코는 빠뜨리지 말게."

"휴~."

최대한이 한숨을 크게 들이마셨다가 길게 내뿜었다.

"처남, 나 좀 보게."

아니나 다를까 문이 펄쩍 열리며 모직 슈트 차림에 중절모를 쓴 장인환이 저승사자처럼 모습을 드러냈다.

4

　장인환은 뒷짐 지고 묵묵히 해주집으로 향했다. 최대한은 개장수에게 끌려가는 개처럼 잔뜩 위축된 걸음새로 장인환의 뒤를 따랐다. 오늘만큼은 해주집이 최대한에겐 고향 같은 푸근한 장소가 아니라 음산한 도살장 같은 느낌으로 다가왔다.

　"주인장, 특별히 할 말이 있어 그러하니 따로 방 하나만 내어 주시오."

　장인환이 해주집 사장에게 말했다. 사장은 손님 맞을 홀의 탁자를 닦고 있었다. 장인환을 알아본 사장이 공손히 허리를 숙였다. 사장이 앞장서 방을 안내했다. 내실에 딸려 있는 골방이었다. "불은 금방 넣어 드리겠습니다." 사장이 말했다.

　"오늘 술값은 이것으로 계산해 주시오." 장인환이 안주머니의 지갑에서 카드를 꺼내 사장 앞으로 내밀었다. "우선 막걸리 열 병하고 수육 대자로 한 접시 갖다 주시오. 잔은 보시기 말고 대폿잔으로 갖다 주시고……."

　"열 병씩이나요?"

　사장이 카드를 받다 말고 제 귀를 의심하듯 반문했다.

　"부족하면 나중에 더 시킬 테니 우선 그렇게만 갖다 주시오."

　"자형!"

　최대한은 애걸하는 눈빛으로 장인환을 불렀다. 그러나 장인환은 대꾸 대신 헛기침을 뿌리며 방으로 들어갔다. 장인환이 안쪽에, 최대한은 문 쪽에 자리 잡았다.

"듣자하니 처남이 이 바닥에서는 당할 자가 없는 대주가란 소문이 파다하던데 과연 그러한지 오늘 나하고 내기 한번 해보세."

앉자마자 장인환이 말했다.

"자형, 대체 왜 이러십니까? 무슨 일인지 말씀해 주셔야……."

최대한이 시치미를 떼고 말했다. 그러나 장인환은 들은 척도 하지 않았다.

"내기에는 무얼 걸어야 흥미가 있으니 이렇게 하세. 처남이 이기면 처남의 말이 사실이고 내가 이기면 처남의 말이 거짓인 걸로…… 어떤 가?"

"저는 지금 꼭 도깨비에게 홀린 기분입니다. 자형이 대체 무슨 일로 이러시는지 내 둔한 대갈빼기로는 감을 잡을 수 없습니다. 자형, 섭섭한 점이 있으면 솔직히 말씀해 주세요. 조상 전에 이 최대한의 이름과 명예를 걸고 솔직하게 말씀 올리겠습니다."

최대한은 사정하듯 말했다. 그래도 장인환의 태도에 변화가 없자 최대한은 길게 한숨을 내쉰 뒤 담배를 빼물고 밖으로 나갔다. 사장 내외가 술과 안주를 쟁반에 나눠 담아 들고 왔다. 술상을 차리는 사장의 표정은 어둡고 불안감에 싸여 있었다.

"내기는 공정해야 하니 술은 겨끔내기로 따르기로 하세. 따르고 나서 오 분 내로 대폿잔을 다 비우지 못하면 일차 주의, 이차 경고, 그 다음 위반 시는 진 걸로 약정하세. 그럼 나부터 먼저 따르겠네."

최대한이 들어와 앉자 장인환이 말했다. 최대한은 어처구니가 없어 멀거니 바라보고만 있었다. 막걸리 한 병은 딱 대폿잔 두 잔이었다.

"들게."

장인환이 시범을 보이듯 단숨에 한 잔을 들이켰다. 최대한도 하는 수 없이 잔을 들었다. 최대한은 걱정이 이만저만이 아니었다. 현직에 있을 땐 종종 술자리에 어울리기도 했지만, 퇴직한 뒤로는 거의 술자리와 담을 쌓고 지내던 장인환이었다.

　"맨송맨송 술잔만 들면 심심하니 문답놀이하며 내기하기로 하세. 문답놀이도 겨끔내기로 하기로 하세. 상대의 문답이 끝나고 일 분 내로 문답놀이에 응하지 않으면 그 권한을 상대에게 넘기는 것으로 하세. 그럼 나부터 시작하겠네."

　공정하게 두 잔씩 비우고 났을 때 장인환이 제안했다.

　"좋습니다. 어디 한번 물어보세요. 나는 묻고 자시고 할 것도 없으니 원도 한도 없이 실컷 물어보시오."

　최대한은 독이 올라 자세를 고쳐 앉았다.

　"그럼 그리 알고 묻겠네. 듣자하니 처남이 대한빌딩을 담보 잡혀 일억을 대출해 누굴 줬다는 소문이 있던데, 사실인가?"

　"네. 있습니다. 친구가 사업 자금으로 급전이 필요하다기에 돈이 융통되는 대로 이자 쳐서 돌려받기로 하고 대출해 주었지요."

　"그 친구가 남자인가, 여자인가?"

　최대한은 뜨끔했다. 순간 박유식이 말한 소실대탐이 생각났다.

　"여자 친굽니다. 그야말로 아무 관계가 없는, 순수한 여사친입니다. 이제 궁금증이 풀렸습니까?"

　"듣게."

　장인환이 말없이 대폿잔을 채운 뒤 말했다.

　"다시 처남에게 묻겠네. 정말 아무런 사이도 아닌 여사친인가?"

다시 두 잔씩을 비우고 났을 때 장인환이 물었다.

"내가 뭐가 구려 그 따위 걸 거짓부리로 고하겠습니까."

최대한은 콧방귀를 뀌곤 수육 두 점을 뭉쳐 김치쪼가리와 함께 입으로 가져갔다.

"그럼 처남은 아무런 사이도 아닌 그런 여사친과도 아무 거리낌 없이 모텔을 들락거리는가?"

최대한은 일순 가슴이 덜컥 내려앉았다. 그러나 더 이상 밀려서는 죽도 밥도 안 된다는 예감이 번개처럼 스쳐 지나갔다. 최대한은 정신을 차리려고 눈을 부릅떴다.

"허무맹랑한 낭설이고, 모함입니다. 그런 일은 결코 없습니다."

장인환은 말없이 술병을 들었다.

"들게."

장인환이 빈 대폿잔을 채운 뒤 말했다. 최대한은 댓바람에 잔을 비웠다. 그리고 막걸리 병을 따 두 잔에 콸콸 들이부었다. 오냐, 그래. 누가 죽나 어디 한번 해보자. 최대한의 내부에서 그런 오기가 온천수처럼 끓어올랐다.

"다시 묻겠네. 듣자하니 처남이 처남댁에게 불륜 현장이 발각되어 무마용으로 그런 각서를 써주었다는 소문이 있던데, 그것도 사실인가?"

두 잔씩을 다 비우고 났을 때 장인환이 물었다. 장인환의 얼굴이 붉어졌다가 시나브로 창백해지기 시작했다.

"원인이 없는데 어찌 결과가 있겠습니까. 모두 조작이고 새빨간 거짓말입니다."

장인환은 다시 술병을 집어 들었다.

"처남은 조금 전 솔직히 말하겠다고 약조한 그 신의마저 저버렸네."

다시 두 잔씩을 비우고 났을 때 장인환이 말했다.

"미치고 폴짝 뛰겠습니다. 제발 내 말을 좀 믿어 주세요, 자형."

"나도 마음으로는 처남의 말을 백 번 믿고 싶네. 헌데 처남의 눈이 처남의 입이 거짓말하고 있다고 내게 고자질하고 있네. 눈뿐만 아니라 처남의 머리칼, 코, 귀, 팔다리, 가슴까지 모두 거짓부리로 나불거리는 처남의 비열한 입을 향해 육두문자를 쏟아내고 있네. 그리고 처남의 눈에는 보이지 않을 것이나 지금 내 옆에는 멀리 극락에서 특별휴가를 내어 왕림하신 빙장어른이 앉아 계시네. 처남의 한심한 작태를 보고 지금 분기탱천해 있네. 아시겠는가? ……처남에게 다시 묻겠네. 그래서 각서를 써주었다는 게 사실인가?"

다시 두 잔씩을 비우고 났을 때 장인환이 음전하게 다그쳤다.

"맹세코 그런 사실이 없습니다."

장인환이 대꾸 없이 술상 모서리에 붙어 있는 벨을 눌렀다. 사장이 부리나케 달려왔다. "여기 술 열 병 더 갖다 주시오." 장인환이 말했다. 사장이 얼른 대답하지 못하고 머뭇거리자 장인환이 벼락 치는 소리를 냈다. "주인장, 내 말이 안 들리시오. 어서 가져오란 말이오. 막걸리가 다 떨어졌으면 맥주든 소주든 박스째 가져오시오." "옙!" 놀란 사장이 식겁하고 물러났다. 최대한은 그만 질려 숨이 콱 막혔다.

"들게."

새로 가져온 막걸리 병을 따 천천히 대폿잔에 술을 따른 장인환이 말했다.

"다시 묻겠네. 그 무마용으로 각서를 써주었는가?"

잔을 비운 장인환이 물었다. 최대한이 전율하며 선뜻 대답을 못하자 장인환이 덧붙였다.

"이제라도 이실직고하면 여기 있었던 일은 모두 비밀로 부치겠네. 그리고 처남의 명예는 최대한 보장되도록 내가 적극 나서서 수습하겠네."

"자형, 죽을죄를 지었습니다."

최대한이 대폿잔을 들다 말고 무릎을 꿇었다.

"모두 인정한다는 뜻인가?"

최대한은 무릎을 꿇은 채로 고개를 끄덕였다.

"그럼, 각서를 빼돌린 것도 처남 소행인가?"

"그건 맹세코 아닙니다. 아마도 내자가 무얼 착각하고 진짜는 버리고 가짜를 보관하고 있은 듯합니다."

"알겠네. 처남댁이 오는 대로 당장 가족회의를 소집하게."

"예. 정말 죽을죄를 지었습니다."

최대한의 대답이 떨어지기가 무섭게 장인환의 고개가 앞으로 꺾였다. 놀란 최대한이 부둥켜안았다. 장인환의 몸이 수양버들처럼 늘어졌다. 얼핏 보아 절명한 것 같았다. 최대한은 벨을 누르다 고함을 질러 사장을 불렀다. 사장이 하얗게 질린 얼굴로 달려왔다.

"자형이 혼절했네. 어서 앰뷸런스를 불러주게."

최대한이 다급히 말했다.

사장이 신발 신은 채로 뛰어 들어와 등을 들이밀었다. 사장은 장인환을 들쳐 업고 대로변의 와우병원으로 준마처럼 내달렸다. 최대한은 사장의 뒤를 따라가다 말고 최숙희에게 급보를 전했다. 급보는 삽시간에 대한빌딩으로 화염처럼 퍼졌다.

급보를 전해들은 가족들은 놀란 얼굴로 왁자하니 빌딩을 뛰쳐나왔다. 최갑부, 을부, 병부가 다투듯 앞서거니 뒤서거니 하며 주차장 옆길로 해서 와우병원으로 달려가고 그 뒤를 혼비백산한 몸꼴의 최숙희와 도철식이 종종걸음치고, 그 뒤를 강지혜, 최정혜, 허경화가 잰걸음으로 따라붙고 있었다. 정은숙은 가게를 팽개칠 수가 없어 매장 밖으로 나와 발만 동동 구르고 있었다. 주변의 식당, 가게 사람들도 갑작스런 소란에 무슨 일인가 싶어 얼굴을 내밀거나 문 밖으로 나와 이들의 행각을 구경하듯 지켜보고 있었다.

허겁지겁 관리실로 돌아온 최대한은 냉수를 거푸 두 컵이나 마시고 무너지듯 소파에 주저앉았다.

5

이놈! 역발산의 호통에 놀라 최대한이 돌아보니 회색 도포 차림의 선친이 진노한 얼굴로 노려보고 있었다. 장인환의 말은 결코 허풍이 아니었다. 선친은 정말 극락에서 특별휴가를 내어 왕림해 계셨다. 최대한은 그 자리에 꿇어앉았다. 못난 놈! 내가 너를 그리 가르치더냐. 따라오너라. 선친이 도포자락을 펄럭이며 앞장섰다. 뒷짐 진 선친의 손에는 닥나무 회초리가 한 움큼 쥐여 있었다. 최대한은 천 길 낭떠러지 바위인지 구름인지 아찔한 끝에 바지를 무릎 위까지 걷어 올리고 사시

나무 떨 듯 떨며 서 있었다. 사방은 불인지 놀인지 온통 벌겋게 물들어 있었다. 아버지, 죽을죄를 지었습니다. 한 번만 용서해 주시면 다시는……. 최대한이 울먹이며 용서를 구했으나 선친의 진노는 여전했다. 시끄럽다! 장 서방은 널 용서했는지 모르지만 나는 절대 용서 못 한다. 지금부터 네 죄를 거명할 터이니 한 자도 빠뜨리지 말고 복창하거라. 선친이 회초리를 높이 쳐들었다. 선친은 죄명을 열거할 때마다 회초리 자국이 붉게 돋도록 종아리를 후려쳤다.

조상을 능멸한 죄/조상을 능멸한 죄, 부모에게 불효한 죄/부모에게 불효한 죄, 조강지처를 핍박한 죄/조강지처를 핍박한 죄, 여색을 밝힌 죄/여색을 밝힌 죄, 하찮은 권력을 탐한 죄/하찮은 권력을 탐한 죄, 양심을 팔아먹은 죄/양심을 팔아먹은 죄, 신의를 저버린 죄/신의를 저버린 죄, 삿된 거짓말로 식솔들을 속인 죄/삿된 거짓말로 식솔들을 속인 죄, 권모술수로 자식들을 이간질한 죄/권모술수로 자식들을 이간질한 죄, 그러고도 부끄러워할 줄 모르는 죄/아이고, 아버지……. 최대한은 더는 견딜 수 없어 종아리를 두 손으로 감싸고 몸을 공벌레처럼 말았다.

"그만 일어나게."

선친이 아닌 누군가의 목소리가 들렸다.

"여기가 어딘가?"

최대한은 여전히 얼얼한 종아리를 감싸고 몸을 웅크리고 있었다.

"지옥일세."

"지옥이라니? 내 선친은 어디 가고 그대는 뉘신가?"

"그대 선친은 모르겠고, 이 사람은 지옥 중생을 구제하러 온 지장보

살일세."

최대한이 화들짝 놀라 눈을 떴다. 맞은편 소파에, 박유식이 예수처럼 양팔을 벌려 소파 등받이에 붙이고 앉아 껄껄 웃고 있었다. 최대한은 궁둥이에 똥침을 맞은 듯 일어나 앉았다. 관리실이었다. 밖은 어느새 어둠이 자욱이 내려앉아 있었다. 최대한은 그제야 기억의 터널이 조금씩 뚫렸다.

"자형은 어찌 되었는가?"

"조금 전, 최 회장 큰 자제분이 다녀갔네. 어르신은 다행히 링거주사를 맞고 깨어나 집으로 돌아갔다는 전갈이네."

최대한은 길게 안도의 한숨을 쉬었다.

"어서 일어서게. 오늘은 내가 해장술을 사겠네."

박유식이 꼬드겼다. 최대한이 간신히 몸을 일으켰다.

둘은 어둠을 헤집고 와우식당으로 올라갔다. 때가 지나 식당 안은 한산했다. 둘은 홀 중앙 식탁에 마주앉았다. 박유식이 선짓국과 막걸리를 주문하자 최대한이 말했다.

"막걸리는 쳐다보기도 싫네."

박유식이 소주로 바꾸어 주문했다.

"도대체 해주집에서 무슨 일이 있었는가?"

"다 끝났네."

최대한이 낙담한 얼굴로 대답했다.

"다 끝나다니? 그럼 어르신께 이실직고라도 했단 말인가?"

최대한이 고개를 끄덕였다.

"허허, 이런 날벼락이 있나. 내가 그렇게 신신당부했거늘."

박유식이 더 낙담했다.

"나도 내 자신을 이해할 수 없네. 누가 뒤에서 어깨와 머리를 짓누르는 것처럼 저절로 무릎이 꺾이고 고개가 끄덕거려졌네."

소주와 밑반찬이 나왔다. 다급해진 박유식이 소주를 플라스틱 물컵에 자작해 단숨에 들이켰다. 최대한은 술 생각이 없었다.

"그럼 참말로 최 회장은 십년공부 도루아미타불로 만들 셈인가?"

"어쩔 도리가 없지 않은가. 돌이켜보니 첫 단추부터 잘못 꿰었다 싶네. 마누라를, 평생 꾸어다놓은 보릿자루인 줄만 알고 깡그리 무시했던 게 잘못이었네. 빌어먹을 여편네가 일 년 새 그렇게 진화되어 있을 줄을…… 꿈엔들 상상했겠는가."

최대한은 회한에 젖어 두 손으로 얼굴을 비볐다.

"참말로 마음 비운 고승 같은 소리를 하고 있구먼. 찾아보면 방법이 있을 걸세. 차근차근 궁리해 보세."

"부질없네."

허연 김이 풀풀 날리는 선짓국과 공깃밥이 나왔다. 박유식은 걸신들린 비렁뱅이처럼 눈을 빛내며 의자를 바투 당겨 앉았다. 최대한은 입맛이 떨어져 아무것도 생각이 없었다. 박유식은 정말 궁리라도 하는지 밥과 선짓국을 먹는 내내 말이 없었다.

"최 회장, 이렇게 해 보면 어떻겠는가?"

박유식이 선짓국 밑바닥까지 핥고 소주로 입가심까지 하고 나서야 말문을 열었다. 최대한은 반에 반도 못 먹고 숟가락을 내려놓았다. 박유식이 말을 이었다.

"일단 숙희 누님에게 도움을 청하게. 어르신 연세에 술을 그 정도로 자시고 뻗었으면 전날의 일을 기억하지 못할 가능성이 농후하네. 만일 그렇다면 그런 다행이 없고, 그 반대면 무조건 오리발을 내밀게. 그러고는 전날 이실직고한 것은 자형의 건강이 염려되어 어쩔 수 없이 거짓 이실직고하지 않을 수 없었다고 시치미를 떼게. 어떤가?"

"소용없네." 최대한이 말했다. "박 사장은 장인환을 잘 모르네. 그 양반은 십수 년 사서삼경인가를 공부해서 여느 사람과는 차원이 다르네. 마음만 먹으면 혼령도 볼 수 있고, 눈빛이 말하는 소리까지 다 들을 수 있는 신통력을 가지고 있네. 그런 초능력자에게 알량한 잔머리가 먹히겠는가."

"허허, 난감, 난감, 난감이로고."

박유식이 자작해 거푸 소주잔을 기울이며 탄식을 쏟아냈다.

구석자리 손님의 요청에 따라 주인 아들이 홀 안의 텔레비전을 켰다. 텔레비전에서는 뉴스가 진행되고 있었다. 어제 광화문 광장에서 보여준 국민의 준엄한 뜻을 무겁게 받아들인다는 청와대의 입장이 비서실장의 입을 통해 발표되었으며 지난 4일 대통령의 대국민 사과 담화 이후 대통령의 최대 지지 기반인 대구·경북에서도 대규모 탈당 조짐을 보이고 있다는 뉴스가 이어지고 있었다.

"최 회장이 꼭 현 시국을 닮아가는구려."

뉴스를 보고 있던 박유식이 혼잣말처럼 중얼거렸다.

6

강지혜는 최정혜의 말이 못내 걸렸다. 고모부의 상태가 호전되어 집으로 돌아와 저녁을 준비하고 있을 때였다. 최정혜는 일부러 전화까지 해 가슴을 콕콕 찔렀다. "이게 다 너 때문이야. 네가 나서지 않았으면 도축자 여사가 출타하지도 않았을 거고 이런 일도 일어나지 않았을 거야. 넌 왜 그렇게 고지식하니. 세상은 때로는 못마땅해도 굽힐 줄 알고 꺾을 줄 알아야 하는 거야. 앞뒤로 수챗구멍처럼 꽉 막혀가지고는……. 넌 아니라고 부정하겠지만 내가 보기에는 넌 최씨 집안의 해결사가 아니라 훼방꾼이야. 알아? 그러고 보니 일주일이 내일모레네. 벌써 내일모레가 되게 궁금해진다."

해결사가 아니라 훼방꾼? 어쩌면 그럴지도 모른다고 강지혜는 생각했다. 그래서 최씨 집안을 주재하는 신께서 자신을 축출하기 위해 이런 덫을 만들어 놓고 자신을 유혹했는지도 모른다고 생각했다. 그런 생각이 미치자 강지혜는 다시 우울해졌다.

강지혜는 최정혜의 말을 잊으려고 바쁘게 움직였다. 강지혜는 더 이상 주방 식탁 의자에 웅크려 앉아 있지 않았다. 자신이 이 문제를 해결하는 것은 불가능하다는 걸 비로소 깨달았기 때문이었다. 남들은 단 하루면 깨닫는 것을, 자신은 꼬박 닷새나 걸린 셈이었다.

강지혜는 일부러 전통시장까지 내려가 삼겹살과 갈치를 사와 가족들에게 저녁을 해먹이고 설거지를 하고 병부의 와이셔츠를 다리고 내일 아침거리 렌틸콩과 수수를 불리고 아이들의 장난감을 정리했다.

그리고 이윽고 잠잘 시간이 되자 다소곳이 병부 곁으로 가 누웠다.

한없이 포근하고 따뜻한 그 자리가 이렇듯이 소중하고 행복한 자리인 줄은 전에는 느끼지 못했다. 강지혜는 온몸으로 전해오는 행복감에 저절로 눈물이 솟구쳤다.

최병부가 몸부림치다 무언가 물컹하니 만져지자 눈을 번쩍 떴다가 다시 돌아누웠다. 그러나 이내 눈이 화등잔만 하게 열려 벌떡 자리에서 일어나 앉았다. 그리고 강지혜의 이마를 짚어보며 물었다.

"진짜 지혜 맞지?"

최병부는 여전히 눈앞에 보이는 지혜가 믿어지지 않는다는 표정으로 내려다보았다. 응당 이날도 주방 식탁에서 날밤을 새우리라 믿고 혼자 쓸쓸히 안방으로 들어갔던 최병부였다. 강지혜가 말했다.

"만져봐 봐. 지혜 맞아."

강지혜는 병부의 손을 끌어당겨 자신의 젖가슴 위에 올려놓았다. 최병부가 젖가슴을 한 번 꽉 움켜쥐었다가 놓았다. 그리고는 강지혜를 보듬어 안았다.

"그동안 마음고생 시켜 미안해. 오빠 말이 맞아. 불가능은 아직 가능하지 않을 뿐이란 말은 궤변이었어. 내가 엉터리였어."

"그런 게 뭐가 중요해." 최병부가 어린애처럼 강지혜의 품안으로 파고들며 중얼거렸다. "닷새가 꼭 오 년 된 기분이야. 옆에 있으니 이렇게 좋은걸."

강지혜는 갑자기 어린애가 되어 버린 병부의 머리칼을 그렁그렁한 눈망울로 가만히 쓸어 넘겼다.

열째 날

1

강지혜는 한준과 도준을 학교와 어린이집으로 보내는 대로 최정혜를 찾아갔다. 최정혜가 근무하는 학교는 건물이 깨끗하고 쾌적했다. 교문으로 들어가는 진입로 양편으로 노란 은행잎이 자욱이 떨어져 운치를 더해 주었다. 교정 안에도 붉게 단풍든 나무들이 숲을 이루고 있었다. 학교가 아니라 흡사 공원 같았다.

강지혜도 한때는 교사가 꿈이었던 시절이 있었다. 실제로 몇 번 임용고사와 채용시험에 응시하기도 했다. 그러나 과목이 예체능이라 잘 뽑지 않는 데다 간간이 선발하는 인원수도 턱없이 적어 뜻대로 되지 않았다.

사층 진학상담실 옆 휴게실에서 오 분 정도 기다리자 연락을 받은 최정혜가 들어왔다. 덤덤한 표정으로 강지혜 앞에 앉은 최정혜가 물었다.

"갑자기 웬 행차야?"

"떠나기 전에 네가 근무하는 학교엘 꼭 한번 와보고 싶었어. 나도 한때 교사가 꿈이었거든."

"그게 다니? 녹차 한잔 할래?"

최정혜가 일어서며 지나가는 말처럼 물었다.

"있으면 연하게 한 잔 줘."

강지혜가 대답했다.

최정혜는 금세 녹차 두 잔을 만들어 가져왔다. 커피포트에서는 아까부터 물이 펄펄 끓고 있었다.

"실은 너한테 한 가지 부탁이 있어 왔어. 석준을 내가 데려갈 수 있게 해줘."

강지혜가 뜨거운 연녹색 녹차를 한 모금 마셨다가 말했다.

"꼴좋다. 도장은 가져 왔니?"

"대신 가족 이름으로 의견서를 제출하는 데 반대하진 않을게."

"너 아직 정신 못 차렸구나."

"부탁해. 진심이야."

"의견서에 끝까지 도장을 못 찍겠다 그런 말이구나."

"부탁해. 내가 할 수 있는 말은 이것뿐이야."

"좋아. 그동안의 정을 생각해 건의는 해볼게."

강지혜의 눈에 맺힌 눈물을 본 최정혜가 말했다.

"부탁해. 은혜는 잊지 않을게."

강지혜는 일어섰다.

강지혜는 최정혜와 작별하고 언덕길을 타박타박 걸어 내려왔다. 날은 서늘했지만 햇살은 무척 눈부셨다. 아이들이 조잘대며 지나가는 모습들이 정겹고 부러웠다.

교문 밖 담장 밑에는 젊은 남자 선생님들이 떼거리로 모여 담배를 피우고 있었다. 그들이 한꺼번에 내뿜는 담배연기는 대중목욕탕 굴뚝을 방불케 했다. 강지혜가 학교에 다니던 시절에는 볼 수 없었던 풍경이었다.

강지혜는 낯선 풍경에 잠시 곁눈질하다가 아, 담배 냄새! 하고 나직이 부르짖었다. 그 순간 강지혜의 가슴속이 막혔던 하수구처럼 쿨렁, 뚫렸다. 강지혜는 스스로 놀라 손으로 가슴을 누르고 한달음에 대로 변까지 뛰어 내려왔다. 그리고 급하게 손을 흔들어 택시를 잡았다.

대한빌딩 건너편 다이소에 들렀다 온 강지혜는 집에 도착하자마자 예의 봉투와 편지지를 꺼냈다. 강지혜의 예감은 틀리지 않았다. 그 순간 강지혜의 가슴은 놀라움과 황홀감으로 뛰놀았다. 한번 뚫리자 안 보이던 것들이 이엄이엄 보이기 시작했다.

2

도축자는 출타한 지 나흘 만에 집으로 돌아왔다. 오자마자 도축자는 최갑부와 정은숙을 불렀다. 연락을 받은 부부는 매장을 도 소장에게 맡기고 급히 본가로 올라갔다.

도축자 앞에 꿇어앉은 최갑부가 말했다.

"미처 저희들이 어머니의 마음을 헤아리지 못했습니다. 얼마나 마음이 답답했으면 그런 마음을 잡수셨겠습니까."

"아니다. 내가 잠시 눈에 뭣이 덮어 씌어 깜빡 너희들을 잊고 있었다. 그동안 얼마나 벙어리 냉가슴을 앓았겠느냐. 얼음장 같은 저수지에 빠져 보니 정신이 버쩍 들더구나. 아뿔싸, 꿈을 현실로 착각했구나. 그동안 영감은 얼마나 억울하고 너희들은 또 얼마나 기가 막혔을꼬. 그런 생각에 쥐구멍이라도 숨고 싶었다. 그래 이틀 동안 부처님께 하루에 열 번 씩 백팔 배를 올리며 속죄하면서 승기 시험 잘 치게 해달라고 축원했다. 세상 이치가 다 그렇다. 북풍한설이 몰아쳐도 봄이 오고 꽃잎이 떨어져도 열매 맺는 법이다. 스님 말씀으로는 내가 지면 승기가 이긴다고 했으니 아마도 승기가 시험을 잘 칠 게다.”

“저희들도 반성 많이 했습니다. 며칠 전에는 승기가 감기 기운이 있어서 가슴이 덜컥 내려앉았습니다. 그때 솔직히 어머님을 좀 원망했습니다. 정말 죄송해요, 어머님.”

도축자의 말에 감격한 정은숙이 말했다.

“내가 승기 어미 심정을 왜 모르겠느냐. 입이 열 개라도 할 말이 없다. 허나 비온 뒤에 땅이 더 단단해진다 했으니 모두 잘 될 게다.”

도축자는 미리 준비한 봉투를 부부 앞으로 내려놓았다.

“이게 뭐예요, 어머님?”

정은숙이 놀란 표정으로 물었다.

“늙어서 병원 갈 일 없으면 돈 쓸 일이 뭐 있겠느냐. 그걸로 승기 몸 보신시켜라.”

봉투 안을 확인한 정은숙이 더 놀랐다.

“백만 원이다. 몸보신시키고 남거든 용돈으로 줘라. 시험 치고 나면 쓰일 돈도 많을 게다.”

“감사합니다, 어머님.”

“그만 가서 일 봐라.”

봉투를 쥐고 일어서는 정은숙의 눈에 눈물이 맺혔다.

매장으로 돌아온 최갑부와 정은숙은 즉시 가족들에게 긴급 뉴스를 전했다.

마음이 착잡해 달맞이꽃 찻집에서 혼자 차를 마시고 있다 큰놈으로부터 경천동지의 소식을 전해들은 최대한은 이게 꿈이냐 생시냐 싶었다. 분명히 네 어미가 꿈을 현실로 착각했다고 실토했단 말이지? 듣고

도 믿어지지 않아 다시 확인했을 정도였다. 꼭 용궁에 갔다가 천우신조로 살아 돌아온 토끼가 된 기분이었다.

최대한은 즉시 박유식에게 전화했다. 박유식은 오전에 자녀들이 주선한 마누라와의 화해 자리에 참석하기 위해 출타했다. 최대한의 전화를 받은 박유식도 놀라움을 금치 못했다. 박유식이 시샘하듯 말했다. "최 회장은 전생에 복을 많이 지었구려. 명줄 긴 놈은 사형장에 끌려가도 총알이 알아서 피해 간다더니 최 회장이 그 짝이구려." 그러고는 대뜸 이악한 본심을 드러냈다. "어쨌거나 사필귀정이 되었으니 정 마담 건과 관리실 평생 무료 사용 건은 잊지 말게."

최대한은 뜻밖의 기쁨을 주체할 수 없어 곧장 최숙희에게도 전화했다. 역시 피는 물보다 진했다. 소식을 접한 최숙희는 제 일처럼 기뻐하며 말했다. "뒤늦게나마 올케가 정신을 차렸다니 그런 다행이 없다. 다 부처님의 가피고 조상님의 음덕이니 감사, 감사, 감사하시게."

기뻐하기는 최을부, 최병부, 남상운도 마찬가지였다. 뜻밖의 소식을 접한 최을부는 기쁜 나머지 "한 번씩 물에 빠질 만하네요." 했고, 최병부는 "저수지가 아니라 강이나 바다에 빠졌다면 도가 터졌을 것 같아요."라고 너스레를 떨었고, 남상운은 "진짜 술 한잔 해야겠네요."라고 뜻밖의 말을 했다.

그러나 여자들의 반응은 제각각이었다. 정은숙의 전화를 받은 허경화는 "어차피 결론은 그렇게 나게 돼 있었어요, 형님."라고 평가 절하했고, 다시 힘을 내어 범인 찾기에 골몰하던 강지혜는 "어머님께서 정말 그렇게 말씀하시던가요?" 하며 허탈해 했다. 가장 부정적 반응을 보인 이는 최정혜였다. 최정혜는 "꼴좋다. 남부끄러워 얼굴 들고 어찌

다닐는지 몰라. 내가 손이야 발이야 빌 때 못 이기는 척 들었으면 누이 좋고 매부 좋고 할 텐데. 된통 한번 당해 봐야 개구리 올챙이 시절을 안다니까."라고 비아냥거렸다.

장인환과 도철식은 뜻밖의 소식에 큰 충격을 받은 모습이었다. 전날의 과음 후유증으로 종일 자리보전해 있다가 최숙희로부터 소식을 전해들은 장인환은 놀라 화들짝 일어나 앉았고, 최갑부로부터 직접 소식을 전해들은 도철식은 그길로 바로 관리소로 들어가 사표를 썼다.

3

강지혜는 소식을 듣자마자 황급히 본가로 내려갔다. 도축자는 기척 없이 안방에 누워 있었다. 늘 켜놓던 텔레비전도 켜지 않은 상태였다. "어머님, 저예요." 그제야 돌아 누운 몸이 꿈틀거렸다. "지혜냐?" 도축자가 간신히 몸을 일으켰다. 눈두덩이 부어 있었고, 눈자위에는 물기로 번들거렸다.

"왜 갑자기 그러셨어요?"

강지혜가 안타까워 말했다.

"방법이 없었다." 도축자가 긴 한숨을 내쉰 뒤 말을 이었다. "내가 졌다."

"아직 기회가 있어요. 힘을 내세요, 어머님."

"다 끝났다. 죽은 자식 불알 만지기다."

"저는 어머님의 말씀을 믿어요."

"참말이 반드시 거짓말을 이기는 것은 아니다. 그게 세상이다."

"어머님, 죄송해요."

강지혜가 울먹였다.

"나는 여태껏 네 시아비가 사람인 줄 알았다. 그런데 알고 보니 숨 쉬는 짐승도 아니고 바위였다. 바위는 벼락이나 다이너마이트가 아니고는 깨뜨릴 수가 없다. 그래서 차선책을 택하기로 마음을 고쳐먹었다. 내 명예와 빌딩을 잃는 대신 가정의 평화와 널 지키기로 말이다. 늙어빠진 주제에 그 따위 명예나 빌딩이 뭐 그리 중하겠느냐."

"정말 죄송해요, 어머님."

강지혜는 소리 내어 울었다.

"따지고 보면 이번 싸움에서 전혀 소득이 없지 않았다. 천금과도 바꿀 수 없는 널 얻지 않았느냐. 나는 그것으로 만족하고 앞으로 있는 듯 없는 듯 그렇게 살아갈란다."

"어머님!"

강지혜는 서러워 어깨를 들썩였다.

"지혜야, 그동안 이 시어미를 위해 고생 많았다. 이 시간 이후랑 봉투 따위는 잊고 석준이를 데려오너라. 패자는 뒤끝이 깨끗해야 한다."

"잘 알겠어요, 어머님. 대신에 제 부탁 하나를 들어주세요."

한참 뒤 울음을 그친 강지혜가 말했다.

"말해 봐라."

"저에게 돈 백만 원만 쓰세요."

"어디에 쓰려고?"

"허락하시면 말씀드릴게요."

"알았다."

강지혜는 눈물을 훔치고 자세를 고쳐 앉았다.

4

도축자는 저녁에 가족들을 본가로 불러들였다. 이번에는 최대한, 최숙희, 장인환도 참석했다. 가족들이 전원 참석하자 도축자가 담담히 말했다.

"즐겁고 기뻐야 할 영감 고희연 자리에서 내가 무단히 있지도 않은 각서가 있는 것처럼 난리를 쳐 미안하게 되었구나. 꿈을 현실로 착각해 그리 되었으니 늙은이의 망령이라 생각하고 이해해 다오. 영감에게는 참말로 죽을죄를 지었소. 이훌랑 들어도 못 들은 척, 보아도 못 본 척 죽은 듯이 지낼 테니 이년에 대한 노여움을 풀고 용서해 주시오."

말을 마친 도축자는 말아 쥔 손수건으로 눈두덩을 눌렀다.

"이왕 말이 난 김에 나도 한마디 하겠네." 장인환이 운을 뗐다. "평소 처남댁이 빈말하는 사람이 아니라 잠시 판단력이 흐려진 듯했네. 본인 입으로 모든 걸 실토하고 용서를 구했으니 달리 무슨 말이 필요하겠는가. 유구무언이네. 혹 어제 일로 섭섭하고 억울한 점이 있었더라도 상늙은이의 취중 망언망동이라 생각하고 널리 이해해 주게."

"저도 한 말씀 올리겠습니다. 있지도 않은 범인을 밝혀내겠다고 분수도 모르고 설친 점, 깊이 사과드립니다. 특히 아버님께는 본의 아니게 불편한 심기를 끼쳐 드리게 되어 몸 둘 바를 모르겠어요. 앞으로는 행동거지를 삼가고 각별히 조심하겠습니다. 아버님, 부디 너그러운 마음으로 용서해 주십시오."

강지혜는 말하고 최대한을 향해 깊이 고개를 숙였다.

"늙으면 꿈이 현실 같고 현실이 꿈 같은 때가 있다. 뒤늦은 감은 있지만 올케가 잘못을 깊이 뉘우치고 용서를 구했으니 동생이 한 말씀할 차례네. 한마디 하시게."

최숙희가 재촉하자 최대한이 헛기침으로 목소리를 고른 뒤 입을 열었다.

"입 안의 혀도 물리는데 어찌 한평생 함께 살면서 싸우지 않을 수 있겠느냐. 허나 싸울 때 싸우더라도 최소한의 기본 예의는 있어야 한다. 남도 아니고 한 식구끼리 내 한 욕심을 채우고자 있지도 않은 각서와 사진까지 들먹이며 경찰서에 신고하니 어찌니 겁박한 행위는 용서할 수 없는 일이다. 구름이 잠시 태양을 가릴 수는 있어도 영원히 가릴 수는 없는 법. 진실은 언젠가는 드러나게 마련이고 이것은 만고의 진리다."

어느 순간부터 손수건을 말아 쥔 도축자의 손이 떨리기 시작했다. 눈치 챈 강지혜가 그 손을 가만히 잡아 무릎 밑으로 내렸다.

"허나 누님의 말씀마따나 뒤늦은 감은 있지만 자신의 잘못을 뉘우치고 용서를 구했으니 이번 일은 이것으로 일단락 짓겠다. 차후에 또 이런 일이 발생할 시에는 그가 누구이든 일벌백계로 다스릴 터이니 다들 명심하기 바란다."

"고맙소."

도축자가 고개를 숙인 채로 말했다.

"입을 뗀 김에 한 가지 광고하마. 도 소장이 오늘 다저녁때 일신상의 이유로 사표를 제출했다." 최대한의 말에 모두 의외라는 표정을 지었다. "나도 너무 갑작스런 일이라 그 까닭을 물으니 도시생활에 염증을 느껴 귀농할 생각이라더라. 그래서 부득불 수리했다. 그렇잖아도 내년에는 생각을 달리 먹어볼까 싶던 터라 차라리 잘됐다 싶더라. 사람이나 물이나 한곳에 오래 머물면 썩게 마련이다. 근무는 이번 달까지 하기로 했으니 혹 주위에 좋은 사람이 있거든 추천하도록 해라. 곰곰이 되짚어보니 올해는 우리 대한빌딩이 유달리 다사다난했다는 생각이 들더구나. 봄에는 내가 난데없이 총선에 나간다는 입소문이 돌아 시끄러웠고, 내자가 무단히 엘리베이터에 발이 끼여 한 보름 고생했고, 여름에는 대한빌딩에 도둑이 들어 한바탕 곤욕을 치렀고 내가 남의 송사에 휘말려 생고생했고⋯⋯. 그 외에도 자질구레한 일까지 따져보니 열 손가락이 모자라더구나. 옛말에 좋은 일에는 마가 낀다 했으니 아마도 내년에는 좋은 일들이 많이 있을 모양이다. 너희들도 이번 일을 계기로 더욱 심기일전해 최씨 가문을 빛내는 일에 일조하도록 해라."

"박수~."

최대한의 말이 끝나자 최숙희가 박수를 유도했다. 최대한과 도축자를 제외한 전원이 박수했다. 장인환과 최숙희의 권유에 따라 곧 최대한과 도축자도 박수 대열에 합류했다. 한 차례의 화해 박수로 갈등이 일단락되자 강지혜가 미리 준비한 흰 봉투와 에이포 용지를 1호 봉투에서 꺼냈다. 그리고 말했다.

"제가 한 말씀만 더 드리겠어요. 어머님께서 이번 사건의 책임을 통감하시고 미안함의 표시로 거금 일백만 원을 내놓으셨어요. 이 돈을 어떻게 쓸까 고민하다가 고모부님께 자문을 구했더니 아이디어를 주셨어요. 이번 사건을 겪고 느낀 바를 형식에 구애됨 없이 자유롭게 소감문을 적어 주시면 엄격히 심사해 가장 귀감 되게 잘 쓰신 분께 일백만 원의 상금을 드리겠습니다. 저도 이번 사건의 책임에서 자유롭지 못합니다. 그래서 반성하는 마음으로 일인당 십만 원에 해당하는 찬조금을 후원하겠습니다. 내일 정오까지 지금 드리는 에이포 용지에 소감문을 적으셔서 봉투에 넣어, 반드시 봉해 주세요, 어머님께 내주시면 내시는 분에 한해 즉시 십만 원이 든 봉투를 드리겠습니다. 단 마감 시간을 넘기면 참여는 가능하나 십만 원의 봉투는 받을 수 없으니 명심해 주십시오. 이번 행사는 최씨 집안의 대화합과 조금 전 아버님께서 말씀하셨다시피 최씨 가문을 위한 심기일전의 계기로 삼고자 마련된 이벤트이오니 한 분도 빠짐없이 전원 동참해 최씨 집안의 후손들에게 귀감이 되는 좋은 글도 남기고 상금과 참여금도 꼭 받아 가시기 바랄게요. 정 쓰실 게 없으면, 빈 봉투만 내시면 안 되고요, 에이포 용지에 이름과 가훈만이라도 쓰셔서 내야 십만 원이 든 봉투를 받으실 수 있답니다. 심사는 고모부님께서 기꺼이 맡아주시기로 했어요. 결과는 심사가 끝나는 대로 이 자리에서 심사평과 함께 바로 발표하겠습니다."

강지혜의 발표로 좌중의 분위기는 한결 부드러워졌다. 최갑부가 "거 아이디어 좋네. 머잖아 우리 최씨 집안에도 훌륭한 문인이 탄생하겠구먼." 하고 분위기 띄우기에 나섰고, 최을부가 "아무래도 짜고 치는 고스톱 냄새가 나는걸. 글이라면 술꾼들보다 이야기꾼들의 전유물 아닙니까. 그러니 차라리 화끈하게 집 대항 고스톱으로 현금 박치기 하면 어떨까요?" 하고 풀무질했다. 최병부도 가세했다. "작은형님은 속으로 좋아 죽겠으면서 엄살떠는 것 좀 봐. 한때 작가지망생이 누구였더라." "옳소!" 정은숙이 최병부 편을 들었고, "길고 짧은 것은 대봐야 아니 원래 계획대로 합시다." 허경화가 은근슬쩍 최을부 편을 들었다. 남상운은 두꺼비모양 눈만 끔벅끔벅, 최정혜는 하는 짓들이 한심하다는 표정으로 시큰둥하게 앉아 있었다. 마침내 최숙희가 "둘째질부 말마따나 길고 짧은 것은 대봐야 아니 계획대로 시행해. 혹 아남. 상금 탄 사람이 일부를 희사하면 그때 가서 고스톱 대항을 하던지." 하고 결론을 내렸다.

강지혜로부터 흰 봉투와 에이포 용지를 받아든 남자들은 곧장 장형철의 횟집으로 갔고, 여자들은 최갑부의 집으로 갔다. 도축자는 이틀간의 밤샘을 구실로 모임이 끝나자마자 안방으로 들어갔지만, 장인환과 최숙희는 최대한과 함께 한 시간가량 더 노닥거리며 눌러앉았다가 돌아갔다.

5

강지혜는 한준의 숙제를 핑계로 잠시 얼굴만 내밀었다가 곧장 집으로 돌아왔다. 상심해 있을 어머님을 생각하면 노닥거리고 있을 기분이 아니었다. 강지혜는 집으로 돌아오자마자 친정으로 전화했다. 곁에 마침 지은이 있어 석준과 영상통화도 했다. 반가워 손을 내젓는 석준을 보자 강지혜는 괜스레 콧마루가 시큰거렸다. 내일 데리러 가겠다고 하자 주윤자는 벌써 그렇게 됐냐며 섭섭해 했다.

강지혜는 어머님을 잊기 위해 한준과 도준을 거실로 불러내 한준에게는 동화책을 읽게 하고 도준에게는 직접 동화책을 읽어 주었다. 한준과 도준이 잘 시간이 되어 자기 방으로 돌려보낸 뒤에도 강지혜는 일부러 일거리를 찾아내 부지런히 손을 놀렸다. 내일 아침 반찬거리를 미리 장만하고 아이들의 장난감과 책장을 정리하고 건조대의 내의와 수건을 개키어 제자리에 넣고 물티슈로 화분과 텔레비전, 장식장의 먼지를 닦고 영수증을 죄 꺼내어 그동안 미뤄둔 가계부를 적고 그러고도 시간이 남아 파워스윙청소기를 거실과 주방과 방으로 밀고 다녔다.

소감문 공모 아이디어는 강지혜가 냈다. 상금을 확보한 강지혜는 곧장 장인환에게 전화했다. 첫 번째는 연결되지 않았고 삼십 분 뒤 다시 전화했을 때, 목욕하고 지금 막 나오는 길이라며 반갑게 맞았다. 강지혜는 자초지종을 설명하고 대화합 차원에서 소감문 공모의 뜻을 피력했다. 강지혜의 말을 들은 장인환도 대찬성이었다. 장인환은 흔쾌히 심사까지 맡아 주기로 했고, 심사위원은 공모에 참가하지 않은 대신 심사비 명목으로 이십만 원을 드리기로 약속했다. 그리고 공모의 권위를 위해 아이디어는 장인환이 낸 것으로 입을 맞추었다.

강지혜는 최병부에게 소감문 공모 계획을 사전에 귀띔했다. 그리고 자신의 경거망동에 대한 사과의 뜻으로 이따 형님들과 남 서방에게 대접하라며 현금 오십만 원을 쥐어주었다. 강지혜는 현금 봉투를 내밀며 만에 하나 소감문 공모에 대한 부정적인 분위기가 형성되면 이를 막아

달라는 당부도 잊지 않았다. 최병부는 웬 돈이냐며 엄청 놀라는 표정을 지었지만, 입은 함박웃음으로 찢어졌다.

"내일 아침은 해 대신 달이 뜨겠네."

강지혜가 샤워하고 잠시 소파에 앉아 어깨를 주무르고 있을 때 최병부가 들어왔다. 얼굴이 말짱했다. 최병부가 말했다.

"돈이 좋긴 좋은 모양이야. 다들 돈 백만 원 따 먹겠다고 술을 마시지 않아. 그래서 적당한 날을 잡아 다시 모이기로 했어. 시간을 좀 더 주지, 그랬어?"

"소감문은 제때 써야 좋아, 음식처럼."

"하긴."

"오빠는 그냥 배짱 편하게 들어가 자. 내나 마날걸."

강지혜가 약을 올렸다.

"뭔 소리야. 나도 고등학교 재학 시절에는 문예부원이었다고. 두고봐. 경천동지의 참맛을 보게 될 걸."

"쓴맛만 안 봤으면 좋겠구먼."

"두고 보라니깐. 근데 이번에 자기 마음 잘 먹었어. 큰돈이 어디서 났는지 모르지만, 그동안 까먹었던 점수를 한꺼번에 만회하고도 남았어. 갑자기 내 어깨가 백두대간처럼 쫙 펴지더라고."

최병부는 말하고 화장실엘 들렀다가 자기 방으로 직행했다.

강지혜는 안방으로 들어갔다. 침대에 누워 휴대폰을 열어보니 카톡이 들어와 있었다. 한 시간 전에 허경화가 보낸 것이었다.

동서, 그동안 고생했어. 내 말이 맞지? 각서는 애초부터 존재하지 않았던 거야. 결과적으로 잘됐어. 이제 두 다리 쭉 뻗고 자겠네. 내일 봐.

강지혜는 카톡을 확인하고는 만사가 귀찮아 곧장 휴대폰을 내려놓았다.

마지막 날

1

강지혜는 도준을 어린이집 버스에 태워 보내고 바로 친정으로 갔다. 주윤자는 아픈 다리를 뻗어 주방 문지방에 걸쳐놓고 유아용 식탁의자에 앉아 있는 석준과 마주보고 영혼의 대화를 나누고 있었다. 강지혜를 보자 석준이 먼저 알아보고 반가워 자지러졌다. 강지혜는 눈물이 핑 돌았다. 석준을 보듬고 한동안 볼과 입에 마구 입을 맞추었다. 이를 지켜보던 주윤자가 말했다.

"석준이가 순둥이는 순둥이더라. 석준이 같으면 다리병신인 나도 감당하겠더라. 넷째를 낳거든 석준일랑 나한테 보내라. 아이고, 이를 어째……."

말하고 주윤자는 또 두 손으로 눈물을 닦았다.

"걱정 마. 당당하게 잘 키울 거야."

강지혜는 아파트 앞 약국에서 산 칼슘 영양제와 흰 봉투를 내놓았다. 주윤자가 봉투 속의 돈을 확인하더니 눈이 휘둥그레졌다. 강지혜는 임신 축하금 오백만 원 중 백만 원을 떼어 봉투에 넣었다. 오백만 원도 막상 쓰려니 쓰기가 만만찮았다. 어제 병부에게 오십만 원을 주고 소감문 공모 찬조금 백만 원, 심사비 이십 만원, 승기 용돈 및 수능 대박 기원 선물비 삼십만 원, 승기 수능 대박 축하 회식비 백만 원을 따로 떼놓고도 아직 백만 원이나 남았다. 강지혜는 그 돈은 자신을 위해서는 한 푼도 쓰지 않을 생각이었다. 강지혜가 말했다.

"내 돈 아니야. 아버님께서 귀한 손자 봐주셨다고 특별히 주신 거야. 더 도지기 전에 한의원이나 병원엘 가보든지 해. 무릎이 빨리 나아야 여행도 다니고 할 것 아냐. 정규한테서는 자주 연락이 와?"

"이틀에 한 번 꼴은 전화한다. 다들 잘 있다. 광수도 건강하게 잘 크고⋯⋯. 꼭꼭 네 안부도 묻는다. 지은이 짝만 맞춰 주면 아픈 무릎도 낫겠구먼, 도통 시집갈 생각을 안 한다. 결혼중개소에 내놓으려니 기함하고. 주위에 제부 될 만한 사람 없더냐?"

"결혼이 인위적으로 돼? 지은이는 지금도 충분히 행복하대. 요즘 혼자 사는 여자들도 많아."

"젊었을 때야 괜찮지만 늙어봐라, 다르다."

"시대가 달라졌다니까."

"아무튼 너도 눈 크게 뜨고 찾아봐라. 요즘은 지은이 생각만 하면 잠이 안 온다."

"갈게. 지은이 말고 건강 신경 좀 써."

강지혜가 갈 준비를 하자 주윤자가 말했다.

"온 김에 점심 먹고 가. 네 좋아하는 잡채 금방 할게."

"한가하게 그럴 시간 없어."

"너 보면 지은이 시집가고 싶다가도 쏙 들어가겠다. 아버지 제사 때는 올 거지?"

주윤자는 못내 섭섭한 표정으로 간신히 일어서며 말했다.

"그걸 말이라고 해? 꼭 병원엘 가 봐."

강지혜는 석준을 포대기에 싸 업고 현관을 나섰다.

바람은 차가웠지만 햇살이 따가워 강지혜는 양산을 받쳐 들고 아파트 담장 길을 걸었다. 강지혜는 아빠가 마지막으로 근무한 구청에 들러 익명으로 이웃돕기 성금 일백만 원을 기탁하고 나왔다.

2

"어디 갔다 왔냐?"

집에 도착해 석준을 내려놓는데 도축자가 전화했다.

"잠시 친정엘 다녀왔어요. 석준을 데려와야 해서요."

"돈이 뭔지 벌써 다 들어왔다."

목소리가 한결 편안해 보였다.

"그래요? 바로 내려갈게요."

강지혜는 가슴이 뛰었다.

"바위 영감도 냈다. 망할 영감, 뻔뻔스럽게 돈 봉투까지 받아 가더라."

강지혜가 석준을 안고 현관으로 들어설 때, 고자질하듯 도축자가 말했다.

"돈 때문이 아닐 거예요. 화합 차원에서 기꺼이 동참하고 싶었을 거예요."

"너는 속도 좋다. 나는 바위 영감 숨소리만 들어도 숨이 멎는다."

도축자가 식탁 위에 놓인 봉투 묶음을 내밀었다. 도축자가 석준을 받아 안았다.

"그래도 의연하셔야 해요." 강지혜가 봉투를 일일이 확인한 뒤 말했다. "근데 어머님은 아직 안 내셨네요."

"나까지 내면 어쩌냐. 한 푼이라도 아껴야지. 그렇지? 석준아."

도축자가 석준의 밤볼에 볼을 비비며 말했다.

"그럼 마감 시간 넘겨 내시면 되잖아요."

강지혜가 웃으며 말했다.

"알았다. 스트레스 풀리게 바위 영감 욕을 잔뜩 적어내면 되겠구나. 근데 네가 그렇게 돈 많이 써도 괜찮겠냐?"

강지혜가 말머리를 돌렸다.

"어머님, 보시는 김에 한준이 태권도장에 보내고 올 때까지만 좀 봐주세요. 석준이 한동안 못 보셨잖아요."

"또 어딜 가냐?"

"밀린 빨랫감이 산더미예요."

"알았다."

강지혜는 석준에게 손을 흔들어 빠이빠이 하고 본가를 나왔다.

강지혜는 식탁 앞에 앉았다. 그리고 봉투 하나하나를 면밀히 검토한 다음 커터칼로 봉투 아랫부분을 곱게 절개해 내용물을 꺼냈다. 손끝이 떨렸다.

3

강지혜는 급속으로 잡채를 만들었다. 봉투의 내용물을 다 확인하자 갑자기 배가 고파졌고 불현듯 잡채가 먹고 싶었다. 강지혜는 삶은 당면에 데친 시금치·당근·파프리카·표고버섯을 넣고, 볶은 소고기·어묵과 함께 간간하고 달달하게 약불에 버물린 잡채를 한 접시 먹고 두 개의 접시에 넉넉히 담아 들고 본가로 내려갔다. 뜻밖의 잡채를 본 도축자가 말했다.

"언제 또 잡채까지 했냐?"

"갑자기 먹고 싶어서요. 어머님도 좋아하시잖아요."

"잡채 안 좋아하는 사람도 있냐?"

"많죠, 어머님. 제가 석준이 보고 있을게요. 어서 드셔 보세요."

강지혜가 석준을 받아 안았다.

"바위 영감은 먹을 자격이 없다. 한 그릇은 도로 가져가거라."

"고모님 드리려고요. 고모님도 잡채를 좋아하시잖아요."

"잘 생각했다. 그 할망구는 게을러빠져서 먹고 싶어도 잘 안 해 먹는다. 네가 친정 갔을 때 빌어먹을 노친네가 돈맛은 알아가지고 글 봉투를 들고 탈래탈래 찾아왔더라. 글 봉투는 내더라도 돈 봉투는 사양할 것 아니냐. 빈말이라도 입도 벙긋 않더라."

도축자가 식탁 의자를 당겨 잡채 그릇 앞에 앉았다.

"혹시, 어머님. 아버님께서 한 가지를 양보하신다면 명예와 빌딩 중 어느 것이 우선 순위세요?

강지혜가 뜬금없이 물었다.

"야가 갑자기 자다가 홍두깨 내미는 소리를 하누. 바위 영감에게 그게 씨알이 먹힐 것 같으냐. 말이 되는 소리를 해야지."

"그래서 혹시, 라고 말씀 드렸잖아요."

"앞으론 그 얘기는 입도 벙긋하지 마라. 바위 영감 양심 기다리느니 수퇘지 새끼 낳는 것 기다리는 게 차라리 더 빠르다."

"그러시겠죠."

"그렇고말고."

"그럼, 어머님. 석준이 계속 좀 봐주세요. 저는 고모님께 갖다드리고 바로 올라갈게요."

도축자가 잡채 그릇을 다 비웠을 때, 강지혜가 말했다.

"오냐. 네 덕분에 오랜만에 포식했다. 지금 있을 게다. 오늘 골프 안 간다더라. 잡채 보면 걸귀처럼 엄청 좋아할 게다."

강지혜는 석준을 다시 도축자에게 안기고 자리에서 일어섰다.

4

강지혜는 고모 댁을 나오자마자 최대한에게 전화했다. 최대한은 도 소장과 함께 빌딩을 둘러보고 있는 중이었다. 강지혜가 달맞이꽃 찻집 에서 만나 뵙고 싶다고 하자 최대한은 의외라는 뜻이 잠시 말을 끊고 머뭇거렸다가 용건을 물었다. 정식으로 사과드리고 긴히 드릴 말씀이 있다고 하자 순순히 만남을 허락했다. 강지혜는 전부터 아버님이 철물 점 친구분과 그 찻집의 단골이라는 걸 알고 있었다. 강지혜는 곧장 달 맞이꽃 찻집으로 갔다.

강지혜는 수족관이 파티션 역할을 하는 구석 자리를 차지하고 앉았 다. 손님이 거의 없었다. 강지혜가 주홍색 투피스를 입은 여 종업원이 가져온 보리차를 마시며 담담하게 앉아 있을 때 캔버스 후드 점퍼 차 림의 최대한이 나타났다.

"참 보기 좋네요. 역시 대한빌딩 최 회장님 댁은 어디가 달라도 달 라요. 시아버지와 며느리가 찻집에서 이렇게 오붓하게 만나기란 쉽지 않거든요. 주위에 소문이 자자해요. 평소에도 그렇게 효성이 지극하고 형제간에 우애가 좋다면서요?"

마담이 화사하게 웃으며 다가와 공치사를 늘어놓았다. 정 마담도 강지혜가 최대한의 막내며느리라는 걸 알고 있었다.

"좋게 봐 주셔서 감사합니다."

강지혜가 깍듯한 자세로 대답했다.

"뜻밖이로구나. 여기서 만나자니."

정 마담이 돌아가자 최대한이 어색한 표정으로 웃으며 말했다.

"먼저 그동안의 은혜를 모르고 철없이 굴었던 점, 깊이 사과드리겠습니다. 용서해 주십시오, 아버님."

"그 일은 어제부로 다 끝났지 않았느냐. 앞으로 언행에 각별히 조심해라. 뭐든 지나치면 그렇지 않은 것보다 못하느니라."

최대한이 점잖게 꾸짖듯 말했다.

"앞으로 아버님 말씀 명심할게요."

여 종업원이 차를 주문 받으러 왔다. 최대한은 옛날식 커피를 주문했고, 강지혜는 대추차를 주문했다. 여 종업원이 돌아가자 최대한이 말했다.

"할 말이란 게 뭐냐? 차는 내가 사마."

"아니에요, 아버님. 제가 대접할게요. 저에게 과분하게 많은 돈을 주셨잖아요."

"알고는 있구나."

강지혜는 보리차로 마음을 가라앉힌 뒤 말문을 열었다.

"저번에 아버님께서 저희 집에 오셨을 때 하신 말씀을 기억하시죠? 사람의 뇌에는 치욕, 충격, 공포, 슬픔 등과 같은 망각하고 싶은 특정 기억을 잊게 하는 그런 기능이 있다고요. 그러시면서 아무리 생각해 봐도 그런 약조를 문서로 남겨준 기억이 없는데, 네 시어미가 저렇게 완강하게 버티니 마구잡이로 생트집을 부리는 건 아닌 것 같고, 아무래도 내가 써준 듯하다고요. 기억나시죠?"

"그 기억은 잘못되었다고 정정했을 텐데. 그런데 새삼 그 일은 왜 꺼내느냐?"

최대한이 자세를 고쳐 앉으며 반문했다.

"그때 제가 이렇게 말씀드렸을 거예요, 아버님. 어머님께 대한빌딩의 소유권을 넘겨주되 권한 행사는 지금처럼 아버님께서 하시는 걸로 약정하면 된다고요. 공동소유로 하는 데도 이전 비용이 만만찮게 들어가면 법적 소유권은 아버님께서 가지시고 실질적인 소유권은 어머님이 가지시는 걸로 하면 된다고요. 가족들이 모인 자리에서 아버님께서 증서로서 공개적으로 보증하면 어머님께서도 받아들이실 거라고요."

"새삼 그 일은 왜 꺼내느냐고 묻질 않느냐?"

최대한이 짜증스런 목소리로 윽박질렀다.

"확인해 보니 아버님께서 어머님께 각서를 써 드린 게 사실이더군요."

"야가 보자보자 하니……. 못하는 말이 없구나. 그래 그 증거라도 있느냐?"

최대한이 발끈했다.

"밝혀졌어요, 아버님."

강지혜가 차분하게 대답했다.

"뭐라고? 도대체 누구란 말이냐?"

최대한이 소스라치게 놀라며 상체를 앞으로 당겼다.

"담배를 즐겨 피우시는 분이셨어요. 왼손잡이시고요."

"대체 그게 누구란 말이냐?"

"그런 분은 대한빌딩 가족 중에는 딱 두 분밖에 안 계셔요. 아버님과 고모님."

"혹시 나를 의심하는 게냐?"

"처음엔 그랬죠. 그런데 아니더군요."

강지혜는 한참 뜸을 들였다가 나직이 말했다.

"그럼 누님이란 말이냐? 누님께서 시인했느냐?"

"여기 오기 전, 고모님 댁을 들렀다 오는 길이에요."

"도저히 믿지 못하겠구나."

최대한이 고개를 강하게 저었다.

"처음엔 몰랐는데 봉투와 편지지에 니코틴이 묻어 있었어요. 미세하게 니코틴 냄새가 났거든요. 제 코가 아주 예민해요."

강지혜가 또박또박 말했다.

"그것과 왼손잡이하고 무슨 상관이 있다는 거냐?"

"범인이 왼손잡이인 거는 봉투의 풀 자국을 보고 알아냈어요. 왼손잡이는 물풀 병을 왼손에 잡아요. 왼손에 잡고 칠할 때는 봉투의 오른쪽에서 왼쪽으로 풀을 칠하게끔 되어 있어요. 그러면 자연스럽게 오른쪽 모서리에 힘이 더 들어가 풀이 미세하게 더 먹히게 돼요. 봉한 자리에 풀의 농도를 보고 알아냈어요."

"허허, 이럴 수가……"

최대한이 탄복한 표정으로 중얼거렸다.

"아버님이 왼손잡이인 건 니코틴이 묻은 인지와 중지를 보고 알았고요, 고모님은 휴대폰을 사용하시는 것 보고 알고 있었어요." 주문한 차가 와 강지혜는 잠시 말을 끊었다가 이었다. "왼손잡이는 보통 휴대폰을 왼손에 쥐고 왼쪽 귀로 가져가요."

"그 사실만으로 어떻게 특정할 수 있다는 게냐?"

최대한이 여전히 미심쩍은 눈빛으로 대꾸했다.

"증거는 또 있어요. 바꿔치기한 봉투의 편지지는 이어 접기로 되어 있었어요. 반으로 접고 또 반으로 접어 구획을 지은 뒤 다시 펴서 밑에서부터 말아 올리는 방식, 이해되시죠? 이번에 공모한 글 봉투를 확인한 결과, 다른 분들은 다 반으로 접고 다시 반으로 접는 방식의 등분 접기를 하셨는데 고모님만 이어 접기를 하셨어요. 그리고 또 있어요. 처음엔 잘 몰랐는데 나중에 새로 구입한 LED 확대경으로 살펴보니 봉투 안쪽 모서리에 미량의 루주가 묻어 있었어요. 빛깔이 고모님이 즐겨 사용하시는 분홍과 일치했어요. 그래서 고모님이라는 걸 확신할 수 있었어요."

"그래, 누님께서 시인했느냐?"

"당연히 처음엔 펄쩍 뛰셨어요. 말도 안 되는 소리라고요. 그래서 최후의 카드를 꺼냈죠. 봉투와 편지지에 범인의 지문이 발견되었는데, 그 지문을 감식해 대조해 보면 범인을 밝혀내는 건 시간문제라고요. 만일 그런 과학적 수사기법을 동원해 밝혀지는 날에는 구제받을 길이 없다고요. 그러나 지금 바로 자백하면 고모님의 명예는 무슨 수를 써서라도 제가 지켜드리겠다고 설득했죠. 그렇게 했음에도 고모님이 강하게 버텼으면 이 사건은 아버님께서 원하시는 방향으로 얼마간은 더

지속되었을 거예요. 그런데 고모님께서 제게 하늘이 두 쪽 나도 그 약속을 지킬 수 있겠느냐고 물으셨어요. 하늘이 아니라 땅과 하늘이 네 쪽이 나더라도 지켜드리겠다고 다짐했어요. 그제야 고모님께서 일어나 장롱 문을 여셨어요."

"내 눈으로 확실한 증거물을 보지 않고는 절대로 믿지 않겠다. 협박이 얼마나 무서운 죄인지 아느냐?"

커피 잔을 집어 드는 최대한의 손이 미세하게 흔들렸다. 강지혜는 자주색 클러치 백에서 흰 봉투를 꺼냈다.

"이게 진짜 봉투예요."

커피 잔을 내려놓은 최대한이 봉투를 집어 속의 것을 꺼냈다. 손이 점점 심하게 흔들렸다.

"보고도 도저히 믿어지지 않는구나."

속의 것을 확인한 최대한이 자포한 표정으로 머리를 뒤로 젖혔다. 강지혜는 다탁 위에 펼쳐져 있는 편지지를 원래대로 접어 봉투에 넣은 후 다시 클러치 백에 넣었다. 한동안 충격 속에 빠져 있던 최대한이 상체를 앞으로 당기며 물었다.

"도대체 누님이 왜 그런 짓을 했다고 하더냐?"

"동생이 올케에게 가권을 빼앗기는 게 꼴 보기 싫었고, 언젠가 한번 어머님께서 지나가는 말로 이렇게 말씀하셨다고 해요. 소유권을 넘겨받으면 자식이고 뭐고 사정 봐주지 않고 남과 똑같이 점포세와 집세를 다 받겠다고요. 소유권을 넘겨받으면 어머님 성질에 정말 그렇게 할 것 같아서 홧김에 그랬다고 해요."

"지혜 네가 이렇게 무서운 아인 줄은 몰랐구나."

최대한이 처음으로 현실을 인정했다.

"아버님, 방송으로 촛불 보셨죠?"

강지혜가 차분히 말했다.

"너도 촛불이냐?"

최대한이 기겁한 표정으로 반문했다.

"저는 촛불이 아니라 아버님과 어머님께는 순한 양이고, 아가씨에게는 까칠한 불여우고, 병부 오빠에게는 어여쁜 연꽃이에요." 그리고 잇대어 말했다. "이 세상에 촛불을 들고 싶어 드는 사람은 없어요. 들지 않을 수 없으니까, 어쩔 수 없이 드는 거예요, 아버님."

"지혜야, 이번 한 번만 눈감아 주면 안 되겠느냐? 대신 그에 따른 보상은 넉넉히 하마."

최대한이 애걸하듯 말했다.

"진실은 눈감는다고 없어지는 게 아니에요, 아버님. 어제 아버님께서도 말씀하셨잖아요. 진실은 언젠가는 드러나게 마련이고 이것은 만고의 진리라고요. 구름이 잠시 태양을 가릴 수는 있어도 영원히 가릴 수는 없다고도 하셨고요." 강지혜는 잠시 뜸을 들였다가 단호하게 말했다. "아버님, 섭섭하시겠지만 제 말씀을 들으셔야 해요. 그래야만 우리 최씨 집안의 미래가 있고 아버님의 명예가 보장돼요. 만일 아버님께서 계속 고집을 부리시면 저 역시 촛불을 들 수밖에 없어요. 그러면 아버님의 명예는 물론이고 고모님과의 약속도 지킬 수 없게 돼요."

"지혜야!"

최대한이 불쑥 무릎을 꿇을 것만 같아 강지혜는 얼른 몸을 일으켰다.

5

집으로 돌아온 강지혜는 최대한과 장시간 세 차례, 도축자와는 짧게 한 차례 전화를 주고받았다.

6

그날 저녁, 최대한은 가족들을 비상소집했다. 전날처럼 모든 가족들이 참석한 자리에서 최대한이 담담히 말했다.

"거두절미하고 말하마. 어제 이 자리에서 내자가 꿈을 현실로 착각해 그런 사단이 벌어졌다고 실토하고 용서를 구했는데, 간밤에 혹시나 싶어 내가 작년도 일지를 뒤적거려 보니 정작 착각한 사람은 내자가 아니라 나라는 사실을 뒤늦게 알게 되었다. 자형 말씀으로는 사람의 뇌에는 치욕, 충격, 공포, 슬픔 등과 같은 망각하고 싶은 특정 기억을 잊게 하는 그런 기능이 있다는구나. 여러 정황과 작년도 일지를 종합해 판단하건대 나는 기억을 못하지만 아무래도 그런 약속을 내자에게 한 듯하구나. 사람이 금수와 다른 점이 무엇이겠느냐. 신의와 염치의 있고 없음이 아니겠느냐. 더구나 남아일언중천금이라 했으니 모르면 모를까 알고야 어찌 모른 척하고 넘어갈 수 있겠느냐. 해서 고민 끝에 이런 용단을 내렸다."

그리고 최대한은 콤비재킷 주머니에서 흰 봉투를 꺼내 봉투 속의 내용물을 읽기 시작했다. 전날의 도축자처럼 종이를 펼쳐든 최대한의 손이 떨리기 시작했다.

"각서. 현 대한빌딩 소유주 최대한은 내년 오월 처 도축자의 일흔 번째 생일날 대한빌딩의 실소유권을 처 도축자에게 양도한다. 이 사실을 모든 가족들이 모인 자리에서 공식적으로 발표하고 이 각서로 보증한다. 만일 이 약조를 이행하지 않거나 위반할 시에는 가족회의에서 어떤 처벌이 내려지더라도 달게 받아들인다. 단, 실소유권자의 동의 없이 매각이나 담보 대출 등 법적 행사를 하지 않는다는 조건으로 법적 소유권을 현 소유주 최대한이 계속 유지하되, 양도에 따른 제반 비용의 반에 반 금액인 이억 원을 처 도축자의 일흔 번째 생일날 예금통장으로 지급한다. 이천공십육년 십일월 공팔일 현 대한빌딩 소유주 최대한. 이상."

다 읽은 최대한이 각서를 접어 봉투에 넣은 후 도축자에게 건넸다. 표정 없이 봉투를 건네받은 도축자가 이미 예상하고 있었다는 듯이 짧게 언급했다.

"어쨌든 남아일언중천금을 지켜주어 고맙소. 그저께 스님께서 말씀하셨소. 화는 가슴에 쌓으면 병이 되고, 밖으로 드러내면 업이 되고, 무심히 바라보면 없어진다 하였소. 영감도 이 말씀을 잘 새겼으면 좋겠소."

가족들은 아연실색했다. 비상소집의 이유가 대화합을 위한 최대한의 통 큰 선심 발표일 거라고 믿고 있었던 가족들은 설마 이게 실제 상황은 아니겠지, 하는 표정으로 한동안 망연자실 허공을 바라봤다. 하지만 그것으로 모든 상황은 종료되었다. 최대한이 급하게 휴대폰을 귀에 가져가며 자리를 떴고, 뒤이어 도축자가 조용히 몸을 일으켰기 때문이었다(그렇게 각본이 짜여 있었다). 그리고 뭐라 한마디 할 줄 알았던 최숙희와 장인환마저 잠시 뒤 군말 없이 자리에서 일어나자 더 이상 앉아 있을 이유가 없어진 가족들은 허탈한 표정으로 하나둘 몸을 일으켰다.

본가를 나설 때까지 모두 말이 없었다.

7

"지혜야, 내 코 한번 꼬집어 봐."

집으로 돌아온 최병부가 말했다. 강지혜는 최병부의 코를 사정없이 비틀었다. 최병부가 죽는 시늉을 하며 비명을 질렀다. 최병부가 고개를 갸웃하며 말했다.

"아픈 것 보면 분명히 꿈은 아닌데 말이야. 도대체 왜 아버지가 갑자기 태도를 바꾸셨을까."

"내가 가르쳐 줘?"

강지혜가 웃으며 말했다.

"응."

강지혜가 말없이 거실의 연꽃 사진을 가리켰다. 그리고 말했다.

"아버님께서 저 연꽃의 말을 귀담아 들으셨거든."

"뭔 소리야? 아빠가 언제 우리 집에 왔다고 그래."

"연꽃의 말은 거리가 아니라 마음이 중요해. 마음만 있으면 천리 밖에서도 다 들을 수 있어."

"지혜야, 내 눈 똑바로 쳐다봐 봐. 설마 지금 잠꼬대하고 있는 건 아니지?"

"이번에는 귀를 꼬집어 줘?"

"어. 힘껏."

그러나 최병부는 지레 겁먹고 양 손으로 두 귀를 감싸고 안방으로 내뺐다. 강지혜는 최병부의 귀를 찾아 문쥐처럼 뒤를 좇았다. 그렇게 자취를 감춘 최병부와 강지혜는 오래도록 안방에서 나오지 않았다. 그들이 다시 방을 나왔을 때는 거실과 주방은 녀석들의 화끈한 전쟁놀이로 난장판이 되어 있었다.

허허. 헛웃음을 흘리던 최병부는 재빠르게 뒷목을 잡고 도로 안방으로 들어가 버리고 강지혜는 기가 막혀 우두망찰 서 있었다. 그렇게 서 있자니 불현듯 간밤 허경화의 카톡이 떠올랐고, 여태 답을 하지 않았다는 생각이 났다.

강지혜는 휴대폰을 찾아 들고 소파에 앉아 먼저 그 숙제부터 해결했다.

작은형님, 어제는 경황이 없어 미처 답을 드리지 못했네요. 형님 말이 맞아요. 지난 일주일 동안 마치 유령 앞에서 헛심만 쓴 것 같아요. 앞으론 형님의 말씀이라면 콩을 팥이라 해도 믿고 따를게요. 예리한 안목과 풍부한 식견을 갖춘 작은형님이 늘 존경스러워요. 편안한 밤 보내시고 내일 건강한 모습으로 봬요.